LUZIFER
VERLAG

NEW YORK TIMES BESTSELLER AUTOR

RUSSELL BLAKE

DRAKE RAMSEY

DER SMARAGD-BUDDHA

For information, contact: Books@RussellBlake.com.

By arrangement with Peter Lampack Agency, Inc.
350 Fifth Avenue. Suite 5300
New York, NY 10118 USA

IMPRESSUM

Deutsche Erstausgabe

Originaltitel: EMERALD BUDDHA

Umschlag: Michael Schubert | Luzifer-Verlag
Übersetzung: Kalle Max Hofmann
Lektorat: Johannes Laumann

Printed in Germany

Dieses Buch wurde nach Dudenempfehlung (Stand 2017) lektoriert.

ISBN: 978-3-95835-303-9

Bibliografische Information der Deutschen Nationalbibliothek:
Die Deutsche Nationalbibliothek verzeichnet diese Publikation in der Deutschen Nationalbibliografie; detaillierte bibliografische Daten sind im Internet über http://dnb.d-nb.de abrufbar.

PROLOG

1431 v. Chr., im Grenzgebiet von Burma und Laos

Vogelschreie hallten durch das abgelegene Tal, als der Dschungel zu einem neuen Tag erwachte. Zwanzig Khmer-Krieger verließen ihr Nachtlager am Ufer eines Flusses und spähten in den dichten Nebel, der von den nahegelegenen schroffen Felsformationen herabgestiegen war. Eine Gruppe müder Ochsen graste nur wenige Meter abseits des Wassers und an ihrer Seite saß ein hochrangiges Mitglied des königlichen Hofes auf einer schweren Holzkarre. Dunkle Ringe unter seinen Augen erinnerten an die vielen schlaflosen Stunden auf der langen Reise in diese unerforschte Wildnis.

Die Ladung des unförmigen Gefährts bestand aus zahlreichen Truhen, die die Reichtümer des Imperiums der Khmer beinhalteten – heilige Reliquien, goldene Kelche sowie Edelsteine von unermesslichem Wert. Doch der absolut größte Schatz war lediglich in eine Decke eingewickelt worden: Der legendäre Smaragd-Buddha, dessen kleinerer Bruder im thailändischen Königshaus verweilte, das sich momentan im Krieg mit den Khmer befand.

Seinem überlegenen Rivalen aus dem Süden hatte das Imperium der Khmer nicht viel entgegenzusetzen, bereits vor Wochen war der prächtige Tempel von Angkor Wat der Thai-Armee in die Hände gefallen. Doch schon als König Ponhea Yat von seinen Spionen die Kunde erhalten hatte, dass die feindlichen Soldaten auf dem Vormarsch waren, hatte er Chey, einem seiner engsten Vertrauten, den Auftrag gegeben, die nationalen Reichtümer in Sicherheit zu bringen.

Ein großer Mann in schwerer Rüstung näherte sich dem Wagen, seine narbigen Gesichtszüge in tiefe Falten gelegt. Sihanouk war einer der berüchtigtsten Krieger im ganzen Königreich, und es ging ihm ganz eindeutig gegen den Strich, den Geleitschutz für diese Operation zu stellen, während anderswo gegen die Eindringlinge gekämpft wurde. Es war nicht seine Idee gewesen, wie eine alte Frau im Dschungel herumzuirren, doch Befehle waren Befehle: Er sollte Chey, den Gesandten des Königs, tief in unbekanntes Gebiet eskortieren, bis sie ein geeignetes Versteck für den Schatz finden würden.

»Ich habe selten ein Tal gesehen, das abgeschiedener und besser versteckt ist, als dieses«, setzte Sihanouk an, »doch frage ich mich trotzdem, ob unser Schatz hier am Ende der Welt besser aufgehoben ist als zuhause, wo er von loyalen Kriegern verteidigt werden könnte.«

»Unsere Aufgabe war, einen geeigneten Ort für ein Versteck zu finden. Alles andere liegt außerhalb unserer Verantwortung«, entgegnete Chey.

»Bisher war uns das Schicksal gewogen«, sagte Sihanouk. »Hoffen wir nur, dass die verfluchten Eingeborenen uns in Ruhe lassen, bis unsere Arbeit vollendet ist.«

»Habe Zuversicht, dann wird sich alles zum Guten wenden!«

Sihanouk musterte Chey skeptisch. »Auch wenn ich deinen Optimismus begrüße, werde ich mein Schwert griffbereit halten.«

Es gab kaum Sympathie zwischen Chey, der von den Soldaten als windiger Opportunist betrachtet wurde, und Sihanouk, der sich seine Sporen im Kampf verdient hatte. Für den Krieger waren die Entscheidungen des Königs, wen er in seinen inneren Kreis aufnahm, immer wieder irritierend. Doch er hatte dem König nach dessen Belieben zu dienen, auch wenn das bedeutete, sich von Chey herumkommandieren zu lassen. Trotzdem gab ihm dieser schleimige Aal ein ungutes Gefühl und er fieberte dem Ende seiner Mission entgegen – denn dann könnte er sein Volk endlich wieder ehrenhaft verteidigen.

»Hast du schon eine bestimmte Stelle im Kopf?«, fragte Sihanouk.

Chey grinste ihn verschlagen an. »Ich habe da so eine Idee.«

»In dieser Nebelsuppe wird es schwierig, sich zu orientieren.«

»Der Schleier wird sich bald lüften. Die Männer sollen sich nützlich machen, während wir warten – schicke sie zum Fischen, damit wir etwas essen können. Nachdem wir unsere Bäuche gefüllt haben, werden wir die Suche nach einer geeigneten Stelle beginnen.«

Am frühen Vormittag hatte sich der Nebel verzogen und Chey führte Sihanouk den Fluss hinunter, auf der Suche nach einer geeigneten Höhle. Wie er es erwartet hatte, gab es einige davon, doch die Jahrmillionen währende Erosion des Kalksteines war sehr unregelmäßig verlaufen und die meisten der Höhlen waren für ihre Zwecke zu flach. Schließlich fanden sie eine perfekte Vertiefung mit einer sehr schmalen Öffnung, die vom Fluss aus nicht eingesehen werden konnte und die in ein größeres Gewölbe mit mehreren abzweigenden Kammern führte.

Ein Monat verging, in dem die Männer in langen Arbeitstagen den weichen Stein weiter aushöhlten, bis die Gewölbe ihren Ansprüchen genügten. Am letzten Morgen überwachte Chey persönlich, wie der Karren entladen und die Truhen in den Höhlen verstaut wurden. Der letzte Gegenstand, der seinen Weg in diesen neu angelegten Tempel fand, war der Smaragd-Buddha, der im Schein der Fackeln fast von selbst zu leuchten schien, während seine goldene Robe wie Morgentau im Sonnenlicht glänzte.

Am nächsten Morgen verwischten die Männer ihre Spuren. Sie zerlegten den Wagen und warfen die Holzteile in den Fluss, bevor sie sich an den Abmarsch machten. Chey bildete diesmal die Nachhut der Kolonne, statt sie zu leiten, denn seine Arbeit war getan: Er hatte einen sicheren Aufbewahrungsort für den Schatz gefunden.

Abends machten sie am Fuße des Berges rast, den sie auf dem Weg in das versteckte Tal hinabgestiegen waren. Nachdem Chey seinen Anteil des Fisches gegessen hatte, den sie als Proviant für den Rückweg eingepackt hatten, näherte er sich den versammelten Männern am Lagerfeuer und zog eine Karaffe aus seinem Beutel.

»Meine Freunde, ich beglückwünsche euch! Der König hat mich gebeten, diesen edlen Tropfen mit euch zu teilen – den feinsten Reisbrand der Khmer. Ich trinke auf jeden von euch und eure heldenhafte Tat!«

Chey brach das Sigel der Flasche und nahm einen langen Schluck, bevor er sie an Sihanouk weiterreichte, von wo aus sie ihre Runde durch die Reihen der Männer nahm. Jeder probierte das angenehm brennende Getränk in vollen Zügen und im Handumdrehen war das Gefäß leer. Chey entschuldigte sich und verzog sich in die Büsche, um seine Blase zu erleichtern. Er kehrte jedoch erst eine halbe Stunde später zurück, als das Feuer nur noch aus einigen glühenden Kohlen bestand, umringt von schlafenden Männern, denn das Betäubungsmittel hatte seinen Dienst getan. Chey hatte vorher ein Gegenmittel genommen.

Er trat an Sihanouk heran und zog das Schwert des Kriegers. Dann hielt er kurz inne und musterte die tödliche Klinge, bevor er sie ohne jegliche Skrupel in die Kehle ihres Besitzers rammte. Sihanouk bäumte sich kurz auf, dann zuckten seine Glieder einmal kurz und ein letztes, gedämpftes Röcheln erklang aus seiner Kehle, bevor er leblos zusammensackte. Chey wandte sich von der Leiche ab und wiederholte seine feige Tat, bis auch der Mann sein Leben ausgehaucht hatte. Er ließ seinen Blick über die Armee der Toten schweifen und nickte anschließend zufrieden. Dann bemächtigte er sich Sihanouks Gürtel mit der daran befestigten Schwertscheide und legte ihn sich um die Hüften.

Chey ging zu dem Beutel mit Vorräten und prüfte dessen Gewicht. Er war schwer, aber wenn es sein musste, konnte er auf dem Weg Nahrungsmittel wegwerfen, die er nicht mehr tragen wollte. Doch im Zweifelsfall wäre es besser, zuviel mitzunehmen als zu wenig. Also schulterte er den Sack und machte sich im Mondlicht auf den Rückweg, den dunklen Pfad hinunter, der ihn in eine ungewisse Zukunft und zurück zu seinem König führen würde, der den Mord an seinen eigenen Männern befohlen hatte, um das Versteck der Schätze geheim zu halten.

Damit war Chey der Einzige, der die Wahrheit kannte, und er war ein Überlebenskünstler. Was auch immer in seiner Heimat auf ihn warten würde, seinem Schwur würde er Folge leisten und trotz aller Widrigkeiten dem König die genaue Position des Tempels mitteilen. Woraufhin er sicherlich fürstlich entlohnt werden würde.

Er musste es nur noch lebend dorthin schaffen.

KAPITEL 1

Islamabad, Pakistan

Die Sterne glitzerten durch einen leichten Dunstschleier über dem Rawalsee. Der Verkehr tröpfelte nur noch vor sich hin und die Kakofonie schlecht gewarteter Motoren klang ab, während sich die Dunkelheit breitmachte. Stattdessen war die Luft jetzt vom Klang laut aufgedrehter Fernseher erfüllt, der durch die vielen offenen Fenster der Straße drang. Auch der Klang polyrhythmischer Musik war vielerorts zu hören, als in dem Vorort Bhara Kahu die Nacht hereinbrach. Hier lebten überwiegend Arbeiter, denn die Gegend war nur fünf Minuten von Islamabad entfernt und durch einen Highway, der sich am Rand des Sees entlang schlängelte, mit dem Industriezentrum verbunden.

Ein Müllfahrzeug rumpelte auf dem Weg zur örtlichen Müllkippe die staubige Straße hinunter. Ihm folgte ein streunender Hund, in dessen klagenden Augen ein Funke von Hoffnung auf ein paar Essenreste blitzte. Lichter tanzten hinter den mit Eisenstangen gesicherten Fenstern der kleinen Häuser mit hohen Mauern, die oben mit einem Überzug aus Glasscherben gegen aufdringlichen Besuch gesichert waren.

Vier Männer saßen vor einem winzigen Café an einem runden Glastisch, spielten Karten und rauchten extrastarke filterlose Zigaretten, deren schwerer Rauch sich träge in den Himmel erhob. Ein Junge, kaum älter als zehn Jahre, brachte ihnen ein emailliertes Tablett mit vier Tassen schwarzen Kaffees, der die Konsistenz von Rohöl besaß. Die Männer lachten über einen Scherz, prosteten sich zu und machten dann mit ihrem Glücksspiel weiter, wobei sie sich scherzhaft gegenseitig verfluchten, während sie Stapel von Münzen auf dem Tisch hin und her schoben.

Im Schritttempo näherte sich ein verbeulter Nissan-Kombi, dessen Scheiben so dunkel gefärbt waren, dass sie fast undurchsichtig waren. Vor dem Café kam der Wagen zum Stehen, und es war unübersehbar, dass die Männer in ihrem Tun erstarrten. Einer von ihnen griff unter sein weit geschnittenes Hemd, doch als das Beifahrerfenster des Wagens heruntergelassen wurde, entspannte er sich und winkte den Insassen zu.

Jack Rollins beobachtete diesen Vorgang durch sein Nachtsichtgerät. Er lag im zweiten Stock eines Hauses am Ende der Straße auf einem Tisch am Fenster, trug eine schwarze Sturmhaube sowie einen dazu passenden Overall, was ihn in dem dunklen Raum so gut wie unsichtbar werden ließ. Neben ihm lag eine Kalaschnikow AKM mit klappbarer Schulterstütze sowie einer Munitionstasche mit sechs Magazinen. Auf der anderen Seite ein Scharfschützengewehr des Kalibers 50 mit kompaktem Nachtsicht-Zielfernrohr. Die im Magazin befindlichen Explosivgeschosse konnten den Kopf eines Menschen noch aus einem Kilometer Entfernung in Sprühnebel verwandeln.

Er tippte seinen Ohrstöpsel an, um sich zu vergewissern, dass immer noch alles im grünen Bereich war. Das als positive Antwort erwartete Klicken kam eine Sekunde später. Doch das Ziel hatte sich nicht mehr gezeigt, seit er vom Isha Sallat aus der nahegelegenen Moschee zurückgekehrt war. Dies war das letzte Gebet des Tages, was die Gläubigen sicher bis zum Morgengrauen geleiten sollte. Jack hätte den Mann am liebsten direkt auf offener Straße erledigt, doch seine Befehle lauteten anders – und deswegen wartete er geduldig.

»Seht ihr irgendwas auf eurer Seite?«, murmelte er. Sofort erklang eine flüsternde Stimme in seinem Ohr. »Es hat sich nichts verändert. Das Licht im Haus ist noch an. Draußen sitzen ein paar Handlanger mit Sturmgewehren. AKs, natürlich.«

»Natürlich.« Die Gewehre vom Typ AK-47 gab es in der Punjab-Region Pakistans wie Sand am Meer. Das war ein Resultat der ewig andauernden Kämpfe im nahe gelegenen Afghanistan. Damit kannte sich Jack nur all zu gut aus, da er dort zwei Dienstzeiten hinter sich gebracht hatte. Die Afghanen waren verdammt harte Hunde und kannten kaum etwas anderes als den Krieg – denn die meisten von ihnen waren damit aufgewachsen, erst gegen die Russen und dann gegen die Amerikaner zu kämpfen.

Damit habe ich kein Problem, dachte Jack. *Wir tun alle, was wir tun müssen, um zu überleben.*

»Irgendwelche Aktivität in den anderen Häusern?«, fragte er.

»Negativ. Alles ruhig. Bis auf Saddam, natürlich. Der schläft nie.«

Saddam war der Spitzname, den sie dem Scharfschützen auf dem Dach des gegenüberliegenden Gebäudes gegeben hatten, Teil der Sicherheitsvorkehrungen von Jacks Ziel. Hamal Qureschi hieß der Mann. Eigentlich gehörte er noch zu den moderaten Stimmen unter denjenigen, die den Koran extremer interpretierten. Er war ein passionierter Gottesmann, der von vielen respektiert und gehört wurde. Aus diesem Grund waren seine Behauptungen, dass die neuesten, unorthodoxen Gruppierungen von Terroristen in Wahrheit Marionetten des Westens waren, höchst gefährlich. Für ihn selbst waren sie sogar zum Todesurteil geworden.

»Wahrscheinlich hält ihn sein schlechtes Gewissen vom Schlafen ab«, vermutete Jack. »Oder er träumt von den fünfundfünfzig Jungfrauen.«

»Ich glaube, es geht um zweiundsiebzig Jungfrauen.«

»Egal«. Jack sah auf die Uhr. »In zwanzig Minuten legen wir los. Sind die Blendgranaten bereit?«

»Na klar. Und in meinen Klamotten sehe ich aus wie Omar der Teppichhändler, deswegen werden sie nichts ahnen, bevor es zu spät ist.« Jacks Leute waren mit authentischer Kleidung ausgestattet worden, ganz wie es diese verdeckte Operation verlangte. Sie sollten als örtliche Gruppierung wahrgenommen werden, Terroristen, die nach dem Blut eines Landsmannes trachteten. Der Mord an Hamal Qureschi würde einen Aufschrei zur Folge haben und hoffentlich das Interesse an Verschwörungstheorien dämpfen. Ob das klappen würde, lag nicht in Jacks Ermessen. Er war nur der Handlanger, der die Drecksarbeit machen musste. Und seinen Job machte er wirklich gut.

»Alles klar. Lasst uns Funkstille halten, bis wir losschlagen. Es kann nicht mehr lange dauern. Bleibt wachsam!«

Jack beendete das Gespräch und sah zu, wie der demolierte Nissan davonrollte, wobei er eine schwarze Rauchwolke zurückließ. Schon seit drei Tagen waren Jack und seine Leute in diesem Kaff, um alles vorzubereiten – und nun war endlich ihre große Stunde gekommen. Das Warten war wirklich der härteste Teil an dem Job. Aus seiner Erfahrung wusste er, sobald die ersten Schüsse fielen, würde alles in Windeseile vorbei sein. Etwa zwei Minuten, für deren Vorbereitung hunderttausende Dollar in die Beschaffung von Informationen, Waffen, falschen Papieren und Bestechungsgeldern geflossen waren. Zwei Minuten, um den großen Qureschi und seine Wachen ins Jenseits zu befördern.

Die vier Kartenspieler waren bereits in seinem Plan vermerkt. Wenn sie es wagen sollten, Gegenwehr zu leisten, würde er sie ausschalten, ohne mit der Wimper zu zucken. Kollateralschäden waren schließlich bei so einer Mission nicht zu vermeiden. *Berufsrisiko,* dachte Jack und wünschte den Männern insgeheim, dass sie einfach beim ersten Anzeichen von Gefahr in Deckung gehen würden, statt dem Geistlichen zur Seite zu springen.

Das Satellitentelefon auf dem Tisch begann zu blinken, womit es einen eingehenden Anruf anzeigte. Es gab nur eine Person, die diese Nummer kannte, und Jack nahm blitzschnell ab.

»Abbruch. Ich wiederhole, Abbruch!«, tönte es aus der Leitung.

Jacks Augen verengten sich. »Warum?«

»Ihr seid aufgeflogen!«

»Aufgeflogen? Wie das denn?«

»Haut einfach ab! Es ist vorbei! Jemand hat vor einer Stunde alle Details ins Internet gestellt – wir haben es gerade erfahren. Die Uhr läuft! Du kannst davon ausgehen, dass die Pakistanis alles daran setzen werden, euch zu schnappen! Ihr müsst euer Bestes geben, um das zu verhindern!«

»Könnt ihr sie nicht ablenken?«

»Das machen wir schon, sonst wärt ihr längst tot! Aber wir können sie nicht mehr lange aufhalten. Verschwindet! Jetzt sofort!«

»Alles klar. Ich melde mich, wenn die Luft rein ist.«

Jack legte auf und dachte kurz nach, dann steckte er sich den Ohrstöpsel wieder ein und gab die Informationen an sein Team weiter. Am Ende des Häuserblocks sprang der Motor eines Autos an und der Wagen verschwand in die Nacht. Mehr musste Jack nicht wissen. Seine Jungs waren alle schon groß. Den Fluchtplan kannten sie auswendig und jeder von ihnen würde seine eigene Route nehmen, um das Land zu verlassen.

Ein Glück, dass er jede Mission genauestens durchplante und dabei höchst argwöhnisch war. Viele seiner Kollegen würden sich einfach an die Standardprozeduren halten, statt Geld und Zeit in einen Plan zu investieren, den nur sie selbst kannten. Aber Jack gehörte nicht dazu. Die Narben, die Kugeln und Schrapnelle an seinem Körper hinterlassen hatten, erinnerten ihn bei jeder Dusche daran, wie gefährlich sein Beruf war.

Er zerlegte in Windeseile das Barrett-Gewehr, das er extra auf schnelle Demontage optimiert hatte, und ließ es zusammen mit der AKM und den Magazinen in einem schwarzen Nylon-Seesack verschwinden. Als Letztes warf er das Nachtsichtgerät und die Sturmhaube hinein.

Zwanzig Sekunden später war er die Treppe hinuntergeeilt und näherte sich gerade dem Eingangstor, als er auch schon das unverkennbare Geräusch eines schweren Helikopters vernahm, der sich schnell näherte. So viel zu den Hinhaltetaktiken. Es würde eine verdammt knappe Nummer werden.

Er öffnete das Tor und hetzte den zerbröselnden Gehweg hinunter – der Anspruch, sich unauffällig zu benehmen, war dahin. Er musste die Gegend verlassen, bevor ein besonders gewissenhafter pakistanischer Polizeibeamter auf die Idee kam, das ganze Gebiet abriegeln zu lassen.

An der nächsten Ecke bog er in eine düstere Gasse ein, deren Straßenlaternen längst defekt waren, und joggte dann auf einen verbeulten Pick-up-Truck vom Typ Toyota Hilux zu. Er ließ sich hinter das Lenkrad gleiten und warf seine Tasche auf den Beifahrersitz. In der Fahrerkabine blieb es dunkel; die Glühlampe hatte er als Vorsichtsmaßnahme entfernt. Solche Kleinigkeiten konnten den Unterschied zwischen Leben und Tod ausmachen, das wusste er genau.

Der Motor sprang mit einem Röcheln an und er legte den ersten Gang ein. Nachdem er zwei Blocks hinter sich gelassen hatte, sah er im Rückspiegel zwei Hubschrauber mit gleißenden Suchscheinwerfern, die über die Dächer der Nachbarschaft tanzten, in der er sich eben noch aufgehalten hatte.

»Verdammt«, murmelte er und kämpfte gegen den Drang an, das Gaspedal durchzutreten. Wenn er Glück hatte, würde er es schaffen. Wenn nicht … tja. Er durfte jedenfalls nicht zulassen, dass er geschnappt wurde. Seine rechte Hand streifte über den Griff seiner Pistole und er verzog das Gesicht. Er hoffte wirklich, dass es nicht dazu kommen würde, aber es gab Schlimmeres als den Tod.

Sirenen heulten in der Ferne auf und er versuchte abzuschätzen, aus welcher Richtung sie kamen. Sobald die örtliche Polizei alarmiert war, würden seine Chancen immer weiter sinken. Jacks Gedanken kreisten um das Gespräch mit seinem Einsatzleiter. Jemand hatte Details von einer streng geheimen Operation ins Netz gestellt. Was hatte das zu bedeuten? Natürlich war ganz offensichtlich, dass sie infiltriert worden waren. Aber wie konnte das sein? Rein technisch war es absolut unmöglich.

Das Jaulen einer Sirene ganz in seiner Nähe bewies das Gegenteil. Ein Polizeitransporter bog um eine Ecke hinter ihm und raste auf ihn zu. Jack wog seine Optionen ab, während er das Fahrzeug im Außenspiegel näherkommen sah. Er war gerade im Begriff, eine Vollbremsung zu machen, als der Polizeiwagen mit quietschenden Reifen in eine Seitenstraße abbog.

»Ganz ruhig bleiben, Jack«, sagte er zu sich selbst. Auf einmal sehnte er sich nach einem Drink, obwohl er seit über zehn Jahren keinen Tropfen Alkohol mehr angerührt hatte. Doch nun sah er ganz klar einen golden schimmernden Bourbon vor seinem geistigen Auge, roch das herrliche Aroma und spürte, wie die Flüssigkeit seine Kehle hinunterrann und sich ein wohlig-warmes Gefühl in seinem Körper ausbreitete. *Alte Gewohnheit,* dachte Jack und fuhr in gemäßigtem Tempo weiter, wobei er die Ohren spitzte, um weitere mögliche Verfolger rechtzeitig wahrzunehmen.

Als er den Stadtrand erreicht hatte, fiel sein Blick auf die Tankanzeige. Halbvoll, was bedeutete, dass er es noch locker nach Peshawar schaffen würde, wo er ein paar Tage untertauchen konnte, um sich dann nach Afghanistan abzusetzen. Es grenzte zwar an Selbstmord, hier in der Gegend nachts herumzufahren, aber er hatte keine Wahl.

So wenig Lust er auch dazu verspürte, als Nächstes musste er an einem Müllcontainer halten und seine Waffen wegwerfen. Denn die würden ihn verraten, und man musste es seinen Gegnern ja nicht zu leicht machen. Es war klar, dass sie auf ihn Jagd machen würden, aber die Waffen würden garantiert nie gefunden werden – denn auf dem Schwarzmarkt brachten sie einen stolzen Preis ein, der für einen Müllmann mehrere Monatslöhne bedeutete.

Mit einem letzten Kontrollblick auf die Straße hinter ihm kletterte er wieder in den Wagen und steuerte ihn nach Westen auf den Kyber-Pass zu. So würde ihm hoffentlich die Flucht gelingen.

KAPITEL 2

24 Stunden später, Xishuangbanna, Yunnan-Provinz, China

Christine Whitfield schaute auf, als sich die Eingangstür der Wohnung ihres Freundes öffnete. Sie sah sofort, dass er aufgeregt war, und zwar nicht zu knapp. Seine normalerweise entspannten Gesichtszüge waren von Angst gezeichnet – eine Emotion, die auf dem faltenfreien Gesicht des Endzwanzigers deplatziert wirkte.

»Was ist los, Liu?«, fragte sie. »Ich dachte, du bist bis morgen in Guandu.«

»Wir müssen verschwinden«, sagte er knapp und schnappte sich seinen Laptop. »Jetzt sofort.«

»Was? Wieso?«

»Ich habe von einem Freund eine Warnung bekommen. Es ist etwas schiefgelaufen. Pack deinen Computer ein. Nimm alles mit. Unten wartet schon ein Taxi.«

»Aber wo gehen wir denn hin?«

»Nach Thailand. Dort können wir untertauchen. Zumindest lange genug, um herauszufinden, wie schlimm es ist. Aber ich gehe davon aus, dass der schlimmste Fall eingetreten ist.«

»Aber es ist mitten in der Nacht!«

»Kein Problem, ich habe auf dem Weg meinen Bruder angerufen. Er hat uns eine Privatmaschine besorgt.«

Sein Gesichtsausdruck überzeugte sie schließlich. Er wirkte todernst, seine Augen weit aufgerissen. Sie sprang auf. »Wer ist denn hinter dir her?«, fragte sie.

»MSS – das Ministerium der Staatssicherheit. Oder irgendein anderer Dienst. Ist ja eigentlich egal, welche Abkürzung es ist.«

»Und was wollen sie von dir?«

»Ich habe keine Ahnung.« Er hatte seinen Computer verstaut und hielt kurz inne, dann sah er sie mit festem Blick an. »Darum können wir uns später noch Gedanken machen. Aber wenn sie uns erwischen, sind wir erledigt.«

»Du hast den Chinesen aber doch nichts getan. Warum sollte der MSS dir dann nachstellen?«

»Da denken die sich einfach etwas aus. Du weißt doch, wie das hier läuft. Für die richtige Summe ist alles möglich.«

Sie schüttelte den Kopf. »Hast du mir etwas verschwiegen?«

»Darüber können wir im Flugzeug reden. Nimm mit, was du brauchst, und vergiss vor allem deinen Ausweis nicht.«

Fünf Minuten später waren sie auf dem Weg zum Flughafen. Der Taxifahrer war sichtlich desinteressiert an dem auffälligen Paar – eine blonde, westliche Frau mit einem Einheimischen. Sie sahen zu, wie die Gebäude vorbeiflogen, als das Taxi durch die leeren Straßen raste. Im Radio lief ein bekannter chinesischer Popsong, der wegen seines provokanten Textes für einigen Wirbel gesorgt hatte. Christine war wirklich versucht, Liu weiter auszufragen, aber ein Blick von ihm signalisierte ihr, damit zu warten. Sie vertraute ihm voll und ganz und war gewillt, ihm in dieser offensichtlich gefährlichen Situation blind zu folgen.

Das Hauptgebäude des Flughafens war bereits geschlossen und das riesige Terminal lag komplett im Dunklen, nur ein paar Sicherheitskräfte patrouillierten mit Taschenlampen auf und ab. Das Taxi bog in eine Auffahrt für Zulieferer ein und fuhr durch ein offenes Tor zu einem abgelegenen Ende des Rollfeldes, wo etwa ein halbes Dutzend Flugzeuge standen. In der hinterletzten Ecke stand eine uralte Cessna 172 mit angeschaltetem Licht im Cockpit. Als sie sich näherten, erkannten sie im Zwielicht einen dünnen chinesischen Mann, der am Leitwerk herumhantierte – den Piloten.

Das Taxi rollte vor und Liu und Christine stiegen aus. Auch der Fahrer verließ den Wagen und ging zum Kofferraum, wobei er sich eine Zigarette anzündete. Rauchen schien das liebste Hobby der Chinesen zu sein, hatte Christine das Gefühl, denn trotz der Gesundheitsrisiken erfreute es sich großer Beliebtheit. Der Fahrer öffnete den Kofferraum und sie schnappten sich ihre

Taschen. Dann drückte Liu dem Mann ein Bündel Geldscheine in die Hand, was mit einem Lächeln und einer Verbeugung quittiert wurde. Anschließend stieg der Mann in seinen Wagen und fuhr davon.

»War das nicht ein Risiko, mit dem Taxi zu fahren?«, flüsterte Christine.

»Wir hatten keine Wahl, meinen Wagen konnten wir nicht benutzen. Den suchen sie garantiert schon.«

»Und du weißt wirklich nicht, warum der MSS hinter dir her sein könnte?«

»Doch. Aber im Moment kann ich nichts daran ändern.«

Sie blieb abrupt stehen. »Was hast du getan, Liu? Hat das was mit unserer Sache zu tun?«

»Höchstens indirekt, glaube ich. Auf jeden Fall habe ich das Know-how ihrer Techniker unterschätzt.«

»Was meinst du damit?«

Er erklärte es ihr in ein paar knappen Sätzen, und als er damit fertig war, war alle Farbe aus ihrem Gesicht gewichen.

»Liu …«

»Wir können jetzt nichts mehr daran ändern, Christine. Aber verstehst du jetzt, warum wir hier weg müssen?«

»Das ist ja noch untertrieben! Wieso meinst du, dass wir in Thailand sicher sind?«

»Wir können dort untertauchen, Christine. Dort gibt es Zehntausende Möglichkeiten, sich zu verstecken.«

»Und was ist mit Geld? Was du hast, wird ja nicht ewig reichen!«

»Das ist unser geringstes Problem. In den ländlichen Gegenden Thailands können wir locker ein Jahr davon leben, in Kambodscha sogar noch länger.«

Sie sah ihn skeptisch an.

»Mach dir keine Sorgen. Geld kann ich besorgen.«

»Wir starten gleich auf einen geheimen Flug mitten in der Nacht und quer über das Goldene Dreieck, da soll ich mir keine Sorgen machen? Wie soll das gehen?«

Liu machte einen Schritt auf sie zu. »Bitte sei nicht so laut. Wir können nicht wissen, wie viel Englisch der Pilot versteht. Schließlich haben wir hier inzwischen genug von euren kapitalistischen Fernsehsendungen!«

Sie musste über diesen Scherz lächeln und erinnerte sich daran, warum sie sich in ihn verliebt hatte. Er war unglaublich schlau, gut aussehend, treu und auf eine leicht schlitzohrige Art sehr charmant. Für einen Chinesen war er mit einem Meter achtzig überdurchschnittlich groß, da er einer nordchinesischen Familie entstammte. Er trug die Haare lang und offen und kleidete sich fast ausschließlich in westlichen Designersachen. Mit neunundzwanzig sah er immer noch aus, als wäre er gerade erst volljährig geworden und sie wunderte sich immer wieder, wie brillant sein Geist war. Insgesamt eine sehr attraktive Mischung, dachte Christine.

Sie gingen auf das Flugzeug zu und Liu begrüßte den Piloten. Nach einem kurzen Austausch über abgelegene Ziele in Thailand und die Flugroute einigten sie sich auf Chiang Rai, das nahe der Grenze zu Laos und Myanmar in Nordthailand lag – weit abseits der Touristenströme. Der Pilot lud ihr Gepäck in den kleinen Stauraum, während Christine auf den Rücksitz kletterte und Liu auf dem Sitz des Kopiloten Platz nahm. Wenig später jaulte die Zündung auf und der Motor sprang an.

Der Pilot holte sich seine Starterlaubnis vom Tower und rollte dann zur Startbahn, wo er beschleunigte und sich bald in die Luft erhob. Turbulenzen schüttelten das Flugzeug auf seinem Aufstieg ordentlich durch und sie blieben auf einer Flughöhe von etwa dreitausend Metern.

Die Berge und der Dschungel unter ihnen waren pechschwarz, es waren keinerlei Anzeichen von Zivilisation zu sehen. Der Pilot änderte seinen Kurs, um ein paar düsteren Wolken am Horizont auszuweichen. Christine neigte sich nach vorn und schrie Liu ins Ohr: »Wie lange wird es dauern, bis wir da sind?«

Liu übersetzte die Frage und der Pilot zuckte mit den Schultern, wobei er auf den Geschwindigkeitsmesser tippte. »Vielleicht zwei Stunden, vielleicht mehr. Wir haben Gegenwind, also wahrscheinlich mehr.«

Liu übermittelte diese Informationen an Christine und wandte sich dann wieder dem Piloten zu: »Sind Sie oft in dieser Gegend unterwegs?«

Der Pilot antwortete vage: »Von Zeit zu Zeit.«

»Gibt es keine Probleme im Luftraum an der Grenze von China und Myanmar?«

Der Pilot schüttelte den Kopf. »Nein. Bei dieser Flughöhe wird niemand von uns Notiz nehmen. Die wenigen Menschen, die hier wohnen, sind tieffliegende Maschinen gewöhnt, wegen des Drogenhandels. Die Regierung zerstört ab und zu die illegalen Landebahnen, aber in nicht mal einer Woche tauchen neue auf. Das ist ein Spiel, was wohl ewig so weitergehen wird.«

»Anscheinend kennen Sie sich gut damit aus«, sagte Liu.

»So gut wie jeder andere Pilot hier. Wenn wir uns der Grenze nähern, werden wir auf etwa dreihundert Meter heruntergehen. Das ist die sicherste Methode, wenn man niemanden wissen lassen will, dass man kommt. Laos ist größtenteils unbewacht, aber Myanmar schickt ab und zu ein paar Hubschrauber in die Luft. Doch wie ich gehört habe, sind sie so pleite, dass sie keine Ersatzteile bezahlen können. Unsere Flugschneise wird außerdem überwiegend von Rebellen kontrolliert, von daher ist die Chance, dass hier nachts irgendjemand außer uns herumfliegt, so gut wie null.«

»Und was ist mit den Thailändern?«

»Oh, die haben uns garantiert auf dem Radar. Man muss nur auf dem Rollfeld den richtigen Leuten ein paar Baht in die Hand drücken, dann werden keinerlei Fragen gestellt. In Thailand gilt das Motto: Leben und leben lassen. Ich habe als Flugziel Chiang Kham angegeben, und werde dann einfach behaupten, ich hatte einen Motorschaden und musste deswegen in Chiang Rai landen. Das wird niemanden interessieren, sobald das Schmiergeld stimmt.«

»Und was ist mit dem Zoll?«

»Auch das ist nur eine Frage der Bezahlung. Kommt alles darauf an, wie wichtig es Ihnen ist, unter dem Radar zu bleiben.«

Liu starrte in die dunkle Nacht hinaus. »Am liebsten komplett unter dem Radar.«

»Dann halten Sie Ihre Brieftasche bereit. Alles ist möglich, aber das hat seinen Preis.« Der Pilot schwieg für einen Augenblick, dann fuhr er fort. »Wir überqueren gerade die Bergkette, an der die Grenze verläuft. In ein paar Minuten haben wir den chinesischen Luftraum verlassen und ich werde anfangen, langsam die Flughöhe zu reduzieren. Der höchste Gipfel liegt bei zweitausend Metern, also fliegen wir sogar jetzt schon verhältnismäßig tief.«

Das Flugzeug machte einen kleinen Satz, als es auf ein Luftloch stieß. Der Pilot schielte auf eine Unwetterfront, in der sich einzelne Blitze zeigten, und deutete in deren Richtung. »Darum sollten wir einen großen Bogen machen. Das kann ganz schnell ziemlich fies werden!«

»Und es ist kein Problem, wenn wir vom Kurs abweichen?«, fragte Liu.

»Dann kommen wir später an, aber haben Sie es eilig?«

»Die Hauptsache ist, dass wir sicher ankommen!«

Der Pilot ließ die Maschine sanft hinabgleiten, bis sie etwa dreihundert Meter von den Baumwipfeln entfernt war, die man in dem blassen Mondlicht gerade so ausmachen konnte. Unterbrochen wurde das Dunkelgrün nur von einigen Lichtungen sowie vereinzelten Felsspitzen.

Der Pilot drehte gerade an einem Regler, als eine laute Explosion das Flugzeug durchschüttelte. Die Windschutzscheibe splitterte, als sie von Metallteilen getroffen wurde und der Motoralarm heulte auf, als das Flugzeug in die Dunkelheit taumelte. Die Augen des Piloten weiteten sich vor Schreck, während er mit dem Steuerknüppel kämpfte, um die Maschine in eine ruhige Lage zu bringen.

Lius Hände schnellten an seine Stirn, wo Blut aus einer Schnittwunde lief. Seine Stimme ähnelte mehr einem schrillen Kreischen, als er sagte: »Oh mein Gott, was ist passiert?«

Der Pilot biss die Zähne zusammen und schrie: »Irgendwas im Motor ist explodiert, wir stürzen ab!«

»Nein …«, stammelte Liu, als er sah, wie Flammen aus dem Motorraum schlugen und schwarzer Rauch ihre Sicht vernebelte.

»Wir können noch ein Stück weit segeln, aber das wird eine harte Landung«, mahnte der Pilot, wobei er die Augen nicht von der Anzeige der Flughöhe ließ, die sich rasant verringerte. Christines Hände krallten sich in den Sitz, ihr Gesicht in grenzenloser Angst verkrampft.

»Siehst du irgendwas, wo wir sicher landen können?«, fragte Liu, als eine zweite Explosion das Flugzeug durchschüttelte und sie steil nach unten stürzten.

»Festhalten!«, schrie der Pilot und riss die Steuerung im letzten Moment herum, als er einen kleinen Flusslauf entdeckte.

Das letzte, was Christine hörte, war Lius entsetzter Aufschrei, als die Maschine in das felsige Flussbett stürzte, wobei der Aufprall das Cockpit innerhalb von Sekundenbruchteilen zerstörte.

Dann strömte Wasser in die Kabine.

KAPITEL 3

Zwei Tage später in Malibu, Kalifornien

Drake saß auf seinem Longboard im sanft wogenden Wasser vor der Küste und wärmte sich in den Strahlen der Morgensonne, während er auf die nächste Gruppe von vielversprechenden Wellen wartete, die sich langsam dem Strand näherten. Er wischte sich eine Strähne widerspenstigen Haares aus dem Gesicht und schaute nach links, wo drei andere Surfer auf ihren Brettern lagen, deren Neoprenanzüge ihnen das Aussehen von wohlgenährten Seelöwen verliehen. In der Ferne gingen einige Fischkutter ihrem Tagesgeschäft nach und erwartungsfrohe Möwen umkreisten sie laut schreiend.

Drake lebte nun seit zweieinhalb Monaten direkt am Strand – also seit ihm vorgeschlagen wurde, sich die Ecke einmal anzuschauen. Direkt vom ersten Augenblick an hatte er sich in Malibu verliebt. Im Gegensatz zu Nordkalifornien, wo es einen guten Teil des Jahres regnete, hatte er hier bisher nur idyllische Tage aus endlosem Sonnenschein erlebt.

Er hatte ein Strandhäuschen mit zwei Zimmern gemietet, das ziemlich unauffällig wirkte, vor allem im Kontrast zu einigen der übertrieben protzigen Bauten in der Nachbarschaft. Die waren einfach nicht sein Stil, und trotz des massiven Reichtums, an den er quasi über Nacht gekommen war, fühlte er sich immer noch fremd zwischen all den Hollywood-Regisseuren und berühmten Schauspielern, die ebenfalls an diesem Stück Strand zuhause waren.

Seine Tage bestanden daraus, ab Sonnenaufgang zwei bis drei Stunden zu surfen, bis er erschöpft war. Dann gab es Frühstück, bestehend aus Rührei und einer Karaffe voller frisch ausgepresster Orangen, die er jeden Morgen bei einem Markt um die Ecke kaufte. Vor dem Mittagessen absolvierte er dann einen langsamen Fünfkilometerlauf am Wasser entlang. Die Nachmittage verbrachte er vor seinem Computer, wo er E-Mails beantwortete und nach verlorenen Zivilisationen oder Gerüchten verlorener Schätze forschte.

Durch sein Abenteuer im Amazonas hatte Drake nämlich Geschmack an diesen Themen gefunden. Da er jetzt sowieso ein gefeierter Schatzjäger war, dachte er sich, könnte er doch etwas Konstruktives mit seinem Ruf und dem ganzen Geld anfangen. Er hatte immer nur Verachtung für die Reality-TV-Stars gehabt, deren einziges Talent darin zu bestehen scheint, über abgebrochene Fingernägel oder den Stress mit Paparazzi zu jammern. Deswegen hatte er sich geschworen, sich von diesem menschlichen Bodensatz fernzuhalten. Stattdessen würde er das Erbe seines Vaters antreten und sich den Respekt verdienen, den er bisher eher durch Zufall erlangt hatte.

Sein aktuelles Forschungsobjekt war eine Inkastätte in Peru, auf die in einem Dokument hingewiesen wurde, das er in Paititi gefunden hatte. Er war dabei, eine Expedition zusammenzustellen, um danach zu suchen. Die Dringlichkeit bei dieser Aufgabe kam einerseits daher, dass ihm schlicht langweilig war – er wollte nicht zu viel seiner kostbaren Lebenszeit mit Nichtstun verbringen. Der wichtigere Grund war allerdings, dass er Allie endlich wiedersehen wollte. Ihr Treffen in Texas war nicht so verlaufen, wie er es sich erhofft hatte – die Trauer um ihren Vater sowie die vielen Aufgaben im Zusammenhang mit seiner Beerdigung und der Abwicklung seines Nachlasses hatten sie voll und ganz in Beschlag genommen. Nur wenige Tage, nachdem sie wieder die Zivilisation erreicht hatten, standen sofort diverse Fremde auf der Matte, die behaupteten, diverse per Handschlag besiegelte Geschäfte mit Jack am Laufen zu haben und deswegen offene Forderungen beglichen haben wollten. Dabei ging es um beachtliche Summen, zwar nicht nach Drakes neuen Maßstäben, doch es waren über zehn Millionen Dollar. Der in den Medien aufgeplusterte Reichtum von Allie tat sein übriges, dass die Parasiten aus allen Löchern gekrochen kamen und ein Stück vom Kuchen abhaben wollten.

Allie hatte Drake um Entschuldigung gebeten und gesagt, dass sie sich erst einmal allein um die Angelegenheiten ihres Vaters kümmern wollte. Doch dieses Unterfangen dauerte dann nicht Wochen, sondern Monate, und die paar wenigen Telefongespräche waren bei Weitem nicht ausreichend, um ihre besondere Verbindung aufrecht zu erhalten. Bei seinem letzten Besuch in Texas hatte sie ihn mit einer gewissen Unterkühlung begrüßt, aus der er nicht so richtig schlau geworden war. Sie war zwar der Meinung, es würde schon alles wieder werden, aber er war sich da nicht so sicher. Er hatte sich bereits überlegt, einen Flug zu nehmen und einfach bei ihr in der Nähe einzuziehen und dann vor Ort darauf zu warten, dass sie Zeit für ihn hätte. Doch diese Idee hatte er nach einer Konsultation mit Betty verworfen, die von der Sekretärin seines früheren Arbeitgebers zu seiner persönlichen Assistentin aufgestiegen war.

»Gib ihr etwas Zeit, Drake. Sie hat eine Menge mitgemacht«, hatte Betty gesagt.

»Ich weiß, ich war selbst dabei, falls du dich erinnerst.«

»Aber sie hat ihren Vater verloren! Das ist immer schwer, aber für manche noch schwerer als für andere.«

»Der ganze Gerichtsstress macht es sicher auch nicht besser«, hatte Drake hinzugefügt.

»Ich weiß, dass sie dir unheimlich wichtig ist, Drake, aber wenn man das große Ganze betrachtet, was sind dann schon ein paar Wochen mehr oder weniger? Wenn eine Lady sagt, dass sie noch Zeit braucht, dann gewähre sie ihr, sonst wird sie dich auf ewig hassen. Das ist mein Ratschlag.«

»Da hast du sicher recht. Aber ich will irgendetwas für sie tun!«

»Dann schicke ihr einen Strauß Rosen oder kaufe ihr eine Insel. Aber rücke ihr nicht auf die Pelle!«

Dieses Gespräch hatte vor einem Monat stattgefunden, und seitdem hatte er Allie nur drei Mal gesprochen. Das hatte er sich ganz anders vorgestellt. Doch sein Selbstmitleid wurde durch eine Stimme unterbrochen. »Das sieht nach einer guten Wellengruppe aus«, rief sein neuer Freund Seth aus ein paar Metern Entfernung.

»Cowabunga«, bestätigte Drake ihm mit dem Schlachtruf der Surfer und brachte sich in Position. Seth ließ sich von der ersten Welle davontragen, während Drake auf die nächste wartete und dafür belohnt wurde, denn er sah, wie sich eine noch viel größere Welle bildete. Wie ein Wilder paddelte er los und kam genau im richtigen Moment an. Er richtete sich auf und der Ritt begann. Obwohl der Spaß nur zehn Sekunden dauerte, fühlte Drake genau die gleiche Begeisterung wie damals im Norden, wo er auf seinem Kurzbrett allerdings einen Neopren-Vollanzug mit Kapuze hatte tragen müssen, um die Temperaturen bei Santa Cruz auszuhalten. Das wärmere Wasser hier half ihm, sich zu entspannen, und auch die Freundschaft der anderen Surfbegeisterten war etwas ganz anderes als das Konkurrenzdenken, dass er aus Huntington und Newport Beach kannte.

»Mir reicht's für heute, euch Jungs noch viel Spaß«, rief er. Die anderen paddelten schon wieder hinaus, während Drake sich gegen den Sog des zurückströmenden Wassers in Richtung des goldglänzenden Strandes aufmachte. Dort angekommen öffnete er den Reißverschluss seines Anzugs und lockerte das Oberteil, dann schnappte er sich sein Board und trottete auf seinen Bungalow zu. Schon nach diesen wenigen Monaten war er sich eigentlich sicher, dass er hierbleiben wollte, also überlegte er, ein Haus zu kaufen. Doch jedes Mal, wenn er sich online die Angebote anschaute, kam er sich vor wie der letzte Snob. Auch wenn er das Geld locker hatte, schienen ihm die Preise absolut astronomisch für eine reine Ansammlung verschiedener Zimmer. Es war doch einfach Wahnsinn, sieben bis zehn Millionen für nicht einmal zwanzig Meter Strandbreite zu zahlen, mit Nachbarhäusern, die links und rechts angeklatscht waren.

Als er sein holzverkleidetes Domizil erreichte, das gegen die umliegenden Gebäude nur briefmarkengroß wirkte, sah er einen blonden Haarschopf über den Zaun des Nachbargrundstücks lugen. Es folgte eine winkende Hand, die zu einer atemberaubend schönen, jungen Frau gehörte: Kyra, der Tochter eines Filmproduzenten, die im Hause ihres Vaters wohnte, um sich einen Namen in der Filmbranche aufzubauen. Mit ihren zwanzig Jahren war sie ein Produkt absoluter genetischer Perfektion und ihr bloßes Erscheinen würde wohl in allen Ländern der Welt ausreichen, um einen Verkehrsstillstand herbeizuführen. Drake fiel auf, dass ihr Bikini nicht viel mehr zu sein schien als eine Kordel. Offensichtlich hatte sie sich oben ohne gebräunt und kämpfte nun damit, ihr Oberteil wieder in die richtige Position zu bringen, was ihr jedoch nur teilweise gelang. Ob das Absicht oder ein Versehen war, konnte Drake nicht sagen.

»Hey Drake, du alter Surfer, machst ja eine gute Figur da draußen!«, rief sie mit ihrer melodiösen Stimme.

»Danke, Kyra. Wie läuft's bei dir?«

»Mein Agent hat mir noch ein paar Vorsprechen organisiert. Ich habe wirklich das Gefühl, meine große Stunde kommt bald!«

Drake strich sich verlegen die Haare nach hinten und versuchte, nicht auf ihre makellos gebräunte Haut zu starren oder sich in ihren strahlend blauen Augen zu verlieren. »Ja, das kann ich mir vorstellen. Ich hoffe es! Für mich lief das Jahr bisher auch ganz gut.«

Sie schaute ihn an, wie eine Katze ein frisch geschlüpftes Küken mustern würde, wobei ihr Blick an seiner wohlgeformten Brust und den trainierten Oberarmen hängenblieb. »Das ist wohl die Untertreibung des Jahres!«

»Ich bin sicher, du wirst auch etwas leisten, das dich berühmt macht, Kyra. Es ist nur eine Frage der Zeit.«

Damit hatte er recht. Sie las Dialogzeilen mit der Überzeugungskraft eines Steines, auf den ein Gesicht gemalt war, aber die Verbindungen ihres Vaters würden sie früher oder später zum Star machen, da war er sicher.

»Für dich ist das leicht zu sagen. Du hast ja schon den Jackpot abgeräumt! Vielleicht solltest du ein Buch darüber schreiben … oder noch besser, eine Reality-Show, gleich hier am Strand!«

»Ich fürchte, so spannend ist mein Leben nicht, Kyra.«

»Ach, mach dir da mal keine Sorgen. Das ist doch alles inszeniert. Die denken sich irgendwelche Sachen aus und du spielst einfach mit. Hey, ich könnte doch auch mitmachen! Ich könnte die Schauspielerin sein, die Karriereprobleme hat! Das wäre der Wahnsinn! Lass mich ein paar Anrufe machen …«

»Danke, Kyra, aber ich bin hierher gezogen, um genau diesem Rummel zu entkommen!«

Sie schaute ihn bewundernd an. »Siehst du, du bist ein ganz besonderer Mensch! Jeder andere würde sich einschleimen ohne Ende, um eine eigene Sendung zu bekommen. Dir ist das alles ganz egal!«

»Wahrscheinlich sollte ich mal zum Arzt gehen«, scherzte Drake und grinste sie an. Sie reagierte mit einem Schmollmund und lächelte dann zurück.

»Komm doch nachher auf einen Margherita oder so etwas bei mir vorbei«, sagte sie mit unschuldigen Worten, wobei ihre Körpersprache keinen Zweifel daran ließ, was sie mit »so etwas« meinte.

»Super, danke … ich komme vielleicht darauf zurück«, sagte Drake, als er sich wieder seiner Haustür zuwandte, die er nie verschloss. Schließlich hortete er keine Reichtümer und er wusste, dass seine Nachbarn es ebenso machten – ein weiterer Beweis, dass Malibu sich stark von der echten Welt auf der anderen Seite des Hügels unterschied. Doch jetzt entdeckte er zwei Männer in Anzügen, die auf der anderen Seite der offenen Glastür seiner Terrasse standen und ihn mit überkreuzten Armen streng anschauten.

»Was zur Hölle…«

Der Größere von beiden trat nach vorn. »Mister Ramsey, entschuldigen Sie unser Eindringen, aber wir haben geklopft und die Tür war offen. Es wäre sicher besser, Sie würden abschließen«, sagte er, wobei seine Stimme so angenehm klang wie Fingernägel auf einer Schultafel. »Bitte, kommen Sie herein. Wir benötigen einen Augenblick Ihrer Zeit.«

»Und Sie sind …?«

»Jemand, mit dem Sie sich dringend unterhalten sollten«, sagte der andere Mann, der nach einem Seitenblick auf Kyra seine Stimme senkte. »Wir kommen aus Washington.«

»Drake? Ist alles in Ordnung?«, fragte Kyra und näherte sich seinem Haus, indem sie die Treppen von ihrer Veranda herunterkam.

Drake beobachtete die beiden Männer, die sich weiter in den Halbschatten seines Wohnzimmers zurückzogen, um nicht gesehen zu werden. Dann nickte er. »Ja. Aber wenn ich in zehn Minuten nicht wieder auftauche, ruf die Polizei!«

KAPITEL 4

»Ich kann Ihnen versichern, das wird nicht nötig sein«, sagte der erste Mann, als Drake sein Surfbrett gegen das klapperige Holzgeländer lehnte. »Mein Name ist Collins, das ist Ross.«

Drake atmete tief durch und wandte sich den beiden Männern zu. »Was wollen Sie? Und wer gibt Ihnen das Recht, in mein Haus einzudringen?«

»Sie und mein Boss hatten vor ein paar Monaten ein Gespräch. Vielleicht erinnern Sie sich daran?«, sagte Collins und ignorierte damit Drakes Frage.

Drake nickte, wobei sich seine Stimmung deutlich verschlechterte. Er konnte sich daran erinnern, als wäre es gestern gewesen. »Klar. So etwas Unangenehmes vergisst man nicht so schnell.«

»Ich komme zur Sache. Wir haben ein Problem, bei dem wir Ihre Hilfe brauchen. Kommen Sie doch herein, damit wir darüber reden können.«

»Mir gefällt es hier draußen besser, wenn es Ihnen nichts ausmacht«, antwortete Drake.

»Ramsey, tun Sie uns einen Gefallen und regen Sie sich ab, okay?«, knurrte Ross. »Kommen Sie rein, nehmen Sie sich eine Limo oder was auch immer und hören Sie uns an. Dann gehen wir. Sie sind zu nichts verpflichtet.«

Drakes rechte Augenbraue hob sich. »Ich bin zu nichts verpflichtet?«

»Das haben Sie richtig gehört«, bestätigte Collins.

Drake seufzte, zog sich sein Neopren-Oberteil ab und drapierte es auf dem Geländer der Terrasse. »Dann fassen Sie sich kurz. Ich muss meine Sachen sauber machen.«

Drake betrat das Wohnzimmer nur in seinen Surfershorts bekleidet. Er warf kurz einen abwägenden Blick auf das Sofa, zuckte dann mit den Schultern und setzte sich, obwohl er die weißen

Polster damit ordentlich durchnässte. Collins nahm in einem Sessel Platz, während Ross neben dem Esstisch stehen blieb.

Dann räusperte sich Collins. »Wir könnten Ihre Hilfe gebrauchen. Wir haben eine schwierige Situation und brauchen jemanden von Ihrem Format.«

»Von meinem … Format?«

»Genau. Sie sind ein berühmter Schatzsucher. Dadurch kommen Sie an Orte, die für unsere Agenten tabu sind.«

»Ihre Agenten«, plapperte Drake verwundert nach.

Collins nickte. »Vor zwei Tagen ist eine Privatmaschine irgendwo im Grenzgebiet von Laos und Myanmar abgestürzt. Die Thais hatten sie auf ihrem Radar, bis sie verschwunden ist. Es gab zu der Zeit ein Unwetter in dem Gebiet und wir befürchten das Schlimmste.«

»Das tut mir leid«, sagte Drake mit verwirrtem Gesichtsausdruck, »Aber was hat das mit mir zu tun?«

»In dem Flugzeug saß eine Frau namens Christine Whitfield. Sie ist die Tochter des Senators Arthur Whitfield. Vielleicht haben Sie von ihm gehört?«

Drake schüttelte den Kopf. »Ich interessiere mich nicht besonders für Politik.«

»Er ist der Kopf hinter vielen neuen Gesetzen und manche behaupten, er hätte ebenso viel Einfluss wie der Präsident«, sagte Ross.

Collins seufzte. »Der Senator ist sehr aufgebracht über das Verschwinden seiner Tochter, Drake. Er hat angefangen, Fäden zu ziehen. Eine Menge Fäden. Und einer dieser Fäden führte zum Chef unserer Organisation, der mit ihm befreundet ist. Der hat versprochen, ihm zu helfen. Und hier kommen Sie ins Spiel.«

»Ich verstehe es immer noch nicht.«

»Sie müssen sofort eine Expedition in das Gebiet zusammenstellen. Wir besorgen Ihnen die nötigen Genehmigungen, aber wir brauchen jemand Bekannten, um nach ihr zu suchen. Sonst bekommen wir niemals die Erlaubnis von den beteiligten Ländern.«

»Warum nicht? Ich dachte, Ihr Jungs regiert die ganze Welt?«

Collins lächelte zum ersten Mal, was einen beunruhigenden Effekt hatte. »Ich fürchte, auf Youtube werden unsere Möglichkeiten übertrieben. Wir sind vielleicht in der Lage, Aliens zu verstecken und eine neue Weltordnung zu planen, aber wir bekommen von der laotischen Regierung keine Erlaubnis, in ihrem Staatsgebiet herumzuschnüffeln. Die sind immer noch ein bisschen empfindlich wegen ein paar unschönen Vorkommnissen während des Vietnamkriegs.«

»Und vergessen Sie nicht Myanmar. Die hassen uns mehr als Iran und Nordkorea zusammen«, fügte Ross hinzu.

»Aber mich würden sie in ihrem Dschungel herumturnen lassen? Warum noch mal?«

»Verdammt, Drake, Sie sind berühmt! Im Moment sind Sie quasi weltbekannt! Natürlich würde man Sie nicht nach einem Flugzeug suchen lassen … weswegen Sie das auch nicht tun werden.«

»Wonach suche ich denn dann? Also, gesetzt den Fall, dass ich Interesse hätte?«, fragte Drake neugierig.

»Haben Sie jemals von dem Smaragd-Buddha des Khmer-Imperiums gehört?«, fragte Collins, wobei sich seine grauen Augen in die von Drake bohrten. Der schüttelte den Kopf.

»Dann googeln Sie das. Als die Thais in das Gebiet eingefallen sind, das heute Kambodscha ist, haben die Khmer den Legenden zufolge ihren größten Schatz außer Landes geschafft. Wir haben Grund zu der Annahme, dass er sich in der Nähe der Grenze zwischen Laos und Myanmar befindet, wo auch das Flugzeug zum letzten Mal beobachtet wurde.«

»Die Khmer? Wer genau sind die Khmer? Ich habe nur mal den Begriff der Roten Khmer gehört.«

»Die haben den Namen von ihren Vorfahren übernommen. Diese Khmer waren einst das mächtigste Reich in der Region. Sie haben außergewöhnliche Tempel gebaut und sind heute noch berühmt für ihre fortschrittliche Zivilisation. Im Mittelalter waren sie quasi eine Supermacht und Angkor Wat ist die bekannteste ihrer Tempelanlagen. Sie haben für Jahrhunderte geherrscht, bis Thailand ihnen im fünfzehnten Jahrhundert die Butter vom Brot genommen hat.«

Drakes Augen verengten sich. »Woher wissen Sie, wo der Schatz ist?«

»Um ehrlich zu sein wissen wir es nicht ganz genau. Aber wir haben Grund zu der Annahme, das Gebiet einengen zu können.«

»Verstehe. Die Frage ist nur, wie?«

»Wenn Sie uns helfen, bekommen Sie ein Briefing mit streng geheimen Daten. Darunter befindet sich ein Interview mit einem Guerilla-Kommandanten, der im Vietnamkrieg gefangen genommen wurde. Er hatte sehr wertvolle Informationen, die einen begabten Schatzsucher wie Sie bestimmt zu dem versteckten Tempel führen werden, wo der Schatz versteckt ist.«

Drake schnaubte. »Denken Sie sich das gerade aus?«

Collins stand auf. »Mister Ramsey, wir haben nicht viel Zeit. Wie gesagt, es sind bereits achtundvierzig Stunden vergangen, seit das Flugzeug verschwunden ist. Whitfield ist verzweifelt, er braucht Antworten. Und falls irgendeine Chance besteht, dass seine Tochter noch lebt … nun ja, so oder so würden Sie Ihrem Land, meinem Chef und dem Senator einen riesigen Gefallen tun, den niemand vergessen wird. Es kann nie schaden, bei Menschen dieses Kalibers etwas gut zu haben.«

Drake dachte darüber nach. »Wie viel Zeit habe ich, um mich zu entscheiden?«

»Am besten wäre jetzt sofort.«

Drake schüttelte den Kopf. »Das geht nicht. Ich muss erst darüber nachdenken.«

»Dann denken Sie!«, bellte Ross.

»Mister Ramsey, die Sache ist ganz einfach«, sagte Collins mit besonnener Stimme. »Sie fliegen nach Thailand. Dort machen Sie eine Expedition in Begleitung von wem auch immer Sie wollen, sowie einem unserer Leute. Vielleicht finden Sie dort einen Schatz, der beweist, dass Paititi nicht nur ein Glückstreffer war. Gleichzeitig halten Sie Ihre Augen nach einem Flugzeug offen.

Indem Sie dies tun, verdienen Sie sich den Dank einiger der mächtigsten Menschen in unserem Land. Das sind doch alles nur Vorteile!« Collins wartete kurz, um Drakes Reaktion einschätzen zu können. »Selbst wenn Ihnen das alles nichts bedeutet, denken Sie doch mal an die junge Frau! Wenn Sie noch lebt, ganz allein im Dschungel, dann wird das nicht sehr lange so bleiben. Sie sind der entscheidende Faktor in der Frage, ob sie überlebt oder stirbt. Sagen Sie mir bitte, Mister Ramsey, was haben Sie diese Woche noch vor, das wichtiger ist, als möglicherweise das Leben einer jungen Dame zu retten und gleichzeitig einen legendären Schatz zu heben?«

Drake leckte etwas verkrustetes Meersalz von seinen Lippen. »Ich muss das mit meinem Team besprechen.«

»Sie müssen morgen in der Luft sein. Wir müssen in der Zwischenzeit die behördliche Seite regeln und Ihnen die nötigen Genehmigungen besorgen.«

»Das ist eventuell zu knapp. Lassen Sie mich ein paar Anrufe machen und es herausfinden.« Drake stand auf. »Falls ich es überhaupt mache – gewähren Sie mir bitte zuerst etwas Spielraum, um mich zu entscheiden.«

»Ich hätte gern jetzt eine Antwort.«

»Ich hätte gern ein Einhorn, auf dem ich nach Fantasien reiten kann. Haben Sie eine Nummer, unter der ich Sie erreichen kann?«

»Wir spielen hier kein Spiel«, sagte Ross, wobei er einen Schritt auf Drake zumachte.

Collins erhob eine Hand, um Ross zurückzupfeifen, und angelte einen Stift aus seiner Tasche. Er schaute sich im Zimmer um und ging dann zum Frühstückstresen, wo er eine Nummer auf den Notizblock neben dem Telefon kritzelte. Er riss den Zettel ab und reichte ihn Drake. »Können Sie meine Schrift lesen?«

Drake las die Nummer vor. »Bitte geben Sie mir einen Moment, um das alles zu verdauen.«

Collins schüttelte frustriert den Kopf. »Wir haben keine Alternative, Mister Ramsey. Sie sind die einzige Hoffnung für den Senator und seine Tochter. Falls es Ihnen hilft, zu einer Entscheidung zu kommen, können wir ihn jetzt anrufen und Sie reden mit ihm. Vielleicht kann die Verzweiflung eines Vaters Sie umstimmen?«

»Das ist nicht nötig. Ich habe schon verstanden, was auf dem Spiel steht. Aber lassen Sie es mich durchdenken und Ihre Geschichte nachprüfen. Ich rufe Sie noch heute an und teile Ihnen meine Entscheidung mit. Mehr kann ich Ihnen nicht anbieten.«

Collins nickte. »Sorry, dass wir hier so hereingeplatzt sind.«

»Laufen Sie nicht gegen den Türrahmen …«, komplimentierte Drake die beiden hinaus, wobei er mit dem Zettel in der Hand neben der Couch stehen blieb, bis Ross die Tür zuzog.

Drake machte schnell ein paar große Schritte, verriegelte die Tür und begab sich dann zu seinem Computer. Er hatte gerade Christines Namen eingetippt, als Kyras Stimme ihn aus seinen Gedanken riss.

»Drake? Alles okay?«

Er drehte sich um und rief ihr zu: »Ja, Kyra, vielen Dank. Alles prima.«

»Okay. Denk an die Margarita!«

»Ich melde mich.«

Drake schaute sich die Suchergebnisse und dann das Facebook-Profil von Christine an. Das Bild zeigte eine attraktive junge Frau, die ihn intensiv anzustarren schien. Drake versuchte sich vorzustellen, wie es sich für ihren Vater anfühlen musste, nicht zu wissen, ob sie tot oder lebendig war, und dabei lief ihm ein kalter Schauer den Rücken hinunter.

Als Nächstes startete er eine Suche nach dem Smaragd-Buddha der Khmer und las sich ein paar Berichte durch, auch einen über die kleinere Ausgabe des Buddhas, die sich im königlichen Palast in Thailand befand. Dieses beeindruckende Stück Kunsthandwerk galt als heilige Reliquie für die Thailänder, die das Wohlergehen ihres Landes von diesem Kulturerbe abhängig machten. Deswegen gab es eine spezielle Zeremonie, in der der thailändische König die Statue zu jedem Wechsel der Jahreszeiten in ein goldenes Gewand hüllte.

Der Begriff »Smaragd-Buddha« war allerdings irreführend, denn er beschrieb nur die Farbe, nicht den Edelstein. Die Statue war aus grünem Jasper hergestellt worden, und Drake vermutete, dass das bei dem größeren Buddha ebenso war.

Der Legende zufolge war der königliche Schatz der Khmer in einem geheimen Tempel versteckt, dessen Aufenthaltsort seit sechshundert Jahren unbekannt war, da alle Aufzeichnungen in den vielen Kriegshandlungen der damaligen Zeit vernichtet worden waren. Schon viele Khmer hatten sich hoffnungsvoll zu Expeditionen aufgemacht, später dann auch Schatzjäger vieler Nationen, doch niemand hatte Erfolg. In den letzten hundert Jahren war der vermutete Fundort auch immer gefährlicher geworden, weil Kriege, Hungersnöte, Fluten, Stürme, Militärregierungen und Drogenhändler das Gebiet heimgesucht hatten. Dadurch waren weitere Expeditionen im Keim erstickt worden.

Drake studierte Christines Facebook-Seite und las ihre öffentlichen Postings, schaute sich ihre Selfies an und stieß dann auf ein Foto, das ihn versteinern ließ.

Er schaute sich das Foto sehr lange an, dann schüttelte er den Kopf und stieß einen kaum hörbaren Fluch aus – dann ging er zum Telefon, um herauszufinden, ob Allie dabei sein würde.

Für sich selbst hatte Drake seine Entscheidung bereits getroffen. Er würde nach Thailand fliegen.

KAPITEL 5

Peking, China

Zwei große Mannschaftswagen hielten vor einem sechsgeschossigen Gebäude aus Chrom und Glas, das sich am Stadtrand befand. Dahinter stoppte ein gepanzertes mobiles Einsatzzentrum, das mit Runflat-Reifen und Schießscharten ausgestattet war. Eine Truppe Polizisten in schweren Kampfanzügen sprang aus den Fahrzeugen und bildete zwei Züge auf dem Bürgersteig. Fußgänger stoppten und kehrten sofort um, denn egal, was hier vor sich ging, es sah gefährlich aus. Drei Männer in grellorangen Notwesten begannen, die Straße abzusperren und den Verkehr umzuleiten.

Ein schwarzer SUV hielt am Bordstein und die Männer nahmen Haltung an. Ein unauffälliger Herr in schwarzem Anzug verließ das Fahrzeug und ließ seinen Blick über die versammelten Beamten schweifen. Während noch weitere SUVs eintrafen, nickte er dem Anführer der Männer zu.

»Los geht's«, sagte der kleine Mann.

Der Anführer nickte und bellte einen Befehl, woraufhin seine Leute ihre Waffen durchluden und sich bereitmachten, das Gebäude zu erstürmen.

Huang schaute missmutig auf sein Schreibtischtelefon und dann zurück auf den riesigen Stapel Papierkram, den er gerade durcharbeitete. Das schrille Klingeln war jedoch so aufdringlich wie die Stimme seiner oft wütenden Ehefrau, also ließ er seinen Stift fallen und griff nach dem Hörer.

»Ja?«

»Sir, eine Gruppe von Regierungsmitarbeitern ist auf dem Weg zu Ihnen nach oben. Es sind mindestens zwanzig Mann.

Mit Waffen.« Es war der Sicherheitsmann in der Lobby des Gebäudes, dem Firmensitz von Moontech – der Technologiefirma, die Huang gegründet hatte, und die sich in der neuen Welt des globalen Kapitalismus sehr gut schlug, indem sie Zehntausende Webseiten hostete und unzählige Programme und Apps verkaufte.

»Wie bitte? Meinen Sie das ernst?«

»Absolut, Sir! Sie werden jeden Moment da sein!«

Huang stand erschrocken auf. Er führte seine Firma mit rein ehrlichen Mitteln und schmierte alle wichtigen Personen, um in Ruhe gelassen zu werden. Mit Raubkopien oder irgendwelchen anderen halbseidenen Machenschaften hatte seine Firma nichts zu tun, im Gegensatz zu vielen Mitbewerbern, von denen bereits einige dem starken Arm des Gesetzes zum Opfer gefallen waren. Doch Huang war schlicht und ergreifend sauber.

Als er an die Bürotür herantrat, sah er, wie eine Gruppe Polizisten mit Sturmgewehren durch den Flur liefen, angeführt von einem Mann mit verschlagenem Gesicht. Huangs Angestellte erstarrten bei diesem Anblick vor Schreck, niemand wagte auch nur eine Bewegung. Die Beamten verteilten sich und trieben die Mitarbeiter mit vorgehaltenen Waffen zusammen.

Huang trat im Flur dem kleingewachsenen Anführer entgegen, wobei er seine Hände auf die Hüften stützte. »Was hat das zu bedeuten?«

»Huang Qi?«, fragte der Beamte im Anzug.

»Der bin ich.«

»Sie sind verhaftet.« Der Mann wandte sich an die beiden Polizisten hinter ihm. »Handschellen!«

Huang war entsetzt. »Wieso das denn? Ich habe mir nichts zuschulden kommen lassen!«

»Das werden wir ja sehen.« Einer der Cops trat hinter Huang und fesselte ihm die Hände hinter dem Rücken.

»Das ist eine Frechheit«, sagte Huang. »Meine Firma ist für ihre Ehrlichkeit bekannt!«

»Sparen Sie sich die Worte. Wo befinden sich Ihre Server?«

Huang blinzelte, erstaunt über diese Frage. »Im … im Keller. Wieso?«

Der Beamte zog ein Mobiltelefon aus seiner Jacketttasche und tätigte einen Anruf, ohne Huang weiter zu beachten. »Schicken Sie die Techniker in den Keller. Halten Sie die Angestellten fest, bis wir alle verhört haben!«

Das Blut wich aus Huangs Gesicht. »Ich verstehe das nicht. Bitte. Warum tun Sie das? Alle unsere Genehmigungen sind in Ordnung, die Konten werden überwacht, wir …«

Die Hand des kleinen Mannes zischte mit der Geschwindigkeit eines Blitzes in Richtung von Huangs Gesicht und sein Kopf wurde durch die Wucht der Backpfeife zur Seite geworfen.

»Sie stellen hier nicht die Fragen, das ist mein Job!«, zischte der Beamte und seine gesenkte Tonlage war bedrohlicher, als wenn er geschrien hätte. »Bringen Sie ihn ins Hauptquartier!«

Huang schluckte seinen Stolz herunter. Er war gerade vor seinen ranghöchsten Angestellten geohrfeigt worden, doch er ließ es ohne Widerrede zu, dass man ihn zum Aufzug geleitete. Die Gesichtsausdrücke seiner Mitarbeiter sagten mehr als tausend Worte – es gab keinen Zweifel daran, wie ernst die Situation war. Er verstand nicht, wie er von einem Augenblick zum nächsten von einem führenden Mitglied der Gesellschaft zum Gefangenen werden konnte, aber er wusste, dass er ein riesiges Problem hatte. Allein die Tatsache, dass der Herr im Anzug ihm keinen Ausweis gezeigt hatte, deutete darauf hin, dass er unter dem Radar operierte. Und das bedeutete in China, dass er gefährlicher war als eine Giftschlange.

Die Polizisten führten Huang auf die Straße und schoben ihn dort in einen unbeschrifteten, schwarzen Lieferwagen. Seine Handschellen ketteten sie an eine stählerne Bank im Inneren, bevor sie die Türen schlossen. Seine Sorge wurde größer – das war definitiv nicht das Prozedere der normalen Polizei. Endlich erschien ein anderer Mann in einem Anzug, setzte sich auf den Fahrersitz und startete den Motor.

»Wo bringen Sie mich hin?«, fragte Huang, doch der Mann ignorierte ihn.

Huang versuchte es wieder und wieder, bis der Fahrer ihm über die Schulter und durch das dicke Stahlgitter zwischen ihnen zurief, er solle schweigen, bevor er alles noch schlimmer machte. Das wollte Huang um keinen Preis, also gab er auf. Er würde schon bald genug herausfinden, was los war. Trotzdem ratterte es in seinem Kopf, als er alle Eventualitäten durchdachte. Was konnte diese Razzia ausgelöst haben? Es gab eigentlich nur eine Möglichkeit: Einer seiner Konkurrenten musste ihn gehackt und der Regierung irgendwelche kompromittierenden Daten zugespielt haben, um Moontech aus dem Geschäft zu drängen.

Jiao Long schaute schweigend zu, wie seine Männer einen Server nach dem anderen aus den Technikregalen des eiskalten Kellers rissen und sie zum Fahrstuhl schleppten, von wo aus sie ins Hauptquartier gebracht werden würden, um Informationen zu extrahieren, die ihm bei seiner Suche helfen würden. Es ging hier schließlich um die nationale Sicherheit, und die hatte höchste Priorität, daran hatten seine Vorgesetzten keinen Zweifel gelassen. Er hatte die freie Wahl, sämtliche Mittel einzusetzen, die zu Ergebnissen führen würden, und dazu gehörten Verhaftungen und Beschlagnahmungen.

Jiao war nun schon über zwanzig Jahre bei Chinas MSS – dem Gegenstück zur CIA der Amerikaner, also dem Teil der Regierung, der für verdeckte Operationen, Spionage und Abwehrmaßnahmen zuständig war. Er war einer der Hüter der größten Geheimnisse des Landes. Über seiner Behörde gab es keine weiteren Institutionen, sie unterstanden direkt dem Premierminister, der ihnen häufig Freibriefe ausstellte, sodass sie ihre Anliegen auf die Art regeln konnten, die ihnen am effizientesten erschien. Dadurch hatte Jiao fast die Macht eines Gottes über die reguläre Bevölkerung, und wenn er eine Operation wie diese leitete, die sich gegen Moontech richtete, war er voll in seinem Element.

Für ihn stand außer Frage, dass in dieser Firma regierungskritische Kräfte am Werk waren, zumindest deutete die aktuelle

Beweislage darauf hin. Sollte es sich trotzdem als falsch herausstellen, war das nicht sein Problem. Es gab für seine Opfer keine Möglichkeit, sich zu wehren, kein Gericht, an das sie sich wenden konnten. Er war unberührbar und konnte tun und lassen, was er wollte, um an die Antworten zu kommen, die seine Vorgesetzten von ihm haben wollten.

»Benachrichtigen Sie mich, wenn die Server im Hauptquartier angeschlossen sind. Und setzen Sie Verhörspezialisten auf die Mitarbeiter an. Ich brauche Antworten, ist das klar?«, instruierte er seinen direkten Untergebenen, Herrn Deshi.

»Jawohl, Sir«

»Ich fahre ins Hauptquartier, um herauszufinden, was Huang weiß. Ich lasse mein Telefon angeschaltet.«

Die Verhörzellen im MSS waren kein angenehmer Ort: die Wände nur unverputzter Beton, die Temperatur mit Absicht niedrig. Huang war an eine Stahlschelle gefesselt, die in der Wand eingelassen war, und musste stehend darauf warten, dass etwas passierte. Eine dunkle Stahltür, deren Lack bereits Blasen warf, befand sich ihm direkt gegenüber, doch sie wollte und wollte sich nicht öffnen. Huang versuchte, die Tatsache zu ignorieren, dass der Raum ein leichtes Gefälle aufwies, das zu einem Abflussgitter im Boden führte – er wollte sich gar nicht vorstellen, welchem Zweck das dienen sollte.

Endlich wurde die Tür mit einem lauten Klacken entriegelt und öffnete sich. Jiao kam herein, in Begleitung von zwei Wärtern, von denen einer eine Metallkiste trug, während der andere einen Werkzeugwagen vor sich herschob. Eine Auswahl von schwarzen Bohr- und Schnittwerkzeugen lag darauf, während im unteren Bereich riesige Autobatterien ruhten.

Huang schluckte bei dem Anblick und betete, dass dieses Arrangement bloß der Einschüchterung diente und nicht wirklich benutzt werden sollte.

»Sie waren ein böser Junge«, sagte Jiao in beiläufigen Tonfall, als würde es darum gehen, dass Huang bei Rot über die Straße gegangen war. »Ihnen werden schwere Verbrechen gegen die Volksrepublik vorgeworfen. Ein solcher Verrat kann mit dem Tode bestraft werden! Es wäre das Beste für Sie, wenn Sie einfach zugeben würden, was Sie getan haben, und wer in der Sache mit drinsteckt. Wenn Sie das nicht tun, werde ich die Informationen auf die eine oder andere Art aus Ihnen herausbekommen.«

Huangs Augen weiteten sich und er schüttelte den Kopf. »Ich schwöre, ich habe keine Ahnung, wovon Sie reden.«

»Ich wusste, dass Sie das sagen würden. Volksverräter gestehen ihre Sünden nie, wenn man sie damit konfrontiert. Das ist eine der unumstößlichen Erkenntnisse, die ich in meinem Beruf erlangt habe.«

»Aber ich schwöre es Ihnen, ich weiß nichts! Wie lautet denn die Anklage? Prüfen Sie es nach und Sie werden feststellen, dass ich nichts getan habe! Ich bin ein folgsamer Bürger!«, protestierte Huang.

»Ich bin enttäuscht davon, dass Sie sich für diesen Weg entschieden haben. Ich hoffe immer noch darauf, einmal von einem ehrlichen Menschen überrascht zu werden. Aber machen Sie sich keine Sorgen. Meine Methoden sind sehr effektiv, wenn auch geradezu unmenschlich schmerzhaft. Sie werden gestehen.«

»Es gibt aber nichts zu gestehen, das schwöre ich Ihnen!«

Eine Stunde später konnte Jiao bestätigen, dass Huang mit seinen Unschuldsbeteuerungen nicht gelogen hatte. Für Huang war es nun freilich zu spät, aber das brachte der Job eben mit sich. Jiao wandte sich an seine beiden Begleiter, während er sich mit einem Handtuch etwas Blut von der Stirn wischte.

»Machen Sie hier gründlich sauber. Wir sprechen als Nächstes mit seinem Stellvertreter.«

KAPITEL 6

Malibu, Kalifornien

Drake hängte gerade das Telefon auf, als ein tiefes Grummeln aus Richtung der Straße ertönte. Allie war zunächst sehr zurückhaltend gewesen, bis Drake sie aufgefordert hatte, auf Facebook zu gehen und ebenfalls einen Blick auf das Foto zu werfen, das ihn so tiefgreifend berührt hatte. Trotzdem hatte Allie versucht, sich mit dem ganzen Trubel der Nachlassverwaltung herauszureden. Ihrer Meinung nach würde das, was Drake von ihr verlangte, ihr Leben in dieser Situation komplett aus der Bahn werfen.

»Allie, das weiß ich, und ich kann deinen Standpunkt absolut verstehen. Aber du bist die Archäologin in unserer Truppe! Ich würde einen Khmer-Tempel doch nicht mal erkennen, wenn er mir auf die Füße treten würde! Du bist die Expertin, ich habe keine Ahnung. Ich würde dich niemals darum bitten, wenn es nicht so wichtig wäre!«

»Woher weißt du, dass die sich den Teil mit dem Tempel nicht nur ausgedacht haben, damit du dich auf die Suche nach dem Flugzeug machst?«

»Wir bekommen morgen ein komplettes Briefing. Wenn wir das Gefühl haben, dass das Ganze nicht schlüssig ist, sagen wir ab. So einfach ist das.«

Sie dachte für eine Weile nach. »Ich glaube nicht, dass irgendetwas einfach sein kann, wenn diese … diese Typen da mit drinstecken!«

»Allie, ich traue ihnen kein Stück mehr als du, aber die Legende von dem Tempel stimmt auf jeden Fall, das kann ich schon bestätigen. Es gibt mehr solide Hinweise darauf als auf Paititi, und das lief doch ganz gut für uns.«

»Jedenfalls wenn man außer acht lässt, dass wir entführt wurden, ein paarmal fast gestorben sind und mein Vater dieses Abenteuer mit seinem Leben bezahlt hat!«

Drake seufzte. »Es tut mir leid, dass ich angerufen habe, Allie. Ich wollte nur, dass du bei der Sache dabei bist … Wir haben doch wirklich super zusammengearbeitet und ich kann mir nicht vorstellen, ohne dich auf so eine Expedition aufzubrechen!«

Allies Tonfall wurde etwas sanfter. »Lass mich ein paar Nachforschungen anstellen. Ich rufe dich an, wenn ich mich entschieden habe.«

»Ich vermisse dich, Allie.«

»Ich vermisse dich auch, Drake. Es ist nur einfach gerade alles so kompliziert!«

»Das muss es aber nicht sein. Zumindest nicht zwischen uns.«

»Du hast leicht reden.«

Dieses Gespräch hatte vor zwei Stunden stattgefunden und soeben hatte Allie zurückgerufen, um zu sagen, dass sie trotz großer Bedenken dabei sei und den ersten Flug am nächsten Morgen nehmen würde, sodass sie um neun Uhr in Los Angeles ankäme.

»Nimm einen Charterflug, Allie«, hatte er ihr gesagt, »Ich lasse eine Maschine warten, bis du starten willst. Ich zahle.«

»Wenn du mich mit verschwenderischem Luxus bestechen möchtest, fürchte ich, das könnte funktionieren.«

»Das hatte ich gehofft. Ich werde alles arrangieren und dir dann eine Mail schicken. Bist du sicher, dass du nicht schon heute losfliegen möchtest?«

»Es würde an ein Wunder grenzen, wenn ich bis morgen früh überhaupt alles organisiert bekomme. Sag denen, die sollen um sieben Uhr morgens am Flughafen sein. Und wenn sie Croissants und guten Kaffee haben, würde dir das definitiv ein paar Bonuspunkte einbringen.«

»Dann werde ich dafür sorgen. Vielleicht noch ein Stück Kuchen dazu oder sonst irgendetwas?«

»Kaffee ist mehr als genug.« Sie schwieg für einen Augenblick. »Dann sehen wir uns morgen.«

»Ich freue mich. Vielen Dank, Allie. Du wirst es nicht bereuen!«

»Wenn du meinst.«

Der Klang eines hochgezüchteten Auspuffs war inzwischen zu hören, also ging Drake verwundert zur Haustür. Auf der anderen Seite fand er einen knallgelben Lamborghini Aventador LP 750-4 Superveloce vor, der auf der Einfahrt zu seinem Haus parkte.

»Was zur Hölle ...?«, flüsterte Drake vor sich hin, als der V12-Motor abgeschaltet wurde und sich die Fahrertür nach oben aufschwang.

Spencers sonnengebräuntes Gesicht grinste ihn an, als er aus dem Wagen kletterte. »Hey Kumpel, wie hängt's denn?«

»Spencer! Dich habe ich ja schon ewig nicht gesehen! Ist das deiner?«

»Jawoll! Dachte mir, ich peitsche ihn mal eben zum Spaß die Küste hoch! Ich hab ja sonst nicht viel zu tun.«

Drake schaute ihn skeptisch an. Es war irgendwie sehr unwahrscheinlich, dass Spencer aus purem Zufall hier auftauchte, nur Minuten, nachdem der CIA gegangen war. Seine Vermutungen, dass Spencer mehr mit dem Geheimdienst zu tun hatte, als er vorgab, kamen sofort zurück, doch er gab ihnen keinen Raum, sich zu entfalten. »Wie viele Strafzettel hast du denn schon eingefahren? Der Wagen sieht so aus, als würde er selbst beim Herumstehen mindestens ein Dutzend Gesetze brechen!«

»Heute noch keinen. Aber frag mich nicht, wie viele es waren, seit ich ihn abgeholt habe!« Spencer näherte sich Drake und gab ihm einen Klaps auf die Schulter. »Was fährst du denn?«

»Oh, ich habe einen FJ Cruiser. Der ist natürlich nicht mit deinem Space Shuttle vergleichbar!«

»Verbraucht aber dafür bestimmt weniger Sprit.«

»Ja, und ich kann manchmal sogar das Radio hören!«

Spencer beäugte den Bungalow und schüttelte dann den Kopf. »Hat dir noch niemand gesagt, dass du reich bist?«

Drake zuckte mit den Schultern. »Was denn? Reicht doch. Ich wohne hier allein, also was soll ich mit einem Schloss?« Er grinste. »Soll ich die Führung mit dir machen? Dauert etwa zehn Sekunden.«

»Gern.«

Drake führte ihn hinein, zeigte alles und bot ihm dann ein Getränk an. Spencer schnappte sich eine Diätlimonade, während Drake eine Flasche Wasser nahm. Anschließend bewunderte der Gast die Aussicht von der Terrasse, wobei er sah, wie Kyra in ihrem Haus verschwand. Als Drake sich zu ihm gesellte, warf Spencer ihm einen vielsagenden Blick zu.

»Jetzt verstehe ich, was du an dem Haus magst. Super Aussichten, hab ich recht?«, sagte er mit gespielt schwülstiger Stimme.

»Ach, das ist bloß Kyra. Meine Nachbarin.«

»Verdammt. Ich wusste doch, dass ich in der falschen Gegend wohne!«

»Wieso das denn? Als wir das letzte Mal sprachen, wolltest du dir doch ein Haus in Sorona del Mar zulegen, oder?«

Spencer verzog das Gesicht. »Laguna Beach.«

»Ach, genau. Direkt am Wasser, reiche Nachbarn, Neubau, megateuer?«

»Genau so ist es. Aber ich bin vor nem knappen Monat ausgezogen und verklage jetzt die Baufirma. Die Hütte ist ein Stück Scheiße.«

»Was? Wie kann es denn für zwanzig Millionen Dollar scheiße sein?«

»Insgesamt waren es siebenundzwanzig. Der Boden ist nicht anständig vorbereitet worden, jetzt gibt es schon Risse im Fundament … es ist ein einziger Albtraum.«

»Aber du kommst aus der Nummer wieder raus, oder?«

»Leider hat sich herausgestellt, dass die Hälfte der anderen Eigentümer ihn auch verklagt.«

»Hätte man dir das nicht vor Vertragsunterzeichnung mitteilen müssen?«

»Klar. Haben sie aber nicht gemacht. Und damit liegt die Sache jetzt vor Gericht. Natürlich hat der Sack auch noch eine Gegenklage eingereicht, weil ich seinem guten Namen schade.«

»Damit will der dich doch nur ärgern.«

»Es hat sich herausgestellt, dass er leider ein paar Richter kennen muss, denn die haben einen Teil von meinen Konten eingefroren, um potenzielle Geldstrafen zu decken.«

»Aber du hast doch sicher einen Haufen Geld übrig?«

»Schon, aber meine laufenden Kosten sind extrem.« Spencer nahm einen großen Schluck von seiner Limonade. »Hatte ich dir erzählt, dass ich ein Flugzeug gekauft habe?«

»Nein. Was denn für eines?«

»Einen Jet.«

»Wozu brauchst du denn einen Jet? Warum least du dir nicht einen?«

»Ich muss doch zu meinem Boot kommen.«

»Du hast dir auch ein Boot gekauft?«

»Klar, das macht man doch so als Neureicher, oder?«

»Vermutlich …«

Spencer zog sein Mobiltelefon aus der Tasche und hangelte sich durchs Menü, bis er ein Foto auf dem Schirm hatte. Er reichte Drake das Gerät und der Pfiff durch die Zähne. »Wow. Krasses Teil! Wie groß ist es?«

»Hundertachtzig Meter. Allie und du, ihr solltet es euch mal ausleihen. Es ist momentan in mediterranen Gewässern, oder besser gesagt, auf einem Trockendock. Muss noch gewartet werden. Ich habe es einem Scheich für nen Appel und ein Ei abgekauft.«

»Was kosten ein Appel und ein Ei heutzutage so?«

»Dreißig.«

»Millionen?«

»Eigentlich eher fünfunddreißig, wenn man noch die Arbeit mit einrechnet, die gerade gemacht wird.«

»Wie gewonnen …«, grinste Drake. »Will ich überhaupt wissen, was das Flugzeug gekostet hat?«

»Das habe ich von der Bank. Der Vorbesitzer ist pleite gegangen. Hatte auch eine Baufirma. Das sind alles verdammte Verbrecher!«

»Also war es ein guter Deal?«

»Für eine Gulfstream auf jeden Fall.«

Drake fiel die Kinnlade herunter. »Du hast dir eine Gulfstream gekauft?«

»Ich weiß, ich weiß. Aber der Neupreis war fünfundachtzig. Ich habe sie für fünfunddreißig bekommen, obwohl sie erst drei Jahre alt ist und gerade mal vierhundert Stunden runter hat.«

»So ähnlich wie bei einem Neuwagen also – der ist auch gleich dreißig Prozent weniger wert, sobald du ihn vom Hof des Verkäufers herausfährst!«

»So in der Art.« Spencer stellte seine Dose ab.

»Das Problem ist, die Kosten fressen mein ganzes Geld auf. Die Crew von der Jacht verschlingt allein eine dreiviertel Million im Monat, inklusive Liegekosten und Wartung. Der Jet kostet im Jahr drei Millionen. Und die Anwälte verbrennen Geld, als würde es bald abgeschafft.«

»Aber zum Glück hast du noch den Löwenanteil von deinem Geld. Das ist doch nicht verkehrt. Du hast also lediglich Luxusprobleme!«

Spencers Mundwinkel wanderten nach unten. »Nun ja … ich habe leider das Meiste bei einem Hedgefonds investiert. Erst neulich habe ich nach fünfzig Millionen gefragt, aber sie gestatten nur einmal im Jahr Auszahlungen, und ich habe das Geld erst vor einem Monat dort deponiert.«

»Autsch. Das ist doch zu viel Geld, um es bei einer einzigen Gruppe zu investieren.«

»Ich weiß. Leider stand letzte Woche auf dem Cover des Wall Street Journals, dass die von der Steuerbehörde und dem Staatsanwalt untersucht werden.«

»Aber dein Geld ist noch da, richtig?«

»Ja, klar. Sie können es mir bloß jetzt ein Jahr lang nicht geben.«

Drake legte den Kopf schief. »Können sie dir wenigstens bestätigen, dass sie noch zahlungsfähig sind?«

»Tja, behauptet haben sie es, aber als ich nach etwas Schriftlichem gefragt habe, sind sie ins Schwimmen gekommen. Haben etwas davon gefaselt, dass sie keine Kontostände herausgeben können, da das ihre Strategien offenlegen könnte …«

»Mir wird ganz schlecht.«

»Wem sagst du das. Da habe ich noch einen anderen Anwalt drauf sitzen, der sich der Sache für fünfhundert Dollar pro Stunde annimmt.«

»Verdammt.«

»Und dann sind da noch die ganzen anderen Gerichtsverfahren. Ein Typ, mit dem ich mal befreundet war, behauptet, ich würde ihm noch Geld schulden. Eine Frau sagt, ich hätte sie mit einer unheilbaren Krankheit angesteckt. Und dann gibt es sogar noch eine Peruanerin, die meint, mit mir verheiratet zu sein. Die Geier stürzen sich auf das Aas.« Spencer seufzte. »Zu allem Überfluss sagt auch noch mein Gärtner, dass er auf meiner Treppe gestolpert ist und sich den Rücken ruiniert hat. Natürlich ist das meine Schuld. Ich bin haftbar. Aber zum Glück will er nur fünf Millionen.«

»Das gibt's doch nicht!«

»Leider doch. Wir sind einfach zu Zielscheiben geworden. Ist dir noch nichts Derartiges passiert?« Drake schüttelte den Kopf. »Nicht wirklich. Ich meine, das Geld ist bei mir sowieso zum größten Teil in meine Stiftung gewandert. Also gehört es mir technisch gesehen gar nicht mehr. Und dazu lasse ich mir den Reichtum nicht anmerken. Deswegen weiß fast niemand, wer ich bin. Der Eigentümer denkt wahrscheinlich, ich bin ein Drogendealer oder so was. Bestimmt sogar, weil ich immer nur am Surfen oder Abhängen bin. Kurz gesagt, die Einzige, die hier etwas über mich weiß, ist meine Nachbarin Kyra.«

»Und, läuft da was mit ihr?«

»Nein. Ich meine, klar ist sie hübsch und alles, aber Allie und ich ...«

»Wo steckt Allie überhaupt?«

Drake erklärte die Situation so gut er konnte, und als er fertig war, schüttelte Spencer den Kopf. »Junge, der Drops ist definitiv gelutscht. Da kommt nichts mehr. Du solltest dich lieber an deine Miss Hollywood halten!«

»Allie braucht nur etwas mehr Zeit.«

»Wie viel denn?«

»Das hat sie nicht gesagt. Aber ich denke, am Ende ist es mir das wert.«

»Am Ende sind wir alle Futter für die Würmer. Ich würde sagen, verpasse der Blondine mal eine schöne Ölmassage und schau dann, was sich daraus entwickelt.«

»Sie kommt morgen übrigens hierher.«

»Wer, Allie? Oder Kyra? Brauchst du einen Kameramann?«

»Allie. Deine Kumpel von der CIA waren nämlich heute hier«, sagte Drake, wobei er Spencers Reaktion aufmerksam beobachtete. Doch der schien aufrichtig verwundert zu sein.

»Echt? Was wollten die denn?«

»Sie haben gesagt, wenn ich das irgendjemandem verrate, müssten sie ihn töten.«

Spencer grinste. »Ich bin schon so weit, dass ich eine Auszahlung von der Lebensversicherung echt gut gebrauchen könnte. Ich bin pleite, Kumpel. Und das ist eigentlich auch der Grund, warum ich vorbeigekommen bin.«

»Nicht, weil du mich vermisst?«

»Das natürlich auch, aber ich brauche noch etwas Zeit ...« Spencer lachte. »Aber ernsthaft, ich könnte ein kleines Darlehen gut gebrauchen.«

»Ein Darlehen? Wie viel denn?«

»Genug, damit ich die Anwälte und meine laufenden Kosten decken kann.«

»Und das bedeutet ...?«

»Fünfzig?«

Drakes Augen wurden groß wie Untertassen. »Tausend?«

»Schön wär's; Millionen! Damit würde ich den Rest des Jahres über die Runden kommen, bis ich das Geld von dem Hedgefonds zurückhabe. Es klingt verrückt, aber ich hatte mehr Geld, bevor ich Geld hatte. Wenn du verstehst, was ich meine.«

»Warum verkaufst du nicht einfach ein paar Sachen?«

Spencer begann auf und ab zu gehen.

»Ich habe sowohl das Flugzeug als auch das Boot schon zum Verkauf angeboten. Die Händler waren geschockt – die Tinte ist ja noch nicht mal richtig trocken. Aber wahrscheinlich kennen sie das.«

»Dann sind doch deine Probleme gelöst. Zumindest bald.«

»Nicht wirklich. Offensichtlich gibt es gerade keinen echten Markt für Flugzeuge. Liegt an der schlechten wirtschaftlichen Situation.«

»Dann kriegst du eben etwas weniger dafür. Macht doch nichts.«

»Darum geht es nicht, das würde mir ja nichts ausmachen. Aber es gibt momentan wirklich gar keine Käufer. Flugzeuge verkaufen sich nicht wie Immobilien. Die haben mir gesagt, das kann ein Jahr oder länger dauern!«

»Und die Jacht?«

»Das dauert noch länger. Im Prinzip steht jede große Jacht der Welt zum Verkauf.«

»Kannst du sie nicht vermieten? Das könnte doch die laufenden Kosten decken.«

»Klar. Das Problem ist nur, jeder andere Eigentümer hat die gleiche Idee! Das ist ein Haifischbecken. Für mich sieht es im Moment wirklich schlecht aus mit den ganzen Kosten.«

»Ätzend.«

»Ich zahle drei Millionen im Monat und habe nicht mal Spaß dabei.«

»Kann ich mir gar nicht vorstellen …«

»Wem sagst du das. Aber offensichtlich ist es ganz einfach, zu kaufen, aber sehr schwer, zu verkaufen. Macht ja irgendwie auch Sinn. Es gibt massenhaft Experten dafür, dich von deinem Geld zu trennen, aber nur wenige, die dir helfen, die Sachen wieder loszuwerden.«

»Und warum dann fünfzig Millionen? Ich komme da auf sechsunddreißig?«

»Weil meine Anwälte gesagt haben, es wird von jetzt ab noch teurer. Das ist wie bei Schutzgelderpressung: Zahl oder stirb!«

Spencer blieb stehen und starrte in Richtung des blauschimmernden Pazifiks. »Du weißt doch, du kriegst das Geld von mir zurück!«

»Das Problem ist, ich kann dir nicht einfach einen Scheck schreiben, Spencer. Das Geld gehört der Stiftung, nicht mir. Nur so bin ich doch um das Steuerproblem herumgekommen! Jetzt gibt es einen unabhängigen Beirat, vor dem ich Projekte rechtfertigen muss, deren Kosten eine Million übersteigen. So steht es in unseren Bestimmungen. Von daher ist das alles andere als leicht.«

»Wie kann das denn sein? Es ist doch dein Geld!«

»Ich habe mich eben dafür entschieden, nur zwanzig Millionen zu behalten, der Rest ist an die Stiftung gegangen. Tut mit leid, Spencer.«

»Wie haben die es denn investiert?«

Drake zuckte mit den Schultern. »Soweit ich weiß, sind das überwiegend Zahlscheine und Geld. Ach, und zehn Prozent wurde in Gold investiert, das liegt in der Schweiz.«

»Hä, du kennst dich wohl gar nicht aus – du musst das Geld in Aktien anlegen!«

»Nee, das gefällt mir nicht. Davon verstehe ich zu wenig und mein Anwalt hat mir geraten, von Dingen die Finger zu lassen, von denen man nichts versteht.«

»Und was machst du mit den zwanzig Millionen?«

Drake nahm den letzten Schluck aus seiner Wasserflasche. »Ich denke darüber nach, mir ein Haus zu kaufen. Das hier ist nur gemietet. Aber das Geld muss für mich reichen, Spencer. Aus der Stiftung kriege ich keines mehr heraus.«

»Dann bin ich erledigt.«

Drake grinste. »Zufällig gehen Allie und ich auf eine Expedition. Angeblich soll es einen Schatz geben!«

»Was? Wo?«

»Laos. Myanmar. Thailand.« Drake erzählte ihm alles von dem Flugzeug und dem verschollenen Tempel. Als er geendet hatte, leuchteten Spencers Augen.

»Ich bin dabei. Sonst habe ich auch gar nichts zu tun, außer vielleicht herumsitzen und abwarten, wer mich als nächster verklagt. Wann geht es los?«

»Wirklich, du bist dabei?«

»Klar, du hattest mich schon beim Wort Schatz!«

»Und die ganze CIA-Geschichte stört dich nicht?«

»Nee, wieso denn? Wenn deren Informationen uns helfen, den grünen Kobold zu finden, bin ich dabei.«

»Den Smaragd-Buddha.«

»Egal. Wann kommt Allie denn?«

»Morgen früh. Dann rufe ich diese Typen an und wir bekommen ein Briefing.«

»Ich kann auf jeden Fall bei der Logistik helfen. Wir werden Waffen brauchen! Die Gegend ist ein Paradies für Heroinkartelle. Da sind jede Menge fiese Burschen unterwegs.«

»Warst du schon mal dort?«

»In meiner wilden Jugend habe ich ein paar Monate in Bangkok verbracht.«

»Was hast du denn da gemacht?«

»Frag lieber, was ich NICHT gemacht habe!«

Drake ging zum Telefon, warf einen Blick auf den Zettel, der daneben lag und wählte dann Collins' Nummer. Als der CIA-Mann antwortete, sagte Drake ihm, dass er ein Team zusammengestellt hätte, das am kommenden Tag für ein Briefing bereitstehen würde. Collins klang verhalten dankbar und versprach, dass er jemanden vorbeischicken würde.

»Dann werde ich mich jetzt darum kümmern, die nötigen Genehmigungen einzuholen. Das wird nicht leicht, aber wir werden es schaffen. Und Mister Ramsey?«, setzte Collins an.

»Ja?«

»Ich möchte Ihnen einen Dank aussprechen. Von mir und auch vom Senator. Sie haben die richtige Entscheidung getroffen.«

»Ich hoffe, ich bin nächste Woche derselben Meinung!«

Drake legte auf und wandte sich Spencer zu. »Ich bin am Verhungern. Lass mich kurz duschen und dann machen wir eine kleine Spritztour in deinem Tiefflieger. Du kannst mir mal zeigen, wie man seinen Führerschein loswird. Und dann machen wir einen Boxenstopp in einem echt guten Restaurant an der Küste. Anschließend kannst du mir deine neue Hütte zeigen.«

Spencer warf ihm den Schlüssel zu. »Du fährst!«

KAPITEL 7

Santa Monica, Kalifornien

Drake wartete am Charterterminal als die Citation X, die er für Allie gebucht hatte, auf ihn zurollte. Die Turbinen wurden abgeschaltet und rotierten langsam aus, wogegen Drakes Puls so richtig in Fahrt kam. Er war sehr aufgeregt, Allie endlich wieder zu sehen, und stellte fest, dass Ihre Ankunft für ihn spannender war als die neuerliche Aussicht, einen Trip in den Dschungel zu unternehmen.

Eine Tür der Maschine öffnete sich und Treppen wurden ausgefahren, dann trat Allie ins Freie. Ihre Haare wehten im Wind und sie schirmte mit einer Hand ihre Augen vor der Sonne ab, während ihr Blick das Rollfeld absuchte. Drake winkte ihr zu und lächelte – dabei machte sein Herz einen Sprung und ihm fiel es wieder wie Schuppen von den Augen, warum er so in Allie verschossen war: Sie war einfach unglaublich.

Engelsgleich glitt sie die Stufen hinunter und näherte sich ihm unter seinen bewundernden Blicken. Dann umarmte er sie und diese Geste war alles andere als platonisch. Seine Lippen näherten sich den ihren und sie erwiderte den Kuss mit unmissverständlicher Leidenschaft. Ein neues Feuer flammte in ihm auf, doch dann war dieser Moment auch schon wieder vorbei und sie zog sich zurück.

»Wie war der Flug?«, fragte Drake.

»Gut. Die Massage war ein bisschen amateurhaft, aber der Kaviar und das Kokain waren definitiv Güteklasse A!«

»Fantastisch. Da bin ich aber froh, dass die Stiftung ihr Geld vernünftig anlegt!«

»Aber im Ernst, der Flug war fantastisch. Daran könnte ich mich gewöhnen!«

Ein Mitglied der Crew kam mit Allies Tasche und brachte sie zu Drakes Auto. Allie betrachtete den Geländewagen und lächelte. »Der passt total zu dir!«

»Wie meinst du das? Vielleicht habe ich ja noch einen Lambo oder so etwas zuhause!«

»Glaube ich nicht. Das ist genau der Wagen, von dem ich mir vorgestellt habe, dass du ihn fahren würdest.«

»Du kennst mich einfach zu gut.«

»Ich habe mal gehört, das kann passieren, wenn einem jemand das Leben rettet.«

Nach einer unangenehmen Gesprächspause öffnete Drake die Hintertür seines Wagens. Der Kofferträger verstaute das Gepäck und Drake schloss die Tür wieder, woraufhin er Allie zur Beifahrertür geleitete.

»Was für ein Gentleman! Du musst ja sehr beliebt sein bei der hiesigen Damenwelt«, zog sie ihn auf.

»Meistens locke ich sie mit einem Trick auf den Rücksitz und kneble sie!«

»Ach stimmt, wir sind ja in Kalifornien! Das ist hier doch bestimmt ein beliebtes Hobby!«

»Kommt gleich nach der Mitgliedschaft in einer komischen Sekte oder makrobiotischen Smoothies!«

»Gut zu wissen.« Sie musterte ihn für einen Augenblick. »Du siehst gut aus. Hast zwar etwas Sonnenbrand, aber ich schätze, das geht hier nicht anders.«

»Ich surfe jeden Morgen.«

Sie lächelte. »Keine Klischees, bitte!«

»Mir gefällt es. Es ist … friedlich. Fast schon spirituell.«

»Na dann passt es ja ebenfalls zu dir.«

Sie schnallten sich an und Drake steuerte den Wagen zum Pacific Coast Highway. Der meiste Verkehr war in die entgegengesetzte Richtung unterwegs, weil die Pendler auf dem Weg von Malibu in die Stadt waren. Sie kamen gut voran und Drake zeigte Allie im Vorbeifahren ein paar Sehenswürdigkeiten. Nach vierzig Minuten kamen sie an seinem Haus an. Allies Kommentare bezüglich des etwas heruntergekommenen Äußeren waren kaum besser als die von Spencer, aber als sie den Ozean sah, der sich bis nach Catalina und zu den Kanalinseln erstreckte, gefiel es ihr gleich besser.

»Das ist wunderschön, Drake.«

»Sag ich doch. Ist ja nicht so, dass ich dich nicht schon eine Million mal eingeladen hätte«, meinte er und bedauerte es gleich, als er merkte, wie es sich anhörte. »Ich meine, du bist auf jeden Fall immer willkommen. Ich wollte dir diese Aussicht einfach schon lange einmal zeigen.«

»Wow, da denkt man echt darüber nach, Kühe und Kakteen aufzugeben«, sagte sie. »Du rennst also einfach jeden Tag ins Wasser? Das klingt wirklich idyllisch.«

»Ja, es ist ziemlich cool«, sagte er und stellte ihre Tasche neben den Esstisch. Allie schob die Verandatür auf und Drake gesellte sich zu ihr. »Selbst mit einem Haus neben dem anderen fühlt es sich irgendwie leer an. Zumindest, solange man in Richtung Meer schaut.«

»Wenn ich hier wohnen würde, würde ich nie weggehen. Ich würde mir nur Essen bestellen.«

Kyras Stimme erklang von nebenan. »Drake? Bist du da? Hast du Lust auf einen Margarita?«

Allies Pupillen weiteten sich kurz und verengten sich auf Stecknadelgröße, als sie bemerkte, wie Drake rot wurde. »Äh, nein danke Kyra, ich habe gerade Besuch! Tut mir leid!«

Drake begann schon, die Tür zu schließen, aber Allie hielt sie auf. Sie quetschte sich an ihm vorbei und trat auf die Terrasse. Kyra stand neben einem Loungesessel und das Pink ihres heißen G-String-Bikinis schaffte einen umwerfenden Kontrast zu ihrer kupferbraunen Haut.

»Ach, hallo«, sagte sie, »Ich bin Kyra.«

Allie lächelte und hob eine Augenbraue. »Schön, dich kennenzulernen. Ich bin Allie.«

»Hallo Allie.« Kyra rang kurz nach Worten. »Ihr seid natürlich beide auf einen Drink eingeladen, wenn ihr wollt.«

Allie warf Drake einen düsteren Blick zu und lächelte Kyra dann an. »Danke, aber für mich ist das ein bisschen früh am Tage. Vielleicht möchte Drake einen?«

»Nein, im Moment nicht«, stammelte Drake mit hochrotem Kopf.

»Okay. Ich liege einfach hier draußen rum, falls ihr es euch anders überlegt.« Kyra schaute zu Drake hinüber. »Ich habe dich heute im Wasser vermisst!«

»Ich war unterwegs zum Flughafen.«

»Ach so. Sagt einfach Bescheid, wenn ihr rüberkommen wollt.«

»Okay«, sagte Allie. »Vergiss nicht, dich einzucremen!«

Jetzt wurde Kyra lebendiger. »Klar, dass mache ich immer. Sonnenbrand sieht durch eine Kamera betrachtet schrecklich aus!«

»Das wollen wir natürlich nicht.«

Drake schob die Tür wieder zu und zuckte mit den Schultern. »Sie ist nett.«

»Das ist *ein* Wort, um sie zu beschreiben. *Verführerisch* wäre ein anderes. Und ich habe mir schon Sorgen gemacht, du könntest zu einem wunderlichen Einsiedler werden!«

»Allie, so ist das nicht.«

»Hey, es geht mich doch nichts an«, sagte sie, während sie in die Küche schlenderte. Sie öffnete den Kühlschrank und verzog das Gesicht. »Saft, eine Packung Muffins und ein bisschen Butter? Und genug Cola für einen Monat? Isst du auch mal was Richtiges?«

»Allie, sie ist nur meine Nachbarin. Mehr ist da nicht.«

Allie imitierte Kyras Surfer-Tonfall: »Magst du auf einen Margarita rüberkommen und mich massieren?«

»Sie ist Schauspielerin. Die tragen immer dick auf.«

»Ich frage lieber erst gar nicht, in was für Filmen sie mitspielt.«

»Ihr Vater ist ein Studioboss. Sie ist völlig harmlos, ihr ist nur langweilig, so ganz allein.«

»Klingt so, als könnte ihr ein Paar muskulöse Arme darüber hinweghelfen…«

»Allie!«

»Um wie viel Uhr kommt denn der Typ von der CIA?«

Drake schaute auf die Uhr, doch bevor er etwas sagen konnte, schnitt ihm der Lärm von Spencers Wagen das Wort ab. Allie schaute in Richtung Tür. »Was ist das?«

»Spencer, schätze ich. Er steht auf große Auftritte.« Drake hatte ihr während der Fahrt schon erzählt, dass er ebenfalls dabei sein würde.

In dem Moment, als Spencer den Motor abstellte, ließ Allie auch schon die Tür auffliegen und lief zu dem Wagen. Spencer grinste sie an, als er ausstieg, und die folgende Umarmung schien Drake länger zu dauern als die, die sie ihm gewährt hatte. Den Schmerz, den dieser Gedanke verursachte, versuchte er wegzuwischen und sagte sich, dass es Allie sicherlich mit Kyra genauso gegangen war. Auch wenn Drake definitiv der Meinung war, dass die Umarmung zwischen Allie und Spencer mehr als Freundschaft ausdrückte.

Schließlich schob Spencer sie auf Armlänge weg und musterte sie von oben bis unten. »Reichtum und Müßiggang scheint Ihnen gut zu bekommen, junge Dame.« »Du siehst selbst nicht schlecht aus, Spencer. Aber was soll denn dieses Zuhältermobil?«

»Wusste ich doch, dass du drauf stehen würdest. Ich habe es selbst auf das Fahrwerk von einem VW Käfer aufgezogen. Es war ein Bausatz. Ich wollte einfach etwas zu tun haben, statt nur faul rumzusitzen.«

»Drake hat mir schon von deinen finanziellen Eskapaden erzählt.«

»Tja, da habe ich mir selbst ein ganz schön tiefes Loch gegraben … und muss jetzt zusehen, wie ich da wieder rauskomme!«

»Schon witzig, dass wir jetzt alle wieder zusammen sind, oder? Wie in alten Zeiten!« Drake lachte, aber er fand selbst, dass es falsch klang. »Das war doch vor gerade mal drei Monaten!«

Spencer lächelte. »Echt, so schnell ging das alles? Und die kleine Allie ist in dieser Zeit erwachsen geworden!«

»Das liegt an den Hormonen. Und dem Kettenrauchen«, witzelte sie.

»Du bist echt eine Marke«, bemerkte Spencer anerkennend und schaute dann in Richtung Drake. »Bin ich zu spät?«

»Hast du keine Uhr?«, fragte Drake.

»Keine, die ich mit nach Thailand nehmen würde!«

»Ich glaube, ich habe noch eine Casio übrig«, sagte Drake, »die beliebteste Uhr bei Terroristen, hat mir der Typ in dem Laden gesagt – die Casio F91-W – wie hätte ich bei so einer Werbung widerstehen können?«

»Solange sie die Zeit anzeigt, passt das für mich.«

Sie ließen sich auf Drakes Sofa nieder und tratschten über die alten Zeiten. Nach einer Weile kam das Gespräch auf Allies Situation zu sprechen.

»Was hast du denn mit deinem ganzen Reichtum angefangen?«, fragte Spencer. Drake hatte Allie schon während der Fahrt vor Spencers Geldsorgen gewarnt, von daher war sie darauf vorbereitet, dass er sie anpumpen könnte.

»Ach, das habe ich alles auf ein Sparkonto gepackt.«

»Wie bitte, machst du Witze? Was bekommst du denn da für Zinsen, 0,001 Prozent im Jahr?«, fragte Spencer ungläubig.

»Nun ja, ich habe im Moment wirklich keine Zeit, mich mit den Feinheiten von Finanzinvestitionen auseinanderzusetzen ... ich habe alle Hände voll mit dem Nachlass von meinem Vater zu tun, deswegen wollte ich das Geld erst mal sicher parken.«

»Aber damit lässt du dir so viel durch die Lappen gehen ...«

Allie lächelte. »Ich weiß, mir haben dutzende Finanzmanager die Tür eingetreten. Die sind aus allen möglichen Bundesstaaten eingeflogen, um mich davon zu überzeugen, mit ihnen zu arbeiten. Aber ich hatte bei keinem ein gutes Gefühl. Die haben mich alle von oben herab behandelt, als wäre ich ein Idiot oder ein Kind. So nach dem Motto: Zerbrechen Sie sich mal nicht Ihr hübsches Köpfchen. So was hasse ich wie die Pest.«

Drake unterbrach die Diskussion, um das Gespräch wieder auf das dringende Thema des Smaragd-Buddhas zu konzentrieren. »Soweit ich weiß, basiert das alles auf Hörensagen. Der König der Khmer hat den Schatz nie zurückholen können, entweder weil das Gebiet zu gefährlich war, oder weil er ihn einfach nicht wiederfinden konnte. Falls die Geschichte überhaupt wahr ist. Denn soweit wir wissen, gibt es vielleicht gar keinen Schatz und es ist nur eine Legende, die im Verlauf der Jahre immer größer aufgebauscht wurde.«

»So ist es doch eigentlich mit jedem verlorenen Schatz«, kommentierte Allie.

»Das stimmt. Aber was diesen spezifischen Fall so kompliziert macht, ist, dass es in der Region jahrhundertelange Kämpfe gab. Es gibt keinerlei Aufzeichnungen. Es ist alles nur mündlich überliefert und damit reine Spekulation.«

»Zu dumm, dass wir diesmal kein Notizbuch haben, dem wir folgen können«, witzelte Spencer.

In diesem Moment wurden sie durch ein Klopfen an der Tür unterbrochen.

»Herein, es ist offen!«, rief Drake.

Collins und ein hochgewachsener Mann Ende dreißig traten ein. Der Neuzugang trug Jeans zu einer offenen Anzugjacke mit blauen Streifen, war athletisch gebaut und hatte kantige Gesichtszüge. Er kam mit leeren Händen, wogegen Collins einen Aktenkoffer dabei hatte. Zuerst stellte sich Collins Allie und Spencer vor, dann deutete er auf seinen Kollegen. »Das ist Alex Banyon. Er wird Ihr Einsatzleiter vor Ort sein und Sie in den Dschungel begleiten.«

»Schön, Sie kennenzulernen«, sagte Alex mit einer Stimme, die ebenso beeindruckend war wie sein kantiges Profil. »Darf ich mich setzen? Ich habe das schließlich alles schon mal gehört.«

»Klar«, sagte Drake und stand auf, um einen Stuhl vom Esstisch zu holen. Nachdem sich alle niedergelassen hatten, räusperte sich Collins und stellte den Aktenkoffer neben sich auf den Boden.

»Lassen Sie uns erst über das Flugzeug sprechen. Wie ich Ihnen bereits sagte, war Christine an Bord, als es abgestürzt ist.«

»Woher wissen Sie das so genau?«

Collins blinzelte nicht einmal. »Wir haben unsere Quellen. Sie flog von China nach Thailand und es gab Stürme über Laos und Myanmar. Unsere Annahme ist, dass die Maschine wegen eines technischen Fehlers runterkam. Es könnte auch am Wetter gelegen haben. Aber das werden wir erst mit Sicherheit sagen können, wenn Sie das Wrack gefunden haben.«

»Was hat sie denn in China gemacht?«, fragte Spencer.

»So eine Art spirituelle Auszeit, soweit wir wissen. Yoga, Meditation, solche Sachen.«

»Gehen die Kids heutzutage nicht nach Indien, um das zu machen?«, fragte Allie.

Collins' Augen wanderten in ihre Richtung und sprangen dann zurück zu Spencer. »Vielleicht hat sie zu viele Wiederholungen von Kung Fu gesehen. Ich habe ehrlich gesagt keine Ahnung, wie ihre Entscheidung zustande kam. Ich weiß nur, was ihr Vater uns gesagt hat.«

Spencer rieb sich das Kinn. »Was ist mit dem Transponder der Maschine?«

»Aus unbekannten Gründen wurde er ausgeschaltet. Möglicherweise wollte der Pilot nicht verfolgt werden. Das kommt in dieser Gegend ziemlich häufig vor, wegen des florierenden Drogenhandels.« Er öffnete den Koffer und zog einen Aktenordner hervor. Alex ergriff ihn, blätterte kurz durch den Inhalt und gab ihn dann an Spencer weiter.

»Das ist der letzte Schnappschuss von dem Radar der thailändischen Luftsicherung. Laos hat in diesem Gebiet keine hohe Reichweite, bei denen war die Maschine noch gar nicht aufgetaucht. Und Myanmar … nun ja, die reden nicht mit uns«, sagte Alex.

Spencer legte die Satellitenaufnahme auf den Kaffeetisch und betrachtete den eingezeichneten roten Kreis. »Sieht so aus, als wäre der größte Teil davon in Myanmar.«

»Das ist Teil der Herausforderung. Wir arbeiten gerade durch eine dritte Partei daran, Ihnen Genehmigungen für das Überqueren der Grenze zu besorgen. Um nach dem Tempel zu suchen, natürlich.«

»Natürlich«, sagte Spencer. »Aber wie sollen wir so eine Nadel im Heuhaufen finden? Hier steht, dass es um eine Cessna 172 geht, die ist ja kaum größer als ein Lenkdrachen!«

»Warum benutzen Sie nicht einfach eine Drohne«, fragte Allie. »Das sieht man doch heute ständig im Fernsehen. Wäre das nicht effizienter, als uns hinzuschicken?«

»Berechtigte Frage. Aber das Problem mit den Drohnen ist die Akkulaufzeit. Selbst die militärischen Modelle halten nicht sehr lange durch, für die kleineren ist das absolute Maximum eine Stunde. Und alles was größer ist, würde uns verraten. Sowohl Myanmar als auch Laos würden sofort wittern, dass unsere Regierung involviert ist. Und zu guter Letzt würden die Drogenkartelle, die in der Gegend aktiv sind, jede Drohne sofort abschießen. Von daher ist das keine Option.« Collins verzog das Gesicht. »Wir können Ihnen für Ihre Suche aber einen Helikopter organisieren. Sie werden das Gebiet in niedriger Flughöhe nach einem Raster absuchen. Das ist natürlich nicht besonders elegant, aber ich sehe keine andere Möglichkeit.«

»Können Sie nicht mit einem Satelliten ganz nah ranzoomen? So wie in den Nachrichten?«, fragte Drake.

»Da stört zunächst einmal die Wolkendecke. Mit dem Hubschrauber können Sie darunter fliegen, mit dem Satelliten nicht. Natürlich kontrollieren wir auch alle Aufnahmen, die wir dort machen können, aber bisher hat sich daraus nichts ergeben«, sagte Alex.

Sie diskutierten noch eine Weile über die Suche nach dem Flugzeug und wandten sich dann dem Tempel zu.

»Sie hatten erwähnt, dass Sie Geheiminformationen für uns haben«, setzte Drake an, »zeigen Sie uns die doch mal.«

Collins nickte und zog einen weiteren Aktenordner hervor. »Zunächst muss ich Sie alle bitten, diese Verschwiegenheitserklärung zu unterzeichnen. Wie gesagt, die Akten sind geheim.« Er legte jedem von ihnen jeweils einen Vertrag vor und reichte Alex einen Füllfederhalter.

Sie lasen sich die Unterlagen durch und unterschrieben sie nach einigen kurzen Rückfragen. Collins sammelte die Verträge wieder ein und legte dann den Aktenordner auf den Kaffeetisch. »Dies ist die Abschrift eines Verhörs mit einem der höchsten Befehlshaber der Roten Khmer, der in Kambodscha und Laos im Einsatz war. Wir haben ihn im Jahr 1970 gefangen genommen. Die Befragung hat sich über Stunden hingezogen. Deswegen habe ich Ihnen die relevanten Abschnitte markiert.«

Spencer las sich die betreffenden vier Seiten durch und reichte sie dann an Allie weiter, die das gleiche tat und hier und da das Gesicht verzog. Drake las den Auszug als Letzter, und als er fertig war, legte er die Seiten vor sich auf den Tisch. »Das ist alles? Ein Mann, der gefoltert wurde, hat ein bisschen Seemannsgarn von Zwillingsschwestern erzählt, die einen verlorenen Tempel bewachen?«

»Es ist ein wenig mehr als das. Er behauptet, die Stelle gesehen zu haben.«

»Schon, aber das ist doch alles bloß Kauderwelsch. Zwillingsschwestern? Was soll das sein – Bäume? Felsformationen? Berge? Findlinge?«

»Unsere Analysten haben die Möglichkeiten auf drei Orte reduziert. Wir wissen von ihm, dass es im Westen von Laos oder dem östlichen Rand von Myanmar gewesen sein muss. Unter anderem haben wir Satellitendaten nach möglichen Treffern untersucht.« Collins zog ein weiteres Satellitenbild aus seinem Koffer und legte es auf den Tisch. »Diese Kreise zeigen die drei Stellen an.«

Drake, Allie und Spencer lehnten sich nach vorn. Die markierten Orte waren alle im Suchbereich des abgestürzten Flugzeuges. Nun ergriff Alex das Wort.

»Sie sehen hier verschiedene symmetrische Gesteinsformationen, von denen wir glauben, dass man sie auch schon vor sechshundert Jahren hat sehen können. Die drei Täler, in denen sie sich jeweils befinden, passen zu den historisch überlieferten Beschreibungen von Flüssen oder Bächen, die hindurchlaufen«, sagte er, wobei er auf die Fotos tippte.

»Warum hat sich dann noch niemand auf die Suche nach den Tempeln gemacht, wenn das seit beinahe fünfzig Jahren bekannt ist?«, fragte Allie.

Collins setzte ein schiefes Lächeln auf. »Die CIA ist keine Schatzjägertruppe, junge Dame. Solche Expeditionen überlassen wir Privatmenschen wie Ihnen. Wir haben schon alle Hände damit voll, die freie Welt zu beschützen und Verschwörungstheorien zu verbreiten.«

Das Gespräch ging noch eine Stunde so weiter, und nachdem alles besprochen war, standen Collins und Alex auf. Sie verteilten die Flugtickets und verabredeten sich für zehn Uhr abends am Flughafen – die Maschine würde um ein Uhr nachts abheben.

Drake beäugte sein Ticket. »Warum nehmen wir nicht Spencers Maschine? Er hat eine G5.«

»Die Motoren werden gerade gewartet«, sagte Spencer, »ansonsten natürlich gern.«

»Machen Sie Alex noch eine Liste von allem, was Sie für die Expedition brauchen, dann lassen wir das für Sie in Thailand besorgen«, sagte Collins.

Allie schrieb ein paar grundlegende archäologische Bedürfnisse auf und gab den Zettel dann an Drake weiter, der noch einiges hinzufügte. Spencer las sich das Ganze durch und erweiterte die Liste um seine eigenen Punkte. Schließlich reichte er sie Alex, der große Augen machte, als er bei Spencers Wünschen ankam. »Das ist ja genug Bewaffnung für eine kleine Armee«, sagte er.

»Aber wir ziehen mitten in den Drogenkrieg, oder sehe ich das falsch? Sollen wir da mit Schreckschusspistolen herumwedeln?«, gab Spencer zurück.

»Das nicht, aber es gibt auch einen Mittelweg …«, setzte Alex an, bis Collins ihn unterbrach. »Sie kriegen, was sie wollen, Alex! Wir haben keine Zeit mehr zu verlieren. Auch wir müssen noch eine Menge organisieren, bevor der Flug geht.« Er wandte sich Drake und Allie zu. »Haben Sie Reisepässe? Alles auf dem neuesten Stand?«

»Natürlich«, sagte Allie.

Auch Spencer nickte.

»Dann sehe ich Sie um Punkt zehn am LAX!«, sagte Alex.

Die zwei CIA-Männer verließen das Haus und Drake wandte sich an Spencer. »Was hältst du davon?«

Spencer holte tief Luft und stand auf, wobei er die Schultern kreisen ließ und sein Nacken laut hörbar knackte. »Ich befürchte, dieser Alex könnte im Einsatz ein Problem sein. Anscheinend will er nicht, dass wir Waffen haben, zumindest keine richtigen.

Abgesehen davon denke ich, dass unsere Chancen schlecht stehen – sowohl, das Flugzeug zu finden, als auch den grünen Buddha. Vermutlich hätte ich bessere Aussichten, Unterwäschemodel in Mailand zu werden.«

Drake verzog das Gesicht. »Ich werde Salzsäure brauchen, um dieses Bild wieder aus meinem Kopf zu kriegen!«

Allie lachte. »Vielleicht haben wir aber Glück, du alter Pessimist!« Sie stand auf und warf Spencer einen fordernden Blick zu. »Lädst du mich jetzt endlich zu einer Probefahrt mit deinem Bumblebee da draußen ein, oder muss ich erst die Schlüssel klauen?«

»Drake hat ihn gestern schon fast zu Schrott gefahren. Der Typ ist echt ein Verkehrsrisiko!«, maulte Spencer.

»Stimmt doch gar nicht«, widersprach Drake mit einem Lächeln.

»Dann lass uns doch ein Rennen zwischen deinem FJ und meinem Lambo machen, das Ziel ist ein gutes Restaurant. Denn wenn wir erst mal da drüben sind, gibt es nur noch Affenhirne und Käfer.«

»Ich werde weder Käfer noch Affenhirne essen«, sagte Allie angeekelt.

»Mach dir keine Sorgen. Wir werden dir nicht sagen, was du da isst. Aber falls du einen Rückenpanzer in deiner Suppe findest, sag lieber nichts. Es gilt da drüben als unhöflich, sich zu beschweren!«

KAPITEL 8

Chicago, Illinois

Elliot London schaltete den Radiosender ab, den er auf jeder Fahrt durch den Berufsverkehr hörte, als er in sein Viertel einbog – eine Ansammlung eingeschossiger Häuschen einer typischen Mittelklassesiedlung, die üblicherweise Namen wie Myrtle Cove oder Arlington Ridge hatten. Elliots Heimat nannte sich Bel Aire Forest, obwohl bis auf ein paar zierliche Birken, die am Eingang der Gemeinde gepflanzt worden waren, kein Wald weit und breit zu sehen war. Schon acht Jahre wohnte er hier ruhig und komfortabel mit seiner Frau Diane und seinen fünfjährigen Zwillingstöchtern.

Er hatte sich bei seiner Zeitung vom Junior-Reporter zum erfahrenen Enthüllungsjournalisten hochgearbeitet und war an zahlreiche Überstunden und enormen Druck gewöhnt, wenn er eine spannende Geschichte verfolgte. Elliot hatte schon diverse Auszeichnungen für seine Berichterstattung zu lokalen wie nationalen politischen Verwicklungen erhalten. Seine Veröffentlichungen hatten einen Senator zum Rücktritt gezwungen, einen Generalstaatsanwalt aus dem Amt gebracht und einen hochrangigen Priester der Pädophilie überführt.

Natürlich bewegte er sich damit in einem Bereich, in dem handfeste Drohungen zur Tagesordnung gehörten. Sein Vater, in dessen berufliche Fußstapfen er getreten war, hatte immer gesagt: Wenn du den Leuten nicht auf die Füße trittst, nimmst du deinen Job nicht ernst. Man muss dazu sagen, sein Vater war in einer ganz anderen Welt tätig gewesen, denn heutzutage gab es im Prinzip nur noch sechs riesige Firmen, die alle Medienmacher unter Kontrolle hatten, seien es nun Printmedien, das Fernsehen oder Online-Nachrichten. Auch wenn es ihm ganz und gar nicht passte, musste Elliot vorsichtig agieren, um nicht bei einer der vielen Übernahmen oder Insolvenzen, die in der Branche alltäglich waren, seinen Job zu verlieren. Schließlich hatte er eine Hypothek auf sein Haus zu bedienen und für die Bedürfnisse seiner Töchter zu sorgen – eine von ihnen brauchte besondere Lernhilfen und Medikamente. All das bremste seine angeborene Sensationslust ein wenig.

Als Elliot die Auffahrt seines Eigenheimes erreicht hatte, seufzte er erleichtert und schaltete den Motor aus. Endlich war ein weiterer harter Arbeitstag zu Ende gegangen und er konnte sich auf seine Familie freuen. Als er sich selbst im Rückspiegel erblickte, wunderte er sich über das Äußere des Mannes, den er kaum noch erkannte. Alt war er inzwischen geworden, er hatte dicke Tränensäcke unter den Augen und sein Haar war so schütter, dass er kaum noch Ähnlichkeit mit den Fotos aus seiner College-Zeit hatte. Sein ganzer Körper zeigte deutlich die Auswirkungen des Alterns und der Schwerkraft. Wo waren seine guten Jahre bloß hingegangen, fragte er sich, bis er beschloss, das Jammern bleiben zu lassen. Es hatte doch keinen Sinn, sich über Dinge Gedanken zu machen, die nicht zu ändern waren.

Er beschritt den Weg zur Haustür und stellte dann sicher, dass er beim Aufschließen der Tür genug Lärm machte, damit seine Töchter ihn auf jeden Fall hörten. Denn sie liebten es, ihn am Ende eines jeden Arbeitstages zu begrüßen, wobei es ihm fast noch mehr Freude bereitete, als seinen beiden Prinzessinnen. Denn auch sie würden schnell groß werden und er dann noch älter sein.

Die beiden Mädchen kamen den Flur heruntergerannt und er lächelte, als sie sich näherten. »Daddy, Daddy!«, schrien sie im Einklang und er lachte über die in ihren Gesichtern verschmierten Essenszutaten – bestimmt hatten sie wieder versucht, ihrer Mutter beim Kochen zu helfen.

»Hailey, Casey, ich könnte schwören, ihr beiden seid noch hübscher geworden, während ich auf der Arbeit war. Wie ist das überhaupt möglich?«, fragte Elliot mit gespieltem Erstaunen, als er seinen Aktenkoffer abstellte und sie in den Arm nahm.

»Hallo Schatz, wie war dein Tag?«, rief Diane aus der Küche. Sie unterrichtete eine dritte Klasse und kam dadurch immer ein paar Stunden vor Elliot nach Hause. Für die beiden funktionierte diese Aufteilung prima und ihre Ehe hatte den Test der Zeit ohne größere Probleme überstanden.

»Nicht schlecht. Ich habe gegen Windmühlen gekämpft! Die Mächtigen in die Knie gezwungen! Unrecht in Gerechtigkeit verwandelt! Also ganz das Übliche«, sagte Elliot und ließ seine Töchter wieder los.

»Ach, bevor ich es vergesse, heute hat wieder jemand eins von diesen Computerdingern in den Briefkasten geworfen. Ist bestimmt für dich.«

»Wo ist es denn«, fragte Elliot, wobei er für seine begeisterten Zwillinge ein paar lustige Grimassen schnitt.

»Auf dem Esstisch!«

»Danke. Ach, und wo wir gerade von Essen sprechen ...«

»Es gibt heute Lasagne! In einer halben Stunde ist es soweit.«

»Ich hoffe, es ist die herzfreundliche Variante – mit extra viel Käse und Soße?«

»Natürlich, warum sollte ich etwas kochen, das du dann sowieso nicht isst?«

Elliot ging ins Wohnzimmer und entdeckte neben einem Glas Wasser einen grauen USB-Stick. Solche anonymen Überraschungen war er gewohnt, sowohl in seinem Büro als auch zuhause fand er sie hin und wieder vor. In letzter Zeit war es den Whistleblowern anscheinend lieber, seine private Adresse aufzusuchen, die jeder mit rudimentären Computerfähigkeiten im Handumdrehen herausfinden konnte. Auf diese Art wurden ihm immer mal wieder Umschläge, CDs, Fotos oder eben Datenspeicher zugesteckt.

Er lief in sein Büro, steckte den Stick in seinen Rechner und nachdem er ihn von einem Antivirenprogramm hatte scannen lassen, schaute er sich den Inhalt an. Als Erstes wurde er von einem Fenster begrüßt, dass die Daten passwortgeschützt seien. Er kniff die Augen zusammen und betrachtete den Hinweis zum Passwort: Er solle die letzten sechs Zahlen der Telefonnummer seiner Geliebten eintragen.

Das einzige Problem war, er hatte keine Geliebte. Er war seiner Frau immer treu gewesen und flirtete nicht einmal.

Er kratzte sich am Kopf, doch dann hatte er eine Idee: Ab und zu witzelte er, dass sein Boss, Lenny Cox, für ihn so etwas wie eine geheime Liebschaft war, da er ihn oft davon abhielt, Zeit mit seiner Familie zu verbringen. Also gab Elliot die sechs Zahlen ein, doch eine Fehlermeldung erschien.

»Was? Aber das ist doch die Nummer«, sagte er laut.

Dann kam ihm ein anderer Gedanke: Lennys Durchwahl war die 408. Nun gab er nur die letzten drei Nummern der Firma ein, gefolgt von den drei Ziffern der Durchwahl.

Das Laufwerk blinkte und ein Fenster mit dem Inhalt tauchte auf – er war drin!

Da sprang ihm eine Datei mit dem Titel »Zuerst lesen« ins Auge. Er klickte darauf und ging sie in rasender Geschwindigkeit durch – sein Lesetempo entsprach sicher dem Dreifachen eines Durchschnittsmenschen.

Fünfzehn Minuten später stand er auf und rief in Richtung Diane: »Schatz, ich habe hier einen riesigen Fisch an der Angel! Ich muss noch mal ins Büro!«

»Elliot! Das Essen ist doch fast fertig!«

»Ich weiß, Schatz, aber ich muss wirklich los!«

»Dann packe ich dir wenigstens ein bisschen was ein. Wie spät wird es denn dann bei dir?«

»Warte lieber nicht auf mich. Wie lange braucht die Lasagne noch?«

Dreißig Sekunden später erschien Diane im Durchgang zur Küche und hielt ihm eine gefüllte Plastikdose hin. Elliot nahm sie ihr ab und gab ihr einen Kuss. »Danke schön. Du bist ein Engel!«

»Vergiss nicht, zu kauen!«

»Ja, Schatz!«

Elliot rannte quasi zu seinem Auto, er war so dermaßen aufgeregt, dass er die dunkle Limousine gar nicht bemerkte, die an der nächsten Straßenecke stand. Eigentlich ein verzeihlicher Fehler, denn bisher hatte er noch nie unter Überwachung gestanden.

Der Mann auf dem Beifahrersitz beobachtete aufmerksam, wie Elliot rückwärts aus der Ausfahrt fuhr und dann in Richtung Stadt beschleunigte. Der Mann ließ sein Hochleistungsfernglas sinken und wandte sich an den Fahrer: »Die Jagd ist eröffnet.«

Sein Partner legte einen Gang ein und der Wagen rollte los. »Ich wünschte, wir hätten das verdammte Ding abfangen können.«

»Nicht am helllichten Tag, wenn so viele Leute unterwegs sind. Keine Chance. Aber den Freund der Schlampe kriegen wir schon noch. Der Reporter hat im Moment die höchste Priorität.«

»Das ist mir schon klar. Hoffen wir mal, dass er das Ding nicht kopiert hat.«

»Wir brechen heute Nacht ein und säubern seinen Rechner.«

»Zumindest wissen wir, dass er es nicht an Dritte geschickt hat.«

»Dafür ist er zu misstrauisch. Er würde diese Infos niemals mit jemandem teilen, bevor er sich einen Plan zurechtgelegt hat, wie er sie am besten ausschlachten kann. Deswegen fährt er jetzt ins Büro. Wie vermutet.«

Der Fahrer lächelte. »Ist schon ein gutes Gefühl, wenn man recht hat.«

»Das ist schließlich unser Job.«

»Verdammt richtig!«

Elliots Gedanken rasten, als er wie automatisch den altbekannten Weg zum Verlagshaus zurücklegte. Die Enthüllungen, die ihm zugespielt worden waren, deuteten auf eine dermaßen verwickelte und böswillige Verschwörung hin, dass er es kaum glauben konnte. Oder besser gesagt, er wollte es gar nicht glauben, denn das zu tun, würde bedeuten, dass alles, was er wusste, eine Lüge war.

Es stand absolut außer Frage, dass er es damit auf die Titelseiten schaffen würde, wenn es alles stimmte. Aber davon ging Elliot aus, denn die Daten beinhalteten schon auf den ersten Blick äußerst detaillierte Finanzinformationen, in denen Dutzende von Scheinfirmen eine Rolle spielten. Die Fährte führte zu einigen der größten Versicherer der Welt, die zufällig zu den größten Profiteuren bei der Bankenrettung nach der Finanzkrise gehört hatten. Er hatte immer vermutet, dass diese Firmen damals in den Genuss von Unmengen an Steuergeldern gekommen waren, denn einer der früheren Vorsitzenden der involvierten Institute war zum Zeitpunkt der Krise Finanzminister der USA gewesen. Doch wenn die Informationen auf dem USB-Stick stimmten, war selbst diese Tatsache gerade einmal die Spitze des Eisbergs.

Elliot hatte gar keine Schwierigkeiten zu glauben, dass alles, was er gerade gelesen hatte, stimmte. Er hatte genug der Weltgeschichte studiert, um zu wissen, dass Menschen zu allem fähig waren. Aber der Durchschnittsbürger würde ausrasten, wenn diese Informationen publik würden.

Nun war er in der Position, diese Geschichte an die Öffentlichkeit bringen zu können – garantiert würde er dafür den Pulitzer-Preis bekommen und ein Buchangebot, bei dem selbst Woodward und Bernstein alt aussehen würden. Das war der positive Aspekt. Der negative war, dass er sich sehr mächtige Feinde machen würde, und wahrscheinlich in die Mongolei auswandern müsste, um sich sicher zu fühlen.

Die Frage war nur, wer hatte ihm diesen Jackpot zukommen lassen? Da hatte jemand heimlich und mit Sicherheit auf illegale Weise Daten gesammelt, die die Grundmauern der Finanzwelt erschüttern oder sogar einstürzen lassen würden. Es machte ihm Sorgen, dass er nicht wusste, wer die Quelle war – doch im Endeffekt spielte es keine Rolle. Er konnte dem Whistleblower auch keinen Vorwurf machen, anonym bleiben zu wollen – man musste sich ja nur einmal anschauen, wie Edward Snowden dafür verfolgt worden war, dass er die Welt über die massiven Abhörprogramme der NSA aufgeklärt hatte.

Auf dem Weg in die Innenstadt gab es nicht viel Verkehr und die Tiefgarage des Verlagshauses war praktisch ausgestorben, als er in seine reservierte Parkzelle fuhr. Natürlich würde das Büro besetzt sein, Nachrichten gab es schließlich rund um die Uhr und es würde auch ein Team damit beschäftigt sein, die morgige Ausgabe in den Druck zu geben. Die Auflage sank natürlich konstant, da immer mehr Leute ihre Sensationslust im Internet befriedigten, statt Geld für tote Bäume auszugeben. So lief es nun mal im Leben, dachte er sich, als seine Schuhe über den Betonboden des Parkdecks huschten.

Der Fahrstuhl war durch Chipkarten gesichert, also holte er seine aus dem Portemonnaie und zog sie durch das Lesegerät. Eine grüne LED blinkte auf und die doppelte Stahltür öffnete sich. Elliot trat hinein, zog seine Karte durch einen weiteren Schlitz und drückte dann den Knopf für die siebzehnte Etage.

Während die Kabine nach oben sauste, ging er im Kopf einen Zeitplan durch. Er würde eine bis zwei Wochen brauchen, um mit unauffälligen Recherchen die Richtigkeit der Daten zu bestätigen. Er würde dazu sicherlich zwei Assistenten brauchen, wenn man die schiere Masse an Informationen berücksichtigte. Die würde er natürlich zu absoluter Verschwiegenheit verpflichten müssen. Denn diese Story als explosiv zu bezeichnen, wäre schon fast eine Untertreibung.

Die Anzeige im Fahrstuhl zeigte gerade die vierzehn, als die Kabine abrupt stoppte.

»Was zum …?«

Alle Lichter blinkten auf und erloschen dann, als ein scharfes metallisches Geräusch vom Boden der Kabine erklang.

Elliots Magen schlug einen Purzelbaum, als der Boden unter ihm nachzugeben schien und der Fahrstuhl in annähernd freiem Fall nach unten sauste, das Bremssystem außer Funktion. Der fast fünfzig Meter tiefe Fall stellte die am längsten scheinenden Sekunden in Elliots Leben dar, das abrupt ausgelöscht wurde, als die Kabine mit einer Geschwindigkeit von über hundert Stundenkilometern auf dem Betonboden des Schachtes aufschlug.

Stunden später stemmten Feuerwehrleute die Stahltür auf und fanden Elliots verdrehte Überreste. Niemand bemerkte, als einer von ihnen einen USB-Stick aus der Tasche des Opfers zog und wenig später unter Angabe fadenscheiniger Gründe den Einsatzort verließ.

Ein glühender Nachruf im Editorial honorierte Elliots unermüdlichen Kampf gegen die Korruption, doch schon nach einer Woche hatte die Welt seinen Tod vergessen – bis auf seine Familie, die wenig später umzog, da ihr altes Eigenheim von zu vielen Erinnerungen an die Vergangenheit heimgesucht wurde.

KAPITEL 9

Malibu, Kalifornien

Spencer, Allie und Drake saßen auf der Veranda und betrachteten den Sonnenuntergang über dem Pazifik, jeder von ihnen mit einem kalten Bier in der Hand, während eine erfrischende Brise ihnen die Haare durcheinanderwirbelte. Ein paar Nachzügler und Strandfreaks zogen noch durch den Sand, während die enthusiastischsten Surfer ihre letzten Wellen des Tages beritten.

»Wie ist es denn unten in Laguna Beach, Spencer?«, fragte Allie, während die Sonne im Meer zu versinken schien.

»Großartig. Es gibt da nicht so viele Neureiche und Hollywoodstars wie in Malibu, aber viele fantastische Aussichten.«

»Hey, pass auf, was du sagst – du kannst doch nicht einfach meine Nachbarschaft schlecht machen.« Drake lachte und stieß mit Allie mit einer frischen Bierflasche an, von der das Kondenswasser herrlich abperlte. Allie seufzte und bewunderte dann wieder den lachsfarbenen Himmel.

»Ein Jammer mit dem Haus. Ich hoffe, du kriegst das geregelt«, sagte sie.

»Tja, irgendwie ist heutzutage nichts mehr einfach. Wie sieht es denn bei dir aus? Klingt ja so, als hättest du eine Menge mit dem Nachlass deines Vaters zu tun!«

»Ich hoffe, ich bekomme die letzten Dinge in den nächsten Wochen geregelt. Ich habe ein spitzenmäßiges Anwaltsteam aus Houston, das mir die schlimmsten Geier vom Leib hält.«

Sie zuckte mit den Schultern.

»Ich kann immer noch nicht fassen, wie viele von diesen Blutsaugern aus ihren Löchern kommen, sobald es irgendwo Geld zu holen gibt!«

»Frag mich mal«, sagte Spencer und verzog das Gesicht. »Hast du denn vor, in Texas zu bleiben?«

Allie fixierte irgendeinen Punkt in der Ferne, links von Drakes Schulter. »Das kommt darauf an. Hier ist es schon schön! Ich bin nur nicht sicher, ob ich mich an diesen Baywatch-Lifestyle gewöhnen könnte.«

»Hey, David Hasselhoff ist in Europa immer noch ein großer Star«, bemerkte Spencer.

»Gut zu wissen. Meinst du, abgehalfterte Schatzjäger können sich dort ebenfalls durchfüttern lassen?«, fragte Allie.

»Gutes Stichwort«, warf Drake ein. »Wir sollten noch etwas essen, bevor wir abfliegen. Es gibt hier ein paar tolle Restaurants in der Nähe!« Er schaute auf die Uhr. »Wir haben noch drei Stunden, bis wir am Flughafen sein müssen.«

»Man würde ja eigentlich denken, dass uns die CIA die ganzen Sicherheitskontrollen ersparen könnte. Als ob es irgendwelche Anschläge verhindert, wenn wir unsere Schuhe ausziehen und in den Nacktscanner steigen. Ich kann dir ein gutes Dutzend tödliche Waffen aufzählen, die du aus dem Scheiß machen kannst, der im Duty-Free-Shop verkauft wird. Meinen die wirklich, Terroristen haben keinen Internetzugang?«, grummelte Spencer.

»Für eine Sonderbehandlung sind wir wahrscheinlich noch nicht wichtig genug«, meinte Allie. »Außerdem sind schon allein Drakes Hände tödliche Waffen.«

»Absolut«, stimmte Drake zu, »du musst nur eine Waffe oder den Schlüssel zu einem Lambo hineinlegen und *Bäm* – Game Over für die bösen Jungs!«

Musik durchdrang die Stille, als sich die Schiebetür nebenan öffnete und Kyra auf ihre Veranda schwebte, bekleidet mit einer Yogahose und einem bauchfreien Sportoberteil. Sie hob ihr Bier und prostete allen zu: »Hi.«

Spencer lächelte wie die Grinsekatze aus Alice im Wunderland, woraufhin Allie die Augen verdrehte.

»Ebenfalls Hi, schöne Frau«, säuselte er, während Drake etwas peinlich berührt winkte.

»Kommst du morgen eigentlich zu meinem Barbecue? Du hast es doch nicht vergessen, oder?«, fragte Kyra. Die leichte Brise trug einen Hauch von Vanille und Kokos herüber, als sie sich dem gläsernen Geländer näherte. Allie hustete.

»Öhm, ich kann leider nicht dabei sein«, sagte Drake, während die Röte unter Allies bohrendem Blick in seinem Gesicht aufstieg. »Ich muss für ein paar Tage die Stadt verlassen.«

»Ach, das ist aber schade. Dann bin ich mit meinen besten Freundinnen ganz allein. Wie langweilig.«

»Dabei verpasst Drake so ungern eine Orgie. Vielleicht kann man das später wiederholen?«, fragte Allie unschuldig in gesenktem Tonfall.

»Was?«, fragte Kyra. »Moment, ich drehe eben meine Musik leiser.«

»Sie hat gefragt, ob man das wiederholen kann«, warf Spencer ein.

»Hab auf jeden Fall viel Spaß«, schob Drake schnell hinterher.

»Ich versuche es.«

Drake stand auf und verschwand schnell im Haus, bevor das Gespräch eskalieren konnte, und Allie und Spencer folgten ihm. »Lasst mich schnell was anderes anziehen, dann können wir los«, sagte er, und flüchtete, ohne eine Antwort abzuwarten, in sein Schlafzimmer.

Auf Allies Wunsch hin aßen sie wenig später bei einem hervorragenden Italiener in Gravina am Pacific Coast Highway. Dann kehrten sie in Drakes Haus zurück, um auf das Taxi zum Flughafen zu warten. Die Fahrt nach Süden dauerte eine Stunde, dann waren sie im internationalen Terminal und hatten noch zehn Minuten Zeit. Alex wartete am Schalter von Cathay Pacific auf sie, er war lässig in Cargopants und ein zerknittertes Safarishirt gekleidet und sah dadurch eher aus wie ein Backpacker mit Midlife-Crisis, als ein CIA-Agent.

»Schön, dass ihr hier seid«, sagte er. »Der Check-in für die Erste Klasse ist da drüben. Ich fliege Businessclass.«

Drake fiel auf, dass seine Augen ununterbrochen im Terminal hin und her schauten, sogar in dem Moment, wo er sie alle begrüßte.

»Als Festangestellter muss man auf Luxus wohl verzichten«, witzelte Spencer.

»Kein Problem für mich, ich kann im Flugzeug super schlafen. Ich würde vorschlagen, dass auch ihr versucht, euch so viel wie möglich auszuruhen. Denn sobald wir gelandet sind, geht es sofort los. Nur auf die Genehmigungen müssen wir vielleicht noch ein bisschen warten.«

Sie checkten ein und gaben ihr Gepäck auf, dann begaben sie sich zur Sicherheitskontrolle. Natürlich gab es dort die unvermeidliche Schlange, wo gelangweilte Mitarbeiter Omas und Schulkinder durchsuchten, als ob sie Panzerfäuste im Handgepäck dabei hätten.

Nach einer halben Stunde Schlangestehen kamen sie endlich in der geräumigen Wartelounge der Ersten Klasse an. Aufgrund der Größe des Flugzeugs begann das Boarding bereits eine halbe Stunde vor Abflug, also surften sie noch ein wenig im Internet und stiegen dann ein.

Als die Boeing 777 endlich abhob, waren Drake und Allie bereits eingeschlafen. Spencer schaute hingegen zu, wie die Lichter von Los Angeles unter den Flügeln der Maschine verschwanden, während sie in den Himmel stieg. Nun würde das Abenteuer beginnen.

KAPITEL 10

Peking, China

Jiao Long saß an dem langen Konferenztisch, ihm gegenüber sein Vorgesetzter Wu Xiaoping, seines Zeichens zweithöchster Befehlshaber im MSS. Neben ihm saß ein nervöser Techniker, dessen Aufgabe es war, die Server aus dem Hauptquartier von Moontech zu untersuchen.

Xiaoping hörte ungeduldig zu, während Jiao seinen Bericht ablieferte. Als er fertig war, lehnte sein Boss sich nach vorn, zündete sich eine Zigarette an und stieß eine beißend riechende Wolke Rauch in Richtung der Deckenbeleuchtung.

»Dieser Huang wusste also nichts? War er denn kein Komplize von Liu?«, knurrte er.

Jiao schüttelte den Kopf. »Ich bin mir inzwischen sicher, dass er das nicht war.«

»Wird er es überleben?«

»Nein. Er bekam während des Verhörs einen Herzinfarkt. Noch hängt er an den lebenserhaltenden Systemen, doch es wird davon ausgegangen, dass er nicht mehr zu Bewusstsein kommt.«

Xiaoping grunzte und benutzte den Aschenbecher aus Porzellan, wobei er äußerst aufmerksam nur die wenige Asche abstreifte, die nicht mehr glühte. Eine auffällige Angewohnheit, die Jiao schon unzählige Male hatte beobachten können. »Was haben wir denn dann überhaupt für Spuren?«

Jiao sah den Techniker an, der daraufhin begann, in einer weichen, fast schon femininen Art zu sprechen: »Es steht außer Frage, dass der Angriff auf unsere Systeme von Moontech ausging. Aber als ich die Log-Dateien untersucht habe, bin ich auf eine sehr interessante Anomalie gestoßen. Anscheinend haben die Hacker ihren Angriff über einen Trojaner auf die Moontech-Server umgeleitet, sodass es so aussah, als würde er direkt dort aus dem Gebäude kommen.«

Xiaoping wiegelte mit einer ungeduldigen Geste ab. »Das wissen wir bereits.«

»Schon, aber das Interessante ist, dass wir nicht das einzige Ziel waren.«

»Nun spucken Sie es schon aus, wir haben keine Zeit zu verlieren.«

»Es sieht so aus, als hätte Liu auch auf das Netzwerk des US-Verteidigungsministeriums zugegriffen. Und zwar auf ihre wichtigsten, am besten gesicherten Server!«

»Was?«, rief Xiaoping, »Sind Sie da sicher?«

»Absolut. Die Signatur ist … sagen wir einfach, sie ist eindeutig.«

»Wie hat er das geschafft? Diesen Server versuchen wir seit Jahren zu knacken, ohne Erfolg«, warf Jiao ein.

»Ich bin nicht sicher. Das ist das Spannende daran. Aber er hat es auf jeden Fall geschafft.«

Xiaoping nahm einen weiteren Zug von seiner Zigarette, wobei sein Gesichtsausdruck nachdenklich wurde. Niemand sprach ein Wort, bis er den Zigarettenstummel ausdrückte und nickte. »Wir müssen herausfinden, was er gemacht hat. Das verkompliziert die ganze Angelegenheit. Das amerikanische Verteidigungsministerium hat das bestgesicherte Netzwerk der Welt. Wenn Liu dort hereingekommen ist, brauchen wir Antworten!«

Der Techniker räusperte sich. »Da ist noch etwas.«

Die beiden älteren Männer starrten ihn an. »Was denn?«, fragte Jiao.

»Es ist mir unter Umständen möglich, das Protokoll zu replizieren, mit dem er auf die Server gelangt ist.«

Selbst, wenn der Techniker in diesem Moment Flügel bekommen hätte und im Raum herumgeschwebt wäre, hätte er nicht noch mehr Eindruck auf Xiaoping und Jiao machen können.

Jiaos Augen verengten sich und er sah den jungen Mann herausfordernd an: »Was Sie nicht sagen.«

Der Techniker nickte. »Es ist wahr. Der Vorgang wird Zeit brauchen, aber es könnten genug Teilinformationen auf dem Server liegen, um den Vorgang wiederholen zu können.«

Xiaoping lehnte sich zurück. »Wenn Ihnen das gelingt, befördere ich Sie auf die höchstmögliche Position. In dem Fall sollten Sie unsere Cyber-Truppe leiten!«

Der Techniker lächelte nervös. »Ich tue mein Bestes.«

»Dann sitzen Sie hier nicht länger herum! Machen Sie sich an die Arbeit«, bellte Xiaoping. »Sie können mich zu jeder Tages- und Nachtzeit stören, wenn Sie es schaffen. Aber … die Amerikaner dürfen nicht dahinterkommen, dass wir es sind. Unter keinen Umständen. Denn das könnte desaströse Folgen haben!«

»Klar, ich werde das Signal über dutzende Server umleiten. So werden die niemals dahinterkommen.«

»Haben Sie uns nicht gerade erklärt, dass Liu es genauso gemacht hat?«, fragte Jiao.

»Er wusste aber nichts von dem Programm, das ich selbst geschrieben habe, welches trotzdem die wahre Quelle zurückverfolgen kann. Technisch ist das eigentlich unmöglich, aber ich habe es dennoch hinbekommen.« Der Techniker lächelte wie ein schelmischer Schuljunge. »Ich kann Ihnen gern erklären, wie es funktioniert, falls Sie Interesse haben.«

Xiaoping schüttelte den Kopf. »Ich interessiere mich nur für Ergebnisse. Lassen Sie uns keine Zeit mehr mit Reden verschwenden. Dieses Projekt hat ab sofort höchste Priorität. Sie werden alle Mittel erhalten, die Sie brauchen. Ich kann gar nicht genug betonen, wie wichtig es ist.«

Der Techniker stand auf. »Ich werde mich melden, sobald ich eine Lösung habe.«

Jiao und Xiaoping sahen zu, wie der dünne Mann aufstand und den Konferenzraum verließ. Sie erhoben sich ebenfalls und standen einen Moment schweigend da, während sie über diese neue Entwicklung nachdachten.

»Das könnte einen enormen Durchbruch bedeuten«, sagte Xiaoping.

»Aber was mich daran stört, ist, dass wir keine Ahnung haben, was Liu auf den Servern des Verteidigungsministeriums gesucht hat. Wie Sie wissen, sind wir bisher davon ausgegangen, dass er nur unsere Systeme sabotieren wollte. Deswegen haben wir ja auch auf so … schnelle Art reagiert.«

»Auf Ihre Empfehlung hin, wenn ich mich da richtig erinnere.«

»Vielleicht habe ich rückblickend überreagiert, nun da wir seine Leistung kennen. Unsere besten Leute haben sich an dieser Aufgabe jahrzehntelang die Zähne ausgebissen.« Jiaos Blick verschob sich in die Ferne. »Kaum zu glauben, dass ein Einzelner das vollbracht hat, was Hunderte von Spitzenprogrammieren nicht hinbekommen haben.«

»Es gab auch nur einen Einstein. Manchmal springt einem Einzelnen etwas ins Auge, das die Mehrheit übersieht. Das dürfte hier auch der Fall sein«, schloss Xiaoping. »Wir können jetzt nichts mehr daran ändern, was wir getan haben. Wir müssen nun all unsere Hoffnung in unseren eigenen Mann legen, da wir Lius Flugzeug vom Himmel geholt haben.«

»Das schien zu diesem Zeitpunkt die richtige Vorgehensweise zu sein. Auf Spionage steht nun mal die Todesstrafe. Wir haben einfach nur den Gerichten die Arbeit erspart, ihm einen Prozess zu machen.«

»Wie bei so vielen Dingen ist nichts einfach nur komplett schwarz oder weiß.«

Jiao blieb sitzen, als sein Boss den Raum verließ. Es blieb nur das leise Rauschen der Aircondition sowie das stetige Ticken der großen Uhr an der Wand. Er rieb sich die Augen, die wegen der Luftverschmutzung in Chinas großen Industriestädten permanent brannten. Die Warnungen in Xiaopings Worten waren so deutlich gewesen wie eine Ohrfeige, auch wenn er sie wie immer sehr subtil eingebracht hatte. Jiao hatte die Entscheidung getroffen, das Flugzeug zu sabotieren, mit dem Liu hatte flüchten wollen. Wie hätte er wissen sollen, dass dieser Kerl viel weniger eine Bedrohung für China darstellte als für die USA?

Als Erstes mussten sie nun herausfinden, was Liu im System des Verteidigungsministeriums gewollt hatte. Wenn das ermittelt war, würden sie die nächsten Schritte planen können. Unterm Strich würde die Möglichkeit, einen Blick auf die größten Geheimnisse des amerikanischen Militärs werfen zu können, für den MSS von unschätzbarem Wert sein.

Es würde die gesamten Machtverhältnisse verschieben, denn im Moment hielten die Vereinigten Staaten noch alle Trumpfkarten. Sie hatten zehn Flugzeugträger, China nur einen. Das Militärbudget der USA übertraf das der nächsten sechsundzwanzig Industrienationen. Und die gleiche Macht, die die USA militärisch besaßen, übten sie noch einmal durch ihr Finanzsystem aus. Wenn China auf diese Pläne Zugriff hätte, könnte es entsprechend reagieren und alle Schritte blockieren, die sich gegen die eigenen Interessen richteten, und sich dadurch ein viel größeres Stück vom Kuchen der Weltwirtschaft sichern.

Was hatte Liu vorgehabt?

Diese Frage beschäftigte Jiao intensiv, als er aufstand und zur Tür ging. Seine Schritte und Bewegungen wirkten schwerfällig und langsam, als hätten die wenigen Minuten in diesem Raum ihn um Jahre altern lassen.

KAPITEL 11

Bangkok, Thailand

Der Airbus A330-300 näherte sich der Landebahn des Internationalen Flughafens Suvarnabhumi und der Pilot verringerte die Geschwindigkeit. Der Flug hierher von Hongkong aus war nach ihrem Umsteigen wesentlich entspannter verlaufen als die ruppige Überquerung des Pazifik. Allie gähnte und schaute aus dem Fenster, wobei Drake versuchte, sie nicht allzu auffällig zu bewundern. Sie waren jetzt bereits fast zwanzig Stunden unterwegs, und er schaffte es immer noch nicht, seine Augen von ihr zu lassen.

»Wie geht es dir?«, fragte Drake.

Allie zuckte mit den Schultern. »Ganz okay. Ich wünschte, ich hätte mehr schlafen können. Ich fühle mich wie gerädert.«

»Tja, das lässt sich jetzt nicht mehr ändern. Wir landen gleich.«

»Immerhin habe ich ein paar Informationen über Bangkok lesen können. Es soll sehr modern sein.«

»Ja, wahrscheinlich ist das unsere letzte Chance, fließend Wasser und Toilettenspülungen zu genießen, bis wir aus dem Dschungel zurück sind.«

»Ich merke schon, du bist immer noch der Romantiker.«

Drake wusste gar nicht, was er darauf antworten sollte – Allie schaffte es immer wieder, ihn mit abrupten Stimmungswechseln aus der Bahn zu werfen. Als ihm endlich etwas in den Sinn gekommen war, hatte er Allies Aufmerksamkeit längst an die Skyline von Bangkok verloren, die elegant im Licht der aufgehenden Sonne glitzerte.

Das Fahrwerk senkte sich und rastete mit einem lauten Geräusch ein, dann stürzte das Flugzeug auf den dünnen Asphaltstreifen zu, der sich vor ihnen ausbreitete. Für einen kurzen Moment schien die Maschine vor dem Aufsetzen schwerelos zu sein, dann setzte sie mit einigen wilden Hüpfern auf, stabilisierte sich langsam und bremste schließlich ab.

Spencer grinste ihnen von der anderen Seite des Ganges aus zu, während das Flugzeug langsam auf sein Gate zurollte. »Showtime!«, rief er mit einer theatralischen Geste. »Bangkok erwartet den großen, weißen Jäger!«

»Falls du mich damit meinst, ist die Schmeichelei von meiner Seite aus gar nicht nötig«, meinte Allie. »Du kannst mich aber gern *Göttin* nennen, wenn es sein muss.«

Sie verließen die Maschine und begaben sich zum Zoll, wo ihre Reisepässe gestempelt wurden. Nachdem sie diese Formalitäten hinter sich gebracht hatten, warteten sie an der Gepäckausgabe. Alex stieß zu ihnen, und nachdem sie ihre Sachen eingesammelt hatten, traten sie nach draußen, wo sie vom Stimmengewirr unzähliger Fahrer empfangen wurden, die mit Schildern in den Händen auf ihre Gäste warteten.

Alex wandte sich Drake zu und führte die Truppe an das Geländer, das die Reisenden von den wartenden Thais abgrenzte. »Wir haben einen Führer. Ich habe schon mit ihm gearbeitet. Er ist ein ziemlich schräger Vogel, aber er kennt Thailand wie seine Westentasche.«

Allie und Drake nickten und fragten sich, was ein CIA-Agent sich wohl unter einem ›schrägen Vogel‹ vorstellte, doch sie mussten nicht lange auf die Antwort warten: Es war ein schmächtiger Mann gehobenen Alters, der die Hautfarbe einer Pecannuss hatte. Seine pechschwarzen Haare hatte er mit viel Pomade zurückgekämmt und sein Bart, der an Fu Manchu erinnerte, wäre der Traum eines jeden Bösewichts in asiatischen B-Movies.

Alex' Gesicht entspannte sich für einen Moment, als er sich dem kurzgewachsenen Asiaten näherte, der eine Verbeugung andeutete, die traditionelle Begrüßung der Thai, die als *Wai* bekannt war. Alex erwiderte die Geste und stellte dann seine Mitreisenden vor, woraufhin sich der Führer vor jedem einzelnen verbeugte.

»Das ist Onkel Pete. Onkel Pete, darf ich dir Allie, Drake und Spencer vorstellen«, sagte Alex.

»Große Ehre«, sagte Onkel Pete mit schwerem Akzent. Dann drehte er sich um und herrschte einen Gepäckträger an, der sich daraufhin eiligst daran machte, die Habseligkeiten der Reisenden auf einem klapperigen Rollwagen zu verstauen. »Mein Auto warten draußen«, erklärte Pete, »Habe Polizisten für Aufpassen bezahlt. Ist Einziges, was sie heutzutage können. Außer Bestechung annehmen und Unschuldige belästigen!«

»Passen wir da alle rein?«, fragte Alex.

»Natürlich! Ich habe SUV gemietet, nur für euch!«

»Geh voran.«

Onkel Pete marschierte stramm zum Ausgang und wurde erst etwas langsamer, als er merkte, dass der Gepäckträger ihm gar nicht so schnell folgen konnte. Er nickte Alex zu und grinste, wobei er seine durch Zigaretten vergilbten Zähne entblößte. »Lange nicht gesehen, was?«

»Über die alten Zeiten reden wir später. Was ist mit den Genehmigungen?«

»Immer noch warten. Du weißt, wie läuft. Jemand hält immer Hand auf für noch mehr Baht. Aber ich verspreche, morgen kriegen wir.«

»Eigentlich wollten wir schon heute Nachmittag aufbrechen«, sagte Alex.

»Wenn du Gott zum Lachen bringen willst, mache einen Plan«, sagte Onkel Pete plötzlich beinahe akzentfrei. »Bis dahin, ich buche euch supergutes Hotel!« Er schaute Allie an. »Erstes Mal in Thailand?«

»Ja, ich habe viele tolle Sachen darüber gehört!«

Onkel Pete schaute abschätzig in Richtung des Gepäckträgers und ließ seinen Blick anschließend über die versammelten Einheimischen wandern. »Ich nicht. Lauter faule Hunde hier!«

Alex lachte, und das zum ersten Mal, seit sie ihn kennengelernt hatten. »Onkel Pete hat wirklich eine sehr positive Lebenseinstellung!«

»Bangkok voll versteckte Schlangen!«, schnarrte Onkel Pete und bedeutete dann seinem Träger, sich zu beeilen.

»Arbeitet er für die Auslandswerbung?«, fragte Spencer in gesenkter Stimme. »Da wäre vielleicht ein hungriges Krokodil besser geeignet gewesen.«

»Onkel Pete ist durchaus charmant, wenn man ihn besser kennenlernt«, grinste Alex.

Der Mietwagen stellte sich als silberner Nissan Armada heraus, der gerade genug Platz bot, sie alle unterzubringen. Alex saß vorn, während sich die drei anderen auf den Rücksitz quetschten. Spencer grinste Allie mitleidig an, als sie versuchte, es sich halbwegs bequem zu machen. »Du kannst gern auf meinen Schoß, wenn du willst.«

»Ich schätze, ich bin nicht die Erste, der du dieses Angebot machst. Hat es jemals funktioniert?«

»Du würdest dich wundern.«

Drake kicherte. »Nach der Fahrt mit deinem Lambo würde mich gar nichts mehr wundern, Spencer. Obwohl ich immer noch glaube, mit orangefarbenen Pelzbezügen würde er einiges mehr hermachen.«

»Vielleicht noch ein Paar Stoffwürfel für den Rückspiegel?«, witzelte Allie. »Oder Aufkleber für die Stoßstange hinten, zum Beispiel ›Mein Auto lebt – es raucht, es säuft und manchmal bumst es!‹ Bei uns auf dem Lande gibt es die in allen Farben.«

»Mir hat der Wagen gefallen«, sagte Drake. »Voll authentischer Hollywood-Angeber-Style, wenn du mich fragst.«

»Leckt mich doch alle. Der schafft es von Null auf Hundert in drei Sekunden!«

Allie stieß ihm einen Ellenbogen in die Rippen. »Auf jeden Fall ist er super praktisch zum Einkaufen, oder um Feuerholz zu transportieren …«

Onkel Pete war vielleicht nicht der langsamste Fahrer in ganz Thailand, aber er arbeitete definitiv auf diesen Titel hin. Bis sie es zum Hotel geschafft hatten, war es früher Nachmittag, und sie waren dankbar, endlich aussteigen und sich strecken zu können.

Die Hotellobby war opulent gestaltet und zwei Pagen stürzten sich sofort auf ihr Gepäck. Onkel Pete blieb im Wagen, offensichtlich fühlte er sich in dem luxuriösen Ambiente fehl am Platz. Er hatte jedem von ihnen eine Karte mit seiner Handynummer gegeben, für den Fall, dass sie irgendetwas brauchten. Nachdem er sich davon überzeugt hatte, dass sie angemessen untergebracht wurden, fuhr er mit dem Elan einer altersschwachen Schnecke davon.

»Wollt ihr das Hotelrestaurant ausprobieren?«, fragte Drake, nachdem sie sich am Empfang registriert hatten.

»Wo ist denn deine Abenteuerlust«, forderte ihn Spencer heraus. »Warum suchen wir uns nicht irgendeine Absteige und essen wie die Einheimischen?«

Allie verzog das Gesicht. »Ich sage nur ein Wort: Affenhirn!«

»Soweit ich weiß, kann man das überall bestellen, auch wenn es nicht auf der Karte steht«, zog Drake sie auf.

Sie nahmen den Fahrstuhl zum Penthouse und richteten sich ein. Anschließend genossen sie ein Menü asiatischer Fusionsküche, bei dem jeder Gang besser war als der vorige. Als sie fertig waren, rülpste Spencer laut und tätschelte seinen Bauch. Allie schaute ihn entgeistert an, doch er zuckte nur mit den Schultern.

»In vielen Ländern drückt lautes Rülpsen die Zufriedenheit über ein gutes Essen aus«, erklärte er.

»Da kann ich ja kaum abwarten, welche anderen Körperfunktionen noch gefeiert werden«, kommentierte Drake.

»In Thailand ist zum Beispiel Nasenbohren gesellschaftlich vollkommen anerkannt«, sagte Spencer.

»Wie charmant«, meinte Allie. »Dann fühlst du dich hier sicher wie zuhause.«

»Es ist wichtig, fremde Kulturen zu verstehen, wenn man was von einer Reise in exotische Länder haben will.«

»Wie wäre es, wenn wir einfach diese Statue finden und wieder abhauen? Wäre das auch okay für dich?«, gab sie zurück.

»Ich stelle fest, du bist noch nicht in Stimmung!« Spencer leerte sein Wasserglas und hielt es in die Luft, sodass der Kellner es sehen konnte. Er machte sich sofort daran, Nachschub herbeizuschaffen. »Was haltet ihr von Onkel Pete?«

»Er scheint harmlos zu sein«, meinte Drake, »wenn auch etwas verschlagen.«

»Davon ist auszugehen. Er muss sicher auch zusehen, wie er über die Runden kommt. Diese Sorte Mensch lernt man irgendwann sofort zu erkennen. Sie sind hinter dem schnellen Geld her, indem sie Informationen und fragwürdige Güter herbeischaffen. Ich schätze, die Geheimdienste sind auf solche Leute angewiesen.«

»Ich fand ihn ganz süß«, meinte Allie. »Ich frage mich, welche Farbe der Lambo hat, den er privat fährt?«

»Jedenfalls nicht senfgelb«, sagte Drake nüchtern.

»Ihr kommt einfach nicht darüber hinweg, oder«, grollte Spencer, aber es stand außer Frage, dass er seinen Spaß hatte.

»Schau doch mal, ob man ein hochgelegtes Fahrwerk einbauen lassen kannst, so wie bei meinem FJ. Das wäre doch mal was! Am besten mit Offroad-Reifen für Matsch und Schnee!«

»Haha.«

Ein Kellner trat mit einer Karaffe eisgekühlten Wassers an sie heran und füllte ihre Gläser auf, während ein zweiter ihre Teller abräumte, um wenig später mit der Nachtischkarte wieder aufzutauchen. Allie zeigte mit einer abweisenden Geste an, dass sie nichts mehr essen konnte. »Ich weiß ja nicht, wie es mit euch beiden aussieht, aber ich muss mich jetzt erst mal hinlegen. Ich hatte schon total vergessen, wie toll es sich anfühlt, eine Nacht ohne Schlaf auskommen zu müssen.«

»Da bin ich absolut bei dir. Was sagst du, Spencer?«, fragte Drake.

»Klar, warum nicht. Nach Onkel Petes Worten zu urteilen, passiert hier vor morgen sowieso nichts, wenn überhaupt. Ich schicke Alex eine Nachricht, dass wir für heute raus sind. Morgen können wir dann unser Equipment überprüfen, und falls wir dann immer noch auf die Papiere warten, können wir wenigstens schon mal zur Grenze reisen. Dann sind wir sofort startklar, wenn wir das Okay bekommen.«

Drakes Zimmer lag auf der gleichen Etage wie das von Allie, wogegen Spencer zwei Stockwerke darunter wohnte, also verabschiedete er sich im Fahrstuhl von den beiden.

»Schon komisch mit Spencers finanzieller Lage, oder?«, begann Drake anschließend etwas Small Talk, damit kein unangenehmes Schweigen entstehen konnte.

»Er ist aber schon groß. Er hat sich die Suppe eingebrockt, also muss er sie auch selbst auslöffeln. Ich glaube, er schafft das schon.«

»Für mich hört es sich so an, als würde er sein Geld von diesem Hedgefonds nicht wiederkriegen.«

»In der Finanzbranche gibt es für ahnungslose Anleger wie ihn, glaube ich, einen Fachbegriff: Kanonenfutter.«

»Autsch. Aber da könntest du recht haben.«

Die polierte Stahltür glitt zur Seite und sie traten in den marmorvertäfelten Flur. »Allie, ich wollte dir noch sagen … Kyra ist wirklich nur meine Nachbarin. Sonst nichts.«

Allie seufzte. »Drake, ich bin wirklich hundemüde. Können wir ein anderes Mal darüber sprechen?«

»Mir war es wichtig, das noch einmal unmissverständlich zu sagen.«

»Das verstehe ich. Aber ich bin sowieso schon total überfordert mit den ganzen Dingen, die im Moment passieren. Lass uns später darüber reden.«

Drake verstand den Wink mit dem Zaunpfahl. Es hatte keinen Sinn, weiter darauf herumzureiten. Allie war müde, sie hatte zuhause schon genug Probleme und nun war sie in einem fremden Land und stand im Begriff, wieder in den Dschungel zu ziehen … in einen Dschungel wie den, in dem ihr Vater ums Leben gekommen war. Drake versuchte sich vorzustellen, was in ihrem Kopf vorging. Es war unmöglich.

»Da bin ich«, sagte sie, als sie an ihrer Zimmertür stehenblieb. »Schlaf gut. Du kannst mich gern zum Abendessen wecken.«

Drake hätte gern noch mehr gesagt. Viel mehr. Er wollte ihr sagen, wie sie ihn in seinen Träumen verfolgte, wie sehr er sich wünschte, mit ihr zusammen zu sein, wie sehr er sie an sich drücken wollte, ihre Lippen auf den seinen spüren wollte.

Aber nichts davon sagte er, stattdessen ging er in sein Zimmer und fühlte sich so allein und zurückgewiesen wie noch nie zuvor in seinem Leben.

KAPITEL 12

Onkel Pete kam am nächsten Morgen beim Hotel an und sah aus, als hätte er in seinen Anziehsachen geschlafen. Er wartete vor der Tür, bis Allie und Drake ihre Taschen zusammengepackt hatten. Als sie herauskamen, rauchte er eine Zigarette und tauschte mit den einheimischen Pagen einige Witze aus. Als er sie am Eingang erblickte, ließ er seine Selbstgedrehte in einen Aschenbecher fallen und ging auf sie zu.

»Guten Morgen. Auto da drüben!«, sagte er und deutete auf ein Parkhaus auf der gegenüberliegenden Straßenseite.

»Musstest du heute keine Polizisten bestechen?«

»Muss irgendwie Geld zusammenhalten«, antwortete Onkel Pete mit einem Zwinkern.

Sie folgten ihm zu dem gemieteten SUV und kamen dann erst einmal kaum voran. Der Verkehr stand in der Innenstadt praktisch still, ein Meer aus Bremslichtern erstreckte sich, so weit sie sehen konnten. Nur Tuk-Tuks und Motorräder schlängelten sich durch den Sumpf aus größeren Fahrzeugen.

»Wo fahren wir hin?«, fragte Drake.

»Mein Büro. Wir haben jetzt Papiere, aber ihr alle müsst prüfen. Braucht ihr noch Sachen, müssen wir kaufen. An Grenze keine Geschäfte. Nichts außer Dschungel, also jetzt letzte Chance.«

»Du hast ein Büro?«

»Eher Geschäft. Ist Reisebüro. Geführte Touren, so etwas. Sehr beliebt bei Farang.«

»Farang?«, echote Drake.

»Thai-Wort für weiße Menschen. Ist kein Beleidigung, ehrlich«, log Onkel Pete.

»Das ist schon okay. Ich meine, wir sind hier schließlich die Minderheit«, sagte Allie.

»Das ist also dein normaler Job?«

»Ja: Tempel-Tour, City-Tour, Beach-Tour … was immer Farang wollen!« Onkel Pete musterte Drake verstohlen im Rückspiegel. »Menschen hier sehr entspannt, alles einfach. Alles was ihr wollt, ich kann besorgen. Alles«, wiederholte er.

»Gut zu wissen«, sagte Drake, etwas unangenehm berührt bei der Überlegung, worauf Onkel Pete hinauswollte. »Wie weit ist es noch?«

»Andere Seite von Nana-Platz. Bei Fluss.«

»Nana-Platz?«

»Kennt ihr nicht? Ist berühmt! Nana-Platz, Soi Cowboy und Patpong.«

»Darf ich fragen, wofür das alles berühmt ist?«

Onkel Pete lachte. »Sex, natürlich! Millionen Farang kommen jedes Jahr für Sexy-Tour! Ist großes Geschäft!«

»Ist es denn legal?«

»Grauzone. Toleriert und reguliert. Also wie alles in Thailand. Kommt drauf an.«

»Hast du Töchter?«, fragte Allie.

»Nein, ich zwei Söhne.«

»Wie fändest du es, wenn du Töchter hättest und die ihr Geld in dem Gewerbe verdienen?«

Onkel Pete verzog das Gesicht. »Die meisten Bar-Girls kommen aus Norden, sehr arme Gegend. Ist einzige Möglichkeit, Geld zu verdienen. Sie schicken Geld an Familien. Ist nur finanzielle, nicht moralische Frage.«

»Aber du würdest zustimmen, dass es eigentlich unmoralisch ist?«, bohrte Allie nach.

»Wenn Millionen Farang wollen und viel Geld ausgeben, kein Problem für mich. Wir sehen anders als ihr. Vielen Farang gefällt, viele zufriedene Kunden.«

»Ich finde das krank«, sagte Allie, sichtlich angewidert.

»Also für dich später keine Spezial-Massage. Was mit dir, Mister Drake? Willst du nette Damen treffen?«

»Äh, nein, danke«, stammelte Drake.

»Du mögen keine Frauen?« Jetzt wurde Drake noch nervöser. »Nein. Also, ich meine, ja. Ich mag Frauen. Ich will nur nicht … nein, danke.«

Onkel Petes Augen verengten sich und er warf Drake einen verständigen Blick zu. »Ah, vielleicht du willst lieber Ladyboys!«

»Was? Nein! Natürlich nicht.«

Allie konnte nicht widerstehen: »Ladyboys?«

»Oh, sehr beliebt. Fast wie Frau. Nur mit … andere Sachen.« Er bog an einer Ecke ab und deutete auf eine Gruppe junger Menschen vor einer Bar. »Da, Ladyboys!«

Allie und Drake schauten aufmerksam aus dem Fenster. »Das sind … Jungs?«, fragte Drake ungläubig.

»Nein, keine Jungs – *Ladyboys!*«, berichtigte Onkel Pete ihn.

Allie rammte Drake ihren Ellenbogen in die Rippen. »Du kennst doch bestimmt den Song ›Lola‹. Mach dir keine Gedanken, ich nehme es dir nicht übel, wenn du darauf stehst!«

»Ich finde es schön, dass du so tolerant bist, aber trotzdem Nein, danke.« Drake schüttelte den Kopf. »Für mich sahen die auf jeden Fall sehr weiblich aus.«

»Wenn du das so siehst, ist es doch total in Ordnung«, sagte Allie und Onkel Pete lachte.

»Sie dich durchschaut, Mister Drake!«

»Das ist doch nur Spaß«, sagte Drake und wurde dabei ganz rot.

»Schon klar«, kommentierte Allie.

Onkel Petes Laden lag in der Nähe des Flusses Chao Praya, der sich quer durch die ganze Stadt schlängelte. Die betreffende Gegend war ziemlich heruntergekommen, die Außenfassade des Gebäudes war knallrot bemalt und mit goldenen Buchstaben in Thai und Englisch beschriftet. Allie las mit einem Grinsen vor: »›Happy Time Tour‹? Das mit dem Marketing hast du auf jeden Fall drauf, Onkel Pete.«

»Viele glückliche Kunden. Kommen immer wieder. Alle genießen Aussicht, ihr versteht?«

»Ganz bestimmt«, murmelte Allie gerade so laut, dass Drake es hören konnte. »Anscheinend haben wir die thailändische Version von Caligula als Chauffeur.«

»Man soll ein Buch doch nicht nach dem Umschlag beurteilen«, meinte Drake.

Onkel Pete hielt ihnen die Tür auf und sie betraten den Laden, der aus drei Schreibtischen bestand, von denen einer offensichtlich seiner war, denn an den anderen saßen junge Thaifrauen. Onkel Pete stellte Drake und Allie gar nicht erst vor, sondern führte sie auf die andere Seite des Raumes, wo sich ein Abstellraum befand, der in etwa so groß war wie eine Einzelgarage. Dort lagen in Plastikfolien verpackte Designerhandtaschen, T-Shirts von Versace und exotische Pelze, die nach Allies Verständnis überwiegend von bedrohten Arten stammten. Onkel Pete ging zu drei großen Trekking-Rucksäcken, die neben ein paar Kartons standen. »Eure Sachen: Zelte, Macheten, Wasserpillen, Sonnencreme, Erste-Hilfe, Knicklichter, Messer, ganzes Programm. Alles original, beste Ware.«

Allie folgte ihm und prüfte das Equipment, während Drake die T-Shirts beäugte. »Ich schätze, die hier sind auch alle original?«

Onkel Pete lachte. »Fast. Immerhin Seide. Aus China. Dort ist alles Kopie. Sogar falsche Mercedes. 500 SL. Sieht ganz echt aus. Aber ›Made in China‹.«

»Ich dachte, die Chinesen hätten das Kopieren etwas gedrosselt«, verkündete Allie hinter dem Stapel von Utensilien.

»Das sagen nur Nachrichten. Heute machen auch Vietnam und Kambodscha viel Kopie. Alles gleich, nur andere Land. Aber ich kaufe nur beste Ware.«

»Also sehr gut kopierte Kopien.«

»Beste Ware«, wiederholte Onkel Pete.

Allie lächelte. »Natürlich. Etwas anderes erwarte ich auch nicht. Du bist schließlich ein Ehrenmann.«

Onkel Pete schlug sich auf die Brust und grinste sie mit seinen gelben Zähnen an. »Genau! Onkel Pete immer gut drauf, nie schlechte Tage. Don't worry, be happy. Wenn dir gefällt, ich mache super Preis. Bestes Angebot. Fast gratis heute.«

»Ich glaube, ich brauche im Dschungel keine Tasche von Louis Vuitton.«

»Sehr gut aber, Style modern. Siehst du aus wie Richie Rich!« Er musterte Allie. »Vielleicht Rolex oder Cartier? Sieht echt aus! Beste Ware.«

»Ich glaube nicht.«

»Vielleicht für Freunde?«, versuchte Onkel Pete es weiter. Da er merkte, dass er nicht weiterkam, wandte er sich Drake zu. »Und du? Uhr, Modell ›Gold President‹, wie Warren Buffet?«

»Ich glaube nicht, dass er so eine trägt«, meinte Drake. »Soweit ich weiß, fährt er auch ein total unauffälliges Auto.«

»Dann für Ehefrau? Nein? Ehefrau von Nachbar?«

Drake lachte über die Ausdauer des kleinen Mannes. »Nein, aber vielen Dank, ich weiß es wirklich zu schätzen.«

»Okay, ich habe auch Viagra und Cialis. Macht dich stark wie Bulle!«

Drake ließ ihn stehen und ging zu Allie. »Brauchst du damit Hilfe?«

Sie machte ihm Platz und murmelte: »Ironie spielt in der Kultur der Thai anscheinend keine große Rolle. Aber er würde einen super Autoverkäufer abgeben.«

»Onkel Pete ist bestimmt ein großer Geschäftsmann«, stimmte Drake zu. »Soweit ich weiß, verkauft er sogar Uhren an Warren Buffet.«

»Ich dachte, gefälschte Autos. So langsam blicke ich nicht mehr durch.«

Zehn Minuten später hatten sie alles durchgeschaut und das Equipment wieder in den drei Rucksäcken verstaut. Onkel Pete schnappte sich Spencers Tasche und gemeinsam trugen sie alles in den SUV. Nachdem alles verstaut war, wandte sich der geschäftstüchtige Thailänder ihnen zu. »Hauptquartier sagt, ihr reden mit Mutter von Mädchen. Ist hier in Bangkok. Will euch treffen.«

»Christines Mutter ist hier?«, fragte Drake überrascht.

»Sie große Sorgen. Will in Nähe sein!«

Allie nickte. »Das verstehe ich. Wenn mein Kind verschwunden wäre, würde ich mich auch in das nächste Flugzeug setzen und dahin fliegen, wo sie zuletzt gesehen wurde.«

»Klar, dann treffen wir uns mit ihr!«, sagte Drake.

Christines Mutter wohnte im Mandarin Oriental Hotel, ihre Penthouse-Suite bot eine atemberaubende Sicht über die Stadt. Sie empfing sie an der Zimmertür und stellte sich ihnen als Margaret vor. Trotz ihres fortgeschrittenen Alters und ergrauendem Haar sah sie sehr gut aus, Drake und Allie bemerkten sofort die Ähnlichkeit zu Christine. Der Ernst der Lage stand Margaret jedoch ins Gesicht geschrieben.

»Ich danke Ihnen, dass Sie gekommen sind. Es gibt seit Tagen keine neuen Informationen und ich bin kurz vorm Durchdrehen«, sagt sie, nachdem sie ihren Gästen einen Kaffee angeboten hatte.

»Das verstehe ich«, sagte Drake.

»Wann starten Sie Ihre Expedition?«

»Morgen. Wir sind guter Hoffnung, dass wir die ... *Stelle* bald finden werden«, meinte Allie.

»Es ist alles so schwer zu ertragen. So tragisch. Christine ist doch noch so jung, und auch wenn wir nicht immer einer Meinung sind, hat sie ein großes Herz.«

Dem gab es nicht viel hinzuzufügen, also nickte Drake einfach.

Margaret tastete nach ihrer Handtasche, die neben ihr lag, und zog ihr Portemonnaie hervor. Nachdem sie eine Weile an den Innentaschen herumgefummelt hatte, förderte sie ein etwas mitgenommenes Foto zutage und reichte es Drake. »So sah sie auf ihrem Abschlussball aus. Sie war so wunderschön. Voller Freude und so gespannt auf die Zukunft. In Wirklichkeit sah sie noch viel besser aus als auf dem Bild.«

Christine strahlte Drake aus einem eleganten Kleid entgegen und sah eindeutig erwachsener aus als eine durchschnittliche Schulabgängerin. Allie rückte an ihn heran, um das Bild besser sehen zu können, also hielt Drake ihr den Schnappschuss entgegen.

»Ja, sie ist wirklich sehr hübsch«, sagte Allie.

»Sie haben gar keine Vorstellung! Wenn sie einen Raum betritt, steigt sofort die Stimmung. Sie hat eine ganz tolle Ausstrahlung. Damit könnte sie in ihrem Leben alles erreichen, was sie will, das habe ich ihr immer gesagt.« Margaret fischte ein weiteres Foto aus ihrer Brieftasche. »Hier ist ein Bild von ihrem siebten Geburtstag.« Sie hielt Drake das Foto mit zitternden Fingern entgegen und prompt fiel es auf den Boden. »Oh, verdammt!«

Drake hob die Fotografie auf und betrachtete sie. Margaret schluchzte leise und wischte sich eine Träne aus dem Gesicht, nahm dann aber schnell wieder Haltung an. »Verzeihen Sie«, sagte sie mit fester Stimme. »Ich hatte mir eigentlich vorgenommen, stark zu sein.«

»Das sind Sie doch! Es muss so schwer sein …«, tröstete Allie sie.

»Sie haben ja gar keine Vorstellung. Als Arthur und ich uns vor sechs Jahren haben scheiden lassen, hat Christine das deutlich stärker mitgenommen, als ich erwartet hatte. Deswegen mache ich mir jetzt Vorwürfe – wenn wir zusammen geblieben wären, hätte sie vielleicht nicht auf diese komische Sinnsuche aufbrechen müssen … denn nach unserer Trennung hat ihre wilde Phase angefangen. Am Anfang war es das typische Studentengehabe, aber sie hat sich immer mehr von mir entfremdet und mir dann eines Tages gesagt, dass sie nach China gehen würde. Sie hat mich nicht gefragt, sie hat es mir einfach gesagt, ganz nebenbei. Und jetzt …«

Drake gab Margaret die Fotos zurück. »Misses Whitfield, wir werden alles tun, was in unserer Macht steht, um herauszufinden, was geschehen ist. Wenn Ihre Tochter noch lebt, werden wir sie finden und zurückbringen. Da können Sie voll und ganz auf uns zählen.«

»Blakely. Ich heiße jetzt Margaret Blakely. Nach der Scheidung habe ich meinen Mädchennamen wieder angenommen.« Sie schenkte den beiden ein schiefes Lächeln, das schwer zu interpretieren war. »Ich habe gehört, dass der Dschungel sehr gefährlich sein soll. Alle sagen, er ist die reinste Schlangengrube«, fuhr sie fort. »Bitte entschuldigen Sie, ich habe Sie eigentlich nicht hierher gebeten, um sie vollzujammern.« Sie stand auf, ging zur Minibar und goss sich eine ordentliche Menge Whiskey ein. »Wollen Sie auch einen Drink?«

Allie und Drake lehnten ab. »Nein, vielen Dank.«

Margaret nickte und nahm zwei große Schlucke. »Ich trinke eigentlich nicht, aber … ich kann nicht schlafen, ich kann nicht essen … ich kann immerzu nur an Christine denken …« Ihre Stimme wurde brüchig und Tränen sammelten sich in ihren Augen. »Danke, dass Sie das machen. Ich muss einfach wissen …«

»Das verstehen wir. Wir werden Sie nicht im Stich lassen.«

Onkel Pete, der die ganze Zeit schweigend neben der Tür gestanden hatte, nickte ihnen zu, woraufhin Allie und Drake aufstanden. Margaret versuchte zu lächeln, doch es gelang ihr kaum.

»Wir finden den Weg nach draußen«, sagte Allie.

»Vielen Dank noch einmal für Ihr Kommen. Ich … ich wollte Sie einfach kennenlernen und meine Dankbarkeit zum Ausdruck bringen. Wenn es irgendetwas gibt, dass ich für Sie tun kann, sagen Sie es nur. Oder wenn Sie noch etwas brauchen, Geld oder was auch immer – Sie wissen, wo Sie mich finden. Ich werde alle Hebel in Bewegung setzen, um Ihnen alles zu besorgen, was Ihnen fehlt.«

»Das wissen wir zu schätzen, Misses … Miss Blakely. Wir werden es im Hinterkopf behalten«, sagte Drake.

Während der Fahrstuhlfahrt zurück ins Erdgeschoss herrschte eine gedrückte Stimmung, das Leid von Frau Blakely hatte einen tiefen Eindruck bei Allie und Drake hinterlassen. Nur Onkel Pete schien das alles nicht zu kümmern – als sie wieder unterwegs waren, verhielt er sich, als wäre nichts geschehen.

»Wollt ihr Sightseeing? Wir haben noch Zeit. Genehmigungen kommen frühestens heute Abend.«

»Nein, danke. Ich würde sagen, zurück ins Hotel!«, sagte Drake.

Onkel Pete warf Allie einen vielsagenden Blick zu. »Vielleicht Ping-Pong-Show?«

»Tischtennis?«, fragte Allie abwesend.

Onkel Pete kicherte. »Schaust du auf Internet. Große Sache hier. Beliebt!«

Allie sah ihn fragend an, sie hatte keine Ahnung, worauf er hinauswollte.

»Ich glaube, wir wollen es gar nicht wissen«, sagte Drake, der schneller schaltete als Allie und Onkel Pete das Wort abschnitt, bevor es wieder unangenehm wurde.

Doch dann begriff Allie, worauf der kleine Thailänder möglicherweise anspielte und ihre Augen weiteten sich, während ihr Mund ein »Oh« formte.

Drake schüttelte den Kopf und nahm Allies entsetzten Blick auf. »Ich bleibe dabei, ich will es wirklich gar nicht wissen.«

KAPITEL 13

Alex und Spencer spazierten durch die Innenstadt von Bangkok. Die heiße Luft waberte um sie herum, sie war feucht und trug den Geruch von Frittierfett, Zigaretten und Abgasen mit sich. Pfützen öligen Wassers glitzerten in den Schlaglöchern, sie waren Überbleibsel eines kleinen Wolkenbruchs, der die Metropole direkt nach Sonnenaufgang heimgesucht hatte. Straßenhändler boten alle Arten von Waren feil, von Ledertaschen und elektronischen Gadgets bis hin zu Drogen und Eintrittskarten für Sexshows, von denen einige sicherlich die Grenze zur Illegalität überschritten.

Sie ignorierten all diese Verlockungen und setzten ihren Weg in Richtung des chinesischen Friedhofes fort, vorbei an reich verzierten Tempeln. Dann erreichten sie ein Geschäftsgebiet, wo fast jedes Gebäude voll mit Leuchtreklamen war, die jeweils die beste Ware und die günstigsten Preise von ganz Bangkok bewarben.

Grund für den Ausflug war Alex' Aussage gewesen, dass der Geheimdienst Waffen für alle besorgt hatte – und Spencer hatte darauf bestanden, ihn zu begleiten, um sicherzustellen, dass alles in Ordnung war.

»Du brauchst nicht mitkommen, ich kann das regeln«, hatte Alex gesagt.

»Kein Problem. Wenn es um den Kauf von Equipment geht, von dem mein Leben später abhängt, möchte ich es mit meinen eigenen Augen sehen, bevor wir Geld dafür bezahlen.«

»Wie du möchtest. Meinst du eigentlich wirklich, dass es unbedingt nötig ist, Zivilisten mit Maschinenpistolen auszustatten? Ich sehe da ein hohes Unfallrisiko.«

»Die kennen sich mit Waffen aus. Ich gebe ihnen noch mal eine kleine Auffrischung, dann passt das.«

»Aber wenn sie sich in den Fuß schießen, ist es deine Schuld!«

»Abgemacht.«

Spencer sagte nichts weiter zu Alex' bevormundendem Tonfall. Er konnte die Bedenken des Agenten nachvollziehen, und wenn ihre Rollen vertauscht gewesen wären, hätte er ebenso gedacht. Er sah das Ganze rein sachlich: Sie waren beide Profis, es ging nicht darum, neue beste Freunde zu finden. Sie hatten einen Job zu erledigen und mussten sich gegenseitig schützen.

Als sie an einem Restaurant voll mit einheimischen Gästen vorbeikamen, hielt ihnen eine attraktive Frau mit einem glänzenden Lächeln eine Speisekarte entgegen. Alex schüttelte den Kopf und Spencer bemerkte, dass sein typischer missmutiger Gesichtsausdruck wieder da war: Als hätte er gerade in eine Zitrone gebissen.

Drei Blocks weiter schaute Alex auf sein Smartphone und überprüfte die Adresse.

»Es ist das orangefarbene Haus da«, sagte er. Sie überquerten die Straße und näherten sich dem Gebäude, das im Erdgeschoss einen Antiquitätenladen und darüber Wohnungen beherbergte.

Als sie den Laden betraten, hob ein älterer Herr mit grauen Haaren und einer silbernen Brille seinen Blick. Der Laden war mit alten Möbeln und diversen Merkwürdigkeiten gefüllt.

»Anurak?«, fragte Alex.

»Ja, wie kann ich Ihnen helfen?«, fragte Anurak in gutem Englisch.

»Ich suche nach einem Kinderwagen.«

»Da haben wir verschiedene im Angebot.«

»Ich brauche einen blauen.«

Die Körperspannung des Mannes veränderte sich. Ohne ein Wort zu sagen, begab er sich zur Eingangstür und drehte ein Schild um, sodass der Hinweis ›geschlossen‹ von außen zu sehen war. Dann verriegelte er die Tür sorgfältig. Als er sich wieder Alex und Spencer zuwandte, war sein Tonfall absolut geschäftsmäßig.

»Kommen Sie mit in mein Lager«, sagte er und führte sie durch einen Vorhang aus Glasperlen in den hinteren Teil des Gebäudes.

Ein dunkelgrüner Seesack lag auf einer Holzkiste, die neben einem Wasserspender stand. Alle möglichen Arten von Kisten und

Truhen füllten den Raum, hier und da einige Tische. Es gab auch eine Ecke für Malerarbeiten sowie eine Werkbank.

Anurak öffnete die Tasche und nahm eine Maschinenpistole heraus, die er Alex reichte. Der zerlegte die Waffe sofort mit geübten Bewegungen und inspizierte die Einzelteile. Anurak sah ihm unbeeindruckt zu und holte dann eine identische Waffe hervor, die er Spencer reichte.

»Heckler&Koch MP5-SD6. Sehr schön«, sagte Spencer angetan. »Einzelschuss, Salve oder Dauerfeuer, eingebauter Schalldämpfer, 9mm-Patronen. Stabmagazin für dreißig Schuss. Einfach zu bedienen, leicht, kompakt.«

»Aber nichts gegen eine AK-47«, warf Alex ein.

»Im Dschungel? Wie weit willst du denn da schießen? Auf keinen Fall mehr als fünfzig Meter! Aber ich gebe dir trotzdem recht, deswegen habe ich mir ja auch noch ein paar AKMs für uns gewünscht. Die sind zwar schwerer als die MP5, dafür haben sie eine höhere Reichweite und mehr Durchschlagskraft.«

Spencer nahm die hässliche kleine Waffe mit sicheren Händen auseinander. »Wir müssen nicht mehr mit uns herumschleppen als unbedingt nötig.«

»Ich habe außerdem vier 9mm Beretta-Pistolen«, sagte Anurak.

»Wo haben Sie die Heckler&Koch Maschinenpistolen her?«, fragte Alex.

»Aus Pakistan. Die werden dort in Lizenz gebaut. Wie Sie sehen, sind sie neu. Es wurden lediglich ein paar Testkugeln abgefeuert, um sicherzustellen, dass sie perfekt funktionieren.«

»Und die Kalaschnikows?«

»Die sind aus China. Ziemlich gute Qualität, ich denke, da werden Sie mir zustimmen. Die Zielgenauigkeit beträgt mindestens dreihundert Meter.« Anurak peilte Spencer über den Rand seiner Brille an. »Je nach Fähigkeit des Schützen sogar weiter.«

Zwanzig Minuten später waren sie mit der Inspektion fertig und hatten die Waffen akzeptiert. Jede der drei Pistolen hatte drei volle Magazine und Gürtelholster, die MP5s und AKMs hatten jeweils sechs volle Magazine. Sie verließen den Laden, wobei Alex die schwere Tasche trug, und machten sich auf den Rückweg zum Hotel. Spencer warf unterwegs einen Blick auf Alex, dem der Schweiß bereits auf der Stirn stand.

»Ich kann sie auch mal nehmen. Wir können uns doch abwechseln«, schlug Spencer vor und Alex reichte ihm nickend den Seesack.

»Bei der nächsten Querstraße tauschen wir wieder.«

»Wir könnten uns auch ein Taxi nehmen ... oder ein Tuk-Tuk?«, fragte Spencer und deutete mit der freien Hand auf die vielen dreirädrigen Motorräder mit Passagieren, die an ihnen vorbeisausten, während ihm das Gewicht der Tasche zu schaffen machte.

»Keine schlechte Idee.«

In diesem Moment jaulte hinter ihnen ein schwerer Motor auf. Beide wirbelten herum und sahen den Kühlergrill einer schwarzen Limousine auf sich zurasen, die mit zwei Rädern auf dem Bürgersteig fuhr. Spencer sprang aus dem Weg und Alex war ganz dicht hinter ihm – leider einen Sekundenbruchteil zu spät. Der Wagen rammte in seine Beine und warf ihn in die Luft wie eine Puppe. Der Fahrer gab weiter Gas und schleuderte wieder auf die Straße.

Alex schlug mit einem ungesunden Krachen auf den Boden und Spencer sah sofort, dass mindestens eines seiner Beine gebrochen sein musste, wenn nicht auch die Hüfte. Als Nächstes versuchte er, einen Blick auf die bereits wieder im Verkehr verschwindende Limousine zu erhaschen, doch das Nummernschild war so verdreckt, dass er es nicht entziffern konnte. Er stemmte sich hoch und rannte zu Alex, der ein paar Meter von ihm entfernt auf der Straße lag.

»Kannst du sprechen?«, fragte er, als er sich neben ihn kniete.

Alex rang nach Atem. Seine Schmerzen mussten furchtbar sein, das wusste Spencer, und er erkannte alle Anzeichen für einen schweren Schock an Alex' blasser Hautfarbe. Spencer stand auf, schaute sich um und sah eine Frau mit einem Mobiltelefon in der Hand, die ihn erschrocken anstarrte.

»Sie! Sprechen Sie Englisch?«, rief Spencer.

Die Frau nickte. »Etwas.«

»Rufen Sie bitte die Polizei und einen Krankenwagen, mein Freund ist verletzt!«

»Okay«, sagte sie, unterbrach ihr Gespräch und wählte den Notruf. Nach dreißig Sekunden legte sie wieder auf. »Sie kommen.«

»Danke!«

»Verrückter Mann in Auto!«

»Ja«, sagte Spencer, dem plötzlich einfiel, dass er eine Tasche voll mit Waffen und Patronen dabeihatte. Das würde der Polizei sicherlich nicht gefallen. Er kniete sich wieder neben Alex und flüsterte: »Nicke, wenn du mich verstehst!«

Alex schaffte es, schwach zu nicken.

»Hilfe ist unterwegs! Hast du irgendetwas bei dir, das deine Tarnung auffliegen lassen könnte?«

Kaum merkbar schüttelte Alex den Kopf.

»Okay, ich muss mich mit den Waffen aus dem Staub machen! Halte durch!«

Alex nickte erneut und Spencer stand auf, wobei er in der Ferne eine Sirene wahrnahm, die schnell lauter wurde. Ohne noch etwas zu der Frau zu sagen wandte er sich ab, lief zur nächsten Straßenecke und sprintete dann davon, so schnell es mit der schweren Tasche möglich war.

Als er die nächste große Querstraße erreichte, ertönten immer mehr Sirenen, die sich auf dem Weg zu Alex befanden. Da er nichts mehr für den verwundeten Agenten tun konnte, winkte Spencer ein Tuk-Tuk herbei. Er gab dem Fahrer den Namen eines Hotels, das sich einen halben Block von seinem entfernt befand. Dann ließ er sich in den Sitz fallen, den Seesack neben sich, und seine Stirn legte sich in Falten, als er überlegte, was dieser Angriff zu bedeuten hatte.

KAPITEL 14

Washington, D.C.

Senator Arthur Whitfield schaute von seiner Lektüre auf, als es an der Tür klopfte und verzog aufgrund dieser Störung das Gesicht. Dunkle Ringe säumten seine Augen und wie immer waren seine silbernen Haare sorgfältig in Form gebracht worden, um den kahlen Fleck an seinem Hinterkopf zu verdecken. Hinter ihm schmückten Ölgemälde von Kriegshelden die Wand, während die gegenüberliegende Seite von mächtigen Bücherregalen eingenommen wurde, die überwiegend von Werken über den amerikanischen Bürgerkrieg gefüllt waren. Whitfield schob die über hundert Seiten Text zusammen, die sich mit einem demnächst zur Abstimmung stehenden Gesetz beschäftigten und bellte einen Befehl: »Herein!«

Die schwere Tür aus edlem Kirschholz wurde aufgeschoben und Alan Sedgewick, sein Assistent, trat mit einem entschuldigenden Gesichtsausdruck ein.

»Tut mir leid, Sie stören zu müssen, Sir, aber die Herren vom Geheimdienst, die Sie sprechen wollten, sind jetzt hier.«

Whitfield nickte und sah auf die Uhr. »Sehr gut. Bitten Sie sie herein.«

Collins und der Vizedirektor der CIA, Edward Cornett, betraten den Raum. Sedgewick deutete auf zwei burgunderfarbene Ledersessel, die neben einem glänzend polierten Mahagoni-Tisch standen. Whitfield umrundete seinen Schreibtisch und nahm ihnen gegenüber Platz.

Sedgewick machte sich daran, den Raum zu verlassen, doch Whitfield stoppte ihn mit einer knappen Geste. »Nehmen Sie sich einen Stuhl. Ich möchte Ihre Meinung dazu hören!«, sagte er bestimmend.

Sein Assistent tat, wie ihm geheißen, nahm jedoch mit etwas Abstand in der Nähe der Tür Platz.

Dann wandte Whitfield sich an die Neuankömmlinge. »Was haben Sie für mich? Sagen Sie mir bitte, dass es gute Nachrichten sind. Ich bin außer mir vor Sorge!«

Cornett schüttelte mit ernster Miene den Kopf. »Ich fürchte, wir haben nichts Eindeutiges. Wir haben ein Team im Einsatz, das mit einer Suchaktion beginnen wird. Aber die Chancen stehen schlecht, dass sie sie lebend finden. Es tut mir leid.«

Whitfield atmete laut aus und starrte einen Moment lang an die Decke, bevor er sich an Cornett wandte: »Warum hat das so lange gedauert?«

»Das ließ sich nicht vermeiden, Senator. Laos ist uns nicht gerade wohlgesonnen, nicht zuletzt wegen der ganzen Sprengkörper, die noch aus der Zeit des Vietnamkrieges im Land herumliegen. Und Myanmar … nun, gerade Ihnen brauche ich ja nicht zu erklären, wie die Lage dort ist.«

»Ich brauche Details. Wie groß ist das Team, welche Methode werden sie anwenden, was denken Sie, wie lange es dauern wird … ich will alles wissen!«

Cornett nickte. »Ihrem Wunsch entsprechend haben wir das Ganze unauffällig aufgezogen. Wir haben eine Gruppe von Zivilisten ins Boot geholt, die es uns erlauben, die nötigen Genehmigungen zu erlangen. Ihr Vorwand ist, dass sie nach einem kulturell bedeutenden Nationalerbe forschen.«

»Warum würden Laos und Myanmar darauf eingehen?«

»Für Laos wäre es ein bedeutender historischer Fund«, sagte Collins. »Über Myanmar wissen wir, dass sie bettelarm sind, das reicht schon als Motivation, einen Schatz zu finden. So oder so haben wir zusätzliche Geldmittel eingesetzt, um die richtigen Stellen zu schmieren.«

Whitfield grunzte. Er saß in verschiedenen Komitees, die die Arbeit der Geheimdienste überwachten, und wusste nur allzu gut, was die CIA für verdeckte Einnahmequellen besaß.

»Wir haben außerdem einen unserer besten Männer losgeschickt, um sie zu begleiten«, fügte Cornett hinzu. »In Thailand haben wir einen Helikopter gechartert, mit dem sie die Suche ausführen werden. Wir sind die Einzigen, die das wahre Ziel der Mission kennen.«

»Wie lange wird die Suche dauern?«

»Drei bis vier Tage, wenn das Wetter mitspielt.«

»Warum so lange?«

»Das ist kein kleines Gebiet, Senator. Sie werden höchst akribisch vorgehen müssen.«

Whitfield seufzte und schaute zu Sedgewick hinüber. »Habe ich irgendwas vergessen?«

Sedgewick legte seine Finger zusammen und ließ den Blick über die Anwesenden schweifen. »Wieso diese ganze Geheimniskrämerei? Wieso bitten wir nicht einfach Laos darum, eine Rettungsaktion zu starten? Ich bin nicht sicher, ob ich den Grund für die Heimlichtuerei verstehe. Die Tochter des Senators ist doch mit einem Privatflugzeug abgestürzt. Das kann man doch so weitergeben.«

Alle Augen richteten sich auf Cornett.

»Der Senator hatte uns gebeten, die Angelegenheit vertraulich zu behandeln«, sagte Cornett. »Es gibt die Befürchtung, dass Christines missliche Lage ihn erpressbar machen könnte, falls sie in die Hände von feindlich gesinnten Gruppen fällt.«

»Vorausgesetzt, sie ist noch am Leben«, fügte Whitfield hinzu.

»Aber ihre Chancen werden mit jedem Tag geringer«, gab Sedgewick zurück. Er war gerade erst einmal 29 Jahre alt und hatte sein Jurastudium in Harvard als Bester seines Jahrganges abgeschlossen. Das machte ihn zu einem aufsteigenden Stern – intellektuell war er brillant, wenn auch manchmal etwas forsch.

»Ich musste meine Entscheidung sorgfältig gegen die anderen Dinge abwägen, um die es hier geht«, sagte Whitfield. »Und ehrlich gesagt, wenn man die Beschaffenheit des Geländes und die Größe des Flugzeuges mit einbezieht, sind die Überlebenschancen wirklich minimal. Nachdem ich Experten zu dem Thema konsultiert habe, musste ich mich mit dieser Tatsache abfinden. Aber ich brauche Fakten. Es ist eine Sache, einer Theorie zu glauben – eine andere, wenn man Augenzeugen hat.«

Sedgewicks Mundwinkel gingen nach unten. »Was meinen Sie mit *anderen Dingen*, Sir? Ich kann keine qualifizierte Meinung abgeben, wenn ich nicht alle Parameter kenne.«

Whitfield warf einen Seitenblick auf die CIA-Männer. »Wir haben Funkverkehr der Chinesen abgefangen, die andeuten, dass sie sich mit gefährlichen Leuten eingelassen hat. Anscheinend war sie mit einem Kerl zusammen, der möglicherweise – und ich betone das Wort möglicherweise – in dubiose Machenschaften verwickelt war.«

»Oh, ich hatte ja keine Ahnung!«, sagte Sedgewick mit gesenkter Stimme. »Meinen Sie etwas Illegales? Schmuggel? Drogenhandel?«

»Ich habe noch nicht alle Informationen, aber offensichtlich wurde er von der chinesischen Regierung als unerwünschte Person eingestuft. Mehr wissen wir nicht.« Whitfield machte eine Pause. »Wir glauben, dass er ebenfalls im Flugzeug war.«

»Dann war der Absturz vielleicht kein Zufall?«

»Alles ist möglich. Wir wissen es nicht. Aber es ist eine Theorie, die ich im Moment für möglich halte.« Whitfield stand auf und zeigte damit an, dass das Meeting zu Ende war. »Gentlemen, ich erwarte regelmäßige Updates von Ihnen! Und ich bedanke mich für Ihre Hilfe in dieser Angelegenheit. Sie verstehen sicher, dass mich das Ganze sehr mitnimmt, und je eher ich Gewissheit habe, umso eher kann ich meinen Frieden machen.«

»Wir tun alles, was in unserer Macht steht, Senator«, versicherte Cornett ihm. »Das hat für uns oberste Priorität!«

»Danke, meine Herren. Richten Sie Ihrem Chef meinen Dank aus.«

»Das mache ich.«

Sedgewick geleitete die CIA-Männer nach draußen und kehrte dann in den Raum zurück. Whitfield saß bereits wieder an seinem Schreibtisch und brütete über dem Gesetzestext. Normalerweise würde er sich von seinen Assistenten eine Zusammenfassung erstellen lassen, aber er brauchte etwas, das ihn von Christines Unfall ablenkte – und Arbeit war nun einmal seine liebste Ablenkung.

Sedgewick räusperte sich und der Senator blickte ihn besorgt an. »Sir, nehmen Sie mir die Frage bitte nicht übel, aber gibt es noch etwas, dass Sie mir über Christines Lage nicht erzählt haben?«

»Warum fragen Sie?«, wich Whitfield aus.

»Nur so, es kam mir gerade in den Sinn.«

»Dann sehen Sie mal zu, dass Sie Ihre Antennen neu eingestellt bekommen, Alan. Sie haben doch sonst ein viel feineres Gespür für die Dinge!«

»Entschuldigen Sie, Sir. Ich wollte Ihnen nicht zu nahe treten.«

»Kein Problem. Die Sache ist für alle Beteiligten schwierig. Mir ist klar, dass Sie die Gründe für mein Vorgehen noch nicht ganz nachvollziehen können, aber glauben Sie mir ... ich habe mir das alles gut überlegt.«

»Natürlich, Sir.«

»Dann ist das Thema jetzt erledigt?«

»Natürlich. Brauchen Sie noch etwas?«

»Ja, ich brauche alle Dokumente für das Treffen morgen bis acht Uhr fünfundvierzig auf meinem Schreibtisch.« Whitfield saß einem Komitee des Verteidigungsministeriums vor, das sich damit auseinandersetzte, nach Milliarden von öffentlichen Geldern zu fahnden, die dem Ministerium in den vergangenen Jahrzehnten abhandengekommen waren. Für den nächsten Tag war eine Abstimmung darüber geplant, ob Zeugen zu diesem Thema geladen werden sollten. An dem Morgen, bevor die Türme des World Trade Centers dem Terrorangriff vom 11. September zum Opfer gefallen waren, hatte Donald Rumsfeld angekündigt, dass in dem Ministerium über zwei Billionen Dollar ungeklärt verschwunden waren. Diese Untersuchung hatte am nächsten Tag ein abruptes Ende gefunden, als genau der Abschnitt des Pentagons zerstört wurde, in dem sie durchgeführt wurde – bei dem Terrorangriff fanden alle Mitarbeiter der Kommission den Tod. Der Fall des verschwundenen Geldes trat natürlich sofort in den Hintergrund, als das Land begann, sich auf einen Krieg vorzubereiten.

Trotzdem kam die Frage immer wieder auf und im Verlaufe der Jahre wurden die Nachfragen der Presse eher intensiver, als dass sie abflauten. Inzwischen wollten die amerikanischen Bürger Antworten.

Das machte Whitfields Job nur noch schwerer, denn es ging um Fragen der nationalen Sicherheit, die sogar das Potenzial hatten, dem Präsidenten zu schaden.

Whitfield hatte den Ruf, hart aber gerecht zu sein, und er war einer der wenigen Mitglieder des Senates, der in beiden großen Parteien Respekt genoss. Für ihn kam sogar eine Kandidatur als Präsident infrage, deswegen musste er bei seiner Leitung des Komitees sehr überlegt vorgehen.

Am nächsten Morgen würde er auf dem heißen Stuhl sitzen.

Das war zwar eine Situation, die für ihn nicht ungewohnt war, aber unter der zusätzlichen Last des Verlustes seiner Tochter nahm ihn das Ganze sehr mit.

Er seufzte erneut und schaute mit sehnsüchtigem Blick zu der edlen Karaffe mit achtzehn Jahre altem Scotch, die ihm gegenüber im Regal stand. Doch er musste standhaft bleiben und sich auf seine Unterlagen konzentrieren, wenn er bis zum Zeitpunkt der Abstimmung auf dem aktuellsten Stand sein wollte.

KAPITEL 15

Bangkok, Thailand

Alex kam immer nur für kurze Augenblicke zu Bewusstsein. Die Medikamente, die in seine Blutbahn gepumpt wurden, dämpften seinen Schmerz, hielten ihn aber gleichzeitig in einem komatösen Zustand. Es war ein Traumreich unscharfer Bilder und wirrer Eindrücke. Die Luft roch nach Desinfektionsmitteln, wie es in den meisten Krankenhäusern der Fall war. Neben ihm piepte ein Gerät bei jedem seiner Herzschläge und er spürte den Druck eines Pulsmessers an einer Fingerspitze.

Er schaffte es, ein Auge zu öffnen, und sah Tageslicht. Also war er gar nicht so lange bewusstlos gewesen. Es sei denn, es war schon ein anderer Tag. Er versuchte, sein Handgelenk vor die Augen zu heben, gab aber auf, als ihm klar wurde, dass er seine Uhr nicht mehr trug.

Immer wieder spielte sich die Szene kurz vor dem Aufprall vor Alex' geistigem Auge ab. Er suchte nach irgendeinem klitzekleinen Hinweis, wer das Auto gefahren haben könnte, und was der Hintergrund für diesen Angriff war. Doch seine Bemühungen führten zu nichts. Alles, woran er sich erinnern konnte, war ein kurzer Blick auf den Kühler eines Wagens, und dann war er auch schon durch die Luft geflogen und hatte nichts mehr wahrgenommen außer Schmerzen.

Er verfluchte die Nebenwirkungen der Medikamente und betete, dass er keinen permanenten Hirnschaden davongetragen hatte, der es unmöglich machte, sich an den Vorfall zu erinnern. Knochen konnte man flicken, das wusste er von Freunden, die üble Unfälle mit ihren Motorrädern gehabt hatten. Aber die grauen Zellen ließen sich nicht so einfach kitten.

Die Tür öffnete sich und eine Krankenschwester trat ein. Zumindest ging Alex davon aus – in Wahrheit konnte er seinen Blick nicht fokussieren. Zudem wurde ihm klar, dass er sein linkes Augenlid nicht öffnen konnte.

Die Frau sprach ihn in gebrochenem Englisch an, aber er konnte kein Wort verstehen. Es klang verzerrt, fast mehr wie das Jaulen eines Staubsaugers als eine menschliche Stimme. Alex stöhnte und schloss sein Auge wieder – er würde schon früh genug erfahren, was sie ihm zu sagen versuchte, falls es wichtig war.

Als er wieder zu sich kam, bewegte er sich. Das blendende Licht von Neonröhren wurde immer wieder heller und dunkler, als er durch einen Flur geschoben wurde. Er konnte mit Mühe zwei Pfleger ausmachen, die ihn transportierten, an seiner Seite einen Beutel mit Blutplasma, das in seinen Arm lief. Vielleicht wurde er in einen Operationssaal gebracht? Das Pulsieren seiner Beine wurde offenbar durch Morphium unterdrückt und er hoffte, dass sie ihm nicht amputiert werden mussten. Der Gedanke daran, im Rollstuhl zu landen, jagte ihm einen Schauer den Rücken herunter und er gab sich große Mühe, zu sprechen: »Meine … Beine …«

Diese Entbehrung trug jedoch keine Früchte, denn die Trage verlangsamte sich nicht und niemand antwortete. Er wurde durch eine Stahltür geschoben und die kühle, eher trockene Krankenhausluft wich einer warmen Feuchte. Er war draußen.

Der Mechanismus, auf dem sein Körper lag, gab eine Reihe lauter Klackgeräusche von sich, und dann spürte er, wie er hochgehoben wurde. Er öffnete sein Auge wieder und stellte fest, dass er sich in einem Fahrzeug befand – einem Krankenwagen. Also würden sie ihm nicht die Beine abnehmen. Aber wenn dem nicht so war, warum mutete man seinem Körper dann den Stress einer Verlegung zu?

Bevor er sich einen Reim darauf machen konnte, wurde der Motor angelassen und einer der Pfleger schloss die Hecktüren. Alex versuchte, seine Arme zu bewegen, um sehen zu können, wie schwer sie verletzt waren. Doch er schaffte es gerade einmal, seinen rechten Arm leicht zucken zu lassen, als wäre er ein gestrandeter Wal.

Das Fahrzeug setzte sich in Bewegung und er gab seine Bemühungen auf. Er würde schon noch genug Zeit haben, um herauszufinden, wie schwer es ihn erwischt hatte. Er ging davon aus, dass es alles andere als schön werden würde, doch im Moment konnte er sowieso nichts machen.

Der Krankenwagen war offenbar sehr gut gefedert, denn die Fahrt lief sehr glatt, wofür er dankbar war. Er bemerkte kaum, wie er wieder in den Dämmerschlaf verfiel, in dem er die letzten Stunden verbracht hatte. Als er wieder zu Bewusstsein kam, wollte er sich fast schon darüber beschweren, doch dann merkte er, dass der Wagen angehalten hatte.

Die Hintertüren öffneten sich und zwei Männer hoben die Trage heraus. Er hörte, wie sie miteinander sprachen, aber es klang wieder merkwürdig verzerrt. Er glitt erneut in den Schlaf und träumte davon, wie er als Kind durch ein Feld in seinem heimischen Texas lief. Damals musste er fünf oder sechs Jahre alt gewesen sein, denn wenig später war die Familie nach Ohio gezogen, wo es keine so schönen Landschaften mehr gegeben hatte. Er bemerkte, dass jemand vor ihm herlief, und er erkannte seinen Vater, der mit sicherem Schritt voranging. Sein dichter, dunkler Haarschopf setzte sich scharf vor dem leuchtenden Blau des Himmels ab.

Die Szenerie veränderte sich, als die wärmenden Strahlen der Sonne sich verdunkelten, und plötzlich war er an einem anderen Ort – einem anderen Krankenzimmer, doch jetzt hielt er die Hand seines Vaters, die so schwach war wie der Flügel eines gebrechlichen Vogels. Die Haut schien fast durchsichtig und ein Zittern durchlief seine Extremitäten – eine Nebenwirkung des hochwirksamen Giftes, dass die Ärzte in ihn hineinpumpten, um die Krebszellen abzutöten, die ihn zugrunde richteten. Alex' Blick folgte seinem Arm, der bis zur Unkenntlichkeit von zahllosen Blutentnahmen und Kathetern mit Einstichen, blauen Flecken und Schwellungen überzogen war. Er konnte beinahe die salzige Träne schmecken, die ihm über seine ausdrucksstark geformten Wangenknochen lief, die er von seinem Vater geerbt hatte.

Dann schien sich die ganze Szenerie von ihm zu entfernen und wurde zu einem langen Tunnel, dessen Wände immer näher kamen. Immer schneller raste er durch diesen enger werdenden Gang, bis sich alles in einem Strudel der Unschärfe verlor.

Er kam mit einem Schrecken zu sich, wobei er als erstes bemerkte, was für ein unglaublicher Schmerz durch seinen Schädel schoss. Für einen Moment war er sich nicht im klaren darüber, was passiert war, doch dann dämmerte es ihm: Jemand hatte ihm ins Gesicht geschlagen! Er zwang sich, ein Auge zu öffnen, und sah einen Asiaten in Alltagskleidung, der ihn böse anstarrte. Alex gab sich Mühe, seinen Blick zu fokussieren. Trotz der betäubenden Medikamente spürte er, wie ihm ein Schauer seinen geschundenen Rücken hinunterlief, denn die grauen Augen des Mannes wirkten mitleidslos und kalt, und Alex war sofort klar, dass er ein Arzt war.

Jiao nickte langsam, als er die Erkenntnis im Blick des CIA-Mannes wahrnahm. Als er zu sprechen anfing, verschmolz sein passables Englisch mit dem Singsang seiner Heimatsprache: »In ein paar Stunden werden die Betäubungsmittel ihre Wirkung verloren haben, mein Freund. Dann werden wir uns unterhalten, und du wirst mir alles sagen, was du über deinen Auftrag weißt.«

Alex' Augen weiteten sich vor Entsetzen, als er diese Worte vernahm. Ihm wurde klar, dass seine Verletzungen in diesem Moment sein geringstes Problem waren, denn es bestand kein Zweifel, was dieser Mann vorhatte. Innerlich schickte er ein Stoßgebet an den Gott, an den er eigentlich gar nicht glaubte, und bat darum, dass er ihn von den Qualen, die mit Sicherheit auf ihn zukämen, erlösen möge – und zwar, bevor er dem Asiaten alles verriet.

Am Ende starb Alex hundertfach, bevor sein Herz endlich aufhörte zu schlagen.

KAPITEL 16

Die Stimmung im Hotel war trübe als Spencer, Drake und Allie darauf warteten, dass Onkel Pete sie abholte. Spencer hatte ihn angerufen, nachdem er wieder im Hotel angekommen war, und hatte ihm von Alex' Schicksal berichtet. Der Thailänder war schockiert und erklärte Spencer, dass er mit seinen Vorgesetzten Rücksprache halten musste, bevor er etwas unternehmen konnte. Eine Stunde später schickte Onkel Pete ihnen eine Nachricht, dass sie sich spätestens um zwei Uhr in der Hotellobby einfinden sollten. Die Mission würde beginnen.

»Hast du eine Ahnung, wie lange wir brauchen werden, um nach Chiang Rai zu kommen?«, fragte Spencer.

»Ich kann es nachschlagen«, sagte Allie und holte ihr Telefon hervor. Sie tippte darauf herum und fand eine Antwort: »Hier steht, sobald wir aus Bangkok raus sind, brauchen wir noch etwa acht bis zehn Stunden; je nachdem, wie schnell wir fahren.«

»Ihr wisst ja, wie es um Onkel Pete auf diesem Gebiet bestellt ist«, sagte Spencer.

»Also werden wir gegen Mitternacht da sein«, schätzte Drake.

»Eher morgen Mittag«, warf Allie ein.

»Warum fliegen wir nicht?«, fragte Drake. »Vielleicht können wir eine Maschine chartern, die uns ohne Sicherheitskontrolle an Bord lässt?«

Allie sah auf die Uhr. »Ich kann ja mal an der Rezeption fragen, ob die mir etwas dazu sagen können.«

Drake schüttelte den Kopf. »Wie willst du das denn machen? Du kannst denen ja nicht sagen, dass wir Waffen schmuggeln wollen.«

»Lasst uns doch Onkel Pete fragen«, schlug Spencer vor. »Nicht, dass ich was dagegen hätte, zehn Stunden im Auto zu sitzen, aber wir verschwenden damit Zeit, die wir nicht haben. Der Irre der

Alex über den Haufen gefahren hat, ist immer noch da draußen, und wir sind wahrscheinlich sein nächstes Ziel.«

»Aber warum, das macht alles keinen Sinn«, sagte Drake.

»Vielleicht hat ihn jemand erkannt? Jemand, der noch eine Rechnung mit ihm offen hatte?«, spekulierte Allie.

»Es gibt nicht viele Möglichkeiten«, sagte Spencer. »Eine davon ist: Es war ein Unfall, jemand war einfach betrunken oder hat am Steuer eine SMS geschrieben und hat dann Panik bekommen, nachdem er Alex erwischt hatte. Die andere Möglichkeit ist: Es war Absicht und sie wollten ihn erledigen. Entweder, weil sie ihn erkannt haben oder weil es noch einen Aspekt unseres kleinen Ausfluges gibt, den man uns bisher verschwiegen hat.«

»Klingt so, als hieltest du noch eine dritte Möglichkeit für plausibel«, meinte Drake.

»Richtig. Denn wenn ich nicht so viel Glück gehabt hätte, hätte der Wagen uns beide erwischt. Von daher kann es sein, dass ich eigentlich das Ziel war und Alex nur zur falschen Zeit am falschen Ort war.«

»Warum würde dich jemand kaltstellen wollen, Spencer?«, fragte Allie.

»Tja, weiß Gott. Ich meine, ich habe mir in der Vergangenheit so einige Feinde gemacht, aber ich wüsste jetzt nicht, dass ich auch in Bangkok welche hätte.«

»Eine wütende Ex-Freundin?«, witzelte Drake.

»Ich meine es ernst. Klar ist die Wahrscheinlichkeit gering, und deswegen glaube ich auch am ehesten, dass es ein Unfall ist.«

»Wieso das denn?«

»Wenn sie einen von uns hätten umbringen wollen, hätten sie uns einfach erschießen können. Nur die wenigsten Profis würden ein Auto als Mordwaffe in Betracht ziehen.«

Sie dachten über Spencers Worte nach, bis Onkel Pete durch den opulenten Eingangsbereich gelaufen kam. Sein Gesichtsausdruck war zur Abwechslung todernst, keine Spur von dem sonst üblichen schiefen Grinsen.

»Wir müssen los«, sagte er als Begrüßung.

»Onkel Pete, wir hatten eine Idee, und du bist bestimmt genau der richtige Mann für den Job«, sagte Spencer.

Der Asiate antwortete, ohne eine Miene zu verziehen: »Was ist?«

»Wir dachten, es wäre doch besser, wenn wir fliegen würden, anstatt zu fahren.«

»Ihr verrückt. Wir können nicht fliegen mit Waffen! Schon vergessen?«

»Wir dachten, du hast vielleicht Kontakt zu jemandem, der ein Flugzeug hat, das wir privat chartern könnten. Jemand, der nicht allzu viel Interesse an unserem Gepäck hat.«

Auf Onkel Petes Gesicht breitete sich eine Erkenntnis aus. »Ah, verstehe. Vielleicht geht. Aber kostet sehr viel Baht!«

»Geld spielt im Moment keine Rolle, wir wollen einfach so schnell wie möglich hier weg«, sagte Spencer. »Besorge uns einfach ein Flugzeug, wir kümmern uns um den Rest.«

Onkel Pete führte eine Reihe gehetzter Telefongespräche und wandte sich eine halbe Stunde später mit einem triumphierenden Lächeln an die Gruppe.

»Wir haben Flugzeug! Abflug in zwei Stunden. Aber Fahrt zum Flughafen manchmal auch zwei Stunden! Schrecklicher Verkehr. Also los.«

»Welcher Flughafen ist es?«, fragte Spencer.

»Don Mueang, im Norden.«

Onkel Pete pfiff durch die Finger und ein Page kam mit einem Gepäckwagen angerannt. Spencer hielt den Mann davon ab, den Seesack zu ergreifen, und trug ihn stattdessen selbst zu dem SUV, der draußen wartete.

Die Fahrt dauerte nur knapp über eine Stunde und sie waren angenehm überrascht, als sie sahen, dass der Flughafenbereich für Privatmaschinen leer und ruhig war. Onkel Pete dirigierte sie zu einem der Fenster, die an die Runway grenzten und deutete auf eine Hawker 800XP, die gerade von zwei Bediensteten aufgetankt wurde. »Da Flugzeug. Wir jetzt bezahlen!«

»Wie viel?«, fragte Drake.

»Dollars? Zehntausend.«

Drake schaute Allie an. »Ich habe nur zehn dabei. Wollte nicht in die Verlegenheit kommen, mein Geld beim Zoll deklarieren zu müssen.«

»Ich auch.«

»Wollen wir es uns dann teilen?«

»Klar.«

Onkel Pete zählte das Geld und verschwand für zehn Minuten. Als er wiederkam, hatte er hervorragende Laune. »Ich habe Sicherheit bestochen. Haben kein Interesse an euren Taschen. Haben gesagt, du hast ehrliches Gesicht.«

»Das höre ich öfter«, meinte Drake.

»Nicht du! Sie!«

»Oh.«

»Wie viel hast du ihnen gegeben?«, fragte Allie.

»Fünfhundert Dollar. Ihr gebt mir in Flugzeug zurück, okay?«

Spencer zwinkerte Allie zu. »Von Onkel Pete kann ich noch eine Menge lernen.«

»Ich habe das Gefühl, die Nachhilfestunde geht noch weiter. Und das wird nicht billig.«

Sie schleppten ihr Gepäck allein zu der wartenden Maschine, denn die Flughafenarbeiter waren alle ganz offensichtlich mit einer höchst dringenden Zigarettenpause beschäftigt. Nach einem sauberen Start teilte Onkel Pete ihnen mit, was ihm seine Vorgesetzten aus den USA gesagt hatten: Sie würden so schnell wie möglich Ersatz für Alex schicken und in der Zwischenzeit würde Onkel Pete die Verantwortung tragen. Das klang sinnvoll, denn es war schon genug Zeit verstrichen und das abgestürzte Flugzeug musste so schnell wie möglich gefunden werden.

»Außerdem alle Genehmigungen sind gekommen. Also alles startklar«, schloss Onkel Pete seinen Lagebericht.

»Dann können wir morgen mit der Suche anfangen?«

»Richtig. Wir nehmen Flughafen Chiang Rai als Basis. Ist nahe an Grenze. Hubschrauber wartet schon. Morgen früh, es geht los!«

»Perfekt«, sagte Spencer. »Und gibt es was Neues von Alex?«

»In Krankenhaus. Viele Knochen gebrochen. Aber wird sicher durchkommen.«

»Das ist gut«, sagte Allie.

»Hat das Hauptquartier eine Meinung zu dem Vorfall?«, fragte Spencer.

Onkel Pete schüttelte den Kopf. »Wir sollen Augen offenhalten. Thailand manchmal gefährlich.«

»Das ist ja sehr hilfreich.«

»Keine Sorge, ich kümmere mich!«

Der Flug verlief glatt und sie landeten, ohne irgendwelche Aufmerksamkeit zu erregen. Leider mussten sie feststellen, dass das Hotel, welches Onkel Pete als das Beste in der Gegend angepriesen hatte, eine absolute Absteige war. Er entschuldigte sich, gab aber zu bedenken, dass der Ort überwiegend von Backpacker-Touristen und Hippies besucht wurde und es deswegen nicht viele freie Betten gab. Nachdem sie ihr Gepäck abgeladen hatten, trafen sie sich vor dem Hotel und gingen gemeinsam zum Abendessen. Onkel Pete lief in seinen überweiten Shorts und Sandalen mit derart stolzgeschwellter Brust voran, dass man meinen konnte, er wäre in göttlicher Mission unterwegs.

Jiao wartete auf der Straßenseite gegenüber des Hotels im Schatten eines Banjan-Baumes, bis die Amerikaner die viel befahrene Straße hinuntermarschiert waren, auf der Motorräder und Tuk-Tuks in halsbrecherischer Geschwindigkeit vorbeirasten. Zur Zeit herrschte Berufsverkehr in dieser abgelegenen Stadt, doch Jiao hatte es nicht eilig. Er nahm einen letzten Zug von seiner Zigarette und zerquetschte sie dann unter seinem Stiefel. Danach schlenderte er auf das Hotel zu. Er hatte einen Nylonrucksack auf der Schulter und war auch sonst wie ein Tourist gekleidet. Er hatte von ihrer Abreise in Bangkok und dem Charterflug zwanzig Minuten nach dem Take-off erfahren und schnell reagiert.

Das Hotel war ebenerdig und schmiegte sich um einen großen Parkplatz, wobei die Rezeption genau in der Mitte lag. Jiao war der Gruppe vom Flughafen aus gefolgt, aber er hatte noch keine Zeit gehabt, das Gelände gründlich auszukundschaften. Ein Blick auf die Rezeption verriet ihm, dass er gesehen werden würde, wenn er dort vorbeiging. Also passierte er den Parkplatz und bog an der nächsten Ecke ab. Er stoppte an einer überwucherten Brachfläche, die an die Mauer des Hotelgeländes grenzte.

Lange Schatten sorgten für eine zwielichtige Stimmung, als die Sonne langsam hinter den Bergen verschwand. Jiao ließ sich Zeit – erst als es dunkel genug war, dass er nicht entdeckt werden würde, betrat er das verwaiste Grundstück und ging auf die Hotelmauer zu.

Ein kurzer Blick aus der Nähe überzeugte ihn davon, dass er hier nicht weiterkam. Es gab keinerlei Vorsprünge zum Festhalten, und der Stacheldraht, der weiter oben befestigt war, machte ein Hinüberklettern unmöglich. Er stieß einen leisen Fluch aus und begab sich zurück zur Straße – er hatte gehofft, nicht auf seinen Plan B zurückgreifen zu müssen, doch nun blieb ihm keine andere Wahl, wenn er sein Ziel erreichen wollte, bevor die Amerikaner zurückkamen.

Die Tür zur Rezeption öffnete sich mit einem Quietschen und eine daran befestigte Glocke klingelte. Eine gedrungene Frau, die fast die Form eines Backsteines hatte, tauchte aus dem Büro auf und postierte sich an der Theke.

»Ja?«, fragte sie mit einer kratzigen Stimme, die von langen Jahren des Rauchens gefärbt war.

»Haben Sie ein Zimmer frei?«, fragte er in gebrochenem Thai.

»Ja. Wie lange?«

»Nur eine Übernachtung. Ich wollte mir morgen die Tempel anschauen.«

Sie deutete auf eine Tafel hinter ihr, auf der Preise in Baht und Dollar standen. Jiao nickte, zog ein dickes Bündel Geldscheine aus seiner Tasche und zählte einige davon ab.

»Einen ruhigen Raum bitte, falls das möglich ist«, bat er.

»Keine Partys, ich muss früh aufstehen.«

»Raucher oder Nichtraucher?«

»Nichtraucher.«

Sie nickte und reichte ihm einen Schlüssel und ein Handtuch. »Check-out um elf Uhr. Ein Getränkeautomat steht draußen beim Pool.«

Jiao lief am Rand des Parkplatzes entlang und tat so, als würde er sein Zimmer suchen. Als er es gefunden hatte, blieb er vor der Tür stehen und schaute sich das Schloss genau an. Er war erleichtert festzustellen, dass er es im Schlaf würde knacken können denn der Mechanismus war mindestens zwanzig Jahre alt.

Nachdem er in seinem Zimmer angekommen war, begab er sich zum rückwärtigen Fenster und zog die Vorhänge auf. Es war jedoch mit rostigen Eisenstäben vergittert und taugte deswegen nicht als Route zu den anderen Zimmern. Schnell packte er seine Tasche aus und zog ein Sortiment an Dietrichen heraus, zu denen auch eine flache, flexible Metallschiene gehörte, die er in seiner Windjacke verschwinden ließ. Die kleinen Dietriche steckte er sich in die Jackentasche und dann war er bereit.

Auf dem Parkplatz war alles ruhig. Er hatte schon auf dem Hinweg sichergestellt, dass man ihn von der Rezeption aus nicht sehen könnte, wenn er sich dicht an den Gebäuden hielt. Er zog leise seine Zimmertür zu und lief ohne Eile zur nächstgelegenen Tür der Amerikaner.

Zehn Sekunden später stand er in dem dunklen Raum. Schnell begab er sich zu dem Rucksack, der auf dem Bett lag und zog eine kleine Scheibe aus seiner Tasche – Einen GPS-Chip, dessen Batterie ausreichte, um ihn mindestens dreißig Tage lang orten zu können. Er taste in der fremden Tasche herum, bis er eine geeignete Stelle fand. Er zückte sein Taschenmesser und trennte die Naht am Rand auf. Dann schob er den Chip hinein und schüttelte den Rucksack anschließend, bis der Peilsender herunterrutschte und tief zwischen Außenhaut und Futter versank. Selbst wenn der kleine Makel der kaputten Naht entdeckt werden würde, sähe es sicher eher nach Materialermüdung als nach einem Spionageversuch aus.

Er schaltete sein Telefon an und sah das blinkende Symbol eines Satelliten, was ihm bestätigte, dass der Sender aktiv war. Jiao lächelte in der Dunkelheit. Wenn doch nur alle seine Aufgaben so einfach wären.

An der Tür lauschte er aufmerksam nach Geräuschen auf der anderen Seite. Als er sicher war, allein zu sein, huschte er aus dem fremden Zimmer und verschloss die Tür hinter sich. Dann begab er sich zurück an die Rezeption, um sich ein Restaurant empfehlen zu lassen. Er brauchte jetzt nichts mehr zu tun, außer abzuwarten, bis die Amerikaner das Flugzeug entdeckt haben würden.

Nachdem er sich im Außenbereich eines traditionellen Familienrestaurants niedergelassen hatte, das sich einige Blocks entfernt befand, setzte er einen Anruf an Xiaoping ab.

»Es ist erledigt.«

»Sehr gut.«

»Gibt es Fortschritte, was unser Projekt angeht?«

»Er meint, dass er innerhalb weniger Stunden drin sein sollte. Aber das hat er gestern auch schon gesagt, von daher sollten wir uns nicht zu früh freuen.«

»Ich melde mich, wenn es etwas Neues gibt.«

»Viel Erfolg.«

Er legte auf und starrte sein Telefon an, eine Kopie des iPhone, die in Nordchina nach Originalplänen hergestellt worden war. Er persönlich fand, dass es eine Verschwendung von Ressourcen war, den Amerikanern zu folgen, aber er verstand Xiaopings Gedanken. Es war durchaus möglich, dass es eine Festplatte oder einen USB-Stick gab, der den Absturz überstanden hatte. Wenn dem so war, könnten darauf wertvolle Daten sein, die helfen würden, in das Netzwerk des Verteidigungsministeriums einzudringen. Deshalb hoffte Jiao, dass sich seine Befürchtung, reine Zeitverschwendung zu begehen, nicht bewahrheiten würde.

In seiner Erfahrung funktionierte das Leben aber nicht so einfach, die meisten Dinge waren kompliziert. Aber er war bereit, sich der Einschätzung seines Vorgesetzten zu unterwerfen und die Mission durchzuziehen, bis er das Flugzeugwrack mit eigenen Augen gesehen hatte. Bis dahin würde er seine Aufgaben ohne Murren und Knurren erledigen und darauf hoffen, dass der Computerexperte auch ohne weitere Daten Erfolg mit seinen Bemühungen haben würde. Es war allerdings kein gutes Zeichen, dass es bisher keinen Durchbruch gab. Andererseits war der Mann ein Genie – wenn er es für möglich hielt, war es vielleicht wirklich zu schaffen.

Jiao bestellte gedünsteten Fisch auf Reis und umging damit die typischen Gewürze, mit denen die Thailänder in seinen Augen alles Essen verdarben. Dann lehnte er sich zurück und wartete auf das Bier, das er ebenfalls geordert hatte – eine kleine Belohnung für seinen heutigen Erfolg. Nach einem anstrengenden Reisetag in der feuchten Hitze freute er sich darauf.

KAPITEL 17

Washington, D.C.

General Brad Holt näherte sich mit langen Schritten seinem Auto, das auf dem bewachten Parkplatz des Militärgeheimdienstes stand. Nach einem Kontrollblick über das Gelände stieg er ein, startete den Motor und verließ das Grundstück. Zwanzig Minuten später tauschte er seine Uniform gegen einen Sportdress und verließ seine kleine Wohnung wieder, um ein Fitnessstudio aufzusuchen. In der Umkleidekabine traf er zwei andere Männer mit muskulöser Statur und militärischem Haarschnitt. Nach einem festen Blick von Holt standen die beiden auf und folgten ihm auf die Terrasse des Außenbereiches, wo sie viele freie Tische und Stühle vorfanden. Außer ihnen war weit und breit niemand zu sehen.

»Alles klar, halten wir es kurz. Sie wissen beide über den Schlamassel in Thailand Bescheid, korrekt?«, fragte Holt.

Der kleinere der beiden Männer, Colonel Sam Daniels, nickte. »Unsere Quellen bei der CIA haben keine Ahnung, was da passiert ist. Der Angriff kam aus dem Nichts!«

»Die sind doch alle komplett unfähig«, knurrte der dritte Offizier, Major Henry Lorre.

»Wie dem auch sei, wir müssen davon ausgehen, dass noch weitere Spielfiguren auf dem Brett unterwegs sind«, sagte Holt.

»Aber die spielen nicht nach unseren Regeln. Was können wir dagegen tun?«

Alle drei gehörten zu einer Gruppe des Verteidigungsministeriums, die für verdeckte Operationen zuständig war: die Defense Clandestine Services. Unter anderem gehörten Schattenoperationen des Militärs zu ihren Aufgaben. Kidnapping, Folter, politische Morde und Terrorangriffe auf feindliche Regimes. Aus naheliegenden Gründen existierte diese Gruppe offiziell gar nicht, doch da die CIA beizeiten nur ihre eigenen Ziele verfolgte, musste das

Verteidigungsministerium manchmal zu Taktiken greifen, die die Verantwortlichen sofort ins Gefängnis bringen würden, wenn sie an die Öffentlichkeit kommen würden. Ihre vor Kurzem gescheiterte Mission war ein klassisches Beispiel: Details zu dem Einsatz waren von einer Online-Plattform veröffentlicht worden, die sich damit brüstete, Geheiminformationen auffliegen zu lassen. Und es gab nur einen Ort, von dem diese Informationen gekommen sein konnten: von den internen Servern des Ministeriums.

»Ich weiß, wir hatten eigentlich geplant, uns aus der Sache herauszuhalten, aber ich glaube, die Situation ist nun zu einem Punkt eskaliert, an dem wir nicht länger passiv bleiben können. Wir müssen unsere eigenen Leute dort hinschicken.«

»Ich dachte, wir wollten es auf einem Niveau halten, wo wir alles leugnen können.«

»Das ist auch immer noch so.«

»Dann stimme ich dagegen. Ich würde sagen, wir sollten nur beobachten und abwarten. Alles andere könnte nach hinten losgehen«, sagte Daniels.

Holt dachte über seine Worte nach. »Was meinst du, Henry?«

»So sehr ich auch dafür bin, die Dinge selbst in die Hand zu nehmen, sehe ich keine Möglichkeiten, die wir nicht schon versucht haben. Eine Truppe Elitesoldaten hinzuschicken, hat keine guten Erfolgsaussichten, sonst hätten wir es schon gemacht.«

»Also reagieren wir gar nicht? Ist das der Konsens?«, fragte Holt.

Seine beiden Untergebenen nickten. Holt hasste diese Entscheidung, aber sein Bauchgefühl sagte ihm, dass sie im Prinzip richtig war, auch wenn ihm lieber gewesen wäre, externe Kräfte hinzuzuziehen. Das Verteidigungsministerium heuerte öfter unabhängige Gruppen an, um die etwas empfindlicheren Missionen auszuführen – gerade, wenn es darum ging, hinterher alles leugnen zu können. Und das war in dieser Situation das A und O. Trotzdem würde Holt sich der Mehrheit anschließen – für den Moment zumindest.

Die Männer gingen zurück in das Studio, wo Holt noch eine Stunde lang trainieren wollte, während die beiden anderen in ihre Büros zurückkehrten. Statt sich von ihnen zu verabschieden, hatte Holt direkt an einer Drückbank Platz genommen und die Gewichte auf das Maximum geschraubt. Selbst mit seinen dreiundfünfzig Jahren war er immer noch wie ein Bär gebaut und genauso stark wie seine beiden jüngeren Kollegen. Den Zahn der Zeit drängte er mit aller Kraft zurück.

Nachdem er drei Sätze von jeweils zwanzig Wiederholungen erledigt hatte, ging er zur nächsten Station seines Trainingsplanes und dachte dabei über die Probleme nach, denen er sich gegenüber sah. Eigentlich war die Geschichte doch ganz einfach gewesen, jetzt hatten sie ein abgestürztes Flugzeug und ein höchst wichtiger Zivilist war in die Sache verwickelt. Und dann war auch noch der CIA-Mann vor Ort ausgeschaltet worden. Er wusste nicht, in wieweit das Ganze jetzt noch schlimmer werden sollte.

Schließlich war Holt nach seiner langen Militärzeit ein Realist, der sich keine Illusionen über glückliche Zufälle oder die Kompetenz von Dritten machte. In seinem Kopf hatte er deutlich mehr schlimme Geheimnisse, als man es einem Menschen zumuten sollte, aber das war nun mal die Karriere, die er gewählt hatte. Irgendjemand musste die harten Entscheidungen treffen – das Undenkbare in Betracht ziehen und den Befehl für das Unsagbare geben. Das gehörte zu seinen Aufgaben. Zivilisten konnten das nicht verstehen, und er erwartete es auch von niemandem. Unwissenheit war ein Segen, und für Privatleute war es besser, wenn sie sich darauf konzentrierten, noch mehr unnötigen Blödsinn zu kaufen und die professionellen Lügner zu wählen, die die Geschicke des Landes zu lenken schienen. Holt hatte natürlich nichts gegen die Bevölkerung, die unter seinem Schutz stand, und er übte seine Pflicht aus, ohne Dank von ihnen zu erwarten. Es war auch unerheblich, dass sie ihn wahrscheinlich hassen würden, wenn sie wüssten, was er in ihrem Namen tat. Sie waren wie kleine, dumme Kinder und mussten dementsprechend behandelt werden.

Holt schnappte sich ein paar Hanteln und begann seine Übungen, wobei seine Arme schon von der Säure brannten, die zu seinen verletzten Muskeln strömte. Er zwang sich weiterzumachen, trotz der Schmerzen. Was ihn nicht tötete, härtete ihn ab, und er würde seiner neuerlichen Herausforderung genauso gegenübertreten, wie allen anderen: kämpferisch. Die Anhörungen der letzten Zeit waren wirklich eine Plage gewesen, aber dem Ministerium war es gelungen, die Politiker im Zaum zu halten und somit irreparable Schäden abzuwenden.

Trotzdem war die Lage in Laos riskant und musste unbedingt im Auge behalten werden. Falls verräterische Informationen den Absturz überlebt haben sollten, durften sie auf keinen Fall in die falschen Hände fallen.

Holt drängte seine Sorgen zurück und begab sich an die Klimmzugstange, an der er hundert Wiederholungen schaffte – genau wie jeden Tag in den letzten dreißig Jahren. Während seiner Übungen fand er Trost in dem Gedanken, dass Zurückhaltung in einer Situation mit derart vielen unbekannten Variablen in jedem Fall zielführender war als ein wilder Einsatz mit Dauerfeuer.

In diesem Sinne würde er den Fortschritt der Gruppe, die von der CIA losgeschickt worden war, mit großem Interesse verfolgen. Außerdem beschloss er, dass er im Anschluss an sein Training ein paar Anrufe tätigen würde, um sein eigenes Krisenteam in Thailand in Position zu bringen.

»Nur für den Fall der Fälle«, sagte Holt zu sich selbst. »Um auf der sicheren Seite zu sein.«

KAPITEL 18

Chiang Rai, Thailand

Die Morgensonne erhob sich hinter den Bergen östlich von Chiang Rai und tauchte den wolkigen Himmel in eine Farbenpracht aus Pink und Orange. Onkel Pete saß auf dem Beifahrersitz eines alten Lieferwagens, der ausgeblichene Taxi-Schriftzüge auf die Türen geklebt hatte. Allie, Drake und Spencer saßen auf der Rückbank, als das verbeulte Gefährt über eine heruntergekommene Straße holperte, die zum alten Flughafen führte. Der war nur noch für vereinzelte Charterflüge geöffnet, diente aber auch als Basis für den gemieteten Helikopter.

Sie rollten durch einen offenen Schlagbaum, dessen rostiges Tor beiseitegeschoben worden war, und näherten sich einem uralten Hubschrauber vom Typ Bell 206B. Seine olivgrüne Farbe blätterte überall ab und das Logo der Firma »Thai Fantasy Air«, das darauf prangte, sah aus, als hätte es ein Kind im Dunkeln mit Fingerfarben gemalt. Spencer sah die Maschine skeptisch an und wandte sich dann an Onkel Pete: »Willst du mich verarschen?«

»Ist super Helikopter. Bester in Gegend. Pilot ist berühmt!«, sagte Onkel Pete, doch seine Augen klebten ungläubig an dem Fluggerät und der Klang seiner Worte strafte ihren Inhalt Lügen.

»Das Ding ist ein Museumsstück!«

»Bedeutet, funktioniert viele Jahre sehr gut!«

»Onkel Pete, es ist älter als ich!«, gab Spencer zurück.

»Du hast beste Jahre noch vor dir! Genau wie Hubschrauber!«

Der Taxifahrer hielt an und sie stiegen aus. Ein Thailänder mittleren Alters, dessen Kopf komplett blankgeschoren war, kam auf sie zu, wobei seine verspiegelte Pilotenbrille im stärker werdenden Sonnenlicht glänzte. Onkel Pete sagte etwas auf Thailändisch und der Mann lachte gut gelaunt, bevor er Allie einen Blick zuwarf, der ihr einen Schauer den Rücken hinunterlaufen ließ.

»Willkommen, willkommen. Ich bin Daeng. Schön, euch kennenzulernen!«, sagte er und verbeugte sich höflich.

Daengs Englisch war um ein Vielfaches besser als das von Onkel Pete. Anhand einer Karte, die er feierlich ausrollte, erklärte er das Flugraster, mit dem sie das Gebiet absuchen würden. Jeder Quadrant würde durch ausgiebiges Schweben im Tiefflug erkundet werden. Als er mit seiner Erklärung durch war, richtete er sich auf. »Irgendwelche Fragen?«

Spencer nickte. »Mir ist aufgefallen, dass du das Gebiet an der Grenze zu Myanmar ausgelassen hast. Warum?«

»Oh, da wollen wir nicht hin«, erklärte Daeng. »Die Gegend wird von der *Shan State Army* kontrolliert. Bei denen ist die Chance fifty-fifty, dass sie auf uns schießen, und die haben ernstzunehmende Waffen – Maschinengewehre mit Kaliber 50, Raketenwerfer, alles, was du dir vorstellen kannst.«

»Aber es liegt doch in Myanmar. Wird das nicht vom Militär kontrolliert?«, fragte Drake.

»Nein. Es gibt verschiedene Gruppen, die dort ihr Unwesen treiben, und eine ist gefährlicher als die andere. Es gibt Drogengangs, die Shan State Army sowie Deserteure von der staatlichen Armee, die jetzt ihren eigenen Zielen nachgehen. Alle von denen sind bis an die Zähne bewaffnet.«

Allie schaute Drake und Spencer abwechselnd an. »Davon hat in Malibu niemand etwas erwähnt«, sagte sie.

»Anscheinend haben unsere Freunde ein bisschen was ausgelassen«, bestätigte Drake. »Hoffen wir mal, dass es nicht noch mehr gibt, was sie uns vorenthalten haben!«

»Was nützen uns dann die Genehmigungen?«, fragte Spencer. »Ich dachte, die sind genau dafür da, dass wir das Gebiet überfliegen können! Klingt eher so, als würden wir in ein Kriegsgebiet fliegen!«

»Nun ja, die meisten von denen kennen meinen Hubschrauber. Von daher sollte alles okay sein, solange wir dieses Gebiet auslassen«, sagte Daeng, wobei er mit dem Finger auf die Karte tippte. »Aber da können wir drumherum fliegen. Wenn ich hoch genug steige, können wir trotzdem alles sehen.«

»Aber was nützt es uns, wenn wir dann im Fall der Fälle nicht landen können?«

»Keine Sorge. Ich habe Männer auf Boden«, sagte Onkel Pete.

»Moment mal. Du kennst das Gebiet doch. Warum hast du diese bewaffneten Gruppen nicht erwähnt?«, fragte Allie.

Onkel Pete zuckte mit den Schultern. »Geht mich nicht an. Ich folge nur Befehle. Fleißiges Bienchen, Onkel Pete!«

»Wie gefährlich ist das Ganze?«, fragte Drake an Daeng gerichtet.

»Seit die USA Afghanistan besetzt haben, ist die Heroinproduktion dort aus dem Nichts ganz nach oben geschnellt. Deshalb bauen die Gruppen hier in der Gegend bei Weitem nicht mehr so viel an wie früher. Die Drogengangs haben ihre Produktion in den Bereich des Methamphetamins verlegt. Das ist viel billiger und einfacher herzustellen. Von daher haben wir nicht das Risiko, aus Versehen über ein Mohnfeld zu fliegen, was zu einer Abwehrmaßnahme führen könnte.« Daeng hielt kurz inne. »Aber es ist keine Garantie, dass niemand auf uns schießen wird.«

Allies Augen weiteten sich und sie warf Drake einen wütenden Blick zu. »Wo hast du uns hier reingeritten?«

Daeng tätschelte seinen Hubschrauber. »Die Kiste hat eine zentimeterdicke Stahlplatte auf dem Unterboden. Habe ich selbst angeschweißt. Die hält die meisten Kugeln auf. Es klingt also schlimmer, als es ist.«

»Und was ist mit den Scheiben?«

»Kugelsicheres Glas ist zu teuer. Aber bis jetzt habe ich noch keine Kugel abbekommen.«

»Warum dann die Stahlplatte?«, fragte Spencer.

»Reine Vorsichtsmaßnahme. Reduziert zwar das Nutzgewicht, aber ansonsten ist sie wie ein Sicherheitsgurt – nervt solange, bis man sie mal braucht, und dann ist man dankbar.«

»Dein Englisch ist wirklich sehr gut«, stellte Allie fest.

»Mein Vater war ein amerikanischer GI. Deswegen bin ich zweisprachig aufgewachsen, bis er uns verlassen hat. Da war ich zehn.«

»Das tut mit leid«, sagte Allie berührt.

»Braucht es nicht. Wenn du meine Mutter kennen würdest, die ich natürlich sehr liebe, würdest du nicht denken, dass es jemand so lange mit ihr aushält. Ich für meinen Teil wäre schon Jahre früher abgehauen!«

Spencer warf einen Blick auf die Karte. »Sieht so aus, als würde ein Großteil des Gebietes, in dem sie abgestürzt sein könnten, auf der anderen Seite des Mekong liegen. Wie untersuchen wir diesen Bereich?«

»Sehr vorsichtig.«

»Nein, ernsthaft.«

»Ist aber so«, sagte Daeng mit einem Achselzucken. »Wie ich schon sagte, es gibt keine andere Möglichkeit, als hoch genug zu fliegen, damit sie uns nicht treffen können. Aber sieh doch mal die positive Seite: Sie haben weder Flaks noch Jets, um uns abzuschießen.«

»Fantastische Aussichten«, murmelte Drake.

Spencer trat an den Helikopter heran. »Welches Baujahr ist dieses Teil?«

»1977. Ein gutes Jahr.«

»Nicht im Musikbereich«, sagte Spencer. »Wer macht die Wartung?«

»Da habe ich einen Kerl. Ex-Militär. Er ist ziemlich gut, ich habe kaum Probleme mit der Maschine.«

»Wo hast du sie her?«

»Von der Thailändischen Luftwaffe. Zum fünfundzwanzigen Geburtstag haben sie das Schmuckstück in den Ruhestand geschickt.«

»Und wie viele Flugstunden hast du damit abgerissen?«, bohrte Spencer weiter.

Daeng lächelte und nahm die Brille ab, wobei seine Augen keine Spur von Humor erkennen ließen. »Eure Leute haben mich gebucht. Sie hatten das Gefühl, dass ich mehr als qualifiziert bin. Wenn ihr euch jemand anderes suchen wollt, der hier in der Gegend fliegt, viel Spaß.«

»Er superguter Pilot«, versicherte Onkel Pete enthusiastisch, als ob sein Wort die ganze Sache aus der Welt schaffen würde.

Spencer schüttelte den Kopf und tätschelte seinen Seesack. »Wenigstens haben wir etwas, womit wir zurückschießen können.«

»Hoffen wir, dass es nicht nötig sein wird. Wir wollen schließlich keinen Krieg anfangen – das ist schlecht fürs Geschäft. Ich kläre euch nur über die Risiken auf, das ist alles.« Daeng starrte Spencer einen Moment lang an. »Sind wir jetzt fertig mit dem Vorstellungsgespräch?«

Spencer nickte. »Sieht so aus. Wie lange brauchen wir, um zum ersten Quadranten zu kommen?«

»Zwanzig bis fünfundzwanzig Minuten.« Daeng schaute auf die Uhr. »Lasst uns aufbrechen. Die Zeit verrinnt! Wir werden eine weitere Stunde verlieren, wenn wir zum Auftanken zurückkommen. Je schneller wir jetzt in die Luft kommen, umso mehr schaffen wir.«

Sie folgten ihm zum Hubschrauber und stiegen ein. Drakes Nase kräuselte sich, als er seinen Rucksack auf den Boden im hinteren Bereich der Maschine warf und auf einem der beiden Vordersitze Platz nahm. »Hier riecht es irgendwie schimmelig.«

»Und außerdem nach Schweiß«, fügte Allie von einem der Passagiersitze hinzu. Sie legte ihren Rucksack neben den von Drake und schnallte sich an. »Ganz schön eklig.«

Daeng nahm auf dem Pilotensitz Platz, setzte sich einen Kopfhörer auf und zwei Minuten später waren sie in der Luft, wobei die Kabine zitterte wie ein Rentner mit Tatterich. Drake schaute besorgt über die Schulter nach Allie und Spencer.

Daeng lachte, als er Drakes Ungemach bemerkte. »Keine Sorge, sie beruhigt sich gleich. Im Alter ist sie ein wenig temperamentvoll geworden!«

»Sehr beruhigend«, sagte Spencer, als er den Seesack öffnete und eine der AKMs hervorholte. Allie verzog das Gesicht. »Meinst du wirklich, dass wir die brauchen?«

»Du weißt doch noch, wie deine funktioniert, oder?«, fragte er und reichte ihr eine der Heckler&Koch-Maschinenpistolen, nachdem er ein Magazin eingelegt hatte. Sie warf einen Blick auf den Schalter für den Schussmodus, um sich zu vergewissern, dass die Waffe gesichert war, und nickte anschließend.

»Ich muss dir aber nicht sagen, dass das nicht gut für meine Nerven ist, oder?«, fragte sie.

Spencer schaute Onkel Pete an. »Was ist mit dir, kennst du dich mit den Dingern aus?«, fragte er und tätschelte seine AKM.

Onkel Pete nickte andächtig. »Wie Fahrradfahren.«

»Dann schieß dir mal nicht die Füße ab!«, warnte Spencer und reichte ihm die andere Kalaschnikow.

Der Hubschrauber wechselte den Kurs und wenig später flogen sie über eine Bananenplantage, die auf dem Weg nach Norden nahtlos in den Dschungel überging. Als sie den Anfang des ersten Quadranten erreichten, tippte Spencer Daeng auf die Schulter. »Vielleicht sollten wir in der nördlichsten Ecke ihrer letzten bekannten Position anfangen?«

»Lieber nicht! Ich möchte Myanmar so lange wie möglich umgehen«, rief Daeng über den Krach des Triebwerkes.

Spencer lehnte sich zurück, als der Helikopter sein Tempo verlangsamte. Die Flughöhenanzeige stand bei etwa 750 Metern über dem Meeresspiegel. Wenn man das Terrain mit einberechnete, flogen sie nicht einmal 250 Meter über dem Boden. Drake hob sein Fernglas an die Augen und fing an, das Gebiet unter die Lupe zu nehmen. Allie und Spencer taten es ihm gleich und schauten durch die getrübten Scheiben, während der Hubschrauber langsam voran flog.

»Wir suchen nach allen Anzeichen für einen Absturz – Wrackteile oder auch nur ein Loch in der Baumdecke, irgendwas! Sagt Bescheid, wenn euch irgendwas auffällt, egal wie unbedeutend es erscheinen mag«, rief Spencer.

Sie brauchten vier Stunden um den ersten Quadranten abzufliegen, woraufhin sie beschlossen, noch zwei Stunden weiterzumachen, um dann zum Auftanken und Mittagessen zurückzukehren. Als sie wieder auf dem Boden waren, hatten sie es wirklich bitter nötig, sich die Beine zu vertreten. Daeng ging zu einem wartenden Tanklaster, während Onkel Pete den Taxifahrer anrief, der sie hierher gebracht hatte. Zehn Minuten später waren sie unterwegs zu einem örtlichen Restaurant, was laut Beschwörungen des Fahrers das beste in ganz Thailand sein sollte – eine Beschreibung, die Allies und Drakes Mundwinkel nach unten wandern ließ.

Die zweite Hälfte des Tages verlief genau wie die erste, und bis auf ein paar abgelegene Dörfer und den einen oder anderen Einheimischen auf einem der zahllosen Dschungelpfade gab es nichts Interessantes zu sehen. Bis zum Feierabend war ihnen klar geworden, was für eine Mammutaufgabe sie vor sich hatten und sie kehrten nachdenklich und schweigsam nach Chiang Rai zurück, wobei sie dankbar für die kühlende Brise waren, die durch die leicht geöffneten Fenster des Hubschraubers strömte, auch wenn die gnadenlose Hitze der tropischen Sonne immer noch nicht wirklich nachgelassen hatte.

KAPITEL 19

Washington D.C.

Die Straßen von Georgetown waren voller Fußgänger, die unterwegs zum Abendessen waren oder von einem langen Tag aus dem Büro zurückkehrten. Die ersten Gäste saßen bereits in den Restaurants der pittoresken M-Street, die Alan Sedgewick gerade entlang spazierte, wobei er gelegentlich seinen Schritt verlangsamte, um Gruppen von weiblichen Studenten zu bewundern, die diesen warmen Sommerabend genossen.

Sedgewick hatte seine Bürokluft gegen ein Rugby-T-Shirt, Jeans und eine Baseballkappe der Baltimore Orioles eingetauscht. In diesem Outfit wirkte er fast genauso jung wie die Studenten um ihn herum – er ging mühelos als Späteinsteiger durch, der vielleicht an seiner Doktorarbeit saß. Man würde jedenfalls niemals seine Nähe zu den Spitzenpositionen der Politik vermuten, und genau das war die Idee hinter seinem Aufzug. Denn er hatte einen gefährlichen Kurs eingeschlagen, von dem es kein Zurück mehr gab, und er wollte jegliche unnötige Aufmerksamkeit vermeiden.

An der Ecke zur 31. Straße überquerte er mit Dutzenden anderen jungen Menschen eine rote Ampel und setzte seinen Weg fort, bis er sein Ziel erreicht hatte – ein beliebtes französisches Restaurant, das weit abseits von seinem üblichen Kiez lag. Die Chance, dass ihn hier jemand erkannte, war gering. Er wartete artig, bis das Pärchen vor ihm seinen Tisch zugewiesen bekommen hatte und sah dann die Person, mit der er verabredet war: Einen verklemmt wirkenden Mann in seinem Alter, der schwarze, lockige Haare hatte, eine nerdige Brille trug und eine Blässe zur Schau stellte, die nach langen Nächten vor dem Bildschirm aussah.

Als Sedgewick sich dem Tisch näherte, sah der Mann auf.

»Alan! Schön, dass du da bist. Setz dich!«

»Larry, lange nicht gesehen!«

»Tja, das Leben kommt einem immer wieder in die Quere, nicht wahr?« Larry warf Sedgewick einen anerkennenden Blick zu. »Du siehst gut aus! Das Leben des Parasiten scheint dir zu bekommen!«

»Viele Überstunden bei beschissener Bezahlung.«

»Davon stand in den Werbebroschüren aber nichts, oder?«

Sedgewick zuckte mit den Schultern. »Ich wusste, worauf ich mich da einlasse.«

»Wie lange willst du den Job denn machen? Ist doch eigentlich nur was für junge Männer.«

»Noch ein paar Jahre. Und dann steige ich auf die Seite der Lobbyisten um. Da ist dann richtig Kohle zu holen. Leichter verdientes Geld gibt es nur für Kriminelle oder TV-Priester.«

»Oder an der Börse.«

Sedgewick verzog das Gesicht. »Da würde ich eher Männer auf Autobahnraststätten mit dem Mund verwöhnen, bevor ich so tief sinke. Ein bisschen Selbstwertgefühl habe schließlich sogar ich.«

Beide Männer lachten. Sedgewick und Larry Burnell waren zusammen aufs College gegangen. Anschließend hatte Larry eine Karriere als Journalist verfolgt, während Alan in die Politik gegangen war. Jetzt war Larry Reporter bei der *Washington Post* und versuchte, sich einen Namen zu machen – natürlich mit dem großen Traum, eines Tages mit einer markerschütternden Story den Pulitzerpreis zu gewinnen.

Sie studierten die Speisekarte und machten etwas Small Talk. Nachdem sie bestellt hatten, ging es dann zur Sache. Larry nippte an seinem Chardonnay und lehnte sich zurück. »Was verschafft mir denn die Ehre? Also nicht, dass deine Gesellschaft nicht schon Lohn genug wäre. Aber du hattest am Telefon erwähnt, dass du eine Story für mich hast?«

»Ich sagte, dass ich *vielleicht* eine Story habe«, berichtigte Sedgewick ihn. »Als Erstes müssen wir einige Regeln festlegen. Alles, was ich dir sage, bleibt unter Verschluss, bis ich dir grünes Licht gebe, okay?«

»Klar. Das muss ja echt eine heiße Sache sein, wenn du mich unter Verschwiegenheit stellst. Warum erzählst du mir dann überhaupt davon?«

»Ich will deine Meinung dazu hören.«

»Gern. Dann schieß mal los.«

»Du weißt, dass ich für Whitfield arbeite, oder?«

»Ich habe davon gehört.« Larry nickte. »Seine Tochter ist vor ein paar Tagen in Laos mit einer Privatmaschine abgestürzt.«

»Was? Davon habe ich noch nichts gehört! Aber ... ist *das* das große Geheimnis?«

»Es ist Teil davon. Sie haben das bisher unter Verschluss gehalten.«

»Wieso das denn?«

»Das ist der verdächtige Teil.« Sedgewick dachte kurz nach. »Du weißt, das Whitfield in dem Komitee sitzt, welches das Verteidigungsministerium untersucht, oder?«

»Natürlich. In unserer Branche nennt man sie den Klub der Lügner.«

»Tja, bei uns sind ein paar wichtige CIA-Typen aufgekreuzt und anscheinend hat Whitfield sie beauftragt, auf die geheime Tour nach dem Flugzeugwrack zu suchen.«

Larry ließ die Information auf sich wirken. »Das ergibt doch keinen Sinn. Es wäre doch absolut in seinem Interesse, eine groß angelegte Luftaufklärung zu starten, die ganze Flugroute abzugrasen und alle Hebel in Bewegung zu setzen!«

»Das denke ich mir auch. Irgendetwas stinkt an der Sache. An der Geschichte ist mehr dran, und ich glaube, ich weiß, was es ist. Und das macht mir eine Heidenangst, den wir reden hier über ... Hochverrat!«

»Was? Wer – Whitfield? Er ist doch ein Patriot, wie er im Buche steht!«

»Das dachte ich auch immer, aber jetzt habe ich Zweifel. Ich glaube, die Sache könnte so wichtig sein wie Snowden. Vielleicht sogar so groß wie Watergate!«

Der Kellner brachte ihre Speisen und sie schwiegen, bis er gegangen war.

»Hast du irgendwelche Beweise?«, fragte Larry, nachdem er sichergestellt hatte, dass sich niemand in Hörweite befand.

»Ich sammle sie gerade zusammen.«

»Kannst du mir verraten, was genau du vermutest?«

»Nicht, bevor ich die Dokumente habe. Denn wenn ich mich irre … sagen wir doch einfach, mehr kann ich im Moment noch nicht preisgeben. Ich wollte nur erst mal wissen, ob das eine Sache ist, die du bringen könntest, sobald ich definitive Beweise habe.«

»Na klar!«

»Und könnte ich dabei anonym bleiben? Wenn mein Name in dem Zusammenhang fällt, ist meine Karriere sofort zu Ende.«

»Ich würde dich als geheime Quelle behandeln. Dann bekommt niemand etwas heraus.« Larry musterte ihn. »Du siehst ziemlich gestresst aus. Das muss ja echt ne Riesensache sein.«

»Du kannst es dir gar nicht vorstellen.«

Die beiden Männer aßen schnell, und als sie fertig waren, bestellte Larry mit einer Geste die Rechnung. »Von was für einem Zeitrahmen reden wir hier?«

»Ich hoffe, dass ich in achtundvierzig Stunden etwas Genaueres sagen kann.«

»Wow, so schnell?«

»Das ist die Story des Jahrhunderts, Larry. Das ändert alles!«

»Willst du jetzt um deinen Anteil der Buchrechte feilschen? Denn dafür würde ich mich prostituieren. Sag mir einfach, wie viel du haben willst!«

»Nee, ich verstecke mich dann erst mal auf einer warmen Insel, bis Gras über die ganze Sache gewachsen ist.«

Larry beglich die Rechnung und sie standen auf. Sedgewick begleitete ihn zum Ausgang und im Wartebereich verabschiedeten sie sich. »Wie willst du die Sache durchziehen?«, fragte Larry noch.

»Ich rufe an und dann machen wir eine persönliche Übergabe.«

»Mein Telefon wird rund um die Uhr eingeschaltet sein!«

»Perfekt.«

Vor dem Restaurant parkte ein dunkelblauer Van in einer Verladezone. Auf dem Rücksitz tauschten zwei Männer Blicke aus.

»Du hast es gehört. Wir haben es auf Band«, sagte der Ältere der beiden.

»Allerdings.«

»Dann müssen wir ihn ausschalten.«

»Allerdings.«

»Ich kümmere mich um die Freigabe.« Der Ältere setzte ein verschlüsseltes Gespräch mit seinem Telefon ab und sprach absolut ruhig in die Leitung: »Wir haben sein Handy per Fernsteuerung aktiviert und haben alles mitgehört. Es ist genau so, wie wir es befürchtet haben.« Er schwieg und hörte aufmerksam zu. »Nein, nichts Definitives, aber er sagte, dass er bald etwas haben würde. Dem Reporter hat er nur von der Tochter erzählt, sonst nichts.« Eine weitere Pause. »Alles klar. Wir werden uns sofort darum kümmern.«

Der ältere Mann legte auf und kletterte auf den Fahrersitz, während sein Kollege weiter die Abhöranlage abbaute. Der Motor wurde angelassen und der Wagen setzte sich in Bewegung.

Sedgewick ging auf dem Rückweg dieselbe Route und bog rechts in Richtung des Potomac ab, seine Gedanken drehten sich immer noch um den Pfad, den er nun eingeschlagen hatte. Ein Teil von ihm fühlte sich schuldig, das Vertrauen des Senators zu missbrauchen, doch ein anderer Teil war stolz. Er war im Begriff, das Richtige zu tun, und in dieser Stadt war das die absolute Ausnahme. Die Handlungen der meisten Personen wurden hier von Eigennutz bestimmt, den meisten ging es um das Erlangen von Einfluss und Macht. Und diesen Versuchungen zu widerstehen, fühlte sich gut an.

Er erreichte den Kanal und ein diffuser Instinkt ließ seine Nackenhaare prickeln. Als Stadtkind hatte er einen feinen Sinn für urbane Gefahren entwickelt und sogar in Georgetown, einer relativ sicheren Nachbarschaft, gab es eine Menge Verbrechen. Nicht so viele, wie in den umliegenden Gegenden, die zum Teil eine höhere Mordrate als Detroit hatten. An einer Ecke blieb er stehen und warf einen Blick über die Schulter, wobei ihm schmerzhaft klar wurde, wie ausgestorben die Gegend war, in der er sich befand. Der ganze Verkehr fand auf den Straßen statt, der Schotterweg am Kanal war jetzt, wo die Nacht hereingebrochen war, komplett verlassen. Selbst die motiviertesten Jogger waren längst zuhause.

Zwei Männer in langen Mänteln kamen sicheren Schrittes auf ihn zu. Und genau diese Mäntel waren an diesem lauen Abend komplett fehl am Platze. Er kämpfte gegen den Impuls an, davonzurennen, doch sein Unterbewusstsein schrie ihn förmlich an, die Beine in die Hand zu nehmen.

Sedgewick entschied sich für einen Kompromiss; er bog ab und begann, in Richtung Westen zu joggen. Er war nur einen Block von der nächsten Straße entfernt, wo hoffentlich mehr los sein würde. Auf halber Strecke wagte er es, über seine Schulter zu blicken.

Es war niemand zu sehen.

»Jetzt werde ich schon paranoid«, murmelte er und wurde langsamer. Seine Wahrnehmung hatte ihm einen Streich gespielt, in jedem Schatten sah er eine Bedrohung.

Als er den Aufgang zur Straße erreichte, nahm er zwei Stufen auf einmal und warf oben angekommen einen letzten Blick auf den leeren Schotterweg. Endlich konnte er seine düstere Vorahnung abschütteln und lächelte ein hübsches Mädchen an, die an ihm vorbeiging und die Geste erwiderte. Er war eigentlich kein Trinker, aber der Pub, an dem er gerade vorbeikam, übte auf einmal eine riesige Anziehungskraft auf ihn aus. Wieder musste er all seine Willenskraft aufbringen, um sich nicht einige Biere hinter die Binde zu kippen. Doch das war keine Option, er musste am nächsten Morgen schon um zehn Uhr im Büro sein, um alles zu organisieren, was der Senator brauchte. Einen Kater durfte er sich vor dem Wochenende nicht leisten.

Sedgewick hetzte die sechs Blocks bis zur Prospect Street hinunter, wo das kleine Townhouse lag, das er von seinem Vater geerbt hatte. Der ganze Block bestand aus kleinen, bunten Häusern mit jeweils drei Etagen und als er das eiserne Tor öffnete, das in den winzigen Vorgarten führte, fiel ihm auf, dass es Zeit für Gartenarbeit war. Das Gras war herausgewachsen und sah ungepflegt aus, also würde er sich am Sonntag darum kümmern.

Als er im Foyer ankam, machte er das Licht an und ließ seine Schlüssel auf einen Tisch fallen. Er schaute auf seinem Handy nach Mitteilungen, als er die Treppen zu seinem Schlafzimmer im zweiten Stock erklomm. Seine Schritte hallten durch das leere Haus und er las gerade eine Nachricht des Senators, als er den Raum betrat.

Ein Handschuh legte sich über seinen Mund, und als er versuchte, sich freizukämpfen, ließ er das Telefon fallen. Er grunzte und rammte seinen Ellbogen so heftig er konnte in den Angreifer, doch dann lähmte ein Elektroschock seine Bewegungen und er verfiel in eine komplette Starre.

Unter Muskelspasmen fiel Sedgewick zu Boden. Er konnte den zweiten Mann, der einen Taser in der Hand hielt, kaum erkennen. Er nahm lediglich wahr, dass er über seinen Schuhen Schutzhüllen aus Plastik trug, die mit Gummibändern fixiert waren.

»Heute ist nicht gerade dein Glückstag, Kumpel«, sagte der erste Mann, der Sedgewick daraufhin anhob und ihn ins Badezimmer trug.

Dreißig Minuten später saßen die beiden wieder in ihrem Wagen und fuhren in Richtung der Key Bridge.

»Meinst du, bei der Leichenbeschau werden die Punktierungen von dem Elektroschocker auffallen?«, fragte der Fahrer.

»Nein, die werden es sofort als Selbstmord abtun. Der arme Junge. Der Stress war einfach zu viel für ihn und deswegen hat er sich in der Badewanne die Pulsadern aufgeschnitten. Aber wenigstens hat er richtig gemacht – die meisten machen ja den Fehler, quer und nicht längs zu schneiden.«

Der Fahrer grinste. »Ich wette, er hatte höllische Kopfschmerzen, bevor ihm die Lichter ausgegangen sind.«

»Er hätte eben dabei bleiben sollen, Bleistifte anzuspitzen und sich bei seinem Chef einzuschleimen.«

»Der Senator wird am Boden zerstört sein.«

»Ein tragischer Verlust.« Der Beifahrer ließ ein Streichholz aufflammen und zündete sich eine Zigarette an.

»Jesus, musst du wirklich hier drin rauchen?«, beschwerte sich der Fahrer.

»Sorry. Ich habe als Kind nicht genug Muttermilch bekommen.«

»Dann mach wenigstens das Fenster auf.«

Der Beifahrer grummelte etwas und blies dann eine Nikotinwolke in Richtung des Mondes. Dabei dachte er über den erledigten Auftrag nach und wandte sich grinsend an den Fahrer: »Gute Arbeit, Mister Smith!«

»Gleichfalls, Mister Jones!«

KAPITEL 20

Chiang Rai, Thailand

Der Nachthimmel wurde von Wolken verdunkelt, die von einem Sturm nach Norden gewälzt wurden. Die Luft war angefüllt vom Geruch eines kommenden Regens und der Flugplatz lag in völliger Stille da, als plötzlich drei Gestalten aus dem Unterholz auf die dunkle Silhouette eines Hubschraubers zurannten, der auf dem zerbröckelnden Asphalt parkte. Alle von ihnen trugen schwere, schalldämpfende Kleidung und sie bewegten sich wie Geister, ihre Schritte vollkommen geräuschlos.

Zwei der Männer blieben am Leitwerk stehen, Sturmgewehre in den Händen, während sich der Dritte, der eine Tasche voller Werkzeug auf dem Rücken trug, der Turbinenabdeckung näherte

Fünfzehn Minuten später verschwanden sie wieder im Busch, wo sie ihre Motorräder versteckt hatten, für den Fall, dass sie schnell fliehen mussten. Sie ließen die Motoren an und bretterten davon. Ihr Anführer, ein mächtiger Drogenbaron, hatte bemerkt, dass der Hubschrauber seinen Meth-Laboren verdächtig nahe gekommen war. Deswegen hatte er seine besten Männer geschickt, um ihn zu sabotieren. Nachdem er ein Kopfgeld ausgesetzt hatte, das für die Verhältnisse Myanmars geradezu luxuriös war, hatte sich ein Ex-Sergeant gemeldet, der bei der Armee vier Jahre lang Hubschrauber gewartet hatte.

Morgen würden diese Störenfriede also ihr Ende finden und die Arbeit in den Labors wie gewohnt fortgesetzt werden können. Dann wären sie wieder voll im Produktionsplan und auf dem besten Wege, die endlos scheinende Nachfrage nach der Droge decken zu können. Denn der Umsatz dieser Branche war inzwischen größer als das gesamte Bruttoinlandsprodukt Myanmars. Da die Mehrheit der Bevölkerung in bitterer Armut lebte, gab es für die meisten gar keine andere Möglichkeit, als in diesem Geschäft zu arbeiten. Die Stellenbeschreibungen reichten vom Opiumfarmer bis zum Drogenkurier. Trotz aller staatlicher Bemühungen, den Handel einzudämmen, waren Drogen die einzige Antwort auf die um sich greifende Verarmung und sie lieferten die Lebensgrundlage für die meisten Stämme, die im Goldenen Dreieck lebten.

Onkel Pete wischte sich mit einem dreckigen Lappen über die Stirn, während er darauf wartete, dass Daeng den Motor des Hubschraubers startete. Die Sonne war schon vor einer halben Stunde aufgegangen und die ganze Gruppe verspürte den Druck der tatenlos verrinnenden Zeit, denn ihrem Ziel waren sie bisher nicht nähergekommen.

Als die Turbine endlich mit einem Jaulen ansprang, verteilte Spencer wieder die Waffen und bald schwebten sie über dem dritten von sechs Quadranten, die sich auf der laotischen Seite der Grenze befanden. Daeng betrachtete die Ansammlung von Sturmwolken über Myanmar mit Sorge, als sie sich daran machten, die Suche etwa dreißig Meter über den Baumwipfeln schwebend fortzusetzen. Sie hatten sich darauf geeinigt, so tief wie möglich zu fliegen, da die Vegetation so dicht war, dass man oft den Boden gar nicht erkennen konnte, geschweige denn irgendwelche Wrackteile.

»Bei der Ausstattung hat er sich weiche Polster für hier hinten gespart, oder?«, flüsterte Allie Spencer zu.

Onkel Pete blieb stumm und Allies Nase kräuselte sich, als sie den Geruch von Alkohol und Zigaretten wahrnahm, der aus seinen Poren strömte. Offenbar war ihr Führer einem kleinen Frühschoppen auf Firmenkosten nicht abgeneigt, um nach einer Nacht des Feierns gleich wieder auf einen gewissen Pegel zu kommen. Seine hängenden Schultern deuteten jedoch darauf hin, dass er seinen Kater alles andere als genoss.

Daeng tippte eine der Treibstoffanzeigen an und legte seine Stirn in Falten.

Drake lehnte sich zu ihm hinüber. »Was ist los?«

»Unsere Öltemperatur ist in den roten Bereich geklettert. Da stimmt etwas nicht!«, sagte Daeng ernst.

»Das ist schlecht, stimmt's?«

Daeng wollte gerade antworten, als ein Zittern den gesamten Hubschrauber durchlief und die Turbine ächzte. Sofort begann Daeng, mit der Steuerung zu kämpfen, während der Hubschrauber an Höhe verlor und alle möglichen Alarmsirenen im Cockpit zu schrillen begannen. Schließlich blieben die Rotorblätter stehen und die Maschine raste mit haarsträubender Geschwindigkeit zu Boden.

Allie schrie auf, als das Fluggerät in einem kleinen Zubringer des Mekong aufschlug. Durch die Wucht des Aufpralls wurde ihr die Waffe aus der Hand gerissen. Die Fenster zerbarsten in kleine Würfel aus Sicherheitsglas und sofort schoss Wasser in die Kabine.

Onkel Pete schaffte es als Erster hinaus, er löste seinen Sicherheitsgurt und trat die Überreste seines Fensters nach draußen, bevor er aus dem Wrack kletterte und ins Wasser sprang. Spencer half Allie, ihren Gurt zu öffnen, woraufhin sie ins Cockpit stieg, als der Helikopter im Begriff war, unterzugehen. Sie lehnte sich nach vorn zu Drake, der mit seinem Dreipunktgurt kämpfte. Ein Blick auf den unnatürlich verdrehten Kopf von Daeng verriet ihr, dass der Pilot seinen letzten Atemzug getan hatte. Spencer drängte sich in die Lücke zwischen Allie und Drake und befreite ihn.

»Bist du okay?«, schrie er.

Drake nickte. »Glaube schon, nur ein paar Schrammen!«

»Nichts wie raus aus dem Ding, wir gehen unter!« Spencers Blick fiel auf die Maschinenpistole in Drakes Händen. »Lass das Ding bloß nicht los!«

Das Wasser war inzwischen auf Brusthöhe und Spencer angelte nach dem Griff des Seesacks. Nachdem er ihn hatte, warf er sich aus dem Seitenfenster, während Drake vorn heraussprang. Die Strömung war stark und trübes Wasser toste um sie herum, während sie auf das nahegelegene Ufer zuschwammen.

Als Spencer sich aus dem Wasser zog, sah er Allie in seiner Nähe – sie war klatschnass, hatte aber keine Anzeichen einer Verletzung. Er lief zu ihr und sie warf sofort ihre Arme um ihn, um ihn zu drücken. So hielten sie sich einen Moment lang aneinander fest, bis sie Drakes Stimme hörten. Sie schauten in seine Richtung und sahen ihn mit Onkel Pete am gegenüberliegenden Flussufer stehen. Das schäumende, braune Wasser raste weiter vorbei, als der Hubschrauber auf dem Boden aufsetzte. Nur die Rotorblätter schauten als letzter Hinweis seiner Existenz aus den Fluten hervor.

»Seid ihr okay?«, rief Drake.

»Ja, und du?«, gab Spencer zurück.

»Etwas verbeult und zerkratzt. Was ist mit dir, Allie?«

»Das gleiche! Und Daeng?«, fragte sie Spencer, der den Kopf schüttelte.

»Er hat es nicht geschafft.«

Die Stille wurde von Schüssen unterbrochen und das Erdreich um Drakes Füße herum spritzte zum Himmel. Onkel Pete duckte sich und rannte ins Unterholz. Weitere Schüsse erklangen aus der Fließrichtung des Wassers und Spencer starrte auf eine Biegung des Flusses, wo ein Boot voller Bewaffneter gegen die Strömung ankämpfte. Die Außenbordmotoren liefen auf Hochtouren, während sich der Schütze, der am Bug stand, um eine gute Schussposition bemühte.

Spencer ließ seine AKM herumwirbeln und feuerte eine Salve ab, um Drake die Möglichkeit zur Flucht zu geben. Er nickte zufrieden, als einige seiner Kugeln die hölzerne Außenwand des Bootes durchschlugen. Die Männer an Bord fingen alle an zu feuern, während der Schütze am Bug in Deckung ging. Spencer brüllte zu Allie, als Kugeln überall um ihn herum einschlugen: »Nichts wie weg hier! Schnell!« Er entleerte sein halbes Magazin in Richtung des Bootes, bevor er sich umdrehte und dann auf das Unterholz zuhechtete, irgendwo in der Ecke, in die Allie verschwunden war. Kurz darauf entdeckte er sie durch die dichte Pflanzenwelt rennend und folgte ihr, wobei ihm die Kugeln furchtbar dicht um die Ohren sausten. Allie behielt ihr Tempo bei und sie wurden erst langsamer, als sie mindestens hundert Meter zwischen sich und den Fluss gebracht hatten.

Spencer drückte einen Finger auf seine Lippen und deutete auf eine kleine Lichtung, die sich hinter ein paar Bambusstangen ausbreitete. Sie nickte und er ging voran, sein Schritt so schnell es die Vegetation erlaubte. Als er die Lichtung erreichte, ließ er seine freie Hand in den Seesack gleiten und zog eine der Pistolen hervor. Er gab sie ihr schweigend, bevor er eine weitere zutage förderte und das Holster an seinem Gürtel befestigte. Sie tat es ihm gleich, während er weiter in den Tiefen der Tasche kramte und ein gekrümmtes Magazin mit dreißig Schuss für die Kalaschnikow herausholte. Er lud seine Waffe nach und deutete dann auf den kaum wahrnehmbaren Trampelpfad, der vom Rande der Lichtung nach Süden führte. Allie nickte und sie setzten sich in Bewegung – sie wussten nicht, ob die Angreifer ihnen gefolgt waren oder Jagd auf Drake und Onkel Pete machten.

Eine halbe Stunde schweißtreibenden Marschierens später wurden sie langsamer. Allie flüsterte: »Was meinst du sind das für Typen?«

»Wahrscheinlich eine der Drogengangs hier aus der Gegend. Anscheinend lautet ihr Motto: Erst schießen, dann fragen. Ich schätze, sie wurden vom Absturz des Hubschraubers alarmiert.«

»Wurden wir von einer Rakete getroffen oder so etwas?«

»Nein. Daeng war der Meinung, es war ein technischer Fehler.«

»Und was machen wir jetzt?«

Spencer warf einen Blick in den Himmel und schaute sich dann auf dem Boden um. »Wir sind hier so ziemlich am Arsch der Welt, also wird niemand kommen, um uns zu retten. Das bedeutet, wir sind auf uns allein gestellt. Lass uns nach links gehen. Dann sollten wir irgendwann auf den Fluss stoßen, in den wir gestürzt sind, und der sollte in den Mekong münden. Vielleicht finden wir dort eine flachere Stelle, die wir überqueren können.«

»Und was ist mit Drake und Onkel Pete?«

»Eins nach dem anderen, Allie. Onkel Pete kennt sich im Dschungel aus und Drake hat noch seine MP5. Wir sollten zusehen, dass wir zum Fluss kommen, dann finden wir sie schon.«

»Und wenn nicht?«, fragte Allie, ihre Stimme auf einmal ganz kleinlaut.

»Allie, unser Überleben hängt jetzt von unserer Einstellung ab. Wenn du der Meinung bist, dass du verloren bist, dann bist du es auch – dann kannst du dich gleich auf den Boden legen und sterben. Allie, schau mich an«, sagte er, und sie riss ihren Blick von seiner Waffe und sah ihm in die Augen. »Wir werden es hier raus schaffen und wir werden sie finden! Wir müssen nur herausfinden, wie wir das am besten machen. Der Dschungel scheint groß, aber er ist nicht so schlimm wie der Amazonas, und da haben wir es auch lebend herausgeschafft.«

»Nicht alle von uns«, sagte sie kaum hörbar.

»Stimmt, aber *wir* haben es geschafft, und das Gleiche machen wir auch jetzt. Also los, suchen wir uns eine Stelle, an der wir den Fluss überqueren können.«

»Und was ist mit den Angreifern?«

»Ich glaube nicht, dass die ihre Zeit damit verschwenden, uns durch den Regenwald zu verfolgen. Wir haben nichts, was sie wollen. Sie schützen nur ihr Revier.«

»Und das haben sie echt gut gemacht.«

Er starrte in die Tiefe des Dschungels und wandte sich ihr dann zu. »Wir sollten auf jeden Fall noch mehr Abstand zwischen die und uns bringen, bevor es dunkel wird.«

»Das dauert doch noch Stunden«, sagte Allie, ohne ihm damit widersprechen zu wollen.

»Es wird schneller gehen, als du denkst.«

KAPITEL 21

Chiang Rai, Thailand

Jiao beobachtete das blinkende Symbol auf seinem Handy von seinem Liegestuhl am Hotelpool aus. Er hatte eine kalte Dose Limonade in der Hand und ein übergroßer Sonnenschirm spendete ihm Schatten. Die Amerikaner flogen das gleiche systematische Suchmuster wie am Tag zuvor ab – das war ungefähr so spannend, wie Farbe beim Trocknen zuzusehen. Er seufzte und schloss die Augen, wobei er sich sagte, dass man schlimmere Jobs haben konnte – obwohl er Thailand aus Prinzip hasste. Das Land war einfach ein Schmutzfleck auf der Landkarte und wurde nur von Barbaren bewohnt.

Sein Telefon piepte und er öffnete die Augen. Als er seinen Blick auf den Bildschirm richtete, setzte er sich abrupt auf und starrte ungläubig auf die Anzeige.

Das Symbol war verschwunden.

Er drückte verschiedene Tasten und startete das Telefon neu, doch das Ergebnis blieb dasselbe. Er blinzelte verwundert, während seine Gedanken rasten. Er hatte wirklich keine Ahnung, was er jetzt tun sollte – also rief er Xiaoping an und sagte ihm, was passiert war.

»Wie viele Männer haben Sie in der Gegend?«, bellte sein Vorgesetzter.

»Drei.«

»Wir dürfen die Amerikaner nicht verlieren. Sie sind unsere einzige Spur! Finden Sie sie!«

»Aber wie?«

»Das ist Ihre Sache! Nutzen Sie alle Ressourcen, die Sie für nötig halten – aber versagen Sie nicht!«

Jiao beendete das Gespräch und stand auf. Er wusste, was er tun musste, aber nicht genau, wie er es anstellen sollte. Doch das würde er schon herausfinden. Er berührte den Bildschirm und zoomte die Stelle heran, an der das letzte Signal empfangen worden war … und entdeckte einen kleinen Fluss.

Dort würde er mit der Suche beginnen.

Spencer erhob warnend eine Hand und hörte auf, dem Trampelpfad zu folgen, auf dem sie sich befanden. Er legte den Kopf schief und lauschte. Allies Augen verengten sich, als sie in die Richtung zurückschaute, aus der sie gekommen waren. Spencer bedeutete ihr mit einer Geste, in Deckung zu gehen, und sie duckte sich hinter einem Baum.

Vor ihnen zerbrach ein Ast und Allie gefror zur Salzsäule. Spencer schlich vorsichtig an ihre Seite und zog ein weiteres Magazin aus dem Seesack, dann platzierte er ihn hinter einem Busch und hob die Waffe. Seine Hände waren komplett ruhig, als er die ausklappbare Schulterstütze des Gewehrs in Position brachte. Dann stand er nur noch bewegungslos da, wobei ihm der Schweiß wie in Bächen das Gesicht herunterlief. Seine Aufmerksamkeit war rasiermesserscharf auf das Gelände vor ihm gerichtet.

Das Gebüsch in etwa dreißig Meter Entfernung geriet in Bewegung und er korrigierte die Ausrichtung seiner Waffe. Allie zog ihre Pistole, entsicherte sie und schob den Schlagbolzen zurück.

Noch ein Rascheln. Spencer spähte über Kimme und Korn, bereit, das Feuer zu eröffnen.

Ein Wildschwein brach durch das Unterholz und schnaubte, bevor es in einen Sprint verfiel und an ihnen vorbeiraste. Allie atmete erleichtert auf, doch da hörte sie etwas anderes: Die Geräusche einer Gruppe Männer, die auf sie zumarschierten!

Natürlich! Sie mussten das Wildschwein aufgeschreckt haben.

Allie beobachtete Spencer, als er sich ihr zuwandte und ihr per Geste zu verstehen gab, dass sie zu ihm aufschließen sollte. Sie tat, wie ihr geheißen, wobei sie ihren Puls in den Ohren hämmern hören konnte. Ihr Finger schwebte über dem Abzug der Pistole, die ihr auf einmal unzureichend und winzig vorkam. Er flüsterte in ihr Ohr, so leise, dass sie es kaum hören konnte: »Folge mir. Wir versuchen, uns zu verstecken. Schieß nicht, bevor ich es nicht tue!«

Sie krochen tiefer in das dichte Gebüsch. Spencer achtete darauf, keine Zweige zu zerbrechen, als er einen neuen Pfad schuf, wobei er lautlos den Weg des kleinsten Widerstandes wählte. Als sie etwa zwanzig Meter zurückgelegt hatten, ließen gedämpfte Stimmen ihnen das Blut in den Adern gefrieren. Beide duckten sich und Spencer legte die AKM an, während Allie ihre Augen nicht von dem Trampelpfad ließ.

Ein halbes Dutzend Bewaffneter betrat ihr Blickfeld. Sie marschierten als Einerreihe den Pfad entlang, jeder von ihnen hatte eine AK-47 bei sich. Der Anführer hielt seine Waffe im Anschlag, während die anderen sie lässig an den Schultergurten trugen. Sie bewegten sich zielgerichtet voran, und ihre Körpersprache verriet eine gewisse Anspannung.

Der Anführer der Truppe blieb auf einmal abrupt stehen und seine Männer taten es ihm gleich. Im Dschungel war es still und Allie hatte das Gefühl, sie könne die Männer atmen hören Angespannt erhob der Mann an der Spitze seine Waffe, als das herumstreunende Wildschwein das Unterholz förmlich explodieren ließ und an der Karawane vorbeizischte, als wäre der Teufel hinter ihm her.

Zwei der Männer lachten nervös, doch der Anführer gebot ihnen mit einer Geste, ruhig zu sein – offenbar fand er das Ganze gar nicht komisch. Langsam ließ er seinen Blick über die Umgebung schweifen und Allie machte sich instinktiv noch kleiner, in der Hoffnung, unentdeckt zu bleiben.

Nach einer gefühlten Ewigkeit setzte sich die Truppe wieder in Bewegung und folgte weiter dem Pfad. Spencer und Allie blieben noch fünf Minuten lang bewegungslos, bis Spencer sie in Sicherheit wähnte und näher an Allie heranrobbte.

»Die waren auf jeden Fall nicht zum Spaß hier.«

»Was machen wir jetzt?«
»Mein Bauchgefühl sagt, wir sollten umkehren.«
»Was? Das ist doch irre?«
»Nein, denn dann wären wir hinter ihnen – und da werden sie uns am wenigsten vermuten. Im Moment folgen sie wahrscheinlich noch unseren Spuren.«
»Aber werden sie nicht aufhören, sobald sie keine weiteren Spuren mehr finden?«
»Das kommt drauf an. Heute Vormittag war der Boden auf jeden Fall noch weich vom morgendlichen Regen. Jetzt wird er härter, also hinterlassen wir so oder so weniger Spuren.«
»Warum sind sie dann noch hinter uns her?«
»Weil sie wissen, dass wir vor ihnen fliehen. Und genau deswegen können wir sie austricksen, indem wir zurückgehen.«
»Aber was ist, wenn die Typen im Boot immer noch dort sind?«
»Darum kümmern wir uns, wenn wir da sind. Die kennen den Dschungel. Vielleicht laufen wir gerade auf einen Stützpunkt zu oder sogar ein ganzes Lager. Die haben den Vorteil, dass sie das alles wissen. Unser einziges Überraschungsmoment wäre, etwas Unerwartetes zu tun.«
»Ich schätze, heulen und beten, dass es aufhört, fällt nicht in diese Kategorie?«
Spencer lächelte. »Später vielleicht.«
»Ich wünschte, ich hätte die Maschinenpistole nicht verloren, als ich aus dem Hubschrauber gesprungen bin.«
»Hey, du bist immerhin noch in einem Stück … im Gegensatz zu Daeng. Von daher kann man schon sagen, dass du Glück hattest.« Er richtete sich auf und sah auf die Uhr. »Lass uns losgehen. Im Idealfall haben wir den Fluss überquert, bevor es dunkel ist. Ich würde die Nacht ungern in Myanmar verbringen, während diese Typen noch hier herumschnüffeln, oder was meinst du?«
Sie verzog das Gesicht. »Ich gehe jetzt einfach mal davon aus, dass das eine rhetorische Frage war.«
Der Rückweg war noch langwieriger als der Hinweg. Als sie sich endlich dem Fluss näherten, dessen glitzernde Oberfläche

durch die Blätter schien, war die Sonne bereits im Begriff unterzugehen. Spencer wies Allie warnend an, sich nicht vom Fleck zu bewegen, und kroch allein weiter ins Unterholz. Nachdem er für zehn Minuten verschwunden blieb, kämpfte Allie bereits gegen den Drang an, ihm zu folgen. Nach zwanzig Minuten entwickelte sich aus dieser Unruhe reine Panik. Der einzige Grund für sie, trotzdem ihre Position zu halten, war, dass sie noch keine Schüsse gehört hatte. Sie war sich sicher, dass es sofort zu einer Schießerei gekommen wäre, falls Bewaffnete Spencer entdeckt hätten.

Als er zurückkam, war sein Gesichtsausdruck ernst. »Das Boot ist immer noch da. Zwei Schützen.«

»Wo warst du?«

»Ich habe mir den Fluss genau angeschaut, um herauszufinden ob wir ihn irgendwo überqueren können.«

»Und?«

»Es gibt eine Stelle, die vielversprechend aussieht. Eine Flussbiegung von dem Boot entfernt.«

»Das ist also ganz schön gefährlich, oder?«

»Wir haben aber keine Wahl. Danach wird der Fluss deutlich breiter, und an dieser Stelle scheint das Wasser nur einen bis anderthalb Meter tief zu sein.«

»Vielleicht liegt das Boot aber genau deswegen dort auf der Lauer?«

Spencer schüttelte den Kopf. »Glaube ich nicht. Die bleiben einfach nur in der Nähe des Hubschraubers, weil sie noch nicht wissen, was überhaupt los ist. Sie sind ja nicht nur hinter uns her, sondern auch hinter Drake und Onkel Pete.«

»Oh, Spencer ...«

»Mach dir keine Sorgen. Es wird bald dunkel. Wir sollten es versuchen, bevor wir gar nichts mehr sehen.«

»Meinst du, es gibt hier Krokodile?«

»Das wäre noch das Geringste unserer Probleme.«

»Du hast nicht zufällig ein Satellitentelefon in deiner Zaubertasche, mit dem wir die Kavallerie rufen können?«

»Das ist noch im Hotel. Ich dachte, im Hubschrauber brauche ich es nicht. Mein Fehler.«

Er starrte auf den Fluss. »Folge mir!«

Spencer führte sie an die vielversprechende Engstelle. Bis sie dort angekommen waren, konnte Allie das Wasser kaum noch sehen. Spencer schaute ihr in die Augen und nahm ihre Hand, nachdem er den Seesack mit der AKM geschultert hatte.

»Bist du bereit?«

»Ich kann mir eine Menge Sachen vorstellen, die ich lieber täte, aber ja – ich bin bereit.«

»Es ist nur so lange schlimm, bis es besser wird.«

»Der ewige Optimist.«

Spencer watete ins Wasser, das ihm schon bald bis zur Hüfte stand. Mit seinen schweren Stiefeln befühlte er den unebenen Boden, wobei er sich die Position der größten Steinbrocken merkte, um nicht zu stolpern. Allie verkrampfte sich, als ihr das Wasser bis zur Brust ging, doch er zog sie weiter.

Sie rutschte aus und ging unter, doch Spencer hielt fest ihre Hand und sie kam sofort wieder hoch. Sie spuckte etwas Wasser aus, schaffte es aber, ansonsten ruhig zu bleiben. Spencer drückte aufmunternd ihre Hand. Dann bahnte er ihnen weiter einen Weg durch die Fluten. Nach einer besonders unangenehmen Stelle, an der Allie das Wasser bis zum Kinn reichte, hob sich der Boden langsam wieder, was ihnen neue Motivation brachte.

Nachdem sie sich endlich am gegenüberliegenden Ufer hochgezogen hatten, sackte Allie schwer atmend in sich zusammen. Ihre Augen hatten sich bereits an die inzwischen absolute Finsternis gewöhnt. Als sie wieder einigermaßen bei Kräften waren, schlich Spencer auf das Unterholz zu.

»Wo lang denn?«, flüsterte Allie.

»Einfach nur so weit weg, wie es geht, bevor wir nichts mehr sehen können.«

»Und dann?«

»Dann ruhst du dich aus und ich halte Wache.«

»Du brauchst aber auch Ruhe!«

»Die kann ich mir immer noch holen, wenn wir außer Gefahr sind!«

Sie starrte zurück auf den Fluss, in die Richtung, wo das Boot mit der tödlichen Gefahr an Bord wartete. »Das könnte noch eine Weile dauern.«

»Ich habe schon Schlimmeres überstanden.«

Allie studierte seine Gesichtszüge und glaubte ihm. »Geh voran!«

KAPITEL 22

Fünf Stunden zuvor, im Südwesten von Laos

Onkel Pete raste mit der Beweglichkeit eines Teenagers durch den Regenwald und Drake hatte Mühe, an ihm dranzubleiben. Die Schüsse hatten eine eindeutige Sprache gesprochen und der drahtige Thailänder hatte keinen Zweifel daran gelassen, dass Drake entweder mit ihm mithalten musste oder eben zurückgelassen werden würde. Der Jüngere konnte kein besonderes Muster in dem Pfad erkennen, den Onkel Pete sich bahnte, doch er war sich sicher, dass er wusste, was er tat. So oder so hatte er gar keine andere Wahl, denn die Maschinenpistole in seiner Hand war ein schwacher Trost gegen die Übermacht ihrer Verfolger. Nachdem sie etwa zwei Stunden nonstop unterwegs waren, hielt Onkel Pete an und lauschte nach Anzeichen einer Verfolgung. Nach ein paar Minuten grunzte er und ließ sich neben einem Baumstamm in den Schneidersitz fallen. Sofort schloss er seine Augen und Drake konnte ihn nur ungläubig anstarren.

»Was machst du?«, zischte Drake.

»Nachdenken.«

»Falls du nicht gerade über unsere Beerdigung nachdenkst, wäre es nicht besser, wir würden in Bewegung bleiben?«

»Kommt drauf an.«

»Klingt ja sehr hilfreich.«

»Deswegen ich nachdenken.«

»Soll ich dich wecken, falls eine Bande mörderischer Drogendealer hier aufkreuzt?«

»Ich nicht schlafen! Nachdenken«, wiederholte Onkel Pete in genervtem Tonfall. Er öffnete ein Auge und sah Drake an. »Mach Pause, fünf Minuten.«

»Dir ist schon klar, dass wir eben einen Hubschrauberabsturz überlebt haben und es gerade so geschafft haben, anschließend nicht erschossen zu werden?«

»Nicht reden. Nachdenken.«

Drake gab auf. Er ließ sich auf den Boden nieder und beschäftigte sich damit, seine Waffe zu begutachten. Doch es wurde ihm sehr schnell klar, dass er keine Ahnung hatte, wie man sie auseinanderbaute und reinigte. Er wollte auch nicht das Risiko eingehen, sie nicht wieder zusammengebaut zu bekommen – eine Flucht durch den Dschungel war nicht die beste Gelegenheit für solche Experimente.

Also drehte er die Waffe nur und beobachtete, wie ein kleiner Strom dreckigen Wassers aus dem Lauf rann. Er hatte keine Ahnung, ob sie jetzt überhaupt noch schießen konnte, aber er ging davon aus, dass Onkel Pete es wusste. Er überlegte sich, dass die Patronen bestimmt wasserfest waren, aber ganz sicher war er sich nicht. Nachdem er die Maschinenpistole ein wenig ausgeschüttelt hatte, legte er sie neben sich auf den Boden und beobachtete den Dschungel in der Richtung, aus der sie gekommen waren.

Die Minuten vergingen und Drake wurde immer ungeduldiger, bis Onkel Petes Augen auf einmal aufsprangen und er Drake nüchtern anschaute. Dann senkte er seinen Blick auf Drakes Waffe und schnalzte mit der Zunge. »Gib mir die Waffe!«

Drake tat es und Onkel Pete zerlegte sie in Windeseile, wobei er alle Teile mit seinem Hemd trocken wischte und dann das Ganze wieder zusammenbaute, als ob er es schon eine Million Mal getan hatte – was nach Drakes Kenntnisstand durchaus möglich war. Anschließend stand Onkel Pete auf und deutete nach links. »Wir gehen. Ich behalte Waffe.«

Drake war nicht in der Position, etwas dagegen sagen zu können, also nickte er und hoffte, dass der merkwürdige Alte wusste, was er tat. Nach seinen Fähigkeiten im Umgang mit der Waffe zu urteilen, schien das der Fall zu sein, aber das hieß noch lange nicht, dass er in der Lage sein würde, sie in Sicherheit zu bringen. Trotzdem, wenn auch nur eine vage Hoffnung, war es besser als nichts – und so folgte Drake Onkel Pete ohne Fragen oder Beschwerden.

Als der Tag voranschritt, wurde die Hitze langsam zur Schwüle, die Luft dick wie Sirup. Drake beschäftigte sich damit, unsichtbare Insekten zu vertreiben, und hoffte, dass keine Schlangen in der Nähe waren. Onkel Pete marschierte unbeirrt voran, ganz so, als hätte er eine Karte im Kopf, bis sie schließlich an einen steilen Abhang kamen, an dessen Fuß ein kleiner Fluss entlanglief.

»Und jetzt?«

»Nach Süden.«

»Woher weißt du, wo Süden ist?«

»Sonne geht in Westen unter«, erklärte Onkel Pete, als ob er einem nicht ganz so hellen Kind die Erdrotation erklären wollte.

»Wie weit, meinst du, sind wir von der Grenze entfernt?«

»Vielleicht dreißig, vierzig Klicks.«

»Das sind etwa zwanzig Meilen, oder?«

»Vielleicht.«

»Gibt es keine Dörfer auf dem Weg nach Thailand? Oder in eine andere Richtung?«

»Nur Naturvölker. Aber vielleicht mehr Männer mit Waffen. Nicht sicher.«

»Wie kommen wir denn dann wieder hier raus?«

»Zu Fuß. Hubschrauber kaputt.« Onkel Petes Gesicht war ausdruckslos, doch plötzlich grinste er. »Du wolltest Abenteuer! Das ist Abenteuer.«

»Und was ist mit Allie und Spencer?«

»Haben eigenes Abenteuer.«

»Schon, aber was ist, wenn sie in Schwierigkeiten sind?«

»Spencer gut mit Waffen. Kennt sich aus, oder?«

»Kann schon sein.«

»Dann machen dir nur Sorgen über uns.«

»Aber wir müssen sie finden!«

»Geht jetzt nicht. Schlimme Typen hinter uns her! Unser Job ist, Leben zu bleiben. Mekong ist rechts. Wenn wir zum Fluss schaffen, vielleicht Boot.«

Gegen Onkel Petes Logik ließ sich schlecht etwas sagen, das musste Drake zugeben. Den Fluss finden und ihm nach Süden folgen, das machte Sinn. Der Mekong war ein Hauptverkehrsweg und es würde dort Fähren und andere Boote geben. Sie mussten nur den Drogenbanden ausweichen sowie den anderen Gefahren, die im Dschungel lauerten, und den Mekong finden.

»Woher weißt du, dass es da lang geht?«

»Geht bergab.«

Drake fragte gar nicht, ob das heißen sollte, dass der Fluss tiefer im Tal lag oder ob Onkel Pete damit nur sagen wollte, dass es sich bergab leichter laufen ließ. Im Endeffekt war es sowieso egal.

Onkel Pete schien noch etwas sagen zu wollen, als er sich plötzlich verkrampfte und sein Blick sich in die Ferne verlagerte. »Hast du gehört?«, flüsterte er.

»Nein, was?«, antwortete Drake ebenfalls flüsternd.

»Jemand uns folgt!«

»Bist du sicher?«

»Ruhe!« Onkel Pete bewegte eine halbe Minute lang keinen Muskel und nickte dann. »Nicht weit weg.«

»Was machen wir?«

»Wir gehen.«

»Klar. Aber wie hängen wir sie ab?«

Onkel Pete spuckte ins Unterholz. »Wir hängen nicht ab, wir töten!«

»Was? Wir können doch hier nicht einfach Leute ermorden«, protestierte Drake.

»Dann sie töten dich!«

Drake schluckte und blickte den Tatsachen ins Auge. Das war genauso ein Albtraum wie das mit den Russen im Amazonas, wo auch nur eine Gruppe lebendig herauskam. Das lustige Abenteuer, das die CIA beschrieben hatte, war auf einmal zum tödlichen Schlachtfeld geworden. Auf seiner Seite kämpfte nur ein höchst merkwürdiger Thailänder, über dessen Hintergrund er nichts wusste und der die einzige Waffe besaß.

Onkel Pete verfiel in einen schnellen Trab und Drake beeilte sich, mit ihm mitzuhalten. Sie schlängelten sich an dem steilen Abhang entlang, der so hoch war, dass man einen Absturz sicher nicht überleben würde. Dann gabelte sich der Trampelpfad und Onkel Pete entschied sich für die Route, die aufwärts führte, was

Drake überraschte. Doch dann blieb er nach einigen Metern stehen und brach ein paar Zweige ab, bevor er kehrtmachte und Drake auf den Pfad nach unten führte. Drake verstand seine Strategie ohne weitere Erklärung – vielleicht würden die Verfolger auf seine Finte hereinfallen und in die falsche Richtung weitermarschieren.

Zehn Minuten später hielt Onkel Pete neben einem Haufen Bambus an. Er beäugte die abgebrochenen Stängel und nahm sich zwei davon. Dann griff er in seine Hosentasche und förderte ein Butterfly-Messer zutage, das er mit einer einhändigen, wirbelnden Bewegung aufklappte. In Windeseile schnitzte er zwei spitze Kanten und hielt anschließend zwei beinahe zwei Meter lange Speere in den Händen.

Drake sah ihn verwirrt an und flüsterte dann: »Was willst du damit machen?«

»Was denkst du?«

»Warum erschießt du sie nicht einfach?«

»Vielleicht. Kommt drauf an, wie viele.«

»Können wir uns nicht einfach verstecken?«

Onkel Pete nickte. »Werden wir.«

»Wo?«

Er zeugte auf einen Banyan-Baum, dessen dichte Blätter den Pfad abschatteten. »Auf Baum. Wenn sie kommen, wir springen. Spießen auf wie Fische.«

»Das wird niemals funktionieren! Erschieße sie einfach!«

»Schießen macht Krach. Krach bringt mehr schlimme Typen.«

»Schießen ist aber effizienter! Wenn irgendwas schiefgeht, sind wir tot, wenn wir nur Speere haben!«

»Waffe haben wir immer noch. Aber Speere besser!«

»Das ist doch Wahnsinn!«

»Komm, wir klettern!«

KAPITEL 23

Ein Paar exotischer Vögel schwang sich in den Himmel auf, als die drei Schützen den Trampelpfad hinuntergeschlichen kamen. Sie hatten sich nur wenige Minuten lang von der Finte mit den abgebrochenen Zweigen in die Irre führen lassen und näherten sich nun wieder vorsichtig ihrem Ziel. Ihre Sandalen berührten den Boden beinahe lautlos und ihre AK-47-Gewehre hielten sie feuerbereit im Anschlag. Alle von ihnen trugen die einfache Kleidung der Reisbauern: Überweite langärmelige Hemden und leichte Hosen, die sie bis zu den Knien hochgerollt hatten.

Sie kamen um eine Biegung und der Anführer blieb an einem Banyan-Baum stehen. Er deutete auf eine Stelle, wo die Rinde an einem tiefhängenden Ast zerkratzt war, und gebot seinen Männern mit einer Geste, neben ihm Aufstellung zu nehmen. Alle drei zielten sie angespannt auf den Stamm, bis der Anführer einem seiner Leute befahl, den Baum zu umrunden, denn ein potenzieller Angreifer würde sich auf der Rückseite verstecken. Der Mann nickte und schlich um den dicken Baumstamm herum, wobei er nach oben in die Sonne blinzelte, die fleckig durch das dichte Baumkronendach schien.

Dann schaute er seinen Anführer an und schüttelte den Kopf. Die beiden anderen eilten mit fragenden Blicken in ihren Gesichtern zu ihm. Jemand war definitiv den Baum hinaufgeklettert. Aber wozu? Es war niemand da.

Drake warf einen kritischen Blick auf das Floß, das er und Onkel Pete unter großen Anstrengungen aus eingesammelten Zweigen konstruiert hatten. Das Gebilde schaukelte unruhig auf der Wasseroberfläche und Drake schüttelte den Kopf.

»Keine Chance.«

»Einzige Chance!«

»Du meinst, wenn man ertrinken will?«

»Du willst nicht töten, also wir flüchten wie Schulmädchen!«

»Ich glaube nicht, dass das Ding uns beide tragen wird.«

»Wir probieren, okay?«

Drake betrachtete die Schlingpflanzen, die Onkel Pete benutzt hatte, um diese Ansammlung von Gestrüpp zusammenzuhalten. Es war reiner Selbstmord, sich damit in die Stromschnellen des Flusses zu stürzen, der an dieser Stelle mindestens dreißig Meter breit und wahrscheinlich auch recht tief war. Andererseits verstand er das Argument des mit allen Wassern gewaschenen Thailänders: Sie mussten den Trampelpfad verlassen, wenn sie einer Schießerei aus dem Weg gehen wollten. Und sich ein bisschen nass zu machen war sicher angenehmer, als in Stücke geschossen zu werden.

»Dann steig du zuerst auf und wir schauen mal, ob es hält«, schlug Drake vor.

Onkel Pete nickte überzeugt und watete in das knietiefe Wasser, wo er sich auf die zusammengestoppelte Oberfläche legte. Sie sank einige Zentimeter ein, schwamm aber weiterhin. Drake war sich nicht ganz sicher, ob er sich darüber freuen sollte.

»Siehst du? Kein Problem.« Das Floß verbog sich und knarrte, als wollte es Drake herausfordern. Onkel Pete hielt ihm seine Hand entgegen. »Brauchst du Hilfe?«

»Nein, ich glaube, ich schaffe es gerade noch so, auf ein Floß zu steigen.«

Drake stieg ins Wasser, wobei er die Liane, die sie als Haltetau verwendet hatten, fest umklammert hielt. Dann legte er sich neben Onkel Pete auf das Floß. Es wurde nun komplett von Wasser überspült, hatte aber immer noch Auftrieb und blieb in einem Stück, das musste Drake zugeben.

Die Strömung packte sie und sie fingen an, nach Süden zu treiben. Das braune Wasser schäumte um sie herum, der Fluss war ganz eindeutig durch eine Überschwemmung angeschwollen und über die Ufer getreten. Sie hatten nicht mehr viel Zeit, bevor es dunkel werden würde, denn die Sonne versank bereits hinter den westlichen Hügeln von Myanmar. Obwohl es Drake schwerfiel, Onkel Pete für seine Arbeit zu loben, musste er sich eingestehen, dass das Floß seinen Zweck erfüllte. Denn mit jedem Meter, den sie davontrieben, brachten sie mehr Abstand zwischen sich und ihre Verfolger.

»Bist du sicher, dass sie aufgeben werden, wenn sie unsere Spur verlieren?«

»Wahrscheinlich. Wollen nach Hause, wenn sie sind schlau.«

»Klar. Bestimmt haben sie Familien.«

»Nein, Angst vor anderen Killern im Dschungel! Das hier schlechter Ort. Viele Drogenkriege!«

»Aber sollten wir dann nicht auch Angst haben?«

»Ein Problem nach dem anderen!«

Einige Minuten vergingen und der Fluss machte eine Biegung, sodass sie die Stelle, von der sie gestartet waren, nicht mehr sehen konnten. Onkel Petes Plan hatte also gefruchtet und sie brauchten jetzt nichts weiter tun, als sich bis zum Mekong treiben zu lassen, wo sie dann sicherlich ein Boot auf dem Weg nach Süden finden würden.

»Onkel Pete, ich muss zugeben …«

Drake wurde von einem lauten Platschen unterbrochen, das sich ganz in ihrer Nähe befinden musste. Sie drehten sich um und blickten flussabwärts, wo die Wasseroberfläche einfach verschwand – es war ein Wasserfall!

»Was machen wir jetzt?«, fragte Drake.

»Festhalten!«

Sie nahmen Tempo auf, als sie sich dem Wasserfall näherten, und dann flogen sie auch schon über die Kante. Sie fielen etwas zwei Meter tief und schlugen hart in der schäumenden Gischt auf. Das Floß krachte besorgniserregend und löste sich wenig später in seine Einzelteile auf. Drake sah hilflos zu, wie etwa ein Drittel der Äste davontrieb, woraufhin sie immer tiefer ins Wasser einsanken.

»Verdammt«, knurrte er, als der Rest des zusammengebundenen Holzes sich verteilte und in Richtung Ufer trieb. Er kämpfte gegen die Strömung an, um seinen Kopf über Wasser zu halten. Onkel Pete war schon ein paar Meter vor ihm und versuchte mit aller Kraft, an Land zu kommen.

Sie erreichten schließlich das felsige Ufer und zogen sich auf die großen Steine. Drake würgte eine Ladung braunen Wassers hervor und verzog das Gesicht. Onkel Pete hustete derweil und untersuchte die Umgebung.

»Meinst du, wir haben sie trotzdem abgehängt?«, fragte Drake.

»Wissen wir bald. Hoffentlich!«

Sie schauten hinauf zu dem Gipfel eines grünen Berges, der sich über ihnen auftürmte, und Onkel Pete zwang sich, aufzustehen. Er war klitschnass aber unverletzt. Als Nächstes ließ er Wasser und Matsch aus dem Lauf der Maschinenpistole rinnen und näherte sich wieder dem Ufer, um die größten Verschmutzungen abzuspülen. Drake sah ihm dabei zu, bis sein Blick zu den letzten Sonnenstrahlen abtrieb, die die entfernten Hügel umspielten.

»Und jetzt?«

»Wir sind fast bei Mekong. Straße führt entlang Seite von Laos. Wir finden Straße, ist leichter. Immer Nase nach!«

»Aber es wird gleich dunkel.«

»Wir übernachten.«

»Wäre gut gewesen, wenn wir einen von den Rucksäcken hätten retten können«, sagte Drake und dachte an ihre Ausrüstung, die mit dem Helikopter untergegangen war. Er überlegte, ob sich der Absturz von Christines Flugzeug genauso angefühlt hatte, und dann wurde ihm klar, dass er sich auf ein Spiel eingelassen hatte, das weit außerhalb seiner Liga stattfand. Der Dschungel war riesig und gefährlich, und er war nichts weiter als ein Amateur. Eine Welle der Hilflosigkeit überspülte ihn und er fühlte sich wie ein Idiot, auf die Sache eingegangen zu sein. Sein Ego war mit ihm durchgegangen, und die CIA hatte alles getan, um es noch zu befeuern. Drake Ramsey, der meisterliche Schatzjäger, eine unaufhaltbare Naturgewalt, Vollbringer großer Taten.

»Wie heißt es so schön? Glaube niemals deiner eigenen Presseerklärung«, murmelte Drake halblaut und Onkel Pete sah ihn fragend an. Drake grinste, wobei er bemerkte, dass er ordentlich Dreck zwischen den Zähnen hatte. »Vergiss es, ich denke nur laut.«

Onkel Pete war inzwischen mit der Reinigung der Waffe fertig und fing an, am Ufer entlang zu laufen. »Wir müssen weg von Wasser. Wenn sie noch verfolgen, sie gehen Ufer entlang wie ich. Nicht gut!«

»Meinst du wirklich, wir können den Mekong finden, ohne dem Ufer zu folgen?«

»Wir versuchen.«

Sie schafften es nicht einmal einen halben Kilometer, bevor die Abenddämmerung zur Nacht wurde und man kaum noch die Hand vor Augen sah. Drake übernahm die ersten drei Stunden Wache, während Onkel Pete zu schlafen versuchte. Die nachtaktiven Tiere sangen ihm ein Schlaflied, während Elefantengras und steiniger Untergrund sein Bett formten.

KAPITEL 24

Chiang Rai, Thailand

Reggie Waters war einst Quarterback bei der Football-Mannschaft von Georgetown gewesen, nun diente er der CIA als Spezialist für Einsätze tief im Dschungel. Nachdem er den Jet verlassen hatte, betrat er den Ankunftsbereich des Flughafens und überprüfte unterwegs den Empfang seines Mobiltelefons. Er war nun schon seit zwei Tagen auf der Reise, wenn man die Zeitverschiebung zwischen Washington und Bangkok mit einrechnete, und er war wirklich gespannt darauf, die Schatzjäger kennenzulernen, die nach seinen Informationen bereits auf der Suche nach dem verschwundenen Flugzeug waren.

Reggie hatte mit Onkel Pete ausgemacht, dass sie sich am Abend nach seinem Hubschrauberflug treffen würden und sah auf die Uhr, als er auf der anderen Seite des Terminals herauskam, wo eine Traube trauriger kleiner Taxis und Tuk-Tuks auf Kundschaft wartete. Er suchte sich das am wenigsten heruntergekommene Vehikel aus und gab dem Fahrer die Adresse des Hotels, wo die Gruppe untergebracht war. Dann wischte er sich den Schweiß von der Stirn; seine Haut hatte die Farbe von Cappuccino, da er der Sohn eines kaukasischen Vaters und einer jamaikanischen Mutter war. Das untermotorisierte Moped sprang an und der Fahrer rief seinen Kollegen etwas zu, vermutlich, wann er zurückkehren würde.

Die Stadt besaß den Charme einer Pilzinfektion, doch Reggie fühlte sich trotzdem heimisch. Er hatte genug Zeit in Kambodscha, Laos, Vietnam und Zentralamerika verbracht, um die Gegebenheiten ganz normal zu finden. Im Vergleich mit einigen anderen Örtlichkeiten war Chiang Rai geradezu ein Paradies.

Die Fahrt zum Hotel dauerte zehn Minuten, und als er ankam, hatte er bereits genug von dem Tuk-Tuk, dessen Abgase direkt in die Fahrgastkabine geleitet zu werden schienen. Er bezahlte und schleppte seine Tasche zum Büro. Er war daran gewöhnt, aus einem Koffer zu leben und manchmal sogar in einem Zelt. Seine Arbeit war oft hart und er hatte einen Job, den kaum jemand anderes machen konnte. Er war wichtig, daran glaubte er ganz fest.

Mit dreiundvierzig Jahren war Reggie schon fast zu alt, um noch im operativen Geschäft tätig zu sein, doch er verabscheute den Gedanken, eines Tages einen Schreibtischjob zu haben. Die unausweichliche Zukunft als Analytiker und Berater würde ihm zwar ein gutes Salär sichern, war jedoch in etwa so aufregend wie eine prophylaktische Zahnreinigung. Reggie war schließlich ein Adrenalinjunkie durch und durch, und der bloße Gedanke daran, in einem Großraumbüro zu sitzen, trieb ihm den Schweiß auf die Stirn. Das ging so weit, dass er bereits Pläne schmiedete, sich auf einer Insel zur Ruhe zu setzen. Belize, Honduras, Panama – dort herrschte ein Klima, das ihm gefiel, und er würde dort abseits der Zivilisation im Einklang mit der Natur leben können.

Das Hotel war in Ordnung und er vertrieb sich die Zeit damit, durch die umliegenden Straßen zu spazieren. Als das für achtzehn Uhr anberaumte Treffen mit der Gruppe nicht zustande kam, ohne dass er etwas von Onkel Pete gehört hatte, machte er sich Sorgen. Als die Nacht einbrach und es immer noch keine Meldung gab, wusste er, dass etwas schiefgelaufen war. Eine Stunde später tätigte er eine Reihe von Anrufen bei seinem Hauptquartier, wobei ihm versichert wurde, dass er Instruktionen bekäme, sobald sie Neuigkeiten hätten.

Nur dreißig Minuten später klingelte sein Telefon. »Waters?«, meldete er sich sofort.

»Wir haben ein großes Problem. Die Luftraumüberwachung meldet, dass sich ihr Transponder inmitten des laotischen Dschungels befindet.« Die anteilnahmslose Stimme gab ihm die Koordinaten durch.

»Vielleicht haben sie das Ziel lokalisiert?«

»Negativ – sie gehen nicht ans Telefon und haben sich auch nicht gemeldet, was sie im Falle eines Erfolges sicher getan hätten. Das Transpondersignal ist schwach, aber es scheint aus einem kleinen Fluss zu kommen, ein paar Meilen vom Mekong entfernt. Wir hatten kürzlich einen Satellitenvorbeiflug und es gab kaum Wolken in der Gegend, deswegen konnten wir uns ein gutes Bild machen.« Reggies Gesprächspartner machte eine kurze Pause. »Wir sehen, dass ihr Heli in den Fluss gestürzt ist.«

»Abgeschossen?«

»Das können wir nicht mit Sicherheit sagen. Offenbar ist der Rotor im Flug stehen geblieben.«

»Verdammt. Was soll ich jetzt machen?«

»Wir haben herangezoomt und es sieht so aus, als hätten vier der Insassen das Wrack verlassen können.«

»Sie leben also noch?«

»Zumindest zum Zeitpunkt der Satellitenaufnahme. Aber dann wurde es noch schlimmer. Drogenschmuggler waren in der Gegend unterwegs und haben unsere Leute verfolgt. Also sind sie jetzt entweder tot oder irgendwo im Dschungel gestrandet. Wir wollen, dass Sie das für uns herausfinden.«

»Ich gehe davon aus, es hat keinerlei Kommunikation gegeben?«, fragte Reggie, nur um sich der Sache ganz sicher zu sein.

»Korrekt.«

»Gibt es irgendwelche Unterstützung?«, fragte Reggie.

»Negativ. Sie dürfen keine Zeit verlieren. Brechen Sie sofort auf!«

»Es ist hier bereits dunkel. Ich muss erst mal was organisieren. Das könnte bis morgen früh dauern.«

»Verstanden. Halten Sie diese Leitung offen und melden Sie sich, sobald Sie die Logistik geklärt haben.«

»Okay. Mein Telefon wird eingeschaltet bleiben.«

Reggie legte auf und setzte sich erst mal hin. Nachdem er ein paar Minuten nachgedacht hatte, zog er einen kleinen Beutel mit Reißverschluss aus der Tasche, die auf dem Bett lag. Er zog zwei Stapel Geldscheine hervor – der eine bestand aus US-Dollars, Fünfzigern und Hundertern, der andere aus thailändischen Baht. Er würde erst einmal mit Geld wedeln müssen, um jemanden zu finden, der ihn in die Gegend bringen konnte, in der der Hubschrauber heruntergekommen war – und das würde dauern. Wenn er Glück hatte, würde er am späten Morgen unterwegs sein, gesetzt den Fall, er würde einen Bootsmann finden, der über ein geeignetes Vehikel sowie die nötige Diskretion verfügte.

Er rief Google Earth auf und gab die Koordinaten ein, die er von der Zentrale bekommen hatte. Dann zoomte er heraus, um den nächstgelegenen Außenposten der Zivilisation zu finden. Er fand, was er suchte, und nickte. Er würde schon jemanden finden, den er mit seinem Charme und einem Haufen Geldscheinen überzeugen konnte. Dafür müsste er sich nur den Hafen zur Brust nehmen, sobald die Sonne aufging.

Er zählte zwei großzügige Haufen beider Währungen ab und verstaute sie in den Taschen seiner Cargohose. Dann packte er seine Tasche wieder ein und ging los, um jemanden zu finden, der ihn nach Norden in den Ort Chiang Saen fahren würde, der am Mekong lag. Ein sicherlich höchst charmantes, kleines Örtchen, das so nah am Epizentrum des berüchtigten Goldenen Dreiecks lag, wie man es sich nur wünschen konnte – direkt dort, wo Laos, Thailand und Myanmar zusammentrafen. Über eine Unterkunft machte er sich keine Sorgen – es würde sicher mindestens eine Kaschemme geben, die ein Zimmer für ihn hatte, da in diesem Ort sicherlich genug Drogendealer auf der Durchreise waren. Seine einzige Sorge war, wie er dort hinkommen sollte. Chiang Rai war nicht gerade der Ort, wo die Leute sich darum prügelten, des Nachts fremde Menschen durch die Gegend zu chauffieren. Deshalb ging er davon aus, sich erst einmal einige Absagen einzuhandeln.

Es stellte sich heraus, dass Reggies pessimistischste Vorstellungen sogar noch übertroffen wurden. Am Ende hatte er mehr als eine Stunde damit verbracht, sich von jedem im Einsatz befindlichen Taxi eine Abfuhr zu holen. Schließlich fand er in einer Bar einen Trucker, der bereit war, das Risiko für ein paar hundert Dollar einzugehen. Als sie losfuhren, fragte sich Reggie, wie wohl die Chancen standen, dass eine Gruppe von Amateuren bis zu seiner Ankunft an einem der gefährlichsten Orte der Welt überleben würde.

KAPITEL 25

Allie kam mit einem Schrecken zu sich. Spencers Hand hielt ihr den Mund zu und dämpfte ihren unwillkürlichen Schrei. Sie konnte ihn in der Dunkelheit kaum erkennen, obwohl er direkt vor ihr kniete. Das Einzige, was sie sah, war das Mondlicht, das in seinen Augen reflektierte. Er bewegte seinen Mund ganz nah an ihr Ohr und flüsterte so leise, dass sie ihn kaum verstehen konnte.

»Da kommt etwas.«

Sie zitterte und war sofort alarmiert. Er hatte *etwas* gesagt, nicht *jemand*, und sie damit daran erinnert, dass der Dschungel voller Bedrohungen steckte, die tödlicher sein konnten als Menschen.

»Was sollen wir tun?«

»Abhauen.«

Spencers freie Hand ergriff die ihre, in der anderen hielt er die AKM. Er zog Allie hinter sich her. Zweige rissen an ihrer Kleidung, während sie sich durch die dichte Vegetation kämpften. Sie hatten es gerade ein dutzend Meter weit geschafft, als Allie über eine Schlingpflanze stolperte und mit einem Krachen zu Boden ging, wobei sie die Schmerzen herunterschlucken musste, die der verdrehte Knöchel ihr bescherte.

Spencer half ihr gerade wieder auf die Beine, als eine Taschenlampe auf der anderen Seite der Lichtung aufblitzte und eine Stimme etwas auf Laotisch rief, das eine gewisse Ähnlichkeit zur thailändischen Sprache besaß. Weder Spencer noch Allie wussten, was die Stimme von ihnen wollte, aber der metallische Klang von Gewehren, die durchgeladen wurden, war eindeutig. Spencer kniete sich langsam hin und legte die AKM auf den Boden, dann stand er auf, die Hände weit über den Kopf gestreckt. Allie kämpfte sich auf die Beine und tat es ihm gleich, wobei sie aufgrund der Schmerzen leicht schwankte.

Drei Männer traten im Schein der Taschenlampe an sie heran. Allie zuckte zusammen, als einer von ihnen sie untersuchte, wobei seine Hände keine ihrer Rundungen ausließen. Ein zweiter Mann tat das Gleiche mit Spencer, bevor er seinem Kollegen mit der Lampe etwas zurief. Sofort kam eine Antwort, und der dritte Mann im Bunde schnappte sich Spencers AKM, während die beiden anderen ihre Waffen auf sie richteten.

Dann schubsten die Männer sie mit ihren Gewehrläufen auf die Taschenlampe zu, die ausgeschaltet wurde, als sie sich näherten. Ihre Augen gewöhnten sich an die Dunkelheit und sie erkannten zwei weitere Männer, ebenfalls schwer bewaffnet, die Allie anstarrten, als hätten sie noch nie eine Frau gesehen.

Der Mann mit der Lampe bellte einen Befehl und die Schützen hinter Allie und Spencer drangsalierten sie wieder mit ihren Waffen. Der Anführer drehte sich um und führte sie in die Nacht, wo sie von den Bäumen verschluckt wurden.

Allie wollte etwas sagen, aber sie biss sich auf die Zunge, da sie ihre Widersacher nicht provozieren wollte – das Risiko, einen Gewehrkolben über den Schädel gezogen zu bekommen, war zu groß. Also humpelte sie voran, wobei ihr Knöchel mit jedem Schritt Wellen des Schmerzes durch ihren ganzen Körper jagte. Sie versuchte, diese Qualen zu ignorieren, während ihr Verstand verzweifelt nach einem Ausweg aus dieser prekären Lage suchte.

Nach einer Weile lichtete sich das dichte Unterholz und gab den Blick auf weitläufige Reisterrassen frei. Auf einem Pfad aus gehärtetem Lehm kamen sie deutlich besser voran als im Dschungel. Auch die Wolkendecke schmolz dahin und die Sterne begannen durch den übriggebliebenen leichten Dunst zu scheinen. Offensichtlich befanden sie sich jetzt in einem landwirtschaftlichen Gebiet, dessen Felder an den Dschungel grenzten.

Sie näherten sich einer Ansammlung von Hütten mit Strohdächern, die am Fuße eines Berges lagen. In der Ferne sahen sie Lagerfeuer flackern, an denen Männer und Frauen im Freien saßen. Überall brannten Fackeln, die das Gebiet begrenzten und der ganzen Szenerie eine unwirkliche Anmutung verliehen.

Einige der Anwesenden standen auf, als sie sich näherten, und Allie entdeckte mindestens ein Dutzend Bewaffnete in den Schatten, die das Dorf bewachten. Dann trat ein großgewachsener Mann aus der Gruppe auf sie zu, und Allie musste vor Verwunderung schlucken – es war ein weißer Mann im Alter von etwa sechzig Jahren, der ein olivgrünes Tanktop und Hosen mit Tarnmuster trug. Im orangefarbenen Licht konnte sie sehen, dass er trotz seines Alters muskulös und athletisch war und dass sich Tattoos mit Tribal-Mustern seine nackten Arme hinunterschlängelten. Er kam näher und sie sah intelligente Augen hinter einem Dickicht aus widerspenstigem Haar, dazu hatte er einen grauen Kinnbart, der ihm im Feuerschein etwas leicht Diabolisches verlieh. Nachdem der Fremde einen kurzen Blick auf Spencer geworfen hatte, blieben seine Augen an ihr hängen.

Er sagte etwas im Dialekt der Einheimischen und dann in Thai. Spencer schüttelte den Kopf und der Mann versuchte es mit Englisch: »Soso, was haben wir denn hier? Ein paar Backpacker, die sich verlaufen haben?« Er klang wie ein Amerikaner, doch Allie schwieg lieber und überließ Spencer das Reden. Einer der Männer von der Patrouille reichte dem Fremden Spencers AKM und seine Stimmung änderte sich.

»Nicht, wenn ihr so was dabei habt. Was habt ihr vor? Wollt ihr Connections im Goldenen Dreieck aufbauen?«

»Unser Helikopter ist ein paar Meilen von hier abgestürzt«, sagte Spencer.

»Das wart ihr? Mit dem Krach habt ihr meinen Leuten eine Heidenangst eingejagt!«

»Das war nicht unsere Absicht.«

»Was ist mit dem Vogel passiert?«

»Mechanischer Schaden. Wir haben Glück, dass wir noch leben – der Pilot hat es nicht geschafft. Der einzige Grund, warum wir hier stehen, ist, dass wir in einen Fluss gestürzt sind, statt auf dem Boden zu zerschellen.«

»Dann habt ihr tatsächlich großes Glück gehabt.« Der Mann betrachtete Allie von oben bis unten und wandte sich dann wieder

Spencer zu. »Was macht ihr hier draußen mit einem Hubschrauber? In der Gegend gebt ihr damit eine prima Zielscheibe ab!«

»Der Pilot hatte uns versichert, die meisten hier würden seine Maschine kennen und ihn nicht angreifen.«

Der Fremde schüttelte den Kopf. »Damit hat er die Lage aber verkannt. Es gibt mindestens drei Gruppen, die momentan über die Vorherrschaft auf der laotischen Seite kämpfen. In Myanmar habt ihr die Shans, eine Splittergruppe, die alle Laoten hasst und um ihr eigenes Gebiet kämpft. Dazu kommen mehrere Warlords mit ganz schlechten Manieren, und dann kocht auch noch das Militär sein eigenes Süppchen – diese Jungs sind korrupter als die Mafia.«

»Wir haben Genehmigungen«, sagte Allie und die Augenbrauen des Mannes gingen nach oben. Dann lachte er dreckig. »Schauen Sie sich doch mal hier um, gnädiges Fräulein! Meinen Sie, von den Leuten, die ich gerade beschrieben habe, gibt irgendjemand einen Scheiß auf Genehmigungen? Oder hat vielleicht der Oberbefehlshaber der Shan unterschrieben? Haben irgendwelche Drogenbosse euch ihren Segen gegeben?«

Allie schaute zu Boden und schämte sich für ihre Naivität. Der Mann fuhr fort, sein Tonfall nun etwas milder: »Hier draußen sind Schusswaffen die einzigen Genehmigungen, die etwas zählen. Es ist wie im Wilden Westen, Gnädigste. Die einzige Regel lautet, dass es keine Regeln gibt.«

»Was machen Sie dann hier?«, feuerte Allie zurück, die inzwischen von seiner Überheblichkeit angestachelt worden war.

»Zum Beispiel, eure Hintern retten. Wenn meine Leute euch nicht hierhergebracht hätten, wärst du wahrscheinlich wie ein Joint zwischen den Männern herumgereicht worden, die euch zuerst gefunden hätten, und dann wärt ihr beide zum Spaß über einem Ameisenhügel festgebunden oder an die Krokodile verfüttert worden.«

Die Worte des Fremden schmerzten. Als Allie wieder aufsah, lief ihr eine kleine Träne die Wange hinunter. »Wer sind Sie?«, fragte sie schwach.

»Ich heiße Joe. Und wer bist du?«

Sie zog die Nase hoch. »Allie, und das ist Spencer.«

»Und was führt euch in meinen Dschungel?«

»*Ihren* Dschungel?«, wiederholte Allie.

»Dieses Fleckchen hier ist auf jeden Fall meines. Und jetzt beantworte die Frage!«, herrschte Joe sie an. »Ihr habt gesagt, ihr habt Genehmigungen. Genehmigungen für was?«

Spencer sprang ein: »Wir sind Archäologen. Wir suchen nach Ruinen.«

Joe starrte ihn an. »Du bist ungefähr genauso wahrscheinlich ein Archäologe, wie mein Stiefel einer ist!«

»Sie ist die Archäologin, ich bin nur der Handlanger«, erklärte Spencer mit neutralem Tonfall.

»Also fliegt ihr in einer der berüchtigtsten Drogenküchen der Welt herum, um nach Ruinen zu suchen? Dann müsst ihr komplett irre sein.«

»Das ist mir auch in dem Moment klar geworden, als unser Hubschrauber in den Fluss gestürzt ist.«

Joe grinste. »Hartes Los«, sagte er und klang auf einmal eher wie ein Surfer als ein Dschungelkönig aus dem laotischen Hinterland. »Nun ja, ich schätze, da ich euch nicht in die Sklaverei verkaufen werde, kann ich euch genauso gut etwas zu Essen anbieten. Wie lange lauft ihr denn schon hier herum?«

»Den ganzen Tag«, sagte Allie. Sie schaute nervös die Bewaffneten an, die sie immer noch in Schach hielten. »Müssen die immer noch auf uns zielen? Was ist, wenn einer von denen niesen muss?«

Joe nickte und sagte etwas auf Laotisch, worauf die Männer grummelnd ihre Waffen senkten. Dann konzentrierte Joe seine Aufmerksamkeit wieder auf Spencer. »Wenn es dir nichts ausmacht, behalte ich deine Spielzeugpistole, Kumpel. Nur damit du mir nicht auf dumme Gedanken kommst.«

»Du bist also hier der Boss?«, sagte Spencer, mehr Feststellung als Frage.

»Das könnte man so sagen. Ich bin Sheriff, Regenmacher, spiritueller Führer und Unternehmer.«

Joe rief wieder etwas auf Laotisch, woraufhin zwei Frauen vom Feuer aufstanden und sich in eine der Hütten begaben. »Setzt euch doch, solange die etwas zu Essen machen. Ihr seht ziemlich fertig aus.« Mit diesen Worten trat er wieder zum Lagerfeuer. Spencer und Allie folgten ihm und setzten sich auf einen Baumstamm, den Joe ihnen zuwies.

»Hast du etwas zu trinken?«, fragte Allie. »Ich bin am Verdursten.«

Ein weiterer Befehl, und einer der Männer brachte eine halbvolle Plastikflasche Wasser aus einer der Hütten, dazu zwei Tontassen. »Nur zu«, sagte Joe. »Es ist Trinkwasser.«

Der Mann füllte beide Tassen bis zum Rand und Allie schnappte sich eine mit zitternden Händen, die sie sogleich gierig austrank. Spencer tat es ihr gleich. Joe sagte noch etwas, woraufhin einige der Männer in Gelächter ausbrachen und die Frauen die Augen verdrehten. »Was hast du gesagt?«, fragte Allie.

»Nichts Wichtiges. Ein kleiner Scherz auf eure Kosten. Aber was ihr nicht versteht, kann euch auch nicht verletzen.«

Nachdem ihre Tassen noch einmal neu befüllt worden waren stocherte Joe mit einem Ast in der Glut herum. »Was sind das denn für Ruinen, für die ihr euer Leben aufs Spiel setzt?«

»Es ist eine Legende. Wir untersuchen, ob Wahrheit dahinter steckt.«

»Eine Legende? Ich lebe seit dreißig Jahren hier und habe noch nie etwas von legendären Ruinen gehört.«

»Es ist ein Tempel. Einer, der schon seit Jahrhunderten verschollen ist. In einem versteckten Tal«, sagte Allie.

»Das ist doch wirklich der Gipfel. Da versuche ich mein halbes Leben, in diesen Hügeln einigermaßen über die Runden zu kommen, und niemand hat mir jemals was von dem verlorenen Tempel gesagt!« Joes Augen fixierten Allie. »Ist irgendwas Wertvolles in diesem Tempel?«

Sie nickte. »Kann sein. Wir sind hier, um es herauszufinden.«

»Damit kann man seinen Lebensunterhalt bestreiten? Ernsthaft?«, fragte Joe skeptisch.

Allie zuckte mit den Schultern. »Manchmal schon.«

»Es ist also ein lukrativer Job?«

»Kommt drauf an«, warf Spencer ein.

»Wenn euch jemand helfen würde, diesen Tempel zu finden, dann währt ihr doch sicher sehr großzügig, oder?«

Spencers Gesicht ließ sich keine Regung anmerken. »Könnte schon sein. Wieso?«

»Wie ist denn euer Plan, jetzt wo euer Hubschrauber ein U-Boot ist?«

Allie schnaubte. »Wir haben noch keinen Plan. Wahrscheinlich müssen wir uns einen anderen Hubschrauber besorgen.«

»Viel Glück. Meint ihr, da meldet sich einer freiwillig, wenn schon ein Kollege abgestürzt ist?«

»Es war ein Unfall«, sagte Spencer.

Joe verdrehte die Augen. »Ja, klar! Als ob euch das irgendjemand abkaufen wird!« Er lehnte sich zurück. »Glaubt mir, ihr sitzt hier fest. Niemand wird sein Leben riskieren, um euch durch die Gegend zu kutschieren.«

»Wie kannst du da so sicher sein«, fragte Allie.

»Ganz einfach. Weil ich ein Pilot bin.« Er schaute auf, als die Frauen wieder aus der Hütte auftauchten und einige Tonschüsseln herbeitrugen. »Ich bin der Einzige, der irre genug ist, es zu versuchen – wenn die Bezahlung stimmt?«

»Du hast einen Hubschrauber?«, fragte Spencer.

»Nee, die sind doch was für Weicheier. Ich habe mein eigenes Flugzeug!«

»Wo?«

»Ich starte von einem Grünstreifen, etwa eine Viertelmeile von hier. Ist manchmal echt praktisch«, sagte Joe, ohne weitere Details zu nennen.

»Wir haben zwei Leute aus unserer Gruppe verloren«, sagte Allie. »Bevor wir irgendetwas tun, müssen wir sie finden.«

»Wie habt ihr sie denn verloren, und wo?«

»Als wir abgestürzt sind. Wir sind zu gegenüberliegenden Seiten des Flusses geschwommen. Dann hat die Schießerei angefangen und wir sind abgehauen.«

Joes Augen schnellten in Richtung Spencer. »Schießerei?«

Spencer erzählte ihm von der Verfolgung und der nächtlichen Überquerung des Flusses. Als er fertig war, stellten die Frauen vor jedem von ihnen eine Schüssel ab und setzten sich dann wieder auf ihre ursprünglichen Plätze.

»Ist ziemlich lecker. Gekochter Fisch. Schön scharf. Da müssten auch irgendwo Holzlöffel sein. Ich liebe das Zeug. Passt hervorragend zu Reiswein. Mögt ihr welchen?«

»Oh, nein danke«, sagte Allie.

»Für mich auch nicht«, echote Spencer.

»Ihr wisst ja gar nicht, was euch entgeht!« Joe schaute über seine Schulter und sprach ein paar Worte. Der Wasserträger flitzte in die Hütte und kam mit einer schmalen Karaffe zurück. Joe zog den Korken heraus und nahm drei lange Schlucke, nach denen er herzhaft rülpste. »Wollt ihr ein bisschen Gras?«

Allie und Spencer schüttelten synchron die Köpfe.

Joe hob eine Augenbraue. »Beste Ware! Hausgemacht. Komplett Bio, haut aber rein wie der Tritt eines Esels!«

»Vielleicht ein andermal«, sagte Spencer.

Joe zuckte mit den Schultern. »Wie ihr wollt. Also, als ihr eure Kumpel zum letzten Mal gesehen habt, waren sie auf der anderen Seite des Flusses und irgendwelche Fieslinge haben auf sie geschossen?«

»Genau.«

»Was wäre es euch wert, sie zu finden?«

Allie ließ Spencer die Frage beantworten: »Was auch immer du willst«, sagte er ruhig.

»Ernsthaft? So was wie… Zehntausend pro Nase?«

»Abgemacht.«

Joe nahm noch einen Schluck. »Ich hätte gleich zwanzig verlangen sollen. Aber egal. Meine Aufgabe in dieser Ebene der Existenz ist, das Materielle hinter mir zu lassen. Es ist nur Geld.«

»Aber krumme Geschäfte ohne Bezahlung bringen es auch nicht, oder?«, meinte Allie und bedauerte diese spitze Bemerkung sofort.

»Hey, von irgendetwas muss man doch leben! Man soll seinen Nächsten nicht verurteilen, die andere Wange hinhalten und so. Du musst über deinen Gelüsten stehen! Aber eine kleine Einschränkung habe ich auch noch: Einer von euch bleibt hier, bis ich das Geld habe. Das ist nicht verhandelbar. Ich bin zwar vertrauensselig, aber nicht blöd.« Joe schloss die Augen, griff in seine Tasche und zog einen Joint hervor. »Sicher, dass ihr nicht mitrauchen wollt? Das könnte euch auflockern …«

»Heute nicht«, sagte Allie.

Joe stocherte noch ein wenig mit seinem Ast in der Glut herum und benutzte dann die Flamme, um seine Haschzigarette zu entzünden. Er nahm einen langen Zug und behielt den Rauch eine Weile in seinem Mund. Dann blies er ihn durch die Nase wieder heraus, was ihm das Aussehen eines bärtigen Drachens verlieh. »Oooh ja! Verdammte Scheiße, das Zeug ist echt der Hammer!« Er blinzelte ein paar Mal und rief dann den Schützen etwas zu. Mindestens zwanzig der Männer am Feuer sprangen auf und schnappten sich ihre Gewehre.

»Was hast du gesagt?«, fragte Spencer, als Joe wieder eine entspannte Position einnahm.

»Ich habe ihnen gesagt, dass eure Partner da draußen sind, und dass derjenige, der sie findet, die Mutter aller Belohnungen bekommen wird. Sie werden das an jeden weitergeben, den wir kennen, und das beinhaltet fast alle Menschen in diesem Gebiet. Selbst die Warlords weiter oben am Fluss werden unsere Buschtrommeln hören. Das ist eure Chance.«

»Wie viel hast du ihnen denn angeboten?«, fragte Allie neugierig.

»Genug«, sagte Joe mit einem rätselhaften Lächeln.

Sie saßen eine Weile schweigend da, während Joe seinen Joint rauchte und trank. Als seine Augen langsam glasig wurden, rutschte Allie dichter an ihn heran. »Erzähl mir ein bisschen von dir. Du sagtest, du bist seit dreißig Jahren hier?«

»Genau. Ich bin wegen dem Dope hergekommen und dann hiergeblieben.«

»So einfach kann die Geschichte doch nicht sein!«

»Stimmt, da hast du recht. Es gab auch noch ein Mädchen!« Er grinste schief und sah für einen kurzen Augenblick zehn Jahre jünger aus. »Steckt nicht immer ein Mädchen dahinter? Ich hatte mich auf jeden Fall sehr in eine Thailänderin verliebt und wollte sie aus diesem Leben dort rausholen. Wir sind hierher gezogen, in ihr Dorf, und der Rest ist Geschichte.«

»Bist du immer noch mit ihr zusammen?«, fragte Allie.

»Nein. Sie ist jetzt Teil des kosmischen Tanzes. Ist bei einer Geburt gestorben. Auch das Baby hat es nicht überlebt. Also ist sie zu ihrer nächsten Wiedergeburt aufgebrochen, während mein müder Hintern immer noch hier verharrt. Ich versuche, so viele Lektionen zu lernen, wie möglich, bis ich fortgerufen werde und es dann beim nächsten Mal hoffentlich besser mache.«

»Das tut mir leid, Joe«, sagte Allie.

»Es ist schon ziemlich lange her, auch wenn ich lügen würde, wenn ich sagen würde, dass es nicht mehr weh tut. Aber so ist das Leben, oder? Bittersüß, und keiner von uns weiß, wann seine Stunde gekommen ist.«

Sie schwiegen einen Moment, bis Spencer das Wort ergriff. »Du bist also die ganze Zeit hier gewesen?«

»Klar, mit kleinen Unterbrechungen. Manchmal wird man eben in Dinge hineingezogen, ob man will oder nicht. Aber mir gefällt es hier. Es ist alles einfach. Echt. Die Menschen leben, sie haben ihre Schwierigkeiten, sie feiern, wenn sie gewinnen, und nehmen Anteil, wenn es bei anderen schlecht läuft. Sie ehren ihre Alten und sie haben keine Angst vor dem Tod. Warum sollte ich hier weggehen, was Besseres kann es doch nicht geben.«

»Klingt so, als würdest du dein voriges Leben nicht vermissen.«

»Ein Teil der Lektion, die ich zu lernen versuche, ist, gar nichts mehr zu vermissen. Alles passiert aus einem Grund. Gut und Schlecht sind nur zwei Seiten der gleichen Medaille. Es ist alles nur Illusion, und unsere Aufgabe ist es, das zu durchschauen und die Wahrheit zu erkennen.«

»Ziemlich existenziell«, meinte Allie.

»Ja, kann schon sein.«

Joe gähnte, der Alkohol und die Drogen entfalteten unverkennbar ihre Wirkung. Er deutete auf eine der Hütten. »Da könnt ihr euch schlafen legen, wenn ihr wollt. Du kannst mir aber auch weiter Gesellschaft leisten, wenn du willst«, sagte er mit einem Zwinkern an Allie gerichtet.

»Die Hütte da in der Mitte?«, fragte Spencer, um Allie die Peinlichkeit einer Antwort zu ersparen.

»Genau die. Wir stehen mit den Hühnern auf, also bis dann. Im Morgengrauen mache ich mein Tai Chi.«

»Ernsthaft?«, fragte Allie.

Joe stand auf und grinste. »Das ist natürlich dem Kosmos überlassen. Aber so lautet mein Plan.«

KAPITEL 26

Drake zuckte zusammen, als die ersten Sonnenstrahlen die Lichtung erhellten. Er blinzelte in den Himmel und stellte verstimmt fest, dass dieser mit grauen Wolken verhangen war, also konnte er davon ausgehen, dass auch noch Regen zu den anderen Widrigkeiten hinzukommen würde. Er schaute nach Onkel Pete, sah ihn aber nirgends, und überlegte schon, ob er nach ihm rufen sollte. Doch das Letzte, was er wollte, war Unbekannte anzulocken, also verwarf er den Gedanken. Wahrscheinlich war der kleine Thailänder nur im Gebüsch verschwunden, um seine Morgentoilette zu erledigen.

Er kratzte die Moskitostiche, die er sich über Nacht zugezogen hatte, und versuchte dabei nicht an die Krankheiten zu denken, die in dieser Gegend grassierten. Malaria, Gelbfieber, Dengue-Fieber und eine ganze Reihe anderer Albträume lauerten in den Parasiten, von denen es im Dschungel nur so wimmelte. Bei seinem Glück würde er sich mit allen von ihnen gleichzeitig infizieren.

Drake setzte sich auf und rieb müde über die Stoppeln, die sich an seinem Kinn gebildet hatten. Er hatte nach seiner letzten Wache nur ein paar wenige Stunden Schlaf abbekommen, denn seine Fantasie hatte jedes Geräusch aus dem Unterholz als sicheren Indikator für seinen baldigen Tod interpretiert. Irgendwann war er dann in einen dämmrigen Halbschlaf verfallen, in dem sein Gehirn ihn wieder und wieder die Momente des Hubschrauberabsturzes nacherleben ließ. Besonders das Bild von Daengs brutal verdrehten Kopf ließ ihn nicht los.

Nun zog eine Bewegung im nahe gelegenen Buschwerk seine Aufmerksamkeit auf sich und er schnappte erschrocken nach Luft, als er eine Schlange herankriechen sah, die bestimmt an die zwei Meter lang war. Er sprang auf die Füße und ging langsam rückwärts, doch schon richtete sich die malayische Viper auf und starrte ihn mit kalten, schwarzen Augen an. Die Zunge des Reptils schnellte nach vorn und es begann zu zischen. Drake wich weiter zurück, um so wenig bedrohlich wie möglich zu wirken. Die Schlange ließ ihn jedoch nicht aus ihrem Blickfeld und Drake war schon kurz davor, nach Onkel Pete zu schreien – doch da tauchte dessen Kopf hinter einem großen Farn auf.

»Hier ist eine wirklich riesige Schlange«, japste Drake, doch er hielt inne, als er Onkel Petes Gesichtsausdruck sah. Als Nächstes bemerkte er, dass Onkel Pete seine Hände in die Luft hielt, dann tauchte der Lauf einer Kalaschnikow hinter ihm auf. Drake blieb wie angewurzelt stehen, als Onkel Pete sagte: »Wir haben Problem.« Anschließend traten drei Bewaffnete auf die Lichtung.

Drake hob langsam die Hände, bevor er seinen Blick senkte und nach der Schlange schaute, die allerdings das Interesse an ihm verloren zu haben schien und sich zurück ins Unterholz verkroch.

Der Anführer der gegnerischen Truppe bellte einen Befehl und Onkel Pete antwortete in der gleichen Sprache. Sein Gegenüber sagte noch etwas und Onkel Pete nickte.

»Er sagt, wir mit ihnen gehen.«

»Wohin?«, wollte Drake wissen.

»Wohin sie wollen.«

»Sind das die Typen von dem Boot?«

»Glaube nicht.«

»Wieso?«

»Wir noch leben.«

»Frag sie, was sie wollen. Wo bringen sie uns hin?«

Onkel Pete schüttelte den Kopf. »Nein. Will nicht erschossen werden.«

Drake wusste darauf nichts zu antworten, also fing er resigniert an zu marschieren. »Ich muss mal.«

Onkel Pete sagte etwas und die ganze Gruppe brach in Gelächter aus, bis der Anführer ein paar Worte ausspuckte. Onkel Pete übersetzte: »Er sagt, machen schnell!«

»Was hast du ihnen gesagt?«
»Ich gesagt, Farang machen schnell dreckige Hose.«
»In diesem besonderen Fall ist da etwas Wahres dran.«

Nachdem er sich unter den strengen Blicken eines der Schützen erleichtert hatte, bildeten Drake und Onkel Pete mit den anderen eine Karawane. Der Anführer ging schnell voran und seine Schergen folgten ihnen mit den Waffen im Anschlag. Der Donner rollte über ihre Köpfe und es begann zu regnen. Das war für Drake ein Segen und er fing so viel von dem erfrischenden Nass mit der Zunge auf, wie er konnte.

Das Tempo, mit dem sie durch hügeliges Gelände hetzten, war brutal. Nach zwei Stunden hatte Drake große Mühe, sich auf den Beinen zu halten, die sich durch die Hitze und seinen Hunger anfühlten wie aus Gummi. Er stolperte immer öfter, und endlich befahl der Anführer eine Pause. Nach zwanzig Minuten setzten sie ihre Reise fort, was den anderen Bewaffneten überhaupt nichts auszumachen schien, wohingegen Drake weit über das Limit seiner Ausdauer hinaus war.

Falls Onkel Pete ebenfalls unter diesem Gewaltmarsch litt, ließ er es sich nicht anmerken. Nach außen hin war nur seine typische stoische Ruhe zu bemerken. Bei Drake hingegen waren das blutleere Gesicht und die unsicheren Bewegungen glasklare Indikatoren seiner Erschöpfung. Als sie eine besonders steile Passage bezwingen mussten, bekam er zusätzlich zu seinem Hunger auch noch Magenkrämpfe. Passend dazu dachte er daran, wie es Allie wohl gehen musste, allein und verloren in der Wildnis. Diese Gedanken bescherten ihm heftige Schuldgefühle, denn schließlich hatte er sie überredet, ihn auf dieses Abenteuer zu begleiten – was sich als reines Selbstmordkommando herausgestellt hatte. Seine einzige Hoffnung war, dass Spencers Überlebensinstinkt ausreichen würde, um sämtlichen Verfolgern zu entkommen und den Regenwald unbeschadet zu verlassen.

Die Kampfkünste von Onkel Pete hatten sich leider als nicht besonders effektiv erwiesen, deswegen wurden sie jetzt wie die Lämmer zur Schlachtbank geführt. Drake versuchte etwas zu sagen, doch die Bewaffneten zischten ihn sofort an. Vor allem aber der düstere Blick des Anführers, den dieser Drake über die Schulter zuwarf, war Warnung genug.

Es war beinahe Mittag, als der Dschungel für eine weite Lichtung Platz machte. Dort waren überall Hütten der Ureinwohner verteilt, in ihrer Mitte ein primitiver Brunnen. Stammesangehörige mit Gewehren betrachteten die Neuankömmlinge aus den Schatten, als die kleine Karawane durch das Dorf schritt. Die Armut der Bewohner war beinahe spürbar, und selbst die Kinder, die ihr Spiel unterbrachen, um die Fremden anzustarren, wirkten todernst.

Der Anführer bellte seinen Männern einige Befehle zu, dann blieb er abrupt stehen und wandte sich an Onkel Pete. Er sagte etwas in gesenkter Stimme. Onkel Pete antwortete.

»Was? Was hat er gesagt?«, flüsterte Drake, wobei ihm der Puls in den Ohren hämmerte.

Onkel Pete hustete und spuckte dann auf den Boden. Als er zu Drake aufschaute, hatte sein starrer Blick die Herzlichkeit von Eiswürfeln.

»Er sagt, wir treffen Häuptling. Er sehr mächtig und …«

Onkel Petes Übersetzung wurde von einem der Bewaffneten unterbrochen, der eine kurze Geste mit seiner Hand machte und dann seine Waffe tätschelte. Onkel Pete zuckte mit den Schultern und wandte sich ab, denn die Aussage war deutlich.

Als sie sich wieder in Bewegung setzten, wurde Drakes Ohnmachtsgefühl mit jedem Schritt stärker. Seine schlimmsten Befürchtungen hatten sich in dem Blick des Schützen bestätigt gefunden, denn er war sich nun sicher, dass dieser Mann töten würde, ohne mit der Wimper zu zucken.

KAPITEL 27

Allie bewegte sich auf der gewebten Grasmatte, die ihr als Kissen gedient hatte, und öffnete schläfrig die Augen. Die Anstrengungen des Vortages hatten ihre gesamten Energiereserven verbraucht und ihr Körper schmerzte überall, nicht zuletzt vom Aufprall des Hubschrauberabsturzes. Sie betastete vorsichtig ihre Rippen und kam zu dem Ergebnis, dass sie nicht gebrochen waren. Gleichzeitig stellte sie fest, dass sie allein war – Spencer, der ebenfalls in dieser Hütte übernachtet hatte, war verschwunden.

Sie gähnte und stand auf, als sie durch die Fensteröffnung weibliche Stimmen und Lachen hörte. Stolpernd näherte sie sich dem gleißenden Lichtschein und spähte nach draußen, wo sie eine Gruppe Frauen mit Schüsseln und Bottichen erblickte, die mit unbekanntem Ziel im schweren Bodennebel verschwanden.

Allie zog ihre Schuhe an und trat nach draußen, wo sie die Stufen der erhöht stehenden Hütte hinunterlief. Der weiße Dunst war wirklich außergewöhnlich dicht, sie konnte kaum zehn Meter weit sehen. Doch dann erkannte sie Spencer, der sich ihr näherte, und seufzte erleichtert. Obwohl Joe letzte Nacht zugestimmt hatte, ihnen zu helfen, misstraute sie ihm aus irgendeinem Grund. Allein sein Blick reichte aus, um ihr kalte Schauer den Rücken hinunter zu jagen.

Spencer grinste, als er sie sah. »Schon auf? Ich dachte, du könntest noch ein paar Stunden Schlaf vertragen.«

»Ich bin irgendwie wach geworden.«

»Und wie geht es dir?«

»Als wäre ein Klavier auf mich gefallen. Aber ich werde es überleben. Und du?«

»Ziemlich ähnlich. Ich wünschte, ich wäre so fit wie Joe!«

»Wieso? Ist er schon wach?«

»Der macht gerade so eine Art Yoga … irgendwelches Tantra, oder wie man das nennt … echt ein exzentrischer Typ, oder?«

»Das ist noch stark untertrieben. Aber solange er auf unserer Seite ist …«

»Halte deine Freunde genau im Blick, und deine Feinde noch genauer«, meinte Spencer.

»Wo ist er?«, wollte Allie wissen.

»Am Rand der Reisfelder, da steht so ein alter Banyan-Baum. Er sagt, der Baum gibt ihm Energie und Weisheit …«

»Wahrscheinlich ist er immer noch high.«

»Kam mir eigentlich nicht so vor. Ich glaube, er steht nur irgendwie auf diese fernöstliche Mystik. Wie so ein hängengebliebener Hippie mit Burn-out.«

»Was meinst du, macht er wirklich hier?«

»Wenn er mitten im Goldenen Dreieck ein Flugzeug und eine private Startbahn hat, gibt es eigentlich nur eine Möglichkeit.«

»Das hatte ich befürchtet.«

»Fairerweise muss man sagen, dass er bestimmt noch recht anständig ist, wenn man ihn mit anderen Leuten vergleicht, die wir hier hätten treffen können. Und er will uns helfen, was für uns eine große Sache ist. Denn ich schätze, er hat recht damit, dass uns kein anderer Pilot in der Gegend mehr helfen wird, nachdem die Kunde von Daengs vorzeitigem Ableben die Runde gemacht hat.«

»Dann hoffen wir mal, dass er sich noch erinnern kann, wozu die ganzen Knöpfe in seinem Flugzeug gut sind. Er vermittelt mir nicht gerade Zuverlässigkeit.« Sie schwieg kurz und schaute weg. »Du meinst nicht, dass das ein Trick sein könnte?«

»Ein Trick? Zu welchem Zweck denn?«

»Keine Ahnung. Ich finde ihn irgendwie gruselig. Nicht vertrauenswürdig.«

»Das kann sein. Aber in einem Kriegsgebiet ist jeder, der nicht auf dich schießt, einer von den Guten. Bis er es sich anders überlegt.«

»Sehr beruhigend.«

Spencer nickte. »Ich verstehe dich«, seufzte er dann. »Aber schau mal, wir warten einfach ab, was er für uns tun kann. Das schadet doch nichts. Und wenn er uns sogar helfen kann, Drake zu finden, wäre das fantastisch. Es klang so, als würde er hier jeden kennen, und anscheinend ist er sogar mit allen möglichen Halsabschneidern befreundet. Wenn das stimmt, könnte das wirklich eine Menge bringen. Dann kann er eine Belohnung ausloben, damit sie nicht umgebracht werden.« Spencer zuckte mit den Achseln. »Nur, weil jemand irre ist, muss er ja noch lange nicht inkompetent sein. Ich hatte einen Onkel, der war auch so.«

»Ich glaube es erst, wenn ich es sehe.«

»Jetzt, wo ich so drüber nachdenke, war mein Onkel auch einfach nur irre, ich glaube, der konnte irgendwie nichts besonders gut.«

»Auch das ist sehr beruhigend.«

»Immerhin kannte er einen Menge Limericks und schlüpfrige Seemannslieder. Allerdings traf er nie die Noten. Und er sang am liebsten nackt.«

»Das denkst du dir doch gerade aus!«

Spencer lächelte. »Das bleibt mein Geheimnis!«

Nun schälte sich Joes unverkennbare Silhouette aus dem Nebel und Allie hob eine Augenbraue, als sie sein Outfit wahrnahm: Sein Oberkörper war nackt, er hatte kein Gramm Fett zu viel und ein Sixpack, dazu Tattoos über beide Arme, die sich auf dem Rücken ineinander verschlangen. Seine orangefarbene Dreiviertelhose war offensichtlich selbst genäht und er war barfuß. Allie musste zugeben, dass er eine imposante Gestalt abgab – als jemand, den man ernst nehmen musste. Sicherlich war das genau der Grund, warum die Stammesangehörigen ihm folgten: Er hatte die Ausstrahlung eines göttlichen Weisen aus altertümlichen Erzählungen.

»Guten Morgen«, sagte Joe mit ruhiger Stimme.

»Dir auch«, gab Allie zurück.

»Gut geschlafen?«

»Ja, habe ich.«

»Vielleicht wachst du ja morgen zeitig genug auf, um an meiner Sonnenanbetung teilzunehmen.«

»Ich sehe gar keine Sonne«, stellte Allie fest.

»Wie verborgene Schätze sind die wertvollsten Geschenke der Natur nicht sofort offensichtlich«, philosophierte Joe.

Allie und Spencer tauschten einen Blick, der ihre Zweifel an Joes Geisteszustand kund tat.

»Ich sage euch was«, fuhr Joe fort. »Ich werde mich kurz frisch machen, dann frühstücken wir. Und sobald der Nebel sich verzogen hat, könnt ihr euch mein Flugzeug ansehen.«

Allie schenkte ihm ein mildes Lächeln und studierte sein Gesicht. Falls er noch unter dem Exzess der letzten Nacht litt, sah man es ihm nicht an. »Klingt wie ein Plan. Gibt es irgendwas Neues von unseren Freunden?«

»Wenn man weiß, wie man lauschen muss, flüstert einem der Wind seine Geheimnisse zu.« Joe schüttelte den Kopf. »Hören ist leicht. Zuhören ist eine große Kunst!«

»Das heißt also nein?«, hakte Spencer nach.

»Im Land der Blinden ist der Einäugige der König!«

»Stimmt«, sagte Allie, wobei sie die Augen verdrehte. »Gut zu wissen.«

Joe machte eine Geste, bei der er seine Arme vom Brustkorb aus nach vorn schnellen ließ und sie dann mit den Handflächen nach oben langsam ausbreitete. »Öffnet eure Herzen, ladet das Universum in eure Mitte ein, dann kommt euch alles zugeflogen.«

»Klingt gut«, sagte Allie, denn mehr fiel ihr dazu nicht ein.

Joes Blick driftete in die Unendlichkeit ab. »Wahre Weisheit ist es, wenn die Welle erkennt, dass sie nur ein Teil des Meeres ist und kein getrenntes Wesen. Die wahre Schönheit findet sich in der Erkenntnis, dass wir alle eines sind.«

»Ach so«, meinte Spencer.

Jetzt schien Joe aus seiner Trance aufzuwachen. »Wenn ihr mich jetzt kurz entschuldigt, in zehn Minuten bin ich wieder bei euch. Ihr könnt hier auf mich warten«, sagte er geschäftig und verschwand, ohne auf eine Antwort zu warten.

Allie schüttelte den Kopf. »Das war doch wohl mal echt verrückt. Er ist komplett durchgeknallt.«

»Ich würde sagen, er ist spirituell.«

»Schizophrenie und Größenwahn halte ich nicht gerade für die besten Qualitäten eines Piloten«, sagte sie.

»Vielleicht fühlt er sich nur gerade heute Morgen besonders metaphysisch.«

»Klar.«

Joe tauchte wenig später wieder auf. Jetzt trug er sein Tanktop mit den Tarnhosen vom Vorabend und lächelte. »Ich hoffe, ihr habt Hunger. Heute gibt es eine besondere Delikatesse: Frische Rattensuppe mit Medaillons vom Wildhund!«

Allie schaute zu Boden. »Ich glaube, mir wird schlecht.«

»Was fällt dir ein, unsere Traditionen zu beleidigen? Du solltest sie feiern!«, sagte Joe.

»Ich meine es ernst, ich muss gleich brechen!«

Joe kicherte. »Keine Angst, ich mache nur Spaß.« Er wandte sich von ihnen ab und rief ihnen etwas über die Schulter zu, während er auf den Brunnen zuschritt: »Käfer-Curry macht euch aber nichts aus, oder? Schmeckt ein bisschen wie Hühnchen. Also jedenfalls, wenn Hühner total riesige Käfer mit Federn wären!«

Allie lehnte sich in Richtung Spencer und flüsterte: »Ich glaube, der hat als Kind zu viele Wiederholungen von Kung Fu gesehen!«

»Jede Reise beginnt mit einem ersten Schritt«, sagte Spencer gespielt ernst, was Allie zum Lächeln brachte. »Obwohl ich zugeben muss, bei den Käfern habe ich schon Appetit gekriegt.«

»Was meinst du, was es wirklich zu essen gibt?«

»Ich habe keinen Schimmer. Aber ich bin echt am Verhungern. Von daher ist meine einzige Hoffnung, dass es nicht noch Schuhe trägt.«

»Du bist fast so schlimm wie er!«

»Irgendwie habe ich das Gefühl, dass du Joe schwer unterschätzt!«

Allie starrte ihn an. »Wenn er mich Grashüpfer nennt, fange ich an zu schreien!«

Nach einem durchaus vernünftigen Frühstück, das aus Reis und einem dicken Eintopf bestand, folgten sie Joe um einen kleinen Hügel herum, auf dessen gegenüberliegender Seite ein großes

Tarnnetz ein zweisitziges Flugzeug vor neugierigen Blicken abschirmte. Joe bewunderte die Maschine für einen Moment und wandte sich dann an Spencer: »Hilf mir mal mit dem Netz, das geht zu zweit leichter. Am besten, wir gehen von hinten nach vorn und rollen es dabei gleich zusammen.«

Sie machten sich umgehend an die Arbeit. Als sie fertig waren, standen sie einer Cessna 150C gegenüber, die so aussah, als würde sie mit Klebeband und Kaugummi zusammengehalten. Die Farbe war an mehr Stellen abgeblättert, als sie noch bedeckte. Doch Joe tätschelte liebevoll das in die Jahre gekommene Blech.

»Lasst euch vom Äußeren nicht täuschen. Dieses Baby jagt durch den Himmel wie ein stolzer Adler.«

»Welches Baujahr ist das?«, fragte Spencer.

»1963. Es ist eine von nur hundertzweiundsiebzig, die gebaut wurden. Ein Veteran, der mich noch nie im Stich gelassen hat. Und sie heißt Bertha.«

»Bertha«, sprach Allie ihm nach. »Und sie fliegt wirklich?«

»Klar. Ist eines der zuverlässigsten Flugzeuge, das je gebaut wurde. Sie hat ein gutes Nutzgewicht und verbraucht nicht viel Sprit. Ist sozusagen der VW Käfer unter den kleinen Propellermaschinen. Die kriegt man einfach nicht tot.« Joe grinste Allie an. »Es gibt doch keinen besseren Moment als den Augenblick! Wir können sofort losdüsen und nach euren Freunden suchen, und vielleicht halten wir dabei gleich noch Ausschau nach euren Ruinen. Wisst ihr ungefähr, wo sie liegen?«

»Ja, aber ich habe keine Karte.«

»Kein Problem. Kannst du es über ein Satellitenfoto auf dem GPS erkennen?«

»Glaube schon.«

Joe öffnete die Pilotentür und wühlte eine Weile herum, bis er ihnen ein tragbares GPS-Gerät entgegenhielt, das brandneu aussah. Spencer und Allie schauten sich verwundert an, während Joe das Gerät anschaltete.

»Okay, ich zoome heraus«, sagte Joe und stellte sich neben Allie. »Zeig mir mal den Fluss, wo euer Heli reingestürzt ist!«

Allie betrachtete das Bild und tippte dann auf das Display. »Ungefähr da müsste es sein. Daeng sagte, wir waren zweiundzwanzig oder dreiundzwanzig Meilen den Mekong hinaufgeflogen.«

»Oh. Wow. Okay, dann verstehe ich, warum ihr da nicht gerade freundlich begrüßt wurdet. Das Gebiet gehört auf der Seite Myanmars der Shan Army. Das sind ziemlich üble Gesellen.«

»Klingt so, als würdest du sie gut kennen.«

»Klar. Ich meine, wenn man hier draußen lebt, dann ist man auf Kompromisse angewiesen. Man muss sich mit allen gut verstehen, neutral bleiben, kleine Aufgaben erledigen, solche Sachen.«

»Wie zum Beispiel Medikamente nach Thailand fliegen?«, fragte Allie.

»Das handhabe ich wie alle anderen Kurierdienste auch. Wenn du mir sagst, du hast zweihundert Pfund Aspirin in deinen Koffern, warum sollte ich das anzweifeln?«

»Das ist sehr anständig von dir«, sagte Spencer.

»Hey, das Leben ist kurz, von daher ist mir alles recht, was mich satt macht und noch etwas Benzin für die Maschine abwirft.« Joe betrachtete den Bodennebel, der sich langsam verzog. »Es scheint, als wäre heute fantastisches Wetter für einen Rundflug. Bist du bereit?«, fragte er.

Allie schaute Spencer unsicher an. »Wieso muss ich denn mit?«

»Ich dachte, du bist hier die Archäologin? Oder kann Spencer deinen Job auch machen?«

Sie verzog das Gesicht, musste aber zugeben, dass Joe recht hatte. »Es ist doch sicher, oder?«

»So sicher, wie alles hier in der Gegend. Wie gesagt, lasse das Universum in dein Herz und du hast ein fröhlicheres Leben.«

»Und auch ein deutlich kürzeres«, murmelte Allie.

»Lass mich das Maschinchen startklar machen und dann geht es los! Ich habe ein Fernglas und ein Funkgerät im Flugzeug. Es ist für alles gesorgt.«

»Und wie ist es mit einem Feuerlöscher und Fallschirmen?«, fragte Allie.

Joe betrachtete sie mit großen Augen. »Du hast einen guten Sinn für Humor. Das ist gesund.«

»Das war kein Witz.«

Der Motor erwachte knatternd zum Leben und Joe bearbeitete einige Schalter und Hebel, worauf der unruhige Leerlauf bald zu einem sanften Schnurren wurde. Allie kletterte ins Cockpit und schnallte sich neben Joe an. Er zog sich ein paar alte Kopfhörer mit Mikrofon über, hielt Spencer einen ausgestreckten Daumen entgegen und ließ die Maschine dann zum Ende der holprigen Startbahn rollen.

»Ich hoffe, es sind keine Wildschweine auf der Piste«, sagte Joe und Allie schüttelte den Kopf. Er grinste irre und kicherte. »Ich weiß nicht, warum die sich so gern in dem Matsch auf meiner Startbahn rekeln, aber das tun sie. Bis jetzt habe ich noch nie eines erwischt, aber es hält die Spannung auf hohem Niveau!«

»Sag mir bitte, dass das ein Scherz ist.«

»Das werden wir gleich herausfinden«, sagte er, als sich das Flugzeug in Bewegung setzte. »Für deinen Beruf bist du aber nicht besonders abenteuerlustig, oder?«

»Nach einem Hubschrauberabsturz sowie einer wilden Jagd durch den Dschungel habe ich vermutlich meinen lebenslangen Bedarf an Abenteuern schon gedeckt!«

Sie gewannen an Geschwindigkeit, doch dann traf eines der drei Räder ein besonders tiefes Schlagloch. Die Tragflächen gaben ein verdächtiges Krächzen von sich und die ganze Maschine erzitterte. Allie biss die Zähne zusammen, ihr Hintern schmerzte schon von dem anhaltenden Geschüttel, doch dann hob sich die Maschine in einem steilen Winkel in die Luft. »Wir müssen es über die Baumwipfel schaffen, sonst geht das Ganze nicht gut aus«, erklärte Joe. Allie schloss die Augen, denn sie wollte den Tod nicht auf sich zurasen sehen, während ihr Leben in der Hand eines zugekifften Verrückten lag.

Dreißig Sekunden später schwebten sie über dem endlos scheinenden Urwald und gewannen weiter an Höhe, wo sie sich leichten Turbulenzen ausgesetzt sahen. Joe tippte mehrfach auf den

Kompass, während sie weiter stiegen. Allie öffnete die Augen und starrte auf das Gerät. »Stimmt was nicht?«

»Doch, doch. Ich vergesse nur immer, das Ding zu reparieren. Es bleibt manchmal hängen.«

»Das Ding, was uns sagt, wohin wir fliegen? Meinst du das?«, fragte sie.

»Ich kenne diese Hügel wie meine Westentasche. Mach dir mal keine Sorgen.«

»Funktioniert denn wenigstens der Flughöhenanzeiger?«

»Meistens.«

»Das klingt so, als würde er manchmal nicht funktionieren!«

»Ist ein Glas halb leer oder halb voll? Bei mir ist es immer halb voll! Nur positive Vibes! Kein Grund, Stress zu machen!«

Als sie auf etwa tausend Meter Höhe waren, flog Joe eine Kurve in Richtung Norden und schon bald waren sie über dem Mekong. Joe deutete auf eine Barkasse, die gegen die Strömung kämpfte. »Ganz schön langsam, das Boot! Eine echt mühsame Art, seinen Lebensunterhalt zu verdienen!«

»Daeng, unser Pilot, hatte gesagt, dass die Drogenbanden manchmal auf Flugzeuge schießen!«

Joe nickte. »Das stimmt. Aber nicht oft. Schon gar nicht auf dieser Flughöhe. Das wäre auch Munitionsverschwendung, wenn man nicht gerade ein Kaliber 50 am Start hat. Und warum sollten sie? Sie kennen doch mein Flugzeug.«

»Das stimmt. Ich vergesse immer, du arbeitest ja für … für wen noch mal?«

»So viel Misstrauen. Leben und leben lassen, das ist mein Motto.« Er zeigte auf den Fluss. »Kommt dir das bekannt vor?«

»Ja, das ist die Stelle!«

»Dann lass uns etwas runtergehen und schauen, ob wir deine Freunde sehen!«

Eine Stunde später, nachdem sie den Fluss und die ihn umgebenden Trampelpfade mehrfach abgeflogen waren, hatten sie nichts weiter gesehen als einen Ochsen und ein paar Bauern. Joe schaltete das GPS an und flog nach Westen. »Such dir eine von deinen potenziellen Verstecken für die Ruine aus und wir riskieren einen Blick. Die sind alle drei in Myanmar, oder?«

»Nur eine der drei Möglichkeiten. Die beiden anderen nicht.«

»Okay, dann schauen wir uns erst die im Gebiet von Laos an. Selbst mir ist nicht ganz wohl dabei, über das Gebiet der Shan Army zu fliegen!«

»Wir haben aber eine Genehmigung!«

»Von einer Regierung, die die Shan nicht anerkennen. Damit könnt ihr euch den Hintern abwischen, mehr ist sie nicht wert.«

Sie zogen an ihrem ersten Ziel vorbei, doch Allie schüttelte den Kopf. »Das sieht nicht sehr vielversprechend aus, oder?«

»Ich sehe nichts außer Urwald.«

»Dann lass uns hierhin fliegen«, schlug sie vor und zeigte auf das GPS-Display. Joe nickte und passte die Flugrichtung an. Zehn Minuten später hatten sie auch dort zwei Überflüge absolviert und waren zu dem gleichen Ergebnis gekommen.

»Falls irgendwas da unten sein sollte, kann man es aus der Luft nicht sehen«, stellte Joe fest. »Sieht so aus, als müssten wir doch nach Myanmar.«

Allie nickte geistesabwesend. Als sie den Mekong überquerten, wandte Joe sich an sie: »Was habt ihr überhaupt an dem Fluss gemacht? Das ist ja nicht gerade in der Nähe der drei potenziellen Locations?«

Allie verzog das Gesicht und überlegte, ihm von Christine zu erzählen. Sie kam zu dem Schluss, dass es nicht schaden könnte.

»Jemand, den ich kenne, hat ebenfalls nach den Ruinen gesucht, doch ihr Flugzeug ist abgestürzt. Wir hatten gehofft, eventuell das Wrack zu finden – dann hätten wir zwei Fliegen mit einer Klappe geschlagen.«

»Ein Absturz? Wann soll das gewesen sein?«, fragte Joe und seine Augen verengten sich.

»Vor etwa einer Woche. Es war nachts.«

Er dachte für einen Moment nach und wandte sich ihr dann zu: »Möglicherweise habe ich etwas davon gehört.«

Allie betrachtete ihn angespannt. »Möglicherweise? Ja oder nein?«

»Kommt drauf an, wer fragt, und ob das sich auf meine Bezahlung auswirkt.«

»Wie klingt es für dich, wenn ich sage, es gibt das Doppelte?«

»Nicht so gut wie das Dreifache.«

Allie seufzte. »Okay, das Dreifache.«

»Ich glaube, ich habe von der Shan Army gehört, dass ein Flugzeug vor etwa fünf, sechs Nächten runtergekommen ist. Ich muss noch mal nachfragen. Einer meiner Männer hat es mir gesagt.«

»Hat er zufällig auch gesagt, wo?«

»Nicht genau, nur irgendwo jenseits des Mekong. Ich kann mal schauen, ob ich ihn per Funk erreiche.«

Joe drehte die Lautstärke seiner Kopfhörer auf und sprach in das Mikrofon. Nach ein paar Minuten kam eine Antwort. Joe hörte aufmerksam zu und fragte noch etwas. Weitere schnell gesprochene Worte in der Sprache der Eingeborenen stürmten auf ihn ein, dann lehnte er sich zurück und drehte die Lautstärke wieder herunter. Schließlich wandte er sich an Allie.

»Er wird seinen Kumpel bei der Shan Army kontaktieren. Leider kann man da nicht einfach ein Telefon nehmen und durchklingeln. Er muss ein Walkie-Talkie nehmen und in Hörweite kommen, dann kann er sie auf einer ihrer Frequenzen anfunken. Dann kommt es nur noch darauf an, wie schnell er den richtigen Mann findet und was der dann im Endeffekt weiß.

»Wie lange wird das alles dauern?«

Joe deutete auf ein paar Hügel in der Ferne, die durch Erosion sehr schroffe Kanten bekommen hatten und fast aussahen, wie die Monolithen in Stonehenge – nur zehnmal größer. »Da ist dein verstecktes Tal!«

Sie schwenkte ihr Fernglas in die Richtung und studierte das Gebiet aufmerksam – entlang eines Flusses, der hindurchließ, dann entlang der Felskante, die das Wasser im Verlauf der Jahrhunderte freigelegt hatte.

»Ich sehe keine Ruinen, und du?«

»Du bist doch die Expertin! Wonach genau suchen wir denn?«

»Das ist nicht ganz klar. Irgendetwas von Menschen Gemachtes!«

Sie flogen eine Stunde lang Schleifen, dann drehte Joe die Maschine wieder in Richtung Laos. Allies Frustration war spürbar.

»Was meinst du?«, fragte Joe.

»Das könnte es sein. Zumindest passt es zu den Beschreibungen, die wir haben. Aber ich habe nichts Offensichtliches gesehen. Angeblich soll es eine Höhle geben, in der sich der Tempel befindet.«

»Die einzige Möglichkeit, das herauszufinden, ist zu Fuß dorthin zu gehen. Das ist eben das Problem an einem Überflug – es gibt Grenzen, was man aus der Luft erkennen kann.« Er hielt kurz inne. »Es ist auch ein sehr großes Gebiet. Vielleicht sieht man das auf den Fotos nicht, aber es ist eine ziemliche Strecke.«

Sie sah zu, wie das Tal hinter ihnen verschwand und nickte.

»Sieht so aus, als hätten wir eine lange Wanderung vor uns!«

KAPITEL 28

Drake und Onkel Pete saßen auf einem quergelegten Baumstamm und tranken Wasser, als wären sie am Verdursten, während sie von einem Mann bewacht wurden. Der Lauf seiner AK-47 machte überdeutlich klar, dass sie nicht auf dumme Ideen kommen sollten. Drake hatte seinen Krug ausgetrunken und rieb sich den Bauch, während sein Körper langsam vom Rand eines Zusammenbruchs zurückkehrte.

Onkel Pete folgte dem regen Treiben im Dorf, während die Bewohner ihrem Tagesgeschäft nachgingen. Drake bemerkte verwundert, wie sein Blick an einigen jungen Damen Hängen blieb, die lachend vorbeigingen. Er wollte gerade einen Spruch loslassen, als eine Stimme hinter ihnen losdonnerte: »Drake! Onkel Pete! Da hol mich doch der Teufel!«

Drake wirbelte herum, denn er erkannte Spencers Tonlage sofort. Er fragte sich, ob er träumte, als sein Freund auf ihn zulief, der Gang federnd und sorgenfrei – und ohne jegliche Anzeichen irgendwelcher Wachen weit und breit.

»Was machst du denn hier?«, stammelte Drake, als er aufsprang.

»Wir sind diejenigen, die den Suchtrupp organisiert haben! Schön zu sehen, dass es geklappt hat! Wir hatten eine Wette laufen, ob euch schon ein Tiger gefressen hat.« Spencer lachte.

»Wo ist Allie?«, fragte Drake.

»Oh, sie ist gerade mit unserem Guru in der Luft und sucht nach euch.«

»Guru?«

»Ein Amerikaner. Er hat ein Flugzeug und führt diesen Stamm an, so wie es aussieht. Er ist ein klein wenig exzentrisch … oder sagen wir ruhig, extrem exzentrisch.«

»Sie fliegt mit ihm? Wann kommen sie denn zurück?«

Spencer zuckte mit den Achseln. »Demnächst, schätze ich.«

Spencer beäugte Drakes verdreckte Kleidung und sein mitgenommenes Äußeres. »War 'ne schlimme Nacht, oder?«

»Du kannst es dir gar nicht vorstellen.«

»Wann haben sie euch gefunden?«

»Das war vor etwa vier, fünf Stunden. Kurz nach Sonnenaufgang.« Drake starrte Spencer an. »Wie seid ihr eure Verfolger losgeworden?«

»Wir haben sie erst ein Stück abgehängt und sind dann zurückgelaufen. An einer flachen Stelle haben wir den Fluss durchquert, aber dann sind wir den Jungs hier in die Hände gefallen. Zum Glück konnten wir mit diesem Joe, ihrem Schamanen, einen Deal machen. Er kennt die Gegend und hat eingewilligt, uns bei der Suche nach dem Tempel zu helfen.« Spencer erklärte ihm die weiteren Einzelheiten, und als er fertig war, grunzte Onkel Pete.

»Vielleicht nicht gut, arbeiten mit Fremder.«

»Wir haben nicht gerade viele Möglichkeiten.«

»Ist der Typ denn vertrauenswürdig?«, fragte Drake.

»Ich weiß nicht, das kann man schwer einschätzen. Wirst du dann schon selbst sehen.«

Das sonore Brummen eines Flugzeugs hallte durch das Tal, woraufhin Drake und Onkel Pete in den Himmel starrten. Ihr Bewacher hielt weiterhin sein Gewehr auf sie gerichtet. Drake warf Spencer einen Seitenblick zu. »Meinst du, es gibt eine Chance, uns Herrn Schießfreudig hier vom Hals zu schaffen?«

»Ich spreche die Sprache leider nicht, tut mir leid. Aber es klingt so, als wäre Joe unterwegs. Der klärt das dann schon.«

»Was kannst du mir noch über ihn sagen?«

»Er ist so eine Art Aussteiger, labert eine Menge spirituellen Scheiß, aber er behauptet, alle Gruppierungen in der Gegend zu kennen und mit ihnen verhandeln zu können. Die anderen Stammesangehörigen sehen ihn ganz offensichtlich als ihren Anführer. Abgesehen davon besitzt er das älteste Flugzeug der Welt, das er für alle möglichen dubiosen Lieferungen einsetzt. Und er liebt es, zu saufen und zu kiffen.«

»Oh, na das ist doch perfekt. Genau, was wir uns gewünscht haben.«

»Ich glaube, er kann sogar Stimmen hören!«

»Aha, so wie Johanna von Orleans. Fantastisch. Und Allie sitzt in seinem Flugzeug?«

»Sie war auch nicht glücklich darüber.«

Das Flugzeug tauchte hinter einem Hügel auf und wackelte mit den Flügeln, bevor es abrupt in einen Sinkflug ging, um dann wieder steil aufzusteigen. »Ich schätze mal, Allie wird nicht gefallen, dass er so fliegt.«

»Sonst geht es ihr aber gut?«

»Sie sieht schon ziemlich mitgenommen aus, aber genau wie du hat sie wenigstens noch ihre Jugend, um das zu kaschieren.«

»Ich kann gar nicht glauben, dass es hier eine Landebahn gibt«, sagte Drake, während sie Spencer folgten.

»Mit so großen Worten würde ich es nicht beschreiben. Es ist eher eine Narbe im Urwald.« Spencer trat einen Stein weg, der im Weg lag. »Aber anscheinend reicht das ja.«

Sie erreichten die Lichtung gerade noch rechtzeitig, um den wackeligen Landeanflug der Cessna mitzuerleben. Sie rasierte beinahe die im Wind tanzenden Baumwipfel ab, bevor sie aufsetzte und schließlich am Ende der unebenen Landebahn ausrollte. Zum Stehen kam sie direkt neben der Hütte, wo das Tarnnetz zusammengerollt auf dem Boden lag.

Joe schaltete den Motor ab und Allie sprang regelrecht aus der Maschine, als sie Drake entdeckte, und rannte auf ihn zu. Drake nahm sie in die Arme und drückte die zitternde junge Frau an sich, bevor sich ihre Lippen trafen.

»Nehmt euch ein Zimmer!«, tönte Joe hinter ihnen und zerstörte damit die Magie des Augenblicks. Allie löste sich von Drake, trat einen Schritt zurück und musterte ihn mit tausend Fragen im Blick.

»Was ist passiert? Geht es dir gut?«, flüsterte sie.

Drake nickte. »Es war eine harte Nacht im Dschungel, und heute Morgen dachte ich schon, wir wären erledigt, als uns die

Männer von deinem neuen besten Freund gefunden haben. Aber unterm Strich gibt es, glaube ich, keine bleibenden Schäden.«

Allie nickte. »Das musst du mir alles in Ruhe erzählen. Und ich habe auch so einige Storys auf Lager.«

»In meiner kommt eine riesige Schlange vor.«

Allie warf einen fragenden Blick in Onkel Petes Richtung, doch Drake schüttelte den Kopf. »Nein, eine echte Schlange. Eine riesige!«

Sie lächelte und wandte sich Onkel Pete zu, der gerade Joe anstarrte. »Drake? Onkel Pete? Das ist Joe.«

Allie studierte Drakes Profil genau. »Joe ist hier der Boss. Wir haben nach euch gesucht, und als wir damit kein Glück hatten, haben wir die möglichen Fundorte für die Ruinen angesteuert. Nur einer von ihnen scheint halbwegs infrage zu kommen.«

»Hey, Joe. Nett, dich kennenzulernen«, sagte Drake und streckte seine Hand aus.

Joe deutete einen Wai an, statt einzuschlagen. »Die Freude ist ganz auf meiner Seite, Kumpel.« Dann wandte er sich an Onkel Pete und sagte etwas auf Thailändisch, nachdem er sich ihm gegenüber ebenfalls verbeugt hatte.

Onkel Pete strahlte ihn an und erwiderte den Wai, aber Allie konnte beobachten, dass seine Augen ganz genau Maß von Joe nahmen. Der für seinen Teil schien sich überhaupt keine Sorgen über die Ankunft der Neuankömmlinge zu machen. »Allie schuldet mir eine ganze Menge Kohle dafür, dass wir euch gefunden haben, somit war das rein geschäftlich. Wie ich es verstanden habe, hattet ihr Probleme, nachdem euer Heli ein Bad genommen hat?«

Drake nickte. »Allerdings. Wir wurden von einer Horde Bewaffneter verfolgt. Wir konnten sie nur abschütteln, indem wir ein Floß gebaut haben und die Stromschnellen hinuntergefahren sind.« Er zuckte mit den Schultern. »Nichts Besonderes also.«

Drake sah eine gewisse Sorge in Allies Augen, was ihn freute. Dazu noch der Kuss – und er konnte sich ausrechnen, dass sie trotz ihres merkwürdigen Benehmens immer noch Interesse an ihm hatte. Er wünschte sich, Frauen besser verstehen zu können, doch bis dahin begnügte er sich mit diesem kleinen Erfolg.

»Joe ist der Meinung, er hätte etwas über Christines Flugzeug gehört«, verkündete Allie und Spencer warf ihr einen strafenden Blick zu.

»Du hast ihm davon erzählt?«

»Er wird seine Fühler ausstrecken. Das kann uns eine Menge Zeit sparen.«

Joe nickte. »Ist schon in Arbeit, Spencer. Aber wenn die Mühle da runtergekommen ist, wo ich denke, fangen eure Probleme gerade erst an. Die Ecke wird von der Shan Army kontrolliert, wenn die nicht gerade von der Armee Myanmars beschossen wird.«

»Das bedeutet, unsere Genehmigungen sind nutzlos«, fügte Allie hinzu.

»Wir kommen wir dann dorthin?«

Joe lächelte. »Da komme ich ins Spiel. Ich kenne den Anführer der Shan Army. Es wird euch zwar einiges kosten, aber ich kann freies Geleit arrangieren.«

Drake warf Allie einen verstohlenen Blick zu. »Ich gehe davon aus, dass der Preis mehr als fair sein wird?«

»Es wird ein absolutes Schnäppchen. Aber das ist nicht euer größtes Problem.«

»Sondern?«, fragte Spencer.

»In der Gegend ist auch noch eine Splittergruppe unterwegs, die sich mit ihren Drogenküchen auf dem Meth-Markt etablieren will – die Red-Moon-Gang. Das sind richtig fiese Gesellen«, sagte Joe und wechselte dann das Thema: »Spencer, hilfst du mir wieder mit dem Netz, nachdem ich vollgetankt habe?«

Spencer nickte in Richtung der Hütte. »Ich wollte schon fragen, wie das mit dem Sprit läuft.«

»Ich habe hinten ein paar Fässer stehen. Wird nur ein paar Minuten dauern, das Maschinchen wieder vollzumachen.«

Spencer folgte Joe zu der Hütte und kurz darauf befüllten sie den Tank mit einer handbetriebenen Pumpe. Danach brachten sie das Tarnnetz wieder in Position.

Onkel Pete räusperte sich, als Spencer und Joe zurückkamen. »Muss Zuhause anrufen«, sagte er. Spencer verstand, worauf er hinauswollte. »Joe, du hast nicht zufällig ein Satellitentelefon hier?«

»Witzig, dass du danach fragst, denn ich habe tatsächlich eines.«

»Kann ich es mir leihen?«

Joe grinste. »Nicht nur das, du kannst es sogar kaufen.« Sein Blick wurde ernst: »Für fünftausend Dollar.«

»Was? Die kosten doch neu nur 'nen Tausender!«

»Vielleicht bei dir Zuhause. Aber ich besitze hier in der Gegend das absolute Monopol auf Telekommunikation. Da kostet so ein Satellitentelefönchen schon mal fünftausend.«

»Das ist Abzocke«, beschwerte sich Spencer.

»Nun ja, ich hätte noch ein anderes, von dem würde ich mich für zweieinhalb trennen. Ein älteres Modell. Super Sonderangebot, gilt nur heute!«

»Funktioniert es denn?«, fragte Drake.

»Natürlich. Warum sollte ich euch eins verkaufen, das nicht funktioniert?«, erwiderte Joe gespielt betroffen.

Drake seufzte. »Okay, wir nehmen es. Wo ist es?«

»Drüben im Dorf. Da lade ich die Batterien mit Solarzellen auf.«

»Nur für den Fall, dass jemand aus dem Nichts auftaucht und ein Vermögen für ein Satellitentelefon bezahlen will?«, fragte Spencer.

Joe lachte gutmütig. »Du glaubst gar nicht, wie oft das vorkommt!«

Allie verzog das Gesicht. »Ich kann es mir sehr gut vorstellen.«

Nun wandte Joe sich ab und setzte sich in Richtung Dorf in Bewegung, aber Drake rief ihm hinterher: »Kannst du deinem Handlanger sagen, er soll seine Waffe nicht mehr auf mich richten, Joe?«

Joe drehte sich um und sprach ein paar Worte. Der Mann nickte und senkte seine Waffe. Drake hätte schwören können, dass er etwas enttäuscht aussah.

Als sie zurück im Dorf waren, stellte sich das Telefon als ziemlich mitgenommene Antiquität heraus, die über zehn Jahre alt sein musste. »Pack sie auf unsere Rechnung«, sagte Allie.

Joe tippte sich an die Stirn. »Da fällt mir etwas ein. Wir müssen uns noch überlegen, wie ihr mich bezahlt.«

»Sobald wir wieder in der Zivilisation sind, kann ich dir das Geld überall hin überweisen. Ich kann aber auch Bargeld abheben, wenn die Bank genug davon hat.«

»Überweisung passt schon. Wäre nicht so cool, wenn ich hier bündelweise Geldscheine rumliegen hätte – das könnte die Dorfbewohner auf dumme Gedanken bringen. Benutzt doch einfach euer neues Satellitentelefon, um den Geldtransfer anzuweisen. Ich bekomme zwanzig Riesen dafür, dass ich die beiden gefunden habe, und dann noch die Hälfte von sechzig für den Trip ins Gebiet der Shan Army. Ich gebe euch nachher meine Kontodaten.«

Allie grinste schief. »Wieso überrascht mich das alles nicht? Nimmst du eigentlich auch Kreditkarten?«

»Nee, damit wird zu viel Schindluder getrieben.« Er ließ die Batterie einrasten, schaltete das Telefon an, schüttelte es und nahm die Batterie wieder heraus. »Wir müssen es noch mal laden. Es lag wohl eine Weile rum. Gebt mir ein paar Stunden, dann ist es wieder wie neu.«

»Bist du sicher, dass es funktioniert?«

»Sonst kriegt ihr euer Geld zurück.«

KAPITEL 29

Allie, Drake und Spencer saßen im Schatten, als Joe wieder auftauchte – er war offensichtlich aufgeregt. Allie stand auf, als er sich ihr mit einem Walkie-Talkie in der Hand näherte.

»Sieht so aus, als ob ihr mir den Flugzeug-Bonus schneller zahlen müsst, als wir dachten«, sagte er. »Wobei mir einfällt, über die Summe hatten wir uns nie geeinigt!«

»Überrasche uns«, sagte Drake trocken.

»Mal überlegen … wenn ein Tempel sechzig wert ist, liegt ein Flugzeug doch sicher so bei … vierzig?«

Allie musste unwillkürlich lächeln. »Anscheinend bist du heute ein richtiger Glückspilz.«

Joe zuckte mit den Schultern. »Ich sage euch ja, ihr sollt eure Herzen dem Universum öffnen – mehr kann ich nicht tun.«

»Wir öffnen stattdessen unsere Brieftaschen«, sagte Drake zu Spencer.

Joe kicherte. »Ihr könnt natürlich auch einfach allein losziehen und suchen. Sagt Bescheid, wenn ihr zu den Ruinen aufbrechen wollt.«

»Du meinst wirklich zu wissen, wo das Flugzeug ist?«, fragte Spencer.

»Auf einen Kilometer genau. Einer der Shan-Army-Jungs war in dieser Nacht auf Patrouille und hat es gehört. Er sagte, es hätte direkt danach angefangen zu regnen, aber er war sich sicher, dass es ein Flugzeug war, kein Donner. Falls er recht hat, können wir anhand seiner Position die Flugbahn ausrechnen. Wo kam die Maschine her?«

»Aus dem Norden«, sagte Spencer.

»Das Flugziel?«

»Chiang Rai.«

Joe runzelte die Stirn. »Das ist ja komisch. Was haben sie dann auf der anderen Seite der Grenze gemacht? Das liegt ja nicht gerade auf dem Weg.«

»Wir haben gehört, dass ein Unwetter über Laos lag, also wollten sie dem wahrscheinlich aus dem Weg gehen.«

Joes Augen funkelten verständig. »Ach, die Nacht war das! Ja, das war ziemlich übel, sogar für hiesige Verhältnisse. Kein Wunder, dass sie nach Westen ausgewichen sind.« Er hielt kurz inne und warf Drake einen festen Blick zu. »Lass dir ruhig Zeit damit, über mein Angebot nachzudenken. Falls ich heute nicht mehr fliegen muss, würde ich jetzt ein Mittagsschläfchen machen.«

Drake sah auf seine Armbanduhr. »Wir haben jetzt noch, wenn ich das richtig schätze, vier Stunden Tageslicht?«

Joe nickte. »In etwa.«

Drake traf eine Entscheidung: »Na gut. Du bist jetzt hundert Riesen reicher, wenn du uns helfen kannst, das Flugzeug und den Tempel zu finden.«

Joe hielt einen Finger in die Luft: »Hundertundzweiundzwanzigeinhalb. Vergesst nicht den Finderlohn dafür, dass wir euch gerettet haben, und das fast neue Telefon.«

Drake sah ihn verblüfft an. Für einen Hippie-Aussteiger waren seine Rechenkünste absolut auf der Höhe.

Joe grinste siegreich. »Lasst uns losfliegen. Begleitet Ihr mich wieder, Prinzessin? Ich habe ja nur Platz für einen Passagier.«

Allie zuckte mit den Schultern. »Warum nicht.«

»Ich werde mitkommen«, ging Drake dazwischen.

Sie kehrten zum Flugplatz zurück und Joe warf einen prüfenden Blick auf eine Ansammlung düsterer Wolken, die sich von Süden her näherten. Er schnupperte in die Luft, hielt einen angefeuchteten Finger in den Wind und richtete dann einen kleinen Wai an die Sonne. Drake und Allie sagten nichts dazu. Spencer und Onkel Pete hielten sich im Hintergrund, als Joe zur aufgewühlten Erde der Flugpiste ging, sich hinkniete und den Dreck eine Weile lang mit seinen Fingern massierte, bis er zufrieden aufstand und nickte. »Spencer? Gehst du dem alten Mann noch mal zur Hand?«

Fünf Minuten später schwebten sie in nördlicher Richtung über den Dschungel. Joe erklärte Drake auf dem Weg zu ihrem Ziel die

Details: »Der Scout der Shan-Armee war in der Nähe eines Wasserfalls auf der Westseite des Mekong, gleich hinter einem Gebiet, das er als Hundebein bezeichnet. Ich kenne die Stelle. Von dort an können wir die Baumwipfel im Auge behalten. Wenn da ein Flugzeug runtergekommen ist, finden wir es!«

»Wäre es auch von einem Satelliten aus sichtbar, wenn wir es aus dem Flugzeug sehen können?«

»Damit kenne ich mich nicht aus. Wieso auch? Kennst du jemanden mit einem Satelliten?«

Drake biss sich auf die Zunge, er hatte sich beinahe verplappert. »Nicht, wenn du nicht zufällig einen zu verkaufen hast. Würde mich nicht wundern!«

»Nein, ich hab nur die Telefone. Die gehen in letzter Zeit ganz gut weg!«

»Angebot und Nachfrage«, schloss Drake.

Er nahm sich vor, in Zukunft vorsichtiger mit Joe zu sein. Er schien zwar harmlos, aber irgendetwas Zwielichtiges hatte er an sich. Man konnte sich jedenfalls sicher nicht darauf verlassen, dass er einem nicht in den Rücken fallen würde, wenn die Gelegenheit günstig war. Schließlich hatte ihn irgendetwas dazu veranlasst, im Dschungel unterzutauchen, wo er in Symbiose mit Killern und Drogenschmugglern lebte – und sein Dorf war so gut bewacht wie eine Militärbasis in einem Kriegsgebiet.

Als sie den Knick in dem Fluss erreichten, den die Einheimischen das Hundebein nannten, korrigierte Joe die Flugrichtung etwas nach Westen und ging auf etwa dreihundert Meter über dem Baumkronendach herunter. Sie flogen noch fünfzehn Minuten weiter, bis er Drake über den Krach des Motors etwas zurief: »Auf deiner rechten Seite! Auf etwa zwei Uhr! Siehst du? Da ist der Wasserfall!«

Drake stellte seinen Feldstecher scharf und versuchte, ihn ruhig zu halten, damit ihm nicht schlecht wurde. Schließlich entdeckte er das weiße Wasser, das sich über Felsen ergoss. »Hat der einen Namen?«

Joe schüttelte den Kopf: »Hier draußen hat kaum etwas einen Namen.« Er zeigte nach vorn und reduzierte die Flughöhe noch weiter. »Wir sollten bald die Flugbahn eurer Freunde kreuzen.« Er schaltete das GPS an und wischte mit dem Daumen durch die verschiedenen Bilder, dann zoomte er herein und setzte eine Markierung bei den Wasserfällen. »Okay. Hier in der Gegend müsste es sein. Halt die Augen offen!«

Drake konzentrierte sich auf die wenigen Stellen, an denen er Löcher in den grünen Wipfeln sah. Die Minuten vergingen, während Joe immer wieder Schleifen flog, und bevor sie sich versahen, waren zwei Stunden vergangen. Joe blickte in Richtung Laos und brachte das Flugzeug erneut in eine elegante Schräglage, wobei sich seine Lippen zu einem schmalen Spalt verengten: »Diese Unwetterfront kommt uns langsam zu nahe, wir müssen zurückfliegen.«

Drake nickte, und als sich sein Adrenalinpegel senkte, merkte er, dass er völlig erschöpft war von der langen Anspannung. »Vielleicht finden wir die Stelle morgen.« Er stierte in die Ferne und deutete dann auf ein Paar schroffe Gipfel. »Ist das dein Dorf?«

»Ja.«

Plötzlich klafften zwei Löcher im linken Flügel und Joe stieß einen heftigen Fluch aus, während er das Steuer nach rechts riss. Drake starrte die Beschädigung an, wobei ihn die G-Kräfte in den Sitz drückten. Joe holte aus der Maschine alles heraus, um so schnell wie möglich zu steigen. »Sind das … hat jemand auf uns geschossen?«

Joe nickte grimmig. »Sieht ganz so aus!«

»Ich dachte, jeder kennt dich hier?«

»Das ist auch so. Aber nicht jeder mag mich. Halt dich fest!«, rief er, und kippte das Flugzeug nach rechts, während sie weiter stiegen. »Ich darf ihnen kein einfaches Ziel bieten!«

Drake schloss die Augen. Der Routineflug war im Handumdrehen zum Albtraum geworden, denn Joe quälte das Steuerruder bis an die Belastungsgrenze. Als sich die Maschine endlich fing, wagte Drake erneut einen Blick und sah auf den Flughöhenanzeiger – sie befanden sich auf etwa zweitausend Metern über dem Meeresspiegel.

»Damit hätten wir das. Jetzt werden sie keine Munition mehr verschwenden.«

»Sie haben uns wirklich getroffen!«

»Wahrscheinlich mussten sie ein ganzes Magazin leeren, um die zwei Treffer zu landen.«

Drake wagte einen weiteren Blick auf die Einschusslöcher, dann glitt seine Aufmerksamkeit hinunter auf die Baumwipfel, von denen offensichtlich jederzeit eine Gefahr ausging. Seine Gedanken kreisten um den Hubschrauberabsturz, als er unbewusst eine gedankliche Linie entlang des Flusses zog, über dem sie sich befanden. Er wollte gerade etwas zu Joe sagen, als seine Augen eine merkwürdige Reflexion auffingen. Sofort blieben ihm die Worte im Hals stecken und er richtete sich ruckhaft in dem unbequemen Sitz auf. *Da war es wieder!* Er hatte es sich nicht eingebildet.

Drake verkrampfte sich und packte Joes Arm. Dann führte er das Fernglas wieder an seine Augen, während Joe sich verwundert aus dem immer fester werdenden Griff losriss.

»Was ist los?«, wollte er wissen.

Drake starrte eine ganze Weile durch den Feldstecher, ohne etwas zu sagen, dann ließ er ihn sinken – allerdings ohne die Augen von dem Strom zu nehmen.

»Ich sehe etwas.«

KAPITEL 30

Allie ging an der Landebahn auf und ab, während Onkel Pete versuchte, Spencer einige thailändische Wörter beizubringen. Dabei amüsierte er sich köstlich über dessen falsche Aussprache, was auch Spencer mit Humor nahm. Hin und wieder beschwerte er sich, dass er früher doch wenigstens die rudimentärsten Dinge wie Begrüßungen fehlerfrei beherrschte.

»Vielleicht dein Gehirn kaputtgegangen? Zuviel Trinken? Oder Rauchen?«

»Nein, ich habe es nur nicht in meinem Langzeitgedächtnis abgespeichert.«

»Farang braucht Speichererweiterung!«

Der Donner grollte, während der Sturm sich näherte, und Allie sah besorgt in den Himmel. Im schwindenden Licht zeigten die Wolken ein Gemisch aus Dunkelgrau und Pink, und der stürmisch aussehende Teil war beinahe über ihnen. Ein weiterer Knall echote durch das Tal und Allie schüttelte den Kopf: »Sie werden es niemals schaffen!«

Wie auf Kommando wirbelten ihre Köpfe herum, als Joes Maschine plötzlich aus Richtung Westen kommend auftauchte und über sie hinwegbrauste. Dann führte sie eine Drehung aus und tauchte auf die Landebahn zu. Gegen den Hintergrund aus aufgetürmten Wolken sah die Cessna aus wie ein Krümel Fliegendreck am Himmel, und nur Augenblicke nach dem Touchdown verschwanden die nächstgelegenen Hügel hinter einer Wand aus dichtem Regen. Sie rannten zum Flugzeug, als es ausrollte und der Motor erstarb. Als Joe und Drake auf sie zuliefen, war die Luft bereits vom Wüten des Sturms erfüllt.

»Vergiss das Tarnnetz, darum kümmern wir uns später«, rief Joe zu Spencer, während Drake sich mit glänzenden Augen an Allie wandte: »Wir haben es gefunden!«

»Das Flugzeug? Wirklich?«

Er nickte und sagte etwas, das in einer heftigen Donnerexplosion unterging.

»Was?«, schrie Allie, als dicke Regentropfen anfingen, um sie herum einzuschlagen. Schnell steigerte sich diese Naturgewalt zu einem dichten Bombardement, das die Sichtweite auf wenige Meter einschränkte. Joe führte sie an, als sie in Richtung Dorf rannten, und sie schafften es kaum, mit ihm mitzuhalten. Dieser alte Haudegen war tatsächlich weitaus besser in Form, als man denken mochte. Allie rutschte aus und fiel in den Matsch, doch Spencer zog sie sofort ohne viele Worte nach oben.

Als sie die Hütten erreicht hatten, hetzten sie direkt in Spencers und Allies Unterkunft, während Joe zu seinem eigenen Domizil weiterlief. Mit einem lauten Seufzen sank Allie zu Boden und Drake ließ sich neben sie fallen. Dann wischte er ihr eine feuchte Locke aus der Stirn und sie lächelte ihn müde an. Spencer ließ sich währenddessen gegenüber von ihnen nieder, während Onkel Pete es vorzog, stehen zu bleiben. Er lehnte sich an eine Wand und beobachtete die sintflutartigen Regenfälle draußen.

»Wie gesagt, ich habe es gefunden. Aus dem Augenwinkel. Es war so komisch! Den einen Moment fliegen wir noch Ausweichmanöver, und plötzlich ist es da! Ich hätte es bestimmt nicht gesehen, wenn wir nicht so weit aufgestiegen wären. Denn aus der Nähe hätte man sich unmittelbar darüber befinden müssen … es ist echt so komisch … ich meine, wenn die Sonne nicht exakt den richtigen Winkel gehabt hätte, und wir nicht so weit hochgeflogen wären …«

»Hast du gerade etwas von Ausweichmanövern gesagt?«, fragte Spencer.

»Ach ja, richtig. Wir sind beschossen worden! Die Maschine hat mindestens zwei Treffer abbekommen. Joe sagte, er würde sich morgen darum kümmern, wenn es nicht mehr regnet.«

»Moment – jemand hat auf euch geschossen?«, hakte Spencer nach.

»Das passiert hier in der Gegend wohl öfter«, sagte Drake. »Wir sind okay, macht euch keine Sorgen. Viel wichtiger ist, dass wir die Absturzstelle gefunden haben. Joe sagte, bis morgen müsste der Regen weg sein.«

Onkel Pete schaute in den Himmel. »Sturm in zwei Stunden vorbei, maximal.«

Drake wischte sich die Stirn mit einem ebenfalls nassen Ärmel ab. »Ich hoffe, du hast recht.«

»Ich immer recht.«

»Wo ist das Flugzeug genau?«, fragte Spencer.

»Sah so aus, als wäre es in einen kleinen Fluss gespült worden. Jedenfalls liegt es da jetzt. Schwer zu sagen. Wir mussten ja umkehren, wegen des Sturms.« Drake zögerte einen Augenblick. »Joe hat eine Markierung auf dem GPS gesetzt. Er meinte, wir würden die Stelle auf jeden Fall finden.«

»Ist es in der Nähe des Mekong?«

»Nicht wirklich – bestimmt fünfzig Kilometer entfernt, mindestens. Aber man kann unsere zwei Gipfel von dort sehen. Ich meine unsere Tempelstelle.«

»Wie weit ist die von dort entfernt?«

»Keine Ahnung, vielleicht zwei oder drei Meilen?«

Spencer musterte ihn. »Und wie war das jetzt mit der Schießerei?«

»Joe sagt, das sind Gebietskämpfe. Eine neue Drogengang will sich dort breitmachen. Sie haben der Shan Army bereits ein Gebiet abgeluchst, was denen wohl ziemlich egal ist – aber es geht ums Prinzip.«

»Wahrscheinlich ist ein Dschungel wie der andere«, meinte Spencer.

»Bestimmt. Jedenfalls haben sie laut Joe dort eine Meth-Fabrik aufgebaut und sind ziemlich gut bewaffnet. Es sind wohl hunderte Männer, die meisten ehemalige Shan-Armisten. Das heißt, sie kennen alle ihre Tricks. Muss ein ziemlich verbitterter Kampf sein.«

Allie lehnte sich zurück. »Super. Also liegen sowohl das abgestürzte Flugzeug als auch der Tempel in deren Gebiet?«

»Joe zufolge ist es so, aber er sagte auch, dass sich die Grenzen ständig verschieben. Es ist so eine Art Niemandsland zwischen den beiden verfeindeten Gruppen, mit den Shan nördlich davon und der Splittergruppe im Süden.«

»Und wir mittendrin. Das wird ja immer besser«, sagte Spencer.

Sie saßen eine Weile schweigend da, während der Sturm an dem strohgedeckten Dach zerrte. Allie und Drake dösten schließlich weg und Spencer gesellte sich zu Onkel Pete, der die sintflutartigen Regenfälle betrachtete. Nach etwa einer Stunde senkte sich die Intensität und weitere dreißig Minuten später hörte es komplett auf. Onkel Pete grinste, als hätte er gerade einen Marathon gewonnen, und gab Spencer einen High-Five.

Wenig später hallte Joes Stimme durch die offene Tür: »Das Telefon ist aufgeladen!«

Allie und Drake öffneten noch reichlich benommen die Augen. Dann stand Allie auf und schleppte sich zur Türschwelle, wo sie auf Joe traf, der ihr stolz das Satellitentelefon präsentierte. »Ich gebe dieses Baby nur ungern aus den Händen. Es ist ein echtes Sammlerstück!«

»Eher ein Museumsstück«, meinte Allie.

»Oder ein wertloser, alter Haufen Schrott«, fügte Drake hinzu.

»Du bist so negativ«, konterte Joe. »Dreh dein Schmollen auf den Kopf, dann wird ein Lächeln draus! Hey, ich weiß was! Willst du einen Joint? Der bringt dich in Kontakt mit deiner spirituellen Energie!«

»Ich bin mir ziemlich sicher, dass ich nur ein bisschen Schlaf brauche«, sagte Drake.

»Mein Kraut ist aber echt der Hammer ... wenn du weißt, was ich meine«, sagte Joe nachdrücklich. »Das ist echt 'ne Nummer für sich.«

Drake schüttelte den Kopf. »Ich nehme später ein bisschen Heroin.«

Joe verzog das Gesicht. »Das Zeug ist aber übel, Kumpel! Du willst doch nicht mit Kanonen auf Spatzen schießen!«

»Nicht wirklich.«

»Ach so, ich verstehe, du verarschst mich nur«, kicherte Joe. »Das ist in Ordnung. Nicht vergessen, Buddha hat auch immer gelächelt!«

»Vielleicht hat er auch nur das Gesicht verzogen, weil er Blähungen hatte«, meinte Spencer, und Onkel Pete grunzte.

»Der Kosmos ist schon schräg, das stimmt. Aber auch unglaublich schön, Leute. Ihr solltet euch manchmal die Zeit nehmen, das wertzuschätzen.« Joe übergab das Telefon und den Akku. »Übrigens, wenn ihr es anschaltet, solltet ihr lieber keine allzu langen Gespräche führen. Und es danach gleich wieder abschalten.«

Drake verzog das Gesicht. »Ist die Batterie so hinüber?«

»Nee, die ist super. Es geht eher um das Telefon. Ich meine, wahrscheinlich muss man sich keine Sorgen machen. Aber der Typ, von dem ich es gekauft habe, meinte, es ist noch etwas heiß.«

»Heiß? Also geklaut?«

»Mit Hehlerware würde ich nicht handeln, junger Mann«, sagte Joe mit ernster Stimme. »Nein, er hatte nur eine Meinungsverschiedenheit mit jemandem von der Regierung und wäre beinahe bei einem Drohnenangriff getötet worden. Das hat ihn auf die Idee gebracht, dass sie den Chip überwachen könnten. Aber wahrscheinlich war das nur so eine Story, um sich wichtig zu machen. Ich bin mir ziemlich sicher, dass es okay ist.«

Drake betrachtete das Telefon, als wäre es ein Skorpion. »Jetzt verarschst *du* mich, oder?«

Joe zuckte mit den Schultern. »Ihr wolltet es billig, und billig wird eben manchmal teuer. Nichts im Leben ist umsonst. Telefoniert einfach nicht zu lange und nehmt dann den Akku raus – ach, und wenn ihr es anschaltet, entfernt euch vielleicht sicherheitshalber vom Rest der Gruppe. Nicht, dass man sich über irgendetwas Sorgen machen müsste.« Joe lächelte. »Und immer schön positiv denken! Don't worry, be happy!«

Sie sahen entgeistert zu, wie Joe durch den Matsch davon schritt und dabei eine leichte Melodie pfiff. Schließlich schüttelte Spencer den Kopf. »Drohnenangriff? Kann das stimmen?«

»Wer ist dieser Kerl?«, fragte sich Drake, während Allie den Akku einschnappen ließ und das Gerät anschaltete. Das Empfangssignal war einigermaßen gut. Sie reichte Onkel Pete das Telefon und schlug vor, dass er das Gespräch auf der Landebahn führen sollte. Der kleine Thailänder schnappte sich das Gerät und verschwand in den Dschungel. Als er weg war, wandte sich Drake an Allie. »Sobald er wieder hier ist, möchte ich mit Collins reden. Mit so einem Himmelfahrtskommando haben wir bei Weitem nicht gerechnet!«

»Wie jetzt? Lässt du dich wirklich von dieser Shan Army und ein paar Drogenbanden von dem Tempel abhalten?«, stichelte Spencer.

»Ich meine es ernst. Die haben auf das Flugzeug geschossen. Wir könnten jetzt tot sein!«

»Dann schauen wir mal, was er sagt, aber vergiss nicht, dass Christine – wenn sie noch lebt – jetzt schon eine Woche da draußen ist«, sagte Spencer. »So sagt mir mein Bauchgefühl, dass Collins wohl darauf bestehen wird, dass wir weitermachen. Wir sind ihre einzige Chance.«

»Das ist es aber nicht wert, unsere Leben zu riskieren«, meinte Drake und schaute dabei in Allies Richtung – es war klar, dass er sie aus der Schusslinie halten wollte.

»Stimmt. Aber vielleicht hat unser neuer bester Freund Joe ja eine Idee«, sagte sie.

Drake schüttelte den Kopf. »Klar. Mister Sportzigarette führt uns zum Sieg!«

»Immerhin hat er das Flugzeug gefunden und wir konnten die Auswahl der möglichen Fundorte für den Tempel auf einen reduzieren.«

Spencer nickte. »Drake hat schon recht; es ist gefährlich. Aber ich weiß auch, wie die von der CIA denken. Wenn wir schon so nahe am Ziel sind, werden sie auf keinen Fall zustimmen, dass wir aufgeben. Denkt dran, wir sind die Einzigen mit Genehmigungen, und diese beziehen sich auch explizit auf die Suche nach dem Tempel. Wenn wir jetzt umkehren, ist das Mädchen dem Tod geweiht.«

»Sie ist wahrscheinlich schon tot«, protestierte Drake. »Wir haben doch selbst erlebt, wie gefährlich der Dschungel ist. Und sie ist mitten in der Nacht abgestürzt. Seien wir doch ehrlich, zumindest wenn wir unter uns sind.«

Allie seufzte. »Den Unterschied zwischen ›wahrscheinlich‹ und ›nicht‹ kann man auch auf den Unterschied zwischen schwanger sein und nicht schwanger sein beziehen«, sagte sie sanft. »Das macht vielleicht für den Rest der Welt keinen Unterschied, aber für das Baby und die Mutter kann es das Wichtigste überhaupt sein.«

Drake erinnerte sich an das Gespräch mit Christines Mutter und seine Anspannung ging etwas zurück. »Da hast du recht. Wir haben Miss Blakely unser Wort gegeben, dass wir die Sache durchziehen. Ich möchte nur nicht unser aller Leben aufs Spiel setzen, um dieses Versprechen einzuhalten.«

Onkel Pete kam zurück. Er gab das Telefon Allie, die es an Drake weiterreichte. »Tu, was du für das Beste hältst, Drake. Ich für meinen Teil glaube, du hast richtig gehandelt, als du der Sache zugestimmt hast.« Spencer trat einen Schritt zur Seite, damit Drake an ihm vorbeigehen konnte. »Ich bin normalerweise eher egoistisch, aber Allie hat nicht unrecht. Wir haben nicht gesagt, dass wir nur unser Bestes geben werden, wenn es einfach und ungefährlich ist. Wir haben zugestimmt und die CIA hat ihren Teil geleistet und uns die Genehmigungen besorgt. Das ist eine Abmachung, auch wenn sie im Moment sehr unvorteilhaft für uns aussieht. Und ich wette, das wird auch Collins sagen.«

»Collins riskiert aber nicht sein Leben.«

»Stimmt.« Spencer atmete aus und nahm Drakes starren Blick auf. »Es ist aber auch ein Fakt, dass ich das Geld brauche, das dieser Schatz bringen könnte, Drake. Deshalb habe ich vielleicht eine größere Motivation, die Sache durchzuziehen. Ich will dich nicht schlecht machen, aber wenn du jetzt aufgibst, hast du immer noch dein Vermögen. Mein Leben ist dagegen gerade ein großes Fragezeichen, also bleibe ich an Bord, ob das Schiff sinkt oder nicht.«

»Du würdest sogar weitermachen, wenn ich die Sache abblase?«

»Ratten, die man in die Enge treibt, kämpfen umso verbissener.«

»Du bist aber keine Ratte. Und die von dem Hedgefonds haben dein Geld noch.«

»Das behaupten sie zumindest. Aber wenn du jemanden bittest, kurz auf deine Geldbörse aufzupassen, und der dann auf einmal mit fünfzig Gründen kommt, warum du sie nicht zurückhaben kannst, ist das kein gutes Zeichen.« Spencer sah Allie an. »Unter keinen Umständen.«

Die zehn Minuten bis zu Drakes Rückkehr vergingen quälend langsam, und als er wieder aus dem Dschungel auftauchte, war sein Gesichtsausdruck noch ernster als zuvor. Er nahm den Akku aus dem Telefon und setzte sich neben Allie auf eine Matte, dann nahm er ihre Hand und schaute ihr tief in die Augen.

»Sie haben gesagt, dass wir morgen bei Tagesanbruch aufbrechen sollen.«

»Und was hast du gesagt?«

Drake drückte ihre Hand und sagte ohne mit der Wimper zu zucken: »Wird gemacht.«

KAPITEL 31

Reggie Waters drehte sich auf der Matte um, auf der er zu schlafen versuchte, und schlug mit der Hand nach einem Moskito. Das gnadenlose Insekt ignorierte diese kraftlose Geste und landete auf Reggies Oberlippe, dem einzigen Ort, den er nicht mit Insektenspray behandelt hatte. Er zuckte zusammen, als der Moskito seinen Saugrüssel in das zarte Fleisch rammte, und dieser Stich weckte ihn endgültig. Ruckartig richtete er sich auf und sofort flog das Insekt davon, dessen Suche nach nahrhaftem Blut so unsanft unterbrochen worden war.

Reggie fluchte leise. Sein Blick wanderte zu der Stelle, wo seine Tasche im flachen Gras lag, das Satellitentelefon obenauf. Ein Blinken signalisierte ihm, dass er einen Anruf verpasst hatte. Reggie fluchte erneut, diesmal laut und nicht nur in Gedanken, und angelte sich das Telefon. Seine Armbanduhr zeigte ihm, dass es beinahe sieben Uhr morgens war, doch sein Nachtlager war noch immer von dunklen Schatten verhüllt. Er schob die Plastikplane beiseite, die er aufgehängt hatte, um sich vom schlimmsten Regen abzuschirmen und schaute nach, um welche Zeit der Anruf gekommen war.

Zu seiner Überraschung waren es mehrere Anrufe. Begonnen hatte das Ganze um elf Uhr abends und ab dieser Zeit war jede Stunde ein neuer Versuch unternommen worden. Reggie hatte Ruftöne und Vibration ausgeschaltet, um keine ungehaltenen Dschungelbewohner anzulocken – sein laotischer Führer hatte sich geweigert, bei ihm zu bleiben, da das Gebiet zum Territorium einer Drogengang gehörte. Sie hatten ausgemacht, sich um acht Uhr wieder zu treffen, aber Reggie hatte Zweifel, ob der Bootsmann noch einmal auftauchen würde. Er hatte zwar erst die Hälfte seines Lohns bekommen, aber es hatte natürlich etwas für sich, am Leben zu bleiben, um das Geld überhaupt ausgeben zu können. Weiter nördlich am Mekong standen die Chancen dafür deutlich schlechter.

Reggie schaltete das Telefon in den aktiven Modus und stand auf – er musste eine Lichtung finden, um halbwegs brauchbaren Empfang zu haben. Schnell zerlegte er sein Nachtlager und schulterte seine Tasche, wobei er das Telefon in einer Hand behielt und eine uralte Browning 9mm-Pistole in die andere nahm. Der geschäftstüchtige Kapitän hatte ihm diese Waffe für das etwa fünffache des normalen Marktpreises verkauft. Dann machte er sich in Richtung des Flusses auf, der etwa hundert Meter westlich von ihm lag.

Er hatte gerade einmal dreißig Meter hinter sich gebracht, als er Stimmen hörte und Tabakgeruch wahrnahm. Er duckte sich ins Unterholz und dachte dabei an sein Gespräch mit dem Bootsführer.

»Viele schlechte Männer am Fluss! Nicht sicher!«

»Klar, aber auf der laotischen Seite führt doch eine Schotterpiste am Ufer entlang, wo jede Menge landwirtschaftlicher Verkehr stattfindet. Das müsste doch okay sein.«

Der Kapitän hatte den Kopf geschüttelt: »Nein, nicht okay. Drogengang regiert den Teil von Laos! Schlechte Männer. Bauern zahlen Schutzgeld. Aber überall Junkies. Viele Waffen. Schießen erst, keine Fragen. Viele hier verschwinden.«

»Und auf der Seite Myanmars?«

»Schlimmer. Sogar Laos-Gangster haben Angst vor Myanmar!«

Reggie warf einen kritischen Blick auf die Schrottpistole, die seine einzige Verteidigungsmöglichkeit darstellte. Der Bootsmann hatte gesagt, die Schotterwege wären schon gefährlich, aber die Trampelpfade im Urwald noch dutzende Male schlimmer. Denn dort zogen Karawanen von Nutztieren entlang, die schwer mit den von Zuckerguss überzogenen Methamphetamin-Tabletten beladen waren, die man hier Yaba nannte. Unter Begleitung schwer bewaffneter Killer arbeiteten sie sich nach Süden vor und töteten jeden, der ihnen in die Quere kam.

Eine Prozession von Laoten kam in sein Blickfeld und ihre Kalaschnikows waren selbst durch die dichte Vegetation schon von

Weitem auszumachen. Sie führten ein halbes Dutzend Mulis mit dicken Paketen voller Yaba, die für die Großstädte Thailands bestimmt waren. Dort war diese Mischung aus Meth, Koffein und Zucker extrem beliebt, vor allem im Rotlicht-Bereich und in der Partyszene. Reggie machte sich so klein es ging und verschmolz mit dem schattigen Dschungel. So versiert er auch im Kampf war, gegen sechs automatische Gewehre hatte er nicht den Hauch einer Chance.

Die Männer erwarteten offenbar keine Gefahr, wie er an ihrem angeregten Geplapper und den qualmenden Zigaretten erkannte. Das warf allerdings die Frage auf, ob er sich Sorgen machen sollte, dass sie so dermaßen selbstsicher waren. Auf der einen Seite zeigte es, dass sie nicht besonders aufmerksam waren, auf der anderen sprach es Bände, welchen Status sie in dieser Gegend haben mussten. Nach den Worten des Kapitäns waren sie Richter und Henker in Personalunion.

Reggie blieb regungslos, während die Karawane an ihm vorbeizog, und er war schon kurz davor, erleichtert durchzuatmen, als plötzlich eines der Mulis beunruhigt schnaubte, wobei sich sein Blick auch noch in seine Richtung verschob. Im Geiste zählte Reggie schon durch, wie viele Kugeln er in seiner Pistole hatte, und rechnete sich aus, wie hoch die Chance war, dass er all die Männer auf dreißig, vierzig Meter Entfernung ausschalten konnte, bevor sie ihre Kalaschnikows feuerbereit hatten. Er war zwar ein guter Schütze, dessen Treffergenauigkeit deutlich über dem Durchschnitt lag, doch das würde ihm nicht viel nützen.

Er regulierte seine Atmung und zwang sein Herz dazu, langsamer zu schlagen, um sich auf sein letztes Gefecht vorzubereiten, während sein Zeigefinger über dem Abzug der Waffe schwebte. Seine Augen rasten zur Seite – da war ein umgestürzter Baumstamm, sicherlich schon etwas verrottet, aber vielleicht würde er als Deckung genügen. Als Erstes würde er den Anführer ausschalten, dieser Schuss musste sitzen, und dann würde er hinter den Stamm hechten und so viele von ihnen erledigen, wie er konnte. Die Aussichten waren nicht gut, aber Reggie hatte sich schon vor vielen Jahren mit dem Sterben arrangiert. Ein kleiner Teil von ihm glaubte, dass es besser für ihn wäre, in einer wilden Schießerei zu fallen, als langsam in einem klimatisierten Büro in Washington auf die Rente hinzusiechen.

Der Anführer starrte inzwischen alarmiert ins Unterholz und einer seiner Männer erhob sein Gewehr. Sein Vorgesetzter rasselte blitzschnell einen Befehl herunter, woraufhin der Angesprochene nickte und sich in Bewegung setzte. Reggie hob langsam die Browning und fokussierte seinen Blick auf das schwitzende Gesicht des Mannes. Doch dann senkte er die Waffe ein Stück und zielte auf den Oberkörper. Das war auf diese Entfernung ein deutlich leichteres Ziel.

Der Mann kam näher und Reggies Finger krümmte sich um den Abzug. Als er abdrücken wollte, erstarrte der Mann mit weit aufgerissenen Augen – doch sein Blick galt nicht Reggie, sondern dem Dschungelboden. Der Mann drehte sich um und kehrte zu seiner Gruppe zurück. Reggie verstand, was dem Drogenkurier das Leben gerettet hatte, als dieser mit den Händen pantomimisch ein Breiterwerden seines Halses darstellte, woraufhin seine Kumpane in Gelächter ausbrachen.

Sie setzten ihre Wanderung fort und Reggie lenkte seine Aufmerksamkeit auf den Boden vor sich, denn er wusste nun, dass sich dort eine Königskobra verbergen musste. Für fünf Minuten wagte er keine Bewegung, dann stand er möglichst geräuschlos auf und umrundete das fragliche Stück Unterholz, so weit er konnte. Abgesehen davon, dass sie absolut tödlich waren, verteidigten Kobras auch unnachgiebig ihr Revier, und Reggie wollte sein Schicksal nicht zum zweiten Mal binnen weniger Minuten herausfordern.

Er machte einen Schlenker nach Westen und erreichte bald eine Lichtung, die an den Fluss grenzte. Nachdem er das Satellitentelefon überprüft hatte und seine Position noch etwas anpasste, um volles Signal zu haben, tätigte er den Anruf.

Sein Kontaktmann antwortete innerhalb von Sekunden: »Was ist los bei Ihnen?«

»Ich hatte Gesellschaft. Ein paar einheimische Übeltäter. Aber jetzt kann ich sprechen.«

»Ist die Situation unter Kontrolle?«

»Soweit man das hier in der Gegend behaupten kann.«

»Wir haben von dem Thailänder gehört – Sie werden sich heute nach Myanmar begeben. Sie haben das Flugzeug gefunden und brechen im Morgengrauen auf.«

»Also bin ich zu spät dran, um zu ihnen zu stoßen?«

»Korrekt.«

»Warum haben sie nicht gewartet?«

»Der Thai hat gesagt, das wäre schwierig. In der Gegend hat ein Warlord das Sagen, und ein Einheimischer mit Kontakten dient als Mittelsmann, um freies Geleit sicherzustellen. Er hat Verbindungen zu den Shan. Aber je mehr unbekannte Gesichter dabei sind, umso höher wird das Risiko, und das wollte er nicht überstrapazieren. Der einheimische Kontakt weiß auch nichts davon, dass wir in die Sache involviert sind, somit wäre es recht kompliziert, Ihre Anwesenheit zu erklären.«

»Verstehe. Wie soll ich dann vorgehen?«

»Wir haben die ungefähren Koordinaten des Flugzeugs. Sie sollten sie beschatten, falls Sie es schaffen, sie einzuholen. Sie sollten wenn möglich ihrem Weg zur Absturzstelle folgen.« Sein Kontaktmann gab ihm den Längen- und Breitengrad durch, also fischte er einen Stift aus seiner Tasche und schrieb sich die Daten auf ein Stück Papier.

»Soll ich mich ihnen zu erkennen geben?«

»Nur, wenn das unumgänglich ist. Der Thai weiß, dass er uns alles sichern soll, was wichtig aussieht: Überreste von Computern, USB-Sticks, CDs, solche Dinge. Obwohl es unter den aktuellen Umständen unwahrscheinlich ist, dass sie etwas finden werden.«

»Soll ich nicht einfach das Wrack durchsuchen, falls ich als Erster da bin?«

»Das werden Sie von Ihrer aktuellen Position nicht schaffen. Die andere Gruppe hat einen großen Vorsprung.«

»Verstehe. Was können Sie mir über die Shan sagen?«

Sein Kontaktmann verschaffte ihm einen groben Überblick, und als er fertig war, schwieg Reggie für einige Sekunden. Als er wieder zu sprechen anfing, wählte er seine Worte mit Bedacht: »Gibt es irgendeine Chance, dass ich Verstärkung bekomme? Ich habe nur eine Pistole. Es klingt aber so, als könnte ich Team Sechs der Navy Seals gebrauchen.«

»Wir haben das bereits intern diskutiert und werden prüfen, ob wir irgendwelche Verbündeten in Myanmar mobilisieren können. Aber Sie sollten nicht darauf zählen. Im günstigsten Fall können wir Sie mit besseren Waffen ausstatten.«

Das bedeutete, er war auf sich allein gestellt. Reggie wusste genau, wie das System funktionierte. Sie wollten seine Existenz im Notfall leugnen können, und zusätzliche Soldaten würden genau das unmöglich machen. Am Ende des Tages war Reggie ersetzbar, wie alle Kräfte im Feldeinsatz. Die Mission stand immer an erster Stelle.

»Ich melde mich wieder, sobald ich den Fluss überquert habe. Sie brauchen nicht probieren, mich zu erreichen – ich stelle das Telefon aus, um Strom zu sparen. Klingt so, als wäre ich noch eine Weile hier draußen unterwegs.«

»Verstanden.«

Reggie schaltete das Gerät aus und überlegte sich seine nächsten Schritte. Er würde einen Weg über den Mekong finden müssen, und der war selbst an seiner engsten Stelle in dieser Region gute hundert Meter breit. Hinüberzuschwimmen war definitiv keine Option, also würde er ein Boot brauchen. Auf seinen vorigen Kapitän konnte er nicht mehr zurückgreifen, da er sich inzwischen weit von seinem Nachtlager entfernt hatte, aber er glaubte ohnehin nicht daran, dass der Mann zurückgekommen wäre.

Also setzte er sich in nördlicher Richtung in Bewegung, in der Hoffnung, einen anderen Einheimischen zu finden, der ihn für eine Handvoll Dollars über den Fluss bringen würde. Das würde ihm auf jeden Fall gelingen, dessen war Reggie sicher – die Frage war nur, wie lange es dauern würde.

KAPITEL 32

Joe führte die Gruppe zum Mekong, wo einer seiner Männer ein paar kleine Boote arrangiert hatte, um sie auf die andere Seite des wild schäumenden, schlammigen Wassers zu bringen. Sie kletterten an Bord, wobei eines der kaum wassertauglichen Gefährte Allie, Drake und Spencer transportierte, das andere Joe und Onkel Pete, der schweigsamer war als sonst. Ihr Kapitän war ein spindeldürrer Mann, in dessen Gesicht ein strapazenreiches Leben seine Spuren hinterlassen hatte. Als er ihnen zur Begrüßung ein breites Lächeln mit vielen Zahnlücken schenkte, sah er fast so aus wie einer der dämonischen Götzen in den Khmer-Tempeln.

Die Fahrt über den Fluss dauerte fünf Minuten, wobei die kleinen Motoren, die an den Kanus montiert waren, es kaum mit der Strömung aufnehmen konnten. Als das erste Boot auf der anderen Seite ankam, stiegen sie aus, während der Steuermann nervös das Ufer im Auge behielt. Nachdem sie wieder festen Boden unter den Füßen hatten, warteten sie auf Joe und Onkel Pete, deren Gefährt noch langsamer war, und Drake justierte in der Zwischenzeit die Träger seines Rucksacks – einer von dreien, die Joe ihnen überlassen hatte. Überraschenderweise hatte er dafür nicht einmal den Preis eines Passagierflugzeuges von ihnen verlangt. Im Dorf hatten sie so viele Vorräte eingepackt, wie aufzutreiben waren, und jeder von ihnen hatte drei gekrümmte Magazine für die Kalaschnikows dabei, jedes von ihnen mit dreißig Patronen gefüllt.

»Die sind aus chinesischer Produktion, aber zuverlässig«, hatte Joe erklärt. »Wenn ihr eine verliert, kostet euch das einen Tausender.«

»Und wie viel willst du pro Kugel haben?«, fragte Spencer mit ernster Miene.

»Die gehen aufs Haus, jedenfalls die ersten dreißig – also seht zu, dass ihr nicht daneben schießt.«

Anschließend hatte Joe gegrinst und gesagt, dass sie die Waffen erst brauchen würden, wenn sie in der umkämpften Zone ankämen. Solange sie sich in Gebieten befanden, die fest in der Hand der Shan waren, hatten sie nichts zu befürchten. Spencer hatte ihn zweifelnd gemustert, aber nichts dazu gesagt, während Drake den Vortrag mit einem Kopfschütteln quittiert hatte.

Vögel schrien von allen Baumwipfeln, als Joe sie in den Dschungel führte. Sie hatten sich darauf geeinigt, zu schweigen, bis sie Joes Kontakt aus Myanmar treffen würden – einen Leutnant, der unter dem direkten Befehl von General Yawd Serk stand, der die Rebellen anführte. Diese Gruppe, die sich offiziell die »Shan State Army – South« nannte, war ab 1995 immer mächtiger geworden, nachdem sich die ursprüngliche Shan State Army aufgelöst hatte.

Joe hatte erklärt, dass die Mitglieder dieser Gruppe richtige Uniformen trugen und gut mit Waffen aus den USA und China ausgestattet waren. Durch ihren Drogenhandel schien es ihnen finanziell gut zu gehen, außerdem wurden sie Gerüchten zufolge vom amerikanischen Geheimdienst unterstützt.

»Warum sollten die USA ein Drogenkartell unterstützen?«, hatte Allie gefragt.

Joe hatte mit den Schultern gezuckt. »Wäre ja nicht das erste Mal.«

Sie begannen ihre Wanderung über die Hügel des Dschungels und folgten dabei einem Trampelpfad, der sich am Fuße der höheren Erhebungen entlang schlängelte, und schon bald waren ihre Stiefel rostbraun vom Matsch des feuchten Bodens. Nach vier Stunden zügigen Marschierens kamen sie an einer verfallenen zweispurigen Asphaltstraße an, wo sich ein kleiner Buddhistentempel befand. Die Sonne blendete sie, als sie in den Rundungen des geschwungenen, goldenen Turms reflektierte. Drei Männer, die alle grüne Tarnuniformen trugen, warteten im Schatten. Neben ihnen standen zwei der erbarmungswürdigsten Tuk-Tuks, die die Welt je gesehen hatte, sowie ein Motorrad – alle waren mit einer dicken Schicht Schlamm überzogen.

Nachdem einer der Männer sich von seinen Kumpanen gelöst und Joe mit einem Kopfnicken begrüßt hatte, sprachen sie einige Sätze mit gesenkten Stimmen. Dann wandte Joe sich an Allie: »Das ist unser Begrüßungskomitee. Sie haben uns diese Gefährte mitgebracht, denn zu Fuß hätten wir locker eine zweitägige Wanderung vor uns. Er sagte, der Weg ist in recht gutem Zustand, also sollten wir es bis zum Einbruch der Dunkelheit zu ihrem Camp schaffen.«

»Machen sie sich denn gar keine Sorgen über einen Luftangriff der Armee von Myanmar?«

»Es ist seit ein paar Jahren recht ruhig. Alle haben sich abgeregt und es gilt so eine Art unausgesprochener Waffenstillstand, auch wenn keine der Parteien es zugeben würde.« Joe ging zu den Fahrzeugen und begutachtete sie. »Hier passen jeweils zwei Passagiere rein. Ich nehme den Sozius auf dem Motorrad.«

Joe fragte die Shan-Kämpfer etwas und sie nickten einhellig. Daraufhin stellte Joe seinen Rucksack auf den Boden und zog ein paar Mangos sowie eine Banane hervor. »Mittagessen! Sie haben gesagt, wir haben zehn Minuten, dann müssen wir los. Selbst diese Jungs haben keine Lust darauf, bei Nacht hier in der Gegend unterwegs zu sein.«

Sie aßen ihr Obst und waren bald darauf auf einer holperigen Piste unterwegs. Dabei kamen sie nur unangenehm langsam voran, denn jeder Hauch einer Steigung stellte für die schwachen Motoren eine Belastungsprobe dar. Wenn die Fahrer Vollgas gaben, klangen die kleinen Aggregate wie Rasenmäher.

Nach drei Stunden legten sie eine Pause ein, die genutzt wurde, um die Fahrzeuge mithilfe von Plastikflaschen aufzutanken. Dann folgte die zweite Etappe, auf der das Gelände immer tückischer wurde. Als die Dämmerung einbrach, schalteten die Männer ihre Scheinwerfer ein. Joe rief: »Jetzt dauert es nicht mehr lange! Er sagt, wir sind nur noch ein paar Kilometer entfernt!«

Joes Optimismus sollte sich jedoch als übertrieben herausstellen. Es war bereits stockdunkel, als sie um eine Kurve bogen und endlich Feuerschein von einer großen Lichtung wahrnahmen.

Das Gelände war mit Zelten übersät und sie konnten schon aus der Ferne bewaffnete Patrouillen ausmachen.

Die Fahrzeuge hielten vor einem besonders großen Zelt, das wohl als Kommandozentrale diente. Nachdem alle ausgestiegen waren, näherte sich ihnen leicht humpelnd ein kleiner, älterer Herr mit einem sauber getrimmten, grauen Schnurrbart. Joe nickte ihm zu und entbot einen respektvollen Wai. Der Mann erwiderte die Geste und betrachtete dann die Neuankömmlinge. Nach einigen unangenehmen Momenten des Schweigens sagte er etwas zu Joe, der sich daraufhin an seine Begleiter wandte.

»Das ist Colonel Htut Leng. Er ist der Oberbefehlshaber dieses Außenpostens, sein Wort ist hier Gesetz. Die einzige höhere Autorität ist der General, und natürlich Gott.« Joe grinste. »Und ich bin mir nicht mal sicher, ob das die korrekte Reihenfolge ist.«

Leng bedeutete ihnen, sich zu ihm an eines der Lagerfeuer zu gesellen, wo zwei Baumstämme als Bänke fungierten. Der Alte ließ sich auf einem von ihnen nieder und Joe nahm ihm gegenüber Platz. Allie setzte sich zu ihm, gefolgt von Drake und Spencer. Onkel Pete blieb nichts anderes übrig, als sich auf die Seite von Leng zu setzen, von dem er gebührenden Abstand hielt.

Dann begann der Alte zu sprechen und seine Rede entwickelte sich zum Monolog. Als er endlich fertig war, wartete Joe einen Moment, als Zeichen von Respekt, und begann dann zu übersetzen: »Er sagt, auch wenn wir in gewisser Weise verbündet seien, sind eure Genehmigungen für ihn wertlos. Aus seiner Sicht wurden sie von einem illegitimen Staat ausgestellt, den er nicht anerkennt. Deswegen lehnt er euer Ansinnen, die Ruinen suchen zu gehen, respektvoll ab.«

Drake platzte beinahe der Kragen, doch Spencer gebot ihm mit einem strengen Blick, sich am Riemen zu reißen, und er schluckte seine Worte wieder herunter. »Ist das die Art, wie man hier verhandelt? Wie lange meinst du, wird das dauern?«

»Die Leute hier lieben es, zu verhandeln. Es ist sozusagen der Nationalsport. Deshalb kann es Stunden dauern.« Joe zwinkerte Allie zu. »Ich habe aber einen gesunden Vorrat an Reiswein mitgebracht, der könnte das Ganze vereinfachen. Es ist meine Spezialsorte – mit vierzig Prozent Alkohol anstelle der üblichen fünfzehn.«

»Wie, du hast kein Gras dabei?«, fragte Drake spöttisch.

»Das ist nicht so das Ding von den Jungs hier. Aber du, mein Lieber, wirst jetzt mittrinken müssen. Daran führt kein Weg vorbei. Das wird sonst als Affront gesehen.«

»Wo schlafen wir heute Nacht?«

»Sie sollten Zelte für uns haben. Wenn nicht, sind die Sterne unser Dach.«

»Dann werden wir aber nass«, gab Drake zu bedenken.

»Kein Plan ist perfekt.« Joe zog eine Plastikflasche aus seinem Rucksack und hielt sie hoch in die Luft, wobei seine Augen im Feuerschein funkelten. Er sagte etwas zu dem Colonel, der erst dankend ablehnte, sich dann aber doch seinem Schicksal beugte.

»Oh Mann«, stöhnte Drake, was ihm einen strafenden Blick von Joe einbrachte, der daraufhin einen Schluck aus der Flasche nahm und sie an Leng weiterreichte. Der schnippte mit den Fingern und ein in der Nähe befindlicher Untergebener rannte los, um wenig später mit einigen Blechtassen wieder aufzutauchen. Joe nickte anerkennend, während Leng einen großen Schluck nahm und dann die Flasche auf den Boden stellte, damit sich jeder den Becher vollmachen konnte. Dann rülpste er laut und lächelte glückselig. Joe nahm seinen Gesichtsausdruck auf und deutete dann auf die Flasche.

»Schütte jedem etwas ein, aber nicht allzu viel. Ich habe das Gefühl, wir werden lange durchhalten müssen!«

Spencer stand auf und tat, wie ihm geheißen. Er goss zweifingerhoch in jede der Tassen und reichte Joe dann die Flasche. Onkel Pete stand auf und nahm sich eines der Gefäße, Drake schnappte sich zwei und gab eines an Allie weiter. Als sie es entgegennahm, verzog sie leicht das Gesicht, was Leng mit einem Kichern quittierte. Joe hielt daraufhin die Flasche in die Luft und sagte einen Trinkspruch auf, den wohl nur Leng verstand. Alle prosteten sich zu und nippten vorsichtig an dem Selbstgebrannten, wogegen Joe wieder einen kräftigen Schluck nahm, zweimal ungläubig blinzelte und die Flasche dann an Leng weiterreichte.

Allie hätte sich fast verschluckt, als die scharfe Flüssigkeit in ihrem Rachen ankam, und sie musste sich Mühe geben, nicht alles wieder auszuspucken. Drake zeigte eine ähnlich starke Reaktion, wogegen Spencer und Onkel Pete so unbekümmert wirkten, als würden sie Tee trinken.

In Drakes Augen stieg das Wasser, während er sich tapfer an seine Tasse klammerte. »Wow. Das ist reines Flugzeugbenzin.«

Joe ignorierte ihn, da er sich jetzt leise mit Leng unterhielt. Allie versetzte Drake einen Stoß mit ihrem Ellbogen. »Willst du meinen auch noch?«

Er schüttelte den Kopf. »Du willst doch hoffentlich nicht unseren Gastgeber beleidigen?«

»Arsch.«

»Habe ich dir eigentlich schon gesagt, wie schön du bist, wenn ich trinke?« Drake machte eine Pause. »Moment mal, das klang jetzt irgendwie doof.«

Ihre Augen verengten sich zu Schlitzen: »Ach, die Message ist schon angekommen!«

»Ich meinte doch bloß, es ist leichter zu sagen, wenn … ach, egal.«

»Wenn du nach drei Tagen im Dschungel noch irgendwas an mir attraktiv finden kannst, dann hast du mehr Fantasie als Joe«, sagte Allie und nahm doch noch einen Schluck von dem Reiswein. »Oh Gott, das Zeug ist echt übel«, sagte sie mit einem Lächeln, dass Freude über ein köstliches Getränk vortäuschte. »Ich frage mich, ob ich davon blind werde.«

Joe wandte sich ihr zu. »Leng sagt, du gefällst ihm.«

»Ich hoffe, das ist keine Bedingung dafür, dass wir weitermachen können«, antwortete sie, ohne sich etwas anmerken zu lassen.

»Im Moment ist es eine, aber schauen wir mal, wie der Abend sich entwickelt. Immerhin scheint es Spielraum für einen Kuhhandel zu geben, das ist schon mal besser, als wenn er uns komplett abblocken würde.«

»Schön, dass ihr über mich redet, als wäre ich ein Nutztier«, sagte Allie, das Lächeln inzwischen in ihrem Gesicht eingefroren.

»Das ist nur eine kulturelle Geschichte. Nimm es nicht persönlich. Ich versuche, darum herum zu arbeiten.«

»Ja, bitte«, bekräftigte Drake.

Eine Stunde verging und anschließend eine weitere, bis die Flasche schließlich leer war. Joe und Leng schienen sich prächtig zu amüsieren, doch Joe wirkte überrascht, als Leng einen Untergebenen herbeirief und ihm einen Befehl zubellte. Der Mann rannte in das Kommandozelt und kam mit einem Tonkrug zurück. Joe grinste, während Leng allen noch eine Portion eingoss. Dann führte er das Gefäß an seinen Mund und nahm einen großen Schluck. Er seufzte zufrieden und das Trinkritual ging von vorn los – der einzige Vorteil war, dass der Alkoholgehalt nun deutlich niedriger war als bei Joes Gebräu.

Irgendwann war auch diese Flasche leer und Joe lehnte sich nach vorn, inzwischen sichtlich angeschlagen. Leng deutete in die Dunkelheit und zwei junge Männer, deren Rangabzeichen sie als Sergeants auswiesen, kamen herbeigelaufen. Joe nickte und wandte sich dann Allie zu: »Die beiden sind unsere Eskorte. Versucht gar nicht, ihre Namen auszusprechen. Wir nennen sie Dick und Harry.«

»Was? Moment mal. Wir wollen doch nicht, dass diese Typen genau mitbekommen, wo die Ruinen sind – oder das Flugzeug.«

»Tja, anders geht es aber nicht. Ich musste auch versprechen, ihm etwas von dem Schatz abzugeben. Er will einen gleichmäßigen Split. Ich habe ihm gesagt, dass das okay ist – nur fair, wenn wir das Ganze durch fünf teilen.«

»Du bist doch gar nicht in der Position, so etwas zusichern zu können«, protestierte Spencer.

»Anscheinend doch. Das war seine Bedingung.«

»Außerdem sind wir keine fünf«, korrigierte Drake, »Onkel Pete bekommt keinen Anteil.«

»Davon ging ich auch nicht aus. Ich dachte nur, mir wollt ihr doch sicherlich etwas abgeben, so sehr, wie ich mich hier einbringe.«

»Auf keinen Fall«, sagte Drake. »Das ist nicht verhandelbar!«

Joe zuckte mit den Schultern und als er wieder das Wort ergriff, klang er deutlich nüchterner: »Soll ich ihm also sagen, dass er die Sache vergessen kann? Darauf reagiert er möglicherweise nicht sehr nett. Nur mal so als Warnung.«

Drake schaute erst zu Allie, dann zu Spencer. »Das musst du entscheiden. Für keinen von uns ist der finanzielle Aspekt so wichtig wie für dich!«

Spencer schüttete den Rest seines Getränkes in sich hinein, warf die Tasse auf den Boden und starrte dann in die flackernden Flammen. Er schwieg für einen langen Augenblick, und als er anfing zu sprechen, war es kaum mehr als ein Flüstern. »Anscheinend haben wir das Jahr der schlechten Deals für Spencer, oder? Tja, von mir aus kann er seinen Anteil haben. Hundert Prozent von Nichts ist ja soweit ich weiß Nichts.«

Joe grinste und wandte sich wieder Leng zu, der sie betrunken anstrahlte, als Joe ihm die Entscheidung mitgeteilt hatte. Nachdem sich alle verbeugt und verabschiedet hatten, führten Dick und Harry sie zu zwei Zelten, wobei Joe bei Leng sitzen blieb, um mit einer weiteren Karaffe, die auf mysteriösem Wege aufgetaucht war, das Geschäft zu begießen. Drake, Spencer und Allie krabbelten in eines der Zelte, völlig erschöpft von der langen Wanderung des Tages. Nachdem sie sich eine gute Nacht gewünscht hatten, rollten sie sich zusammen und schliefen sofort ein, denn der nächste Morgen raste bereits mit dem Tempo einer führerlosen Lokomotive auf sie zu.

KAPITEL 33

Mong Lin, Myanmar

Jiao gähnte und streckte sich, als er sich auf einer grob gezimmerten Liege niederließ. Nach der langen Reise vom Fluss hatte er in einem winzigen Fischerort Halt gemacht. Tags zuvor hatte sich sein Informant gemeldet und ihm gesagt, in welche Richtung die Amerikaner unterwegs waren, und er wusste, dass er vorsichtig sein musste, um nicht entdeckt zu werden. Seine Männer zelteten auf einem Feld in der Nähe – er durfte sich nämlich nicht mit ihnen zusammen sehen lassen, wenn er kein unerwünschtes Interesse wecken wollte.

Nachdem er auf der größten Farm mit ein paar Geldscheinen gewedelt hatte, hatte man ihm ein Bett in einem rustikalen Raum gleich neben der Scheune zugewiesen, was im Vergleich zu seiner letzten Nacht im Dschungel reiner Luxus war. Morgen würde er noch tiefer in feindliches Gebiet eindringen und auf einer Campingmatte schlafen, so galt es nun, das Beste aus der Anwesenheit von vier Wänden mit Dach und fließendem Wasser zu machen.

Sein Informant hatte dem Hauptquartier gesagt, dass die Amerikaner das Flugzeug tief im Gebiet der Shan Army gefunden hatten und versuchen würden, mit dieser Gruppierung einen Handel einzugehen. Jiaos Ziel war es also, sie zu beschatten und erst einzuschreiten, wenn sie ihn zu dem Flugzeug geführt haben würden. Vielleicht musste er auch gar nichts tun, je nachdem, was seine Quelle ihm über den Fund sagen würde. Der Informant hatte ein Satellitentelefon, genau wie er selbst, also war die Kommunikation kein Problem. Allerdings hatte ihm der Mann gesagt, er würde sein Telefon ausschalten, bis es Neuigkeiten gab. Das hatte Jiao nicht gefallen, aber der Informant hatte darauf bestanden, und die Logik dahinter war nachvollziehbar. Jemand, der ein doppeltes Spiel trieb, wollte natürlich nicht auffallen, und genau diese Angst hatte Jiao auch. Wenn die Amerikaner ihm auf die Schliche kämen, wäre es aus – das musste mit allen Mitteln verhindert werden.

Die Ironie an der ganzen Sache war, dass niemand wirklich wusste, ob Liu überhaupt etwas bei sich gehabt hatte, was ihnen nutzen würde – ganz zu schweigen von der Frage, ob es den Crash überlebt haben würde. Vermutlich nicht, war ihm versichert worden, also war diese gesamte Quälerei vermutlich am Ende sinnlos.

Doch selbst wenn die Chancen nur eins zu einer Million stünden, sie mussten sicher gehen – die Sache war viel zu wichtig, um irgendetwas dem Zufall zu überlassen. Die Möglichkeit, dass Liu Daten besaß, die für den chinesischen Geheimdienst höchst wichtig sein konnten, war das Einzige, was er nicht bedacht hatte, als er den Auftrag zur Sabotage seines Flugzeuges gegeben hatte. Allerdings hatte er zum Zeitpunkt dieser Entscheidung auch noch nicht alle Informationen gehabt.

Jiao versuchte, es sich auf dem Laken bequem zu machen, während seine Gedanken um sein nächstes Ziel kreisten. Er hoffte, dass sie am kommenden Tag besser vorankommen würden, denn sie hatten sicher dreißig Meilen zu überwinden. Seine Hoffnung war, dass er einen willigen Fahrer finden würde, der ihnen zumindest einen Teil der Strecke verkürzen konnte. Andernfalls würde es zwei volle Tage dauern, um die Absturzstelle zu erreichen.

Und das machte ihm Sorgen. Im Gegensatz zu dem, was das Hauptquartier glaubte, waren die Straßen hier nicht viel mehr als matschige Schneisen im dichten Dschungel. Seine Vorgesetzten waren der Meinung, dass es nicht schwer wäre, den Großteil der Reise mit Autos oder Motorrädern zurückzulegen, aber Jiao war sich da nicht so sicher.

Er und seine Männer trugen unauffällige Kleidung; die gleichen billigen Shirts und Hosen, die auch die Bauern hier trugen. Der Shan-Armee sollten sie deswegen nicht auffallen. Zumindest hoffte er das. Und wenn alles andere fehlschlagen sollte, konnte er sich aus einer brenzligen Situation immer noch freikaufen. Auf das Interesse an Geld konnte man sich auf der gesamten Welt verlassen, schließlich war auch sein Informant käuflich gewesen. Die einzigen Unterschiede lagen in der Währung und dem Betrag.

Die Kreaturen der Nacht sangen Reggie etwas vor, während er am Ufer eines Flusses lag, in der Hoffnung, das feine Kiesbett würde Schlangen und einige andere giftige Tiere von ihm fernhalten. Er schaute nach oben in die schimmernden Sterne und bedankte sich für die Abwesenheit von Wolken. Mit etwas Glück würde er durchschlafen können, ohne mehrmals klitschnass gemacht zu werden, wie es ihm tagsüber passiert war.

Er hatte sich der Absturzstelle um ein anständiges Maß genähert, aber der Fortschritt war höchst anstrengend gewesen. Irgendwann hatte er sogar ein uraltes Fahrrad geklaut, um sein Vorankommen zu beschleunigen. Sein schlechtes Gewissen hatte ihn dazu verleitet, an seiner statt einen Fünfzig-Dollar-Schein zu hinterlassen, mit Sicherheit das Zehnfache, was dieser rostige Drahtesel noch wert war. Aber der Diebstahl hatte sich gelohnt, denn er war jetzt nur noch dreißig Kilometer von der Stelle entfernt, die ihm durchgegeben worden war. Das würde eine entspannte Fahrt werden, jedenfalls wenn es ihm gelang, weiterhin die Patrouillen der Shan-Armee zu umgehen.

Nicht asiatisch auszusehen war schon sehr auffällig, wenn man in Myanmar unterwegs war, aber er hatte keine andere Wahl, als sich weiter voranzukämpfen. Er würde sein Bestes tun, und wenn er gefangen genommen würde, blieb immer noch die lose Zusammenarbeit zwischen den Shan-Truppen und der CIA als Hoffnung, dass sein Kontaktmann ihn freikaufen könnte. Dann wäre zwar seine Tarnung aufgeflogen, aber mit Aussicht auf Folter und Tod war das auf jeden Fall seine bevorzugte Alternative. Das würde die Agency sicher verstehen. Zumindest hoffte er das.

Am besten wäre es natürlich, komplett unter dem Radar zu bleiben. Er war schon so nah! Das Unmögliche war wahr geworden und das Flugzeug würde schon bald untersucht werden – vielleicht sogar bereits morgen. Dann könnte er endlich in die Zivilisation zurückkehren und diesen ganzen Schlamassel hinter sich lassen. Der Job wäre erledigt und er hätte eine weitere Mission mit Bravour erledigt.

In den Büschen neben seiner Schlafstätte begann es zu rascheln. In einer äußerst langsamen Bewegung schwenkte Reggie den Lauf seiner Pistole in die Richtung, aus der das Geräusch kam. Er machte sich keine Sorgen über Drogenbanden, dafür war er zu weit im Landesinneren. Doch es gab genug andere Bedrohungen hier in den Hügeln, und viele von ihnen waren tödlich – und hungrig.

Ein kleines, pelziges Wesen tauchte vor ihm auf. Zwei funkelnde Augen registrierten ihn und die Kreatur flüchtete sofort.

Reggie lächelte hinauf in den Himmel. Ein Panther – oder noch schlimmer, ein Krokodil – hätte nicht so leicht Angst bekommen. Er überlegte, ob er vielleicht lieber auf einem Baum schlafen sollte, blieb dann aber doch einfach auf der Sandbank liegen.

Zur Not konnte er auch tagelang ganz ohne Schlaf zurechtkommen, doch er spürte, dass seine Kräfte im Alter nachließen. Und morgen brauchte er viel Durchhaltevermögen. Deshalb waren das *Mögliche* und das *Sinnvolle* zwei verschiedene Paar Schuhe, und die Schmerzen in seinen Knochen waren eindeutige Zeichen, dass er nicht mehr die zwanzigjährige Kraftmaschine war, an die er sich gern erinnerte.

Er öffnete die Augen wieder und sah auf die Uhr. In sechs Stunden würde es hell werden. Wenn er zwei davon schlafen könnte, wäre das völlig ausreichend.

KAPITEL 34

Joe marschierte als Anführer einer eigenwilligen Karawane auf das versteckte Tal zu. Dick und Harry liefen direkt hinter ihm, die anderen folgten in etwas größeren Abständen auf dem Trampelpfad. Joe hielt in einer Hand eine Machete und seine Kalaschnikow in der anderen. Hin und wieder hackte er im Weg hängende Zweige und Lianen weg, denn der Pfad war nur bis auf Kniehöhe wirklich durchgängig.

»Wildschweine«, hatte Joe erklärt, als er diesen Weg gefunden hatte. »Wir folgen ihnen, solange der Weg in die richtige Richtung führt. Das ist auf jeden Fall sicherer, als menschengemachten Pfaden zu folgen, gerade hier in dem umkämpften Gebiet. Da ziehen wir nur gegnerisches Feuer auf uns!«

»Das wäre nicht gut«, stimmte Drake zu.

»Absolut nicht!«, stieg Joe auf die Witzelei ein.

»Woher wissen wir, wann wir das Shan-Gebiet verlassen haben?«

Joe deutete mit seiner Machete in Richtung Dick und Harry. »Beobachte einfach ihre Körpersprache. Wenn sie so aussehen, als ob sie sich gleich einpinkeln, sind wir definitiv im Niemandsland.«

Dieses Gespräch hatte kurz nach Sonnenaufgang stattgefunden und seitdem waren sie pausenlos in südwestlicher Richtung unterwegs gewesen. Es ging nur langsam voran, weil sie sich nicht auf etablierten Routen bewegten und nur das GPS nutzten, um sich auf dem Weg zu den Zwillings-Felsspitzen zu orientieren.

Mittags machten sie Rast am Ufer eines kleinen Baches, der am Rande eines Berges hinabstürzte. Zu essen gab es eine Art Reispudding, von dem Joe sagte, dass er eine Woche haltbar sei. Nachdem sie fertig waren, setzten sie ihre anstrengende Wanderung fort. Sie mussten steile Anstiege meistern und felsige Abgründe überqueren, der Weg führte sie sogar hinauf in die nebligen Berge. Den ganzen Nachmittag nieselte es, was die unangenehme Route noch schwieriger machte. Als sie endlich den Strom erreichten, der nur wenige Kilometer von den Felstürmen entfernt war, pfiffen alle bereits aus dem letzten Loch.

Sie nutzten das restliche Tageslicht, um ihr Zeltlager aufzubauen, wobei Joe eine flüsternde Unterhaltung mit Dick und Harry führte. Drake hatte mit ihm besprochen, wie sie die beiden ablenken konnten, denn sie mussten sich unauffällig absetzen, um das Flugzeugwrack in Ruhe untersuchen zu können. Joe hatte sich bereit erklärt, diesen Teil zu übernehmen.

Ein Lagerfeuer konnten sie nicht machen, um nicht entdeckt zu werden, also saßen sie nach dem Aufbau der Zelte im Mondlicht beieinander. Die Helligkeit reichte gerade so, um sich gegenseitig sehen zu können, und so aßen sie zu Abend. Dick und Harry hatten ein übel riechendes Fischgericht dabei, das sie in sich hineinlöffelten. Jedes Mal, wenn der Wind davon eine Nase voll zu Allie hinüberwehte, musste sie würgen. Den beiden schien es aber zu schmecken, sie leckten sich die Lippen und rülpsten genüsslich, während sie es hinunterschlangen.

Als sie fertig waren, hielt Joe ihnen einen Joint vor die Nase, der die Größe einer Zigarre hatte. Er wedelte damit herum, als sei es ein Zauberstab, und die Männer machten große Augen. Nach dem landesüblichen ersten Ablehnen reichten sie die Rauchware schon bald munter hin und her.

Joe lehnte sich zu Drake und grinste ihn schelmisch an. »Ich habe das Ding mit ein wenig Opium angereichert, für den gewissen Extra-Kick! Willst du einen Zug?«

»Öhm, nein, danke, ich glaube, für das, was vor uns liegt, sollte ich lieber klar im Kopf sein.«

»Du bist so ein Langweiler! Vielleicht könntest du mit dem Zeug sogar im Dunklen sehen! Meine Aufmerksamkeit schärft es jedenfalls total!«

»Schön für dich, ich setze trotzdem aus.«

Joe nahm einen langen Zug und behielt den Rauch ein, während er den Glimmstängel an Harry weitergab. »Wie du willst, Bruder. Sag Bescheid, wenn du deine Meinung änderst!«

Die Drei rauchten den Joint bis zum Filter herunter und schon bald war Joe am Gähnen, die Augen glasig. Dick und Harry sahen aus, als hätte man sie mit einem Betäubungspfeil getroffen. Minuten, nachdem sie in ihre Zelte gekrochen waren, hörte man sie schon schnarchen.

Joe stand auf und flüsterte Spencer theatralisch zu: »Viel Glück, Kumpel, und halt die Augen nach Kobolden offen!«

»Ich brauche noch das GPS«, erinnerte Drake ihn. Joe sah sich um und stolperte dann zu seinem Zelt. Als er wieder auftauchte, hatte er in einer Hand das GPS, in der anderen ein Nachtsichtgerät.

»Leng hat mir das Teil ausgeliehen, falls wir nachts marschieren müssen. Hast du so was schon mal benutzt?«

Onkel Pete trat an ihn heran. »Ich weiß, wie geht.«

Joe gab ihm das brillenartige Gerät und Onkel Pete zog sich den Riemen über den Kopf. Joe wandte sich an Allie: »Wir sind etwa drei Klicks von dem Wrack entfernt. Ihr werdet hin und zurück jeweils ein paar Stunden brauchen, selbst wenn es gut läuft. Also haltet euch ran.« Er reichte ihr das GPS. »Weißt du, wie man das bedient?«

»Das kriege ich schon hin.«

Onkel Pete führte sie aus dem Camp, ihm folgten Spencer und Allie, Drake bildete die Nachhut. Das Tal war in Nebel verhüllt und das Mondlicht verlieh dieser weißen Decke ein gespenstisches Leuchten, als sie sich an den Aufstieg machten. Joes Schätzung, wie lange es dauern würde, den Fluss zu erreichen, stellte sich als übertrieben optimistisch heraus. Aus zwei Stunden wurden drei, doch dann befanden sie sich an dem Fluss, an dem das Flugzeug heruntergekommen sein musste.

Sie legten eine Pause ein, als sie das Ufer erreichten, und Onkel Pete warf einen Blick auf das GPS-Gerät. Er zeigte nach Osten. »Da lang. Vielleicht zweihundert Meter.« Er zog sich das Nachtsichtgerät hoch und blinzelte. »Oh, kann gut sehen, auch ohne Gerät!«

»Ja. Zum Glück ist beinahe Vollmond!«, flüsterte Allie.

Onkel Pete schlängelte sich langsam das Ufer entlang und das einzige Geräusch, was sie hörten, war das Gurgeln des Wassers, das einige Felsen umspielte. Als sie an eine Gabelung kamen, konsultierte Allie kurz das GPS, bevor sie nach rechts zeigte. Onkel Pete nickte und sie setzten ihren Weg fort, doch sobald sie um die Ecke gebogen waren, blieben sie ehrfurchtsvoll stehen: Vor ihnen ragte das schwer verbogene Leitwerk eines Kleinflugzeugs aus dem Wasser. Einer der Flügel war um einen Baum gewickelt, der andere lag fünfzehn Meter hinter dem Rumpf der Maschine.

Für einen Moment standen sie nur andächtig da. Es fiel auf, dass die Kabine in erstaunlich gutem Zustand war. Schließlich war Spencer der Erste, der sich dem Wrack näherte. Drake und Allie folgten ihm, während Onkel Pete sich im Hintergrund hielt.

Sämtliche Scheiben waren zertrümmert und die Pilotentür hing schräg an nur einem Scharnier. Spencer ging zu den Überbleibseln des Propellers und betrachtete den Motor, während Drake und Allie in die Kabine spähten.

Der bereits stark verweste Körper des Piloten grinste sie von seinem Sitz aus an. Der Großteil seines Fleisches war verschwunden, da die Jäger des Dschungels bereits über ihn hergefallen waren und Maden den Rest erledigt hatten. Allie packte Drakes Arm, nachdem sich ihre Augen an die Dunkelheit angepasst und sie den gruseligen Anblick wahrgenommen hatte. Nach Luft japsend schaute sie zu Boden. »Oh Gott, Drake …«

Er zog sie an sich heran und nahm sie in die Arme, wobei er ihr ins Ohr flüsterte: »Es ist schrecklich, aber wenigstens ist es nur *eine* Leiche – die des Piloten. Christine und ihr Freund sind nicht hier.«

»Vielleicht sind sie herausgeschleudert worden?«, mutmaßte Allie. »Sieht so aus, als wäre das Flugzeug beim Aufprall auseinandergebrochen.«

Spencers Stimme drang von der Vorderseite der Maschine zu ihnen: »Leute, ich glaube, ich weiß, was den Absturz verursacht hat.« Er machte ein paar Schritte auf sie zu. »Es war definitiv kein Sturm!«

Jiao robbte voran. Er war den Amerikanern dicht auf den Fersen, nachdem er gesehen hatte, wie die Soldaten in ihrem Zeltlager zusammengebrochen waren. Er hatte von seinem Informanten die Nachricht bekommen, dass sie am Fuße eines der großen Monolithen kampierten, die den Eingang eines abgelegenen Tales umrandeten, und hatte die fragliche Stelle wenig später erreicht.

Es war ihm gelungen, von einem jungen Plantagenarbeiter auf dem Motorrad gefahren zu werden, der von der Aussicht, hundert Dollar verdienen zu können, geradezu begeistert gewesen war. Anschließend hatte Jiao nur noch die Strecke von der Straße bis zum Camp zu Fuß meistern müssen, was ihn ziemliche Nerven gekostet hatte, da die Gegend wirklich brandgefährlich war. Doch er hatte es ohne Probleme geschafft und die Gruppe in aller Seelenruhe beobachten können, bis vier von ihnen sich heimlich aus dem Staub gemacht hatten, vermutlich, um nach dem Flugzeug zu suchen. Jiao hatte sie in sicherer Entfernung verfolgt, bis er die Umrisse der Maschine hatte ausmachen können. Nun führten die Amerikaner eine angeregte Diskussion, doch er konnte nicht hören, worum es ging.

Er sah zu, wie der Größte von ihnen die anderen zur Vorderseite der Maschine führte und darauf zeigte. Was auch immer er entdeckt hatte, schien sie zu beunruhigen. Jiao kauere unbewegt im Mondlicht, während sie das Wrack inspizierten, die Hand dabei auf der Pistole, die er an seinem Gürtel trug. Geduldig wartete er und lauschte dem unverständlichen Gemurmel der Amerikaner.

KAPITEL 35

»Diese Art von Schaden habe ich definitiv schon einmal gesehen«, sagte Spencer. »Schaut mal hier: Es gab eine Explosion im Motorraum. Hier und hier könnt ihr sehen, dass da Metall weggesprengt wurde. Das ist absolut eindeutig«, schloss er.

Sie betrachteten die Bereiche, auf die Spencer zeigte, und gaben ihm recht. Aufgrund des Aussehens der Schäden kam keine andere Erklärung infrage.

»Also ist der Motor explodiert?«, fragte Drake.

»Oder jemand hat ihn mit Sprengstoff sabotiert.« Spencer schaute sich um. »Am interessantesten ist, dass weit und breit keine Spur von Christine und ihrem Freund zu sehen ist.«

»Ich dachte, vielleicht sind sie beim Aufprall hinausgeschleudert worden. Die müssen doch bestimmt mit über hundert Sachen heruntergekommen sein, oder?«, fragte Allie.

»Vielleicht auch weniger. Das Wasser wird den Aufprall noch gedämpft haben«, sagte Spencer.

Onkel Pete marschierte etwa zehn Meter am Ufer entlang und rief leise: »Alle herkommen!«

Die drei näherten sich der Stelle, auf die der kleine Thailänder deutete: Es war eine Ansammlung von hellen Steinen, die zwei Meter große Buchstaben formten.

»SOS«, flüsterte Drake. »Da hast du deine Antwort, ob sie herausgeschleudert wurden. Zumindest einer von ihnen muss überlebt haben, um diese Nachricht zu hinterlassen.«

»Also leben sie noch«, murmelte Allie.

»Oder lebten. Wir wissen nicht, ob es immer noch der Fall ist, oder was sie für Verletzungen haben«, berichtigte Spencer sie.

»Aber wo sind sie?«, fragte Drake.

Spencers Augen folgten dem Flussufer und spähten in den dahinterliegenden Dschungel. »Das ist die Millionen-Dollar-Frage.«

Onkel Pete kehrte zu dem Flugzeug zurück und kletterte in die Kabine. Bis die anderen das Wrack erreicht hatten, kam er auch schon wieder heraus. Er klappte das Nachtsichtgerät hoch und schüttelte den Kopf. »Nichts in Flugzeug außer toter Mann. Aber jemand war hier. Radio gestohlen. Alles gestohlen.«

»Bist du sicher?«, fragte Spencer.

»Sicher!«

»Dann muss es eine Drogengang gewesen sein – sonst ist niemand hier in der Gegend unterwegs. Erinnert ihr euch an die Geheimdienstinformationen, die Collins uns gegeben hatte? Es gibt hier in der Gegend nicht mal Eingeborene.«

»Dann wurden sie wahrscheinlich gefangen genommen«, murmelte Drake.

»Und was machen wir jetzt?«, fragte Allie.

Drake biss die Zähne zusammen. »Wir erstatten Bericht«, knurrte er. »Onkel Pete, hast du das Satellitentelefon?«

»Klar«, antwortete der Angesprochene und kramte das Gerät aus seinem Rucksack hervor. Dann reichte er es Drake, der einen Blick darauf warf und Onkel Pete prüfend ansah: »Die Batterie?«

»Oh, stimmt. Hier.«

Es dauerte eine Minute, bis er ein brauchbares Signal hatte. Dann wählte Drake die Nummer, die Collins ihm gegeben hatte, und schon beim zweiten Klingeln nahm jemand ab.

»Wir haben das Flugzeug gefunden. Sieht so aus, als hätten Christine und ihr Freund den Absturz überlebt«, sagte Drake mit gesenkter Stimme.

»Wirklich?«

»Ja.« Drake berichtete von dem SOS und der Tatsache, dass das Flugzeug leer geräumt worden war.

»Gibt es irgendwelche Anhaltspunkte, in welche Richtung sie verschwunden sind?«

»Nein.«

»Haben Sie irgendetwas in dem Wrack gefunden?«

»Nein, nur den Piloten – oder besser gesagt, was von ihm übrig ist. Alles andere wurde gestohlen.«

Drake zögerte. »Spencer sagt, das Flugzeug wurde wahrscheinlich sabotiert.«

Collins' Stimme verfinsterte sich: »Wie?«

»Er vermutet, mit Sprengstoff.«

»Ist Onkel Pete in der Nähe?«

»Ja.«

»Ich muss ihn sprechen.«

»Haben Sie nicht gehört, was ich gesagt habe? Der Absturz war kein Unfall! Was haben Sie uns noch verschwiegen?«

»Sie wissen genauso viel wie ich. Und jetzt lassen Sie mich mit Pete reden!«

Drakes Tonfall wurde aggressiver: »Collins, Sie spielen hier mit unserem Leben! Wir sind in feindlichem Gebiet, jeder ist hier bewaffnet, es sieht so aus, als würde diese Red-Moon-Gang von dem Wrack wissen, also könnten die jeden Augenblick hier auftauchen … und jetzt erleben wir hier auch noch die Überraschung des Jahrhunderts! Ich glaube, wir verdienen eine Erklärung!«

»Verdammt noch mal, Ramsey! Geben Sie Onkel Pete das Telefon! Sie verschwenden wertvolle Zeit!«, herrschte Collins ihn an.

Drake schüttelte frustriert den Kopf und warf Onkel Pete das Gerät zu. »Er will mit dir reden.«

Onkel Pete fing an zu tuscheln und entfernte sich von der Gruppe. Drake wandte sich derweil Allie zu: »Ich glaube, Collins weiß mehr, als er sagt.«

»Also wurden wir hereingelegt?«

»Ich weiß es nicht. Ich meine, er klang überrascht, aber er hat sich zu schnell davon erholt. So als wäre es kein wirklicher Schock für ihn.«

»Was wissen wir überhaupt über Christine, außer, dass sie die Tochter des Senators ist?«, fragte Spencer. »Was wollte sie hier? Warum hat sie sich hier am Arsch der Welt aufgehalten?«

»Ihr habt es doch gehört. Irgendwas Spirituelles. Sinnsuche.«

»Und was ist mit ihrem Freund?«

»Wie gesagt, ich weiß nicht mehr als ihr. Er war ein Chinese. Möglicherweise in irgendwelche krummen Dinger verwickelt.«

»Kann es dann nicht sein, dass sie nur ein Kollateralschaden ist? Vielleicht hat er sich mit den falschen Leuten angelegt und mit ihr hatte es gar nichts zu tun«, vermutete Spencer.

Onkel Pete trat wieder an sie heran. »Er sagt, wir gehen zurück zu Zelt, suchen dann nach Tempel. Dabei Augen offen halten.«

»Mehr nicht?«, fragte Drake ungläubig. Dann schaute er das Satellitentelefon entsetzt an. »Nimm den Akku raus! Das Letzte, was wir brauchen, ist ein Raketenangriff!«

Onkel Pete zuckte mit den Schultern, nahm die Batterie heraus und verstaute das Equipment dann wieder in seinem Rucksack. Dann zog er sich das Nachtsichtgerät über. »Ihr bereit zu gehen?«

»Wir können doch jetzt nicht einfach so tun, als sei nichts gewesen!«, flüsterte Allie zu Drake.

»Doch, klar. Wir haben das Flugzeug gefunden. Wir haben unseren Job erledigt. Wenn Christine und ihr Freund noch leben, und gefangen genommen wurden, dann ist das nicht unser Problem. Darum muss sich die CIA kümmern.«

»Du weißt doch, dass es nicht so einfach ist«, ertönte Spencers Stimme hinter ihm. »Ist es doch nie.«

»Vielleicht nicht, aber für mich ist die Sache erledigt. Lasst uns jetzt den Smaragd-Buddha suchen gehen, Collins kann derweil den Geheimagenten spielen. Wir haben ihm die Information besorgt, die er haben wollte. Wir sind fertig.«

Die Wanderung zurück zum Zeltlager wurde von einem Wolkenbruch erschwert, der sie mit warmem Regen überschüttete und den schmalen Pfad noch schlüpfriger machte. Als sie endlich ankamen, sah Drake auf die Uhr und seufzte: »Nur noch zwei Stunden bis Sonnenaufgang.«

Allie nahm seine Hand und führte ihn zu ihrem Zelt. Spencer murmelte etwas davon, dass er mal müsse, und verschwand im Unterholz. Onkel Pete krabbelte müde in sein eigenes Zelt.

Allie legte sich auf ihre Isomatte und schloss die Augen. Drake zögerte, bevor er sie küsste. Doch die Verbindung war elektrisierend und Allies Atemzüge wurden schwerer, als die Küsse intensiver wurden. Doch dann verkrampfte sie sich unter ihm und Drake zog seine Lippen von den ihren.

»Oh, Allie …«

Sie hielt einen Finger auf ihre Lippen: »Psst!«

Die Stimmung war dahin, als Spencer das Zelt betrat. Drake bewegte sich ein paar Zentimeter von Allie weg, aber Spencer schien nicht zu bemerken, dass er gerade etwas unterbrochen hatte. Drake drückte Allies Hand und flüsterte ihr ein »Gute Nacht« ins Ohr.

Er konnte förmlich spüren, wie sie im Dunklen lächelte, als sie zurück flüsterte: »Fortsetzung folgt.«

KAPITEL 36

Fünf Tage zuvor, 14 Meilen westlich von Mong Lin in Myanmar.

Christines Verstand kämpfte sich durch den Nebel, der ihre Sinne verklärte, und sie zwang sich, die Augen zu öffnen. Vor sich sah sie eine vor Feuchtigkeit tropfende Backsteinwand, die mit dunklem Moos überzogen war – oder war es Schimmel?

Ihr Bewusstsein war mehrfach in Schüben gekommen und wieder verschwunden, und sie hatte keine Ahnung, wie lange sie sich schon in diesem Raum befand. Es konnte sich um Stunden handeln, genauso gut aber um Monate. Zeit hatte für sie keine Bedeutung mehr, seit sie neben dem Flugzeug zusammengebrochen war – direkt nachdem sie Liu aus dem Cockpit gezogen und das vermutlich nutzlose SOS aus Steinen zusammengelegt hatte.

Undeutliche Erinnerungen hatten sie in ihren wenigen klaren Momenten gequält: Der Anblick von Lius blutüberströmtem Gesicht, das von den zerbrochenen Scheiben zerfetzt worden war. Das helle arterielle Blut, das sein Hemd rot gefärbt hatte. Sie hatte ihr Bestes getan, den Blutfluss mit Kabeln aus seiner Laptop-Tasche zu stoppen, doch dann hatte sie das Bewusstsein verloren – der Schock und das Entsetzen waren einfach zu viel für sie gewesen.

Als sie wieder zu sich gekommen war, stellte sie fest, dass sie von der hoch stehenden Sonne geröstet wurde – doch dann trat ein flaches, asiatisches Gesicht mit der Nase eines Boxers in die Lichtstrahlen. Danach hatte sie keine Erinnerungen.

Aber jetzt hatte sie etwas aufgeweckt.

Ein kratzendes Geräusch jenseits der verrostenden Metalltür.

Eine leichte Brise drang durch die Löcher in der Decke, die als primitive Fenster dienen sollten, und trug ferne Stimmen an ihr Ohr. Sie blinzelte und versuchte, sich aufzusetzen, doch etwas hielt sie davon ab: Ihre Handgelenke waren an das Gestell einer hölzernen Liege gebunden. Nein, bei genauerem Hinsehen waren sie an etwas befestigt, das sich unter der Liege befand.

Die verrosteten Scharniere der Tür quietschten, als sie sich öffnete und zwei Männer eintraten. Einer von ihnen, ein kleiner, gedrungener Mann in den Dreißigern, hatte eine Ledertasche bei sich. Der andere, etwa gleichaltrig, war groß und muskulös. Er hielt sich im Hintergrund, sodass sie ihn nicht genau erkennen konnte.

Der Kleine schob seine randlose Brille zurecht und betrachtete sie missmutig, so als hätte sie etwas getan, was ihn enttäuschte. Das erinnerte sie an ihren Vater, der auf alle ihre Unternehmungen mit einem ähnlichen Gesichtsausdruck reagiert hatte. Sie bemerkte, wie sie sich bei diesem Gedanken verkrampfte.

Der Mann öffnete seine Tasche und zog ein Stethoskop hervor, woraufhin sie sich beruhigte: Er war ein Arzt.

Sie versuchte, zu sprechen, doch mehr als ein trockenes Krächzen brachte sie nicht zustande. Der Doktor gebot ihr zu schweigen und setzte seine Untersuchung fort. Er berührte sie zuerst vorsichtig im Brustbereich, dann an der Schulter, was einen stechenden Schmerz durch ihren Schädel jagte. Sie stöhnte wie ein sterbendes Tier, und um sie herum wurde alles dunkel.

Etwas später kam Christine wieder zu Bewusstsein. Das Erste, was sie spürte, war Hunger. Das war gut. Denn Hunger bedeutete, dass sie noch lebte. Hunger bedeutete, dass ihr Körper heilte. Das Nächste, was sie bemerkte, war der Regen, der auf das rostige Stahldach herunterprasselte.

Ihre Schulter fühlte sich taub an. Eigentlich fühlte sich ihr ganzer Körper taub an. Wie in Watte gepackt.

Vielleicht bildete sie sich das alles nur ein, vielleicht würde sie bald aufwachen und Liu hatte sie gar nicht vollgeblutet, als sie ihn hilflos in ihren Armen gehalten hatte – wobei sie in den dunklen Himmel geschluchzt und den Gott, an den sie nicht glaubte, um Hilfe für ihren Freund angefleht hatte. Sie hatte ihm alles angeboten, was er von ihr wollen könnte, wenn er Liu doch nur überleben lassen würde.

Die Taubheit wusch ihre Sorgen weg und sie begann zu schweben. Als sie die Augen schloss, war die Welt von Wärme erfüllt, von angenehmen Gefühlen und von … Schlaf.

Eine alte Frau schob Christine löffelweise Brei in den Mund. Der Doktor war bei ihr, wieder mit dem gleichen Ausdruck professioneller Distanziertheit in seinem Gesicht. Seine dicken Finger waren sehr behutsam, als er sie abtastete. Das beschwingende Gefühl von Euphorie war nun deutlich schwächer als … wann eigentlich? Wann war sie zuletzt bei Bewusstsein gewesen?

Der Arzt beendete seine Untersuchung und nickte zufrieden. Als er den Raum verließ, blieb der andere Mann jedoch stehen – ganz am Rande ihres Blickfeldes. Im Schatten. Die Alte setzte ihre Fütterung fort und schlurfte dann mit der leeren Tonschale davon. Außerdem hatte sie einen Haufen dreckiger Lappen bei sich, mit der sie Christine wohl zuvor gesäubert hatte. Dann trat der Mann an sie heran. Ihr fiel sofort auf, dass er einen gemein aussehenden Mund hatte. Und seine Haut … er war so pockennarbig, als hätte er eine Ladung Schrot ins Gesicht geschossen bekommen.

Er sagte etwas zu ihr, was ihrer Vermutung nach Laotisch war. Sie schaute ihn unverständig an und er versuchte es mit gebrochenem Englisch.

»Du sprechen?«

Wollte er, dass sie etwas sagte, oder wollte er wissen, ob sie Englisch verstand? Sie versuchte zu nicken, aber ihre Muskeln verweigerten die Zusammenarbeit. Also befeuchtete sie die Lippen und zwang ein paar Worte heraus: »Ja. Englisch. Und Kantonesisch.« Ihr Rachen schmerzte und ihre Stimme klang, als wäre ihre Zunge geschwollen oder mit Teer überzogen.

»Wo bin ich?«

Der Mann nickte und sprach auf Chinesisch weiter: »Wir haben dich gerettet. Du befindest sich in Myanmar, in meiner … Einrichtung. Mein Name ist Lee. Ich bin hier der Chef.«

»Mein Freund …«

»Er hat es nicht geschafft.«

Sie versuchte diese Nachricht zu verarbeiten und alles um sie herum verschwand. Augenblicke – oder vielleicht Minuten – später kehrte sie in ihren Körper zurück. Lee starrte sie ohne jegliche Gefühlsregung an. Obwohl sie nur halb bei Bewusstsein war, empfand sie seinen Blick als abstoßend; als würde er sie bedrängen.

»Du bist sehr schön für ein Rundauge. Viele Männer würden viel Geld für dich bezahlen. Dein Schulterblatt ist gebrochen und du hast ein paar andere Wunden, doch alles scheint gut zu verheilen. Wenn du präsentierbar bist, werde ich dich an den Höchstbietenden verkaufen. Natürlich erst, nachdem ich mich selbst von deinen Qualitäten überzeugt habe.« Lee machte eine Pause und studierte ihre Reaktion. »Wenn dein Gesicht nicht mehr so geschwollen ist, werde ich wiederkommen. Ich würde dich bitten, gegen mich anzukämpfen. Dann macht es mir mehr Spaß.«

»Dazu habe Sie kein Recht!«

Ihre Worte erzürnten ihn und er kam bedrohlich dicht an sie heran. »Kein Recht? Ich kann machen, was ich will und wann ich will. Ich habe jedes Recht. Ich bin hier das Gesetz, und das wirst du schon noch verstehen, denn du stehst in meiner Schuld. Dafür wirst du bezahlen, wie ich will und wann ich will.« Seine Lippen verformten sich zu einem grimassenhaften Lächeln. »Du gehörst mir. Ich habe dich gefunden und jetzt bist du mein Haustier, wie ein dicker Hund, der zu viel frisst und sich selbst nassmacht. Schau dich doch mal an! Du bist ekelhaft! Und du willst mir vorschreiben, welche Rechte ich habe?«

Der Zorn verließ sein Gesicht und wich seinem üblichen, ausdruckslosen Glotzen. Seine nächsten Worte klangen, als würde er über das Wetter reden: »Wir werden dich schon sauberkriegen, und wenn erst einmal der Gestank von deinem westlichen Essen von deiner Haut verflogen ist, wirst du durchaus benutzbar sein.«

Er hob seine Hand und strich mit einem fettigen Daumen über ihr Kinn. »Mein Fall bist du nicht, aber über Geschmack lässt sich schlecht streiten. Es gibt viele, die gutes Geld dafür bezahlen werden, eine imperialistische Prinzessin zu schänden. Also erhole dich jetzt, denn schon bald wirst du sehr gefragt sein!«

Christines Schrei hallte von den Wänden wider, nachdem Lee sie mit Gedanken an unaussprechliche Erniedrigungen zurückgelassen hatte. Sie war also gerettet worden, um als Sexsklavin in einem gesetzlosen Niemandsland zu dienen. Und ihr Retter war niemand anders als der Teufel in Person.

Sie schluchzte, bis ihr Brustkorb davon schmerzte und ihre Kehle vor rasender Wut brannte. Als sie schließlich keine Kraft mehr hatte, überlegte sie ganz sachlich, wie sie ihrem Leben ein Ende machen konnte, bevor es zu einer Hölle auf Erden wurde.

KAPITEL 37

Washington, D.C.

Edward Cornett und Collins warteten geduldig auf die Ankunft von Senator Whitfield. Cornett hatte um ein außerplanmäßiges Treffen vor dem Beginn des Arbeitstages gebeten und Whitfield hatte sofort zugestimmt. Alle Beteiligten wussten, dass sie am Telefon nichts sagen sollten, denn die Abhörmaßnahmen der NSA betrafen alle, selbst gewählte Regierungsvertreter. So war Vorsicht das oberste Gebot.

Als Whitfield hereinkam, war er energiegeladen. Die Ausstrahlung von Macht, die ihn umgab, konnten die CIA-Männer deutlich spüren. Außer ihnen war noch niemand an der Arbeit, das Gebäude war um sechs Uhr dreißig komplett ruhig. Genau aus diesem Grund hatte Cornett auch um einen so frühen Termin gebeten.

Whitfield legte seinen Aktenkoffer auf den Tisch und schälte sich aus seiner Anzugjacke. Während er sie sorgfältig an die Garderobe hängte, nickte er Cornett zu und schloss die Jalousien. Cornett und Collins nahmen Platz und warteten, bis kein Licht mehr von draußen hereindrang.

Der Senator setzte sich an seinen Schreibtisch und legte seine Hände zusammen. »Meine Herren, Sie haben Neuigkeiten? Ich gehe davon aus, dass es wichtig ist, wenn Sie ein Treffen zu so früher Stunde anberaumen.«

»Jawohl, Sir. Wir haben das Flugzeug gefunden. Weder Ihre Tochter, noch ihr Freund Liu haben sich in dem Wrack befunden.«

Whitfields Augenlider zuckten. »Was bedeutet das?«

»Wir sind nicht sicher, Sir.« Cornett berichtete ihm von dem SOS aus Steinen.

»Also leben sie noch?«

»Vielleicht. Es ist zu früh, um darüber eine verlässliche Aussage zu treffen. Es gibt auch noch die Möglichkeit, dass sie überhaupt nie in dem Flugzeug waren, und dass das alles nur eine Finte ist.«

»Eine Finte? Wovon reden Sie?«

»Sir, es gibt einen beunruhigenden Aspekt bei dieser ganzen Sache. Unsere Leute vor Ort haben berichtet, dass die Maschine manipuliert wurde. Es war Sabotage. Also war der Absturz kein Unfall.« Cornett hielt dem starren Blick des Senators stand. »Können Sie sich einen Grund vorstellen, warum irgendjemand so etwas tun sollte?«

»Das ist doch absurd! Ich kann mir natürlich keinen Grund vorstellen … außer, es war dieser verdammte Liu. Es muss irgendetwas sein, mit dem er zu tun hatte. Organisiertes Verbrechen? Terrorismus? Drogenschmuggel?« Whitfield zögerte. »Haben Ihre Leute irgendetwas in dem Flugzeug gefunden?«

»Negativ. Dem Anschein nach war es bereits ausgeplündert worden.«

»Dann war jemand vor Ihren Leuten da.«

»Richtig, und es ist möglich, dass sie Ihre Tochter und Liu haben.«

Whitfield lehnte sich zurück. »Haben?«

Collins übernahm für seinen Vorgesetzten: »Sir, wir wollen nicht, dass Sie sich zu große Hoffnungen machen. Aller Wahrscheinlichkeit nach hat Ihre Tochter es nicht überlebt. Aber nun ist immerhin die Chance größer geworden. Es sieht nur so aus, als ob eine der Rebellengruppen in der Gegend sie gerettet hat … und sie nun gefangen hält.«

Whitfield sah schockiert aus. »Wozu das denn?«

»Kidnapping ist in dieser Region an der Tagesordnung, Sir. Wie gesagt, es ist zu früh, etwas Konkretes zu sagen, aber wenn eine der bewaffneten Gruppierungen sie hat, dann werden sie versuchen, Kapital aus ihr zu schlagen. Auf welche Art auch immer. Wir hatten schon Berichte von Touristen, die in der Nähe der Grenze gefangen genommen wurden. Üblicherweise weiße Frauen.« Collins ließ diese Aussage für sich selbst sprechen.

Whitfield stand auf und begann, vor dem Fenster auf und ab zu gehen. »Meine Herren, falls Christine noch lebt, müssen Sie alle Hebel in Bewegung setzen, um sie da rauszuholen. Koste es, was es wolle – in Dollar oder Personal, Sie müssen es schaffen. Und es darf kein Wort davon nach außen dringen, denn wenn bekannt wird, dass meine Tochter als Geisel genommen wurde, gelte ich als erpressbar. Wir sind gerade an einem sehr kritischen Punkt bei den Anhörungen im Verteidigungsministerium. Ich muss Ihnen nicht sagen, welchen Schaden eine solche Geschichte anrichten könnte.«

»Nein, Sir. Natürlich nicht.«

»Also erklären Sie mir bitte genau, welche Schritte Sie unternehmen werden. Und ich hoffe, dass es mich beeindrucken wird, wenn Sie weniger als einen Flugzeugträger schicken, um das ganze Land zu erobern.«

»Wir haben einen erfahrenen Agenten, der die Situation momentan im Auge behält. Wir haben autorisiert, dass er die Nachricht in Umlauf bringen kann, an den Passagieren des Flugzeuges interessiert zu sein. Wobei wir besondere Betonung darauf legen, dass Geld dabei keine Rolle spielt.«

Whitfields Atmen verwandelte sich in ein Zischen. »Wie bitte? Sie haben nur einen Mann vor Ort? Das ist alles? Habe ich nicht klargemacht, wie wichtig das ist?«

Cornett nickte. »Natürlich, Sir. Aber mehr Personal wird nichts erreichen, außer die Gegenseite unter Druck zu setzen. Und wenn wir ihre Entführer verängstigen, erhöht das nur die Chance, dass sie die Geiseln töten und das Weite suchen. Wir müssen hier mit chirurgischer Präzision vorgehen.«

Whitfield lehnte sich wieder zurück und diesmal ließ er die Schultern hängen. Für einen Moment starrte er die Männer einfach nur an, und als er die Sprache wiederfand, war seine Stimme eiskalt: »Wenn irgendetwas schiefläuft und wir sie nicht wiederbekommen, werde ich Sie beide persönlich dafür verantwortlich machen. Das ist Ihr Fachgebiet, deswegen mische ich mich da nicht ein, aber ich möchte zu Protokoll geben, dass ich mir ernste

Sorgen mache, dass die CIA nicht genügend Ressourcen investiert.«

»Die Nachricht ist angekommen«, sagte Cornett. »In diesem Moment wissen wir leider wirklich nicht mehr, als dass ihre Leiche sich nicht an der Absturzstelle befand. Über die Gründe dafür können wir nur spekulieren.« Er unterbrach sich und schaute auf die Uhr. »Wir werden hoffentlich im Laufe des Tages neue Informationen bekommen. Aber wir dachten uns, dass Sie sicher alles so schnell wie möglich erfahren wollen.«

»Ja, sicher … natürlich. Es tut mir leid. Ich wollte Ihnen nicht den Kopf abreißen. Aber diese Neuigkeit ist so überraschend, und die Folgen davon … nun ja, Sie können sich bestimmt vorstellen, was ich gerade durchmache.«

»Das kann ich. Es gibt allerdings noch eine Kleinigkeit. Es wäre unklug, diese Nachricht mit Ihrer Ex-Frau zu teilen, Sir. Wir wollen nicht, dass Zivilisten die Sache noch weiter verkomplizieren.«

»Ja, das verstehe ich. Sie war schon kurz davor, an jedem Laternenpfahl Zettel aufzuhängen, bis ich es ihr ausreden konnte.«

»Wenn Ihre Tochter und Liu noch leben, werden wir sie finden und da herausholen. Darauf gebe ich Ihnen mein Wort«, sagte Cornett. »Und wenn sie es nicht sind, dann werden wir dafür definitive Beweise liefern.«

»Danke«, sagte Whitfield mit einem Blick auf seine Uhr. »Dann machen Sie sich am besten auf die Socken, bevor meine Mitarbeiter hier aufkreuzen. Es würde nur unbequeme Fragen aufwerfen, wenn bekannt würde, dass ich mich mit CIA-Angehörigen treffe.«

Cornett und Collins standen auf und schüttelten dem Senator die Hand. Nachdem sie sein Büro verlassen hatten, gingen sie schweigend zu ihrem Wagen. Als sie darin saßen, wandte sich Cornett an Collins.

»Was versteckt er vor uns?«, fragte er.

»Keine Ahnung. Aber Sie hatten auch das Gefühl?«

»Natürlich. Er weiß es gut zu verstecken, aber nicht gut genug.«

»Tja, er ist ein Politiker, also lügt er den ganzen Tag.«

»Stimmt, aber irgendwas ist hier faul.«

»Können Sie vielleicht unter vier Augen mit dem Chef reden und fragen, ob es bei dieser Geschichte noch einen Aspekt gibt, von dem wir nichts wissen?«, fragte Collins.

»Ich werde es mal auf die private Schiene versuchen, aber versprechen Sie sich nicht zu viel davon. Wenn der Boss eine Sache durchziehen will, ohne mit offenen Karten zu spielen, ist das seine Entscheidung.«

»Klar, aber mir gefällt nicht, dass wir dann die Bauernopfer sind. Das könnte schwer auf uns zurückfallen.«

Cornett startete den Motor und nickte. »Noch mehr Katastrophen können wir wirklich nicht brauchen.«

»Kaffee?«

»Da bin ich sofort dabei.«

KAPITEL 38

Reggie schüttelte den Kopf und schaltete das Satellitentelefon aus. Er verstand, was sein Koordinator von ihm wollte, aber ganz offensichtlich hatte er keine Vorstellung von der dahinterstehenden Logistik. Wie sollte er bekannt machen, dass er nach den Flugzeuginsassen suchte? Zum einen war er mitten im Nirgendwo und es würde ihn den ganzen Tag kosten, irgendeine Form von Zivilisation zu erreichen. Zum anderen war es ja nicht so, als ob man eine Frage im Internet postete und dann auf eine Antwort-Email wartete. Die Dörfer, die Kontakte zu den Drogenbanden hatten, waren abgelegen und machten auch nicht gerade Werbung damit. Ein zu brüskes Auftreten konnte sogar tödlich sein.

Aber er hatte seine Befehle. Seine Wanderung in den Dschungel war sinnlos gewesen. Er hatte sich an die Grenzen seines Durchhaltevermögens gequält, um die Archäologen zu finden, und als er endlich ihre Zelte in Sichtweite hatte, sah er den verpassten Anruf vom Hauptquartier. Bei seinem Rückruf erfuhr er, dass die Leiche der Tochter sich nicht im Flugzeug befunden hatte und dass er auf weitere Anweisungen warten solle.

Das war früh morgens gewesen. Jetzt war es Tag und er hatte schon wieder eine nahezu unmögliche Aufgabe bekommen.

Herzlich willkommen beim Geheimdienst, dachte er, als er mit mürrischem Blick sein gestohlenes Fahrrad musterte. Sein Hintern schmerzte von dem harten Sattel und jedes Schlagloch fühlte sich inzwischen an wie eine proktologische Untersuchung, die grauenhaft schieflief. Und nun würde er den ganzen Weg bis zum nächsten Ort radeln müssen. Das war Tachileik. Mit anderen Worten hatte er weitere dreißig Meilen auf dem schlimmsten Fahrrad der Welt vor sich. Es sei denn natürlich, jemand würde ihn vorher zum Spaß erschießen. Er schaute noch einmal über seine Schulter und warf einen Blick auf die nächstgelegene Felsformation, um sich die Stelle einzuprägen. Dann stöhnte er leise. Vielleicht wäre ein Bürojob doch gar nicht das Schlechteste.

Dann fiel ihm etwas ein. Er schaltete das Telefon wieder an und meldete sich bei seinem Koordinator. »Haben wir nicht jemanden in Bangkok, der die Kommunikation übernehmen könnte? Ich bin gerade mitten im Dschungel, genau am Ziel!«

»Nicht wirklich. Ich meine … natürlich haben wir Leute vor Ort, aber wir haben es hier mit einer höchst empfindlichen Situation zu tun. Wir hatten gehofft, auf Ihre Erfahrung bauen zu können. Werden Sie es schaffen?«

»Ich bin frühestens heute Abend dort.« Er übermittelte seine Koordinaten und schlug einen Blick auf die Karte vor.

»Bitte bleiben Sie kurz dran.«

Reggie wartete fünf Minuten, die seine wertvolle Akkuladung dezimierten. Er wollte gerade auflegen und auf einen Rückruf warten, als sein Gesprächspartner wieder in der Leitung war: »Negativ. Wir müssen das streng geheim halten. Tun Sie Ihr Möglichstes.«

»Roger.«

Reggie legte auf und stieß einen stummen Fluch aus. Streng geheim, soso. Das war für irgendeinen gesichtslosen Deppen leicht zu sagen, der Reggie mit einem Mausklick ins Nichts schicken konnte. Es war ja nicht sein Arsch, der Zielscheibe mitten in einem Kriegsgebiet spielen musste.

Er schlurfte zum Fahrrad, zog sich seinen Rucksack über und fing dann an, den unbefestigten Trampelpfad hinunter zu radeln. Die nächste Straße, auf der er besser vorankommen würde, war noch meilenweit entfernt.

Drake steckte seinen Kopf aus dem Zelt, als die Sonne schon etwas höher am Himmel stand. Joe sprach gerade mit Dick und Harry, deren grünliche Gesichtsfarbe Bände sprach. Die beiden bewegten sich wie in Zeitlupe, wohingegen Joes Stimme lebendig und wach klang. Obwohl er bestimmt doppelt so alt war wie seine Gesprächspartner, wirkte er, als hätte er gerade eine Massage und ein Hautpeeling bekommen.

Als er Drake entdeckte, winkte er ihm gut gelaunt zu: »Hey, Jungspund! Raus aus den Federn! Zeit zum Aufstehen!«

»Ja, das sehe ich«, sagte Drake, als er nach draußen trat. »Hast du heute morgen schon wieder etwas von deinem Zaubertrank genommen?«

»Siehst du, das ist genau die Art von Kommentar, die dich kleingeistig erscheinen lässt. Ich bin als Erster aufgestanden, habe mein Yoga gemacht und gefrühstückt. Du verwechselst einfach meinen Einklang mit dem Universum mit irgendeinem Effekt, den man durch Drogen haben kann.«

»Ich hätte jetzt gedacht, du hättest sogar noch den Filter von deiner Sportzigarette gegessen.«

Joe grinste verschwörerisch: »Man darf ja nichts verkommen lassen!«

»Wusste ich's doch!«

»Und, wie ist es gelaufen?«

Drake warf einen skeptischen Blick auf die beiden Soldaten. »Bist du dir sicher, dass sie kein Englisch verstehen?«

»Schau dich doch mal um, Junge! Deine Geheimnisse sind hier sicher.«

»Wir haben das Flugzeug gefunden. Es war niemand drinnen. Und das ist etwas mysteriös.«

Joe nickte, als hätte er dieses Ergebnis erwartet. »Und jetzt?«

»Wir setzen unsere Suche nach dem Smaragd-Buddha fort.«

»Dem *was?*«, stieß Joe überrascht hervor.

Drake biss sich auf die Zunge. Er hatte sich verplappert. »Die Ruinen.«

»Das hast du aber eben nicht gesagt!«

»Ich habe ja auch nur ein oder zwei Stunden geschlafen. Was weiß ich, was ich gesagt habe«, versuchte Drake sich herauszureden.

»Dafür weiß *ich*, was du gesagt hast! Das war das erste Mal, dass ich etwas von Smaragden höre. Oder einem Buddha.«

»Können wir ein andermal darüber reden? Wenn wir die Stelle gefunden haben, werden wir ja sehen, was uns da erwartet. Mehr habe ich dazu nicht zu sagen.«

»Leicht aggressiv heute? Bleib doch mal locker! Das passt doch gar nicht zu einem so jungen Menschen.«

»Vielen Dank für die Lebenshilfe, aber können wir das ein andermal fortsetzen? Mir geht's echt beschissen.«

Joe grinste ihn vielsagend an. »Ich hätte da etwas, das deine Laune sicher bessern würde!«

Drake starrte ihn strafend an, woraufhin Joe mit den Schultern zuckte: »Hey, kein Problem. Sag mir einfach Bescheid, wenn du irgendwas brauchst.«

»Du bist echt ne richtige Apotheke, oder?«

Joe lächelte und ging zurück zu Harry und Dick. Harry sah aus, als müsste er sich gleich übergeben – bei seinem jämmerlichen Anblick fühlte Drake sich gleich viel besser. Er huschte zurück ins Zelt und wäre beinahe mit Allie zusammengestoßen.

»Oh, sorry. Guten Morgen«, sagte er.

»Wenn du meinst.«

»Bist du bereit, einzupacken und loszugehen?«

»Wahrscheinlich.«

Eine halbe Stunde später liefen sie wieder im Gänsemarsch durch den Dschungel. Onkel Pete machte mit seiner Machete den Weg frei, denn das Glück, einen guten Trampelpfad zu finden, hatten sie diesmal nicht. Ihre Route führte sie durch dichte Vegetation und der Morgen verging, ohne dass sie großartige Fortschritte machten.

Das Mittagessen verlief ziemlich gehetzt, da sie von einem Wolkenbruch überrascht wurden, der aber immerhin etwas Abkühlung von der schwülen Hitze brachte. Joe und Onkel Pete berieten sich mit Spencer darüber, wie sie am besten weiter vorgehen sollten, und bis sich der Regen verzogen hatte, waren sie sich darüber einig, dass Spencer für die nächste Etappe die Machete schwingen würde, damit die Arme des kleinen Thailänders sich etwas erholen konnten.

Nach weiteren zwei Stunden erreichten sie eine kleine Lichtung.

Allie deutete nach Norden. »Da sind sie!«

In einiger Entfernung sahen sie die beiden schroffen Felsspitzen, die aus dem üppig-grünen Dschungel in den azurblauen Himmel ragten.

»Die zwei Schwestern«, sagte Drake.

»Und das Tal zwischen ihnen.«

»Ich vermute, dass da nicht gerade ein Luxushotel versteckt liegt, also lasst uns doch ein schönes Plätzchen in ihrem Schatten suchen, wo wir unsere Zelte aufschlagen können«, sagte Spencer, während er ihre Position mit dem Kompass kontrollierte. »Falls wir noch einen von Tieren gemachten Trampelpfad finden, sind wir in ein paar Stunden da. Vielleicht sogar früh genug, um noch unsere Höhle zu finden!«

Die Aussicht, das Ziel bereits in Sichtweise zu haben, motivierte die Gruppe, ihren Schritt noch einmal zu beschleunigen. Dazu hatten sie noch das Glück, einen kleinen Bachlauf zu finden, der direkt auf die etwa achthundert Meter breite Lücke zwischen den beiden Felsspitzen zuführte. Als sie den Eingang zu dem dahinterliegenden Tal erreichten, zeigte Drakes Uhr halb vier an, also hatten sie noch mindestens drei Stunden Tageslicht, bevor sie ihre Zelte aufbauen mussten.

Allie spielte aufgeregt an den ausgeleierten Riemen ihres Rucksacks herum, als sie in das Tal blickten. »Wir suchen eine Höhle. Aber nach fünfhundert Jahren könnte sie komplett überwuchert oder sogar eingestürzt sein. Also haltet die Augen offen!«

»Du meinst also, es wird kein riesiges Steintor oder so etwas geben?«, fragte Drake naiv.

Allie lächelte. »Das wäre doch viel zu einfach«, antwortete sie, und sie fingen an, ihre Umgebung genau unter die Lupe zu nehmen. Joe und Spencer wechselten sich an dem Feldstecher ab, den Joe mitgebracht hatte.

Nach einer Viertelstunde hatten sie noch nichts entdeckt. Spencer zuckte mit den Schultern und zog seine Machete aus der Scheide. »Sieht so aus, als müssten wir es auf die harte Tour machen. Gibt es eine bestimmte Stelle, an der wir anfangen sollten?«

Allie deutete auf den Gipfel, der ihnen am nächsten war. »Höhlen befinden sich in den meisten Fällen am Fuß von Bergen, deshalb würde ich vorschlagen, wir suchen erst den einen ringsherum ab und gehen dann zum anderen.«

»Kling gut«, sagte Spencer und verschwand im Unterholz.

Zwei Stunden später hatten sie alles abgesucht, wobei sie sich in einem Abstand von jeweils zwanzig Metern verteilt hatten, um nichts zu übersehen. Die Sonne stand schon tief und ihre vormals bissigen Strahlen waren zu einem weichen Glimmen geworden. Geisterhafte Nebelschwaden begannen sich an den Gipfeln zu bilden, als die Luft sich abkühlte.

Spencer rief den anderen zu: »Ich glaube, das war es für heute! Lasst uns eine gute Stelle zum Zelten suchen, dann machen wir morgen weiter!«

Sie liefen zurück zum steilen Flussufer und fanden etwa fünfzehn Meter vom Wasser entfernt eine flache Stelle am Rand einer Bambusstaude. Onkel Pete baute mit Drake und Spencer die Zelte auf, Allie entschuldigte sich, um sich am Fluss zu waschen, bevor es völlig dunkel wurde. Drake war gerade dabei, die letzten Heringe in den Boden zu hämmern, als Allie eilig zurückgelaufen kam.

»Ich glaube, ich habe etwas gefunden«, sagte sie atemlos, das Gesicht ganz rot vor Aufregung.

»Was denn?«, fragte Drake. Spencer hob den Kopf, dann gesellten er und Onkel Pete sich zu ihnen.

»Auf der anderen Seite des Ufers ist eine Ansammlung von Felsbrocken, die unnatürlich aussieht. Das könnte der Höhleneingang sein!«

»Ich hole die Taschenlampen«, sagte Spencer und verschwand. Als er zurückkam, drückte er Allie eine der Lampen in die Hand und alle machten sich auf den Weg zu der fraglichen Stelle.

Sechzig Meter von ihrem Lager entfernt blieb Allie stehen und beleuchtete ihren Fund. »Schaut mal! Was haltet ihr davon?«

Sie starrten über das Wasser auf einen Haufen Felsen, die dicht von Pflanzen überwachsen waren. Ein weiterer Haufen direkt daneben wirkte sauberer – als ob die Steine dort hingelegt worden waren.

»Könnte sein. Auf jeden Fall verdächtig! Ob wir von hier auf die andere Seite kommen?«, fragte Drake mit Blick auf die tosenden Wassermassen.

Spencer schüttelte den Kopf. »Sieht zu tief aus. Ich glaube, bei unserem Lager geht es leichter. Lasst uns noch mal zurückgehen.«

Also überquerten sie den Fluss an der breiteren, aber flacheren Stelle, wo ihnen das Wasser nur maximal bis zu den Knien ging. Sobald sie auf der anderen Seite waren, balancierten sie auf schlüpfrigen Steinen, bis sie die Felsgruppe erreicht hatten. Inzwischen hatte die Sonne aufgegeben und eine dichte Nebeldecke stülpte sich über das Tal. Drake schaltete seine stabile Aluminium-Taschenlampe an und näherte sich dem verhältnismäßig frisch aussehenden Steinhaufen.

»Das ist definitiv keine natürliche Formation. Jemand hat die hier aufgestapelt«, meinte Drake. »Allie, halte mal die Taschenlampe. Spencer, pack mit an! Schauen wir doch mal, ob wir einen davon bewegen können, um einen Blick dahinter zu erhaschen!«

Allie stellte sich neben Drake und übernahm seine Lampe, während die beiden Männer sich einen der kleineren Brocken aussuchten. Joe und die beiden Shan-Soldaten schauten zu, als Drake einen Countdown startete: »Bereit? Auf drei. Eins, zwei … drei!«

Dann fingen sie beide an, mit voller Kraft zu zerren. Eine Vene wölbte sich auf Drakes Stirn und schließlich kam Bewegung in den Stein. Er schob sich nach vorn und kippte schließlich über, woraufhin er in Richtung Fluss donnerte und dann im Matsch liegen blieb.

»Dahinter ist ein Loch!«, rief Drake, als er in die Dunkelheit spähte. »Wenn wir noch ein paar Steine aus dem Weg schaffen, können wir uns da hineinquetschen!«

Spencer nickte. »Der hier sieht aus, als könnten wir ihn noch bewegen. Allie, gib mir mal die Lampe. Die kann ich als Hebel einsetzen!«

Allie reichte ihm die Lampe und Spencer rammte sie in einen Spalt. Dann drückte er mit aller Kraft und der Fels bewegte sich mit einem lauten Kratzgeräusch. Drake eilte zu ihm und packte mit an. Gemeinsam schafften sie es, den Brocken loszustemmen. Rumpelnd sauste er hinab und leistete seinem Gegenstück am Flussufer Gesellschaft. Nun gab es immerhin schon ein Loch, durch das ein Kind gepasst hätte.

»Wenn wir den hier auch noch wegbekommen, haben wir es geschafft!«, sagte Allie, wobei sie auf einen weiteren mittelgroßen Stein zeigte.

»Du hast die Lady gehört! Zweimal ist keinmal!«, rief Spencer, und diesmal rammten sie zwei Lampen hinter den Brocken. Sie rüttelten ein Weilchen hin und her, bis auch dieser Fels zum Flussufer hinabstürzte. Die Öffnung schien nun groß genug.

»Das sollte reichen«, sagte Drake und schaltete seine Lampe an, mit der er hineinleuchtete. »Willst du vorangehen, Allie? Du bist schließlich die Expertin.«

Allie warf einen letzten Blick auf den zwielichtigen Nebel und den beinahe schwarzen Himmel, bevor sie die Felsen erklomm und sich durch die Öffnung zwängte. Drake kroch hinter ihr her, dicht gefolgt von Spencer. Joe begnügte sich damit, entspannt zuzuschauen, während Harry ebenfalls in dem Loch verschwand. Dick zog es offenbar vor, bei Joe zu bleiben.

Die Höhle war im Eingangsbereich sehr eng, doch dann öffnete sie sich. Allies Lampenstrahl ruhte auf einer Gravur, die auf Schulterhöhe in den Stein eingelassen war – ganz eindeutig ein lächelnder Buddha, unter dem sich einige Figuren befanden. Sie streckte die Fingerspitzen aus und ließ sie über das Motiv gleiten. »Das kommt von den Khmer. Absolut eindeutig«, flüsterte sie.

»Dann ist das hier …«

»Genau, wenn es nicht zufällig mehrere Höhlen mit Khmer-Motiven zwischen den *Zwei Schwestern* gibt, sind wir hier richtig.«

Sie schwenkte ihre Lampe und leuchtete auf die gegenüberliegende Wand. Dann machte sie einen ersten, vorsichtigen Schritt auf sie zu, danach einen weiteren.

Drake untersuchte mit seiner Lampe den Boden, auf der Suche nach Skorpionen oder Schlangen, die sich gern in Höhlen versteckten. Allie näherte sich einer weiteren Öffnung, während Spencer und Harry die Nachhut bildeten. Gemeinsam betraten sie einen weiteren, großen Raum hinter der Öffnung.

Plötzlich blieb Allie stehen und ihr Atem wurde flach. Als sie sich umdrehte, war ihr Gesicht weiß wie ein Bettlaken.

»Sieht so aus, als wären wir zu spät – aber das ist unser geringstes Problem!«

KAPITEL 39

Drake schob Allie beiseite und kniff die Augen zusammen. In der zweiten Höhle waren noch mehr Gravuren zu sehen, für die Vertiefungen in die Felswand gehauen worden waren, die wie Bilderrahmen wirkten. Von einem Schatz war allerdings nichts zu sehen. Dafür entdeckte er auf dem Boden etwas Braunes, und als er erkannte, was es war, verstand er Allies Reaktion.

Mindestens zwanzig Kalaschnikow AK-47 Sturmgewehre lagen in einer offenen Holzkiste, daneben weitere Behälter mit Munition sowie ein großes Tarnnetz, das noch mehr Kisten bedeckte.

Spencer näherte sich und hob den Stoff an. Nach einem kurzen Blick hatte er bereits genug gesehen. »Das ist Ausrüstung für eine Drogenküche und noch zwei Kisten voller Gewehre. Und mindestens eine Palette von weißem Zeug in Klarsichtfolie.«

Spencer atmete kurz durch, bevor er weitersprach: »Sieht so aus, als wären schon Jahre vor uns Grabräuber hier gewesen. Aber ich stimme Allie zu, dass wir ein viel größeres Problem haben: Diese Waffen sind in gutem Zustand.« Er beugte sich hinunter und schnappte sich eines der Gewehre. »Die sind gut geölt. Kein Rost. Also liegen sie noch nicht lange hier. Und die Besitzer werden auch bald zurückkommen, um ihr Heroin zu holen. Das muss eine Art Übergabepunkt sein. Und so wie es aussieht, einer, der regelmäßig benutzt wird.«

Drakes Pupillen weiteten sich, als der Groschen bei ihm fiel. »Also kommen sie oft her – und zwar viele von denen. Denn man braucht eine ganze Menge Leute, um diese Felsbrocken zu bewegen …«

»Genau. Wie wir wissen, braucht man für die Schwereren mehr als zwei Personen«, stimmte Spencer ihm zu.

Allie schnappte nach Luft. »Also befinden sich unsere Zelte nur ein paar Schritte von einem großen Drogenumschlagplatz entfernt …«

»Und die Besitzer werden sicher gern ein paar Worte mit den ungebetenen Besuchern reden«, beendete Drake den Satz für sie.

»Vielleicht können wir uns aus dem Staub machen, bevor irgendjemand das Loch in den Felsen bemerkt«, hoffte Allie.

Spencer nickte. »Jetzt ist es Nacht. Diese Gangs kennen den Dschungel wie ihre Westentasche. Wenn sie wieder auftauchen, werden sie mächtig sauer sein und nach uns suchen. Das heißt, wir müssen verschwinden – jetzt gleich.« Spencer legte das Gewehr zurück. »Lasst uns ein paar davon mitnehmen und hoffen, dass wir sie nicht brauchen werden. Schnappt euch auch genügend Patronen!«

»Lass mich noch schnell ein paar Fotos machen. Joe, hast du die Kamera?«, rief sie über die Schulter. Joe hatte in seinem Dorf eine billige Digitalkamera in seine Tasche gepackt, zusammen mit dem Feldstecher.

»Klar«, erklang Joes Stimme vom Höhleneingang und einen Augenblick später stand er mit dem Gerät in der Hand neben ihr. Als er die Kisten sah, blieb er wie angewurzelt stehen. »Wow, das ist ganz schlechtes Mojo, Kinder!«

Drake nickte. »Das ist uns klar.«

»Und wo ist der Schatz?«

»Vor langer Zeit gestohlen worden«, sagte Allie.

»Seid ihr denn sicher, dass das hier die richtige Höhle ist?«

Spencer grunzte. »Schau dir doch mal die Gravuren in den Wänden an. Die sind noch von den Khmer.« Er seufzte. »Es war jemand vor uns hier. Vielleicht schon vor Ewigkeiten.«

»Wenn dieses Gebiet den Drogenbanden gehört, haben sie das Gold sicher längst eingesackt und geschmolzen oder auf dem Schwarzmarkt verkauft«, sagte Drake. »Mal gewinnt man, mal kriegt man einen Backstein in die Fresse. So ist das Leben.«

Joe warf einen Blick auf Onkel Pete. »Ich würde sagen, wir sollten so schnell wie möglich Land gewinnen. Wir sollten dem Fluss folgen und sämtliche etablierten Pfade meiden. Wir sollten mindestens so lange weitermarschieren, bis wir die Stelle erreichen, wo wir gestern gecampt haben. Selbst wenn es die ganze Nacht dauert.«

Spencer nickte. »Er hat recht. Lasst uns abbauen und losgehen.«
Sie krochen aus der Höhle und kamen in eine andere Welt – eine, in der man maximal zehn Meter weit sehen konnte. Dichter Nebel war ins Tal hinabgestiegen. Drake führte sie zurück zum Fluss und wollte gerade ins Wasser steigen, als er das typische Geräusch von Metall auf Metall hinter sich hörte.

»Warst du das?«, flüsterte er Spencer zu und lauschte angestrengt in den Nebel.

Spencer schüttelte den Kopf und Joe formte mit den Lippen ein »Nein«. Onkel Pete und die beiden Shan-Soldaten sahen erschrocken aus, und das sagte mehr als tausend Worte.

»Weiter! Folgt mir!«, zischte Joe. Er zwängte sich an Drake vorbei und trat ins Wasser, wobei er darauf achtete, es möglichst leise zu tun. Die anderen folgten ihm in einigen Metern Abstand. Spencer hatte gerade das andere Ufer erreicht und drehte sich zu Allie, um ihr zu helfen, als Drake ausrutschte. Er riss die Augen auf wie ein Reh im Scheinwerferlicht, kippte zur Seite und landete mit einem lauten Klatschen sowie einem unwillkürlichen Grunzen im Wasser. Niemand wagte es, sich zu bewegen, und dann hörten sie das Getrampel schwerer Stiefel aus Richtung der Höhle.

Drake kämpfte sich wieder auf die Beine und rannte auf das Ufer zu, wo die anderen bereits angekommen waren. Er beeilte sich, die Böschung hinaufzukommen, als sich eine Gestalt aus dem Nebel schälte, in den Händen eine AK-47. Und im Gegensatz zu Drake sah dieser Mann so aus, als könne er damit umgehen. Der Schütze schwenkte das Sturmgewehr herum, als Onkel Pete schon eine Salve abfeuerte. Der Brustkorb des Mannes explodierte, als die Kugeln ihn durchschlugen, dann fiel er mit dem Gesicht zuerst ins Wasser.

Spencer schrie Drake an: »Beeil dich – renn, oder du bist tot!«

Drake verfiel in einen Sprint, als weitere Rufe von flussaufwärts an seine Ohren drangen. Nachdem die Gruppe ihr Zeltlager erreicht hatte, schnappten sie sich ihre Rucksäcke, wobei Spencer, Joe und die Shans die Waffen im Anschlag behielten, um die

Verfolger abwehren zu können. Vermutlich wussten ihre Gegner nicht genau, an welcher Stelle sie den Fluss überquert hatten, aber sie konnten nicht sicher sein – und jetzt, wo die Drogenschmuggler wussten, dass sie es mit Bewaffneten zu tun hatten, würden sie sicher ebenso geräuschlos wie tödlich vorgehen.

Drake konnte von seiner Position aus den Fluss kaum noch erkennen, und er dankte dem Schicksal für den dichten Nebel – ohne ihn wären sie alle längst tot. Allie tauchte an seiner Seite auf und tippte ihm auf die Schulter, dann deutete sie auf eine Gruppe Bewaffneter, die am gegenüberliegenden Flussufer entlangkrochen. Er nickte und hockte sich hin, aber einer der Schützen sah ihn und rief laut aus.

Gewehrschüsse knatterten durch die Nacht und Kugeln schlugen überall ein. Joe und die Shans warfen sich flach auf den Boden, direkt neben Spencer und Onkel Pete, die sich bereits in Deckung begeben hatten und zurückfeuerten, wobei sie sorgfältig zielten und nur einzelne Schüsse abgaben. Lohn ihrer Mühen war, dass mindestens vier der Angreifer zu Boden gingen, aber es war klar, dass weder die Zeit noch der Munitionsvorrat auf ihrer Seite waren.

Ein weiterer Schütze tauchte aus dem Nebel auf und Onkel Petes Gewehr bellte auf. Der Kopf des Angreifers zerplatzte und er fiel rückwärts in den Sand des Flussufers, das inzwischen mit Leichen übersät war.

Spencer stand auf und ging langsam rückwärts, die Waffe weiter auf den Fluss gerichtet. »Wir machen es ihnen zu leicht; wir müssen in Bewegung bleiben«, flüsterte er zu Joe.

»Verstanden, Kumpel!« Joe lehnte sich zu den Shan-Soldaten hinüber und raunte ihnen etwas zu. Sie nickten und standen auf.

»Wir gehen«, sagte Onkel Pete. Weitere Kugeln schredderten die Pflanzen zu ihrer Linken, offenbar hatten die Gegner in Richtung seiner Stimme gefeuert. Er schoss eine Salve in den Nebel, während er sich zurückzog.

»Folgt mir«, flüsterte Joe. Dann rannte er los, wieselte zwischen Bambus und Bäumen durch, um möglichst schnell viel Abstand zwischen sich und die Angreifer zu bringen. Nachdem sie den Fluss hinter sich gelassen hätten, würden die Drogenschmuggler das gleiche Problem wie zuvor haben – ihr Vorteil, in der Überzahl zu sein, würde durch den Nebel und die Dunkelheit zunichtegemacht.

Sie rannten etwa fünf Minuten, wobei sie nur kurze Stopps einlegten, um auf Anzeichen ihrer Verfolger zu lauschen. Dann bog Joe nach rechts ab und sie waren wieder am Fluss. Er blieb stehen und horchte in die Dunkelheit, während die anderen wie angewurzelt dastanden. Spencer schlich an seine Seite.

»Was meinst du? Können wir sie abhängen, oder sollten wir uns eine erhöhte Position suchen, von der aus wir sie fertigmachen können?«, flüsterte Joe.

»Das Problem ist, dass sie uns einkreisen können, sobald wir aufhören, uns zu bewegen. Das würde ich jedenfalls machen«, sagte Spencer. »Jeder Standortvorteil ist nur vorübergehend. Deswegen würde ich sagen, wir sollten in Bewegung bleiben. Das ist unsere einzige Chance.«

»Es gibt aber noch ein Problem«, sagte Joe. »Sie haben vermutlich Funkgeräte. Also können sie Verstärkung rufen, die uns dann auflauert.«

»Das stimmt. Aber was haben wir für Möglichkeiten«, fragte Drake hinter ihnen.

Spencer verzog die Mundwinkel. »Im Moment? Gar keine. Aber ich sage, wir sollten den Fluss so schnell wie möglich verlassen. Denn wenn ich die wäre, würde ich meine Kollegen einfach weiter oben am Ufer postieren. Der Fluss ist die leichteste Route, um aus dem Tal herauszukommen, also werden sie das erwarten. Wir sollten deshalb das Gegenteil tun!«

Joe nickte. »Dann lasst uns den Fluss überqueren, sobald wir eine flache Stelle finden, und nach einem von Tieren gemachten Pfad suchen, der vom Wasser wegführt.«

Onkel Pete wartete nicht länger, sondern begann, den Fluss hinaufzustiefeln, die wilde Strömung an seiner Seite.

Nach vierhundert Metern erreichten sie eine Stelle, an der sich das Wasser an flachen Felsen brach. Sorgfältig suchten sie sich ihren Weg auf die andere Seite und liefen dann weiter in Richtung Süden, bis sie ein vielversprechendes Loch im Unterholz fanden. Joe und Onkel Pete duckten sich hinein und bildeten die Vorhut in den Dschungel, wobei ihnen bewusst war, dass jederzeit wieder eine Schießerei losgehen konnte.

Alle gaben ihr Bestes, um so schnell wie möglich voranzukommen. Joe checkte hin und wieder das GPS, um sicherzugehen, dass sie in die richtige Richtung unterwegs waren. Erst Stunden später, als das erste leichte Glimmen des Morgens durch den Nebel drang, drosselte er das Tempo und zog das Gerät wieder aus dem Rucksack. Nachdem er den kleinen Bildschirm eine Weile studiert und sich die Koordinaten eingeprägt hatte, wandte er sich den anderen zu.

»Etwa eine halbe Meile entfernt ist ein Fluss. Von dort können wir unser altes Lager in einer Stunde erreichen.«

Allie nickte. »Meinst du, dort sind wir sicher?«

»Es liegt auf jeden Fall im Niemandsland zwischen dem Shan-Gebiet und dem der Red-Moon-Gang. »Selbst, wenn sie unsere Fährte aufgespürt haben, gibt es sicher Grenzen, wie weit sie gehen würden, um uns zu erwischen. Schließlich haben sie einige Leute bei der Höhle verloren. Meine Vermutung ist, dass sie lieber zu ihrer Basis zurückkehren, als sich hier massakrieren zu lassen. Denn sie wissen ja nicht, ob hier nicht Dutzende von unseren Leuten auf der Lauer liegen.«

Drake warf einen Blick zurück auf den Pfad, den sie genommen hatten, und schaute dann zu Joe. »Ich hoffe, du hast recht – für unser aller Wohl.«

Joe nickte. »Ich auch, Mann, ich auch.«

KAPITEL 40

Onkel Pete zog den Riemen der Kalaschnikow von seiner linken Schulter auf die rechte, während er die Lichtung im Auge behielt. Harry und er standen die ersten drei Stunden Wache, während die anderen schliefen. In dreißig Minuten würden sie abgelöst, und wenn sie sich dann noch ein paar Stunden ausgeruht hatten, würden sie die letzte Etappe zum Shan-Lager antreten.

Onkel Pete bedeutete Harry mit einer Geste, dass er sich erleichtern musste. Der Shan nickte und Onkel Pete verschwand im Unterholz. Als er etwa hundert Meter von dem Lager entfernt war, blieb er stehen und wartete. Er hatte bereits eine Stunde nach Beginn seiner Wachschicht einen Satellitenanruf abgesetzt und sein Kontakt musste inzwischen eigentlich in Stellung sein.

Jiao trat hinter einem Baum hervor. Als er nahe genug gekommen war, dass sie sich flüsternd unterhalten konnten, schaute er den kleinen Thailänder erwartungsvoll an.

»Was gibt es zu berichten?«, fragte er auf Chinesisch.

»Da war kein Tempel. Nur ein Lager mit Waffen und ein paar Drogen.«

»Das ist mir egal. Was mit dem Flugzeug? Wie lautet der Plan?«

»Wir kehren zuerst ins Lager der Shan zurück und dann wahrscheinlich ins Dorf des verrückten Amerikaners. Für sie gibt es hier draußen nichts mehr zu tun«, sagte Onkel Pete.

»Und die CIA hat keine Ahnung, was aus dem Mädchen geworden ist?«

»Nein. Aber sie haben gesagt, sie würden sich melden, wenn sie Informationen hätten.«

Jiao starrte Onkel Pete drohend an. »Du musst unverzichtbar für sie bleiben. Wenn sie irgendetwas herausfinden, musst du es mir sofort sagen, ist das klar?«

»Natürlich, aber was soll ich machen? Jetzt, wo diese Narren das Flugzeug gefunden haben, ist die Sache für sie erledigt. Wenn die Bosse in Washington mich nicht mehr brauchen, kann ich sie nicht dazu zwingen.«

Jiao verzog das Gesicht. »Ich hoffe, du hast nicht vergessen, dass das Leben deiner Familie von deiner Performance abhängt. Ein Wort von mir, und deine Enkeltochter wird einen grausamen Unfall haben.«

»Wie könnte ich das vergessen? Ich denke an nichts anderes.«

»Das, und das Geld, welches wir dir zahlen.«

»Ich habe meinen Teil der Abmachung erfüllt. Ich informiere Sie laufend. Sobald ich irgendetwas erfahre, werden Sie als Erster davon hören.« Onkel Pete deutete in Richtung des Lagers. »Gehen Sie jetzt. Ich melde mich, wenn ich mehr weiß.«

»Gibt es einen Grund für mich, euch auf dem Weg ins Lager weiter zu beschatten?«

»Nicht wirklich, es sei denn, Sie haben Spaß am Leben im Dschungel.«

»Gut. Denken Sie daran, mich anzurufen. Denken Sie an Ihre Enkeltochter! Sie ist ein kleines Wunder. Es wäre schade, wenn ihr ein Unglück widerfahren würde.«

Onkel Petes Gesicht erstarrte zu einer kalten Maske. Nur seine Augen verrieten den Hass, der hinter ihnen loderte. Jiao nickte zufrieden, als er den Blick seines Gegenübers wahrnahm. »Ich sehe, Sie verstehen mich. Sehr gut.« Dann drehte er sich um und verschwand wieder im Unterholz, seine schweren Stiefel waren auf dem weichen Untergrund geradezu lautlos.

Onkel Pete erleichterte noch schnell seine Blase und kehrte dann zum Lager zurück, wobei er seine Wut über den Chinesen kaum verbergen konnte. Es hätte ihn eigentlich nicht überraschen dürfen, dass sein loses Engagement als Doppelagent so schnell eskaliert war und man seine Familie bedroht hatte. Er wusste, dass der Chinese im Stande war, seine Drohungen wahr zu machen, und wie er über seine Enkelin sprach, die gerade einmal vier Jahre alt war, ließ ihm das Blut in den Adern gefrieren.

Sein Plan, entspannt von allen Interessengruppen bezahlt zu werden, schien noch völlig gefahrlos, als ein Bekannter ihm den Chinesen vorgestellt hatte. Es hatte Onkel Pete nichts ausgemacht, dass dieser Mann für die Gegenseite arbeitete. Schließlich war jeder ein Feind, der nicht im Interesse der Firmen handelte, die hinter den Kulissen die Geschicke Amerikas lenkten. Doch das ging ihn überhaupt nichts an, und er sah seine Loyalität eher wie die eines Sportlers, der vielleicht in der nächsten Saison zu einem anderen Team wechseln würde. Das Spiel blieb dasselbe, nur das Trikot änderte sich.

Die USA waren der größte Waffenexporteur der Welt, und deswegen lag es ganz in ihrem Interesse, auf dem ganzen Planeten für Kriege zu sorgen. Ansonsten würde der Bedarf an Waffen sinken. Onkel Pete verstand diese Logik. So lief es schon seit Generationen, und so würde es noch lange weitergehen, wenn er schon nicht mehr da war. Die Amerikaner bezahlten gut und sie stellten wenige Fragen – jedenfalls bis zu diesem komischen Auftrag, bei dem sie nun komplett auf ihn angewiesen waren. Was nicht zuletzt daran lag, dass die Chinesen Alex ausgeschaltet hatten, um Onkel Pete zum Star dieser Operation zu machen. Das hatte Onkel Pete alles keine Sorgen bereitet. So lief das Geschäft nun mal. Die Chinesen wollten, dass er ganz nah an der Suchtruppe dran blieb, und das bei möglichst wenig störenden Einflüssen. Denn sie hatten darauf gehofft, dass in dem Flugzeug irgendwelche wichtigen Daten zu finden gewesen wären. Wäre Alex noch da gewesen, hätte Onkel Pete auf keinen Fall irgendwelche Funde den Chinesen übergeben können. Außerdem hatte Alex Onkel Pete wie einen Lakaien behandelt, was es ihm leicht gemacht hatte, den arroganten CIA-Agenten in die Pfanne zu hauen. Onkel Pete hatte aber nicht gewollt, dass man ihn umbrachte – er war sogar ganz ehrlich überrascht gewesen, mit welcher Brutalität Jiaos Männer vorgegangen waren. Und jetzt bedrohten diese Barbaren seine Familie!

Er schüttelte den Kopf, um wieder zu klaren Gedanken zu fassen. Die Müdigkeit von dreißig Stunden ohne Schlaf lastete schwer auf ihm.

Als er wieder bei Harry ankam, schaute der ihn vorwurfsvoll an. Onkel Pete zuckte entschuldigend mit den Achseln, wobei er ein schmerzverzerrtes Lächeln aufsetzte: »Magen auch nicht mehr, was mal war!«

Harry nickte. Und dann explodierte der Dschungel in wüstem Geballer und die obere Hälfte seines Schädels zersprang in tausend Einzelteile.

KAPITEL 41

Tachilek, Myanmar

Reggie wischte eine dünne Staubschicht von dem Fenster des Cafés, in dem er sich mit seinem neuen besten Freund verabredet hatte, und warf einen Blick nach innen. Drei Frauen saßen an einem runden Holztisch, sonst waren keine Gäste zu sehen. Reggie richtete sich auf und sah auf die Uhr. Der Mann war zehn Minuten zu spät. Das war nervig, hatte aber nicht zwangsläufig etwas zu bedeuten – außer, dass halbseidene Gestalten oft klischeehaft schlechte Manieren hatten.

Immerhin hatte Reggie es in diese Grenzstadt geschafft, deren zweispurige Brücke den Fluss Mae Sai überspannte, der Thailand von Myanmar trennte. Er hatte den größten Teil des vorigen Abends damit verbracht, Geld unter die Leute zu bringen, mit dem Hinweis, er sei interessiert am Kauf von Informationen über eine weiße Frau, die im Dschungel verschwunden war. Natürlich waren ihm daraufhin Unmengen von thailändischen und burmesischen Frauen angeboten worden, deren Liebesdienste denen von weißen Frauen überlegen waren, wie ihm versichert wurde. Da er aber darauf bestanden hatte, nur an dieser einen verschwundenen Frau interessiert zu sein, hatte sein Publikum in diversen zwielichtigen Absteigen ihn bald allein gelassen.

Gegen Mitternacht hatte er endlich einen Treffer gelandet, denn ein Mann namens Tam räumte ein, dass es eine solche Frau möglicherweise geben könnte. Dieser Tam trug die deutlichen Anzeichen eines Yaba-Süchtigen: Die Zähne waren durch den Genuss der Droge weggefault, seine Augen schossen permanent hin und her, wie bei einer verängstigten Ratte, und sein Körper war spindeldürr. Außerdem war er Kettenraucher. Doch genau in dem Moment, als Reggie sich bereitmachte, die Bar zu verlassen, war er an seine Seite geeilt und hielt eine Flasche des billigsten Biers aus der Gegend in die Höhe.

»Du kaufst mir, wir reden, ja?«, sagte Tam in holperigem Englisch.
»Worüber sollten wir reden?«, fragte Reggie und versuchte, sich seine Reaktion auf den beißenden Schweiß- und Tabakgeruch des Mannes nicht anmerken zu lassen.
»Du suchen jemand. Ich kenne viele Menschen.«
»Ja, und?«
»Du kaufen mir Bier, wir reden!«
Reggie wandte sich an den Barkeeper, indem er auf Tams Flasche zeigte und dann zwei Finger in die Höhe hielt. Das einzig Gute an dieser Absteige war, dass das Bier eiskalt war. Allerdings musste man es schnell trinken, denn innerhalb von Minuten nahm es die schwüle Raumtemperatur an.
Die Getränke kamen und Reggie schaute die mit Kondenswasser gesprenkelten Flaschen schweigend an. Tam schnappte sich eine, hob sie an die Lippen und schüttete mit einigen Schlucken den halben Inhalt in sich hinein. Dann rülpste er laut und zündete sich eine Zigarette an, während Reggie zögerlich einen Schluck von seinem Bier nahm. Er wartete darauf, dass Tam zu reden anfing.
»Hier oben, nur ein Mann ist der Boss. Wenn Frau hier, dann er weiß«, begann Tam.
Reggie nickte. »Okay. Wie ist sein Name?«
»Er hat viele Name. Aber jetzt, General Lee.«
»Aha, General? Vom Militär in Myanmar? Oder von der Shan-Armee?«
Tam lachte. Reggies Augen wurden bei dem sauren Gestank, der ihm dadurch entgegen wehte, ganz feucht. »Er General von eigene Armee!«
»Verstehe. Haben die einen Namen?«
»Sie nennen Red Moon. Ganz groß jetzt. Gefährlich.«
Reggie ließ diese Information auf sich wirken, bevor er fortfuhr. »Und wieso denkst du, weiß er etwas über die Frau?«
»Sein Geschäft ist wissen alles.«
Reggie starrte Tam an. Er war hundemüde und hatte keine Lust auf langwierige Balztänze. Tam schien das zu spüren und gab sich etwas mehr Mühe.

»Ich rede mit Lee-Männer. Sie wissen etwas, du zahlen.«

Reggie schüttelte den Kopf. »Du stellst mich denen vor. Ich zahle nichts, bevor ich sie nicht kennenlerne.«

»Du mir nicht vertrauen?«, fragte Tam gespielt beleidigt. Dann brach er wieder in Gelächter aus und schüttete den Rest des Biers in sich hinein. »Okay. Ich rede, bringe Mann. Dann du bezahlen, ja?«

»Wie viel?«

»Ich will tausend Dollar.«

Jetzt war Reggie an der Reihe, in schallendes Gelächter auszubrechen. »Und ich will ewig leben!«

Tam ließ seinen Blick durch die Bar schweifen und rieb sich die faltigen Hände. Dann leckte er sich die Lippen: »Ich will … hundert Dollar.«

Reggie nickte. »Ich zahle, wenn ich jemanden kennenlerne, der mir helfen kann. Hilf mir dabei, und du bekommst hundert Dollar.«

»Du geben mir jetzt«, versuchte Tam sein Glück.

Reggie schüttelte wieder den Kopf. »Ich zahle, wenn du lieferst, nicht davor.« Er starrte ihn fordernd an. »Also, mach dich an die Arbeit! Zack, zack!«

»Wie ich finden dich?«

Reggie zog eine von mehreren Visitenkarten aus der Tasche, die er aus seinem Hotel mitgenommen hatte und überreichte sie Tam. »Frage nach Rick. Wenn ich nicht da bin, hinterlasse eine Nachricht. Ich rufe dann zurück.«

»Ist kein Scheiß, ja? Du bezahlen?«

»Es gibt nichts, was ich lieber täte, als dir hundert Dollar zu bezahlen. Aber du musst liefern. Verstanden?«

»Ich rufen morgen! Du warten, ja?«

»Beile dich lieber, bevor sich jemand anderes das Geld schnappt.«

»Eins mehr?«, fragte Tam und schob seine leere Bierflasche mit angehobenen Augenbrauen auf den Barkeeper zu.

»Nein.«

Tam klopfte sich auf die Brust. »Ich Tam!«

»Viel Glück, Ichtam!«

Tam schüttelte energisch den Kopf: »Nein, Tam. Nur Tam.«

Im Hotel hatte man Reggie am nächsten Morgen gesagt, dass eine Nachricht für ihn gekommen war, und ihm einen Zettel mit einer kaum leserlichen Nummer überreicht. Reggie rief den Junkie an und sie verabredeten sich für 12 Uhr in dem Café.

Fünf Minuten gingen quälend langsam vorbei. Reggie war schon fast soweit, zu gehen, als Tam mit einem anderen Einheimischen um die Ecke kam. Reggie musterte den Neuankömmling: Teure Kleidung, edle Schuhe und Sonnenbrille, gut frisiert und rasiert, und so herzlich dreinschauend wie ein Barrakuda.

Vielleicht hatte Tam es tatsächlich geschafft.

Als Tam ihn erreicht hatte, deutete er eine Verbeugung an. Sein Begleiter senkte leicht den Kopf und Reggie erwiderte die Geste. Daraufhin sagte der Mann etwas auf Laotisch, was Tam zusammenzucken ließ. »Wir gehen rein«, übersetzte er stockend.

Reggie nickte und folgte den beiden nach drinnen. Sie bestellten Getränke. Tams Begleiter wartete, bis diese gebracht worden waren, bevor er zu sprechen anfing. Er sprach bestimmt eine volle Minute. Als er damit fertig war, übernahm Tam.

»Er Jun. Er sagt, vielleicht General hat Frau. Wie viel du bezahlen für sie?«

Reggie ließ diese Worte auf sich wirken. Christine war also am Leben. Zumindest, wenn dieser glatte Aal die Wahrheit sagte. »Ich würde einen guten Preis bezahlen. Aber ich brauche einen Beweis, dass sie lebt und dass ihr nichts angetan wurde.«

Nach weiterem Übersetzen spuckte das mutmaßliche Gangmitglied ein paar Sätze aus. Tam wurde etwas blass in die Nase und überlegte, wie er die Kunde am besten überbringen konnte, bis Reggie sich nach vorn lehnte: »Sag mir einfach, was er gesagt hat.«

Tam musste schwer schlucken. »Er sagt, Frau lebt, ist halbe Million Dollar wert. Wenn dir nicht gefällt, er verkauft für 20 Dollar pro Kunde.«

Reggie bemühte sich um einen neutralen Gesichtsausdruck. »Dann liefert mir den Beweis.«

Tam übersetzte für den Fremden, der lächelte. Dann sprach er so schnell, dass selbst Tam Mühe zu haben schien, ihm zu folgen.

Der Mann lehnte sich zurück und beobachtete Reggie mit einem süffisanten Lächeln.

»Er sagt, kann Video auf Telefon machen. Wie du kannst beweisen, dass du haben Geld?«

»Sag ihm, er soll den Film machen. Und ich besorge das Geld.«

Fünf Minuten später war die Diskussion zu Ende und Reggie hatte dem Gangster die Nummer eines Wegwerfhandys gegeben, das er sich am Vormittag besorgt hatte. Er wartete, bis die beiden gegangen waren, und meldete sich dann bei seinem Koordinator, um von den interessanten Entwicklungen zu berichten. Ihm wurde gesagt, er solle sein Telefon angeschaltet lassen und auf weitere Instruktionen warten.

Reggie überlegte, ob er sich noch eine Tasse Tee bestellen sollte, aber entschied sich dann, dass er etwas mehr Schlaf brauchen konnte. Nach dem grausamen Trip durch den Dschungel und den acht Bier letzte Nacht hatte er sich etwas Erholung mehr als verdient.

KAPITEL 42

Onkel Pete warf sich auf den Boden und feuerte ins Unterholz. Das Mündungsfeuer der Angreifer funkelte im Dschungel wie die Lichter eines Jahrmarktes und Schüsse zischten dicht über seinen Kopf hinweg. Sein dritter Feuerstoß wurde mit einem gequälten Schrei entlohnt, also hatten seine Kugeln ihr Ziel gefunden.

Spencer sprang aus seinem Zelt, die Kalaschnikow bereits im Anschlag, dann stiegen auch Joe und der Shan, denn sie Dick nannten, in den Kampf ein. Drake und Allie tauchten als Letzte aus ihrem Zelt auf und hatten noch Probleme damit, ihre Rucksäcke auszuräumen, während überall um sie herum die Kugeln einschlugen. Dann zogen sie ihre Waffen heraus und die Lichtung versank in einer Kakofonie aus Schussgeräuschen.

Nach einigen Sekunden, die wie eine Ewigkeit wirkten, warf Joe ein leeres Magazin aus, rammte ein frisches in seine Waffe und rief ihnen zu: »Zieht euch auf den Pfad zurück! Dick und ich werden sie aufhalten!«

Spencer nickte und Drake zog an Allies Arm. »Geh mit ihm! Bring dich in Sicherheit!«

»Drake …«

»Schnell!«

Weitere Schüsse brachen aus dem Unterholz hervor und Fontänen aus Erde und Dreck spritzten um sie herum auf. Spencer packte Allies Arm und zog sie mit sich, als er geduckt auf die gegenüberliegende Baumreihe zurannte: »Nichts wie weg hier!«

Sie verschwanden im Gestrüpp, während Joe und der Shan-Soldat Sperrfeuer legten. Dann stand Joe auf und rannte gebückt an Drake vorbei, den Eingang des Trampelpfades fest im Blick. Aus dem Augenwinkel nahm Drake rechts von sich eine Bewegung wahr und schoss in die Richtung. Ein Körper brach im Schatten der Vegetation zusammen und stieß ein letztes Stöhnen aus.

Onkel Pete war als Nächstes an der Reihe, sich zurückzuziehen, während der Shan weiterfeuerte. Er hatte gerade Drake passiert, als drei Kugeln in Dicks Brust einschlugen und er mit einem gurgelnden Geräusch zu Boden ging. Onkel Pete wirbelte herum und feuerte eine weitere Salve ab, die Drake genug Zeit verschaffte, ebenfalls einen Sprint in Richtung des Trampelpfades zu starten.

Dann rannten sie nebeneinander durch den Dschungel, links und rechts klatschten ihnen Zweige und Blätter ins Gesicht, während sie aus voller Kraft sprinteten. Drake setzte sich leicht in Führung und die Lautstärke der Schüsse hinter ihnen wurde immer leiser, bevor sie ganz verstummten. Nun war das Klatschen ihrer Stiefel und ihr angestrengtes Atmen das Einzige, was sie hörten. Nachdem Drake eine Biegung umrundet hatte, strengte er sich noch mehr an. Joes Rücken war inzwischen in etwa fünfzig Metern Entfernung aufgetaucht.

Onkel Pete stieß einen Schrei aus, als er auf dem glitschigen Pfad ausrutschte. Er verlor die Balance und stürzte einen steilen Abhang hinunter. Sein Fall wurde unsanft von einem Findling gebremst und der Aufprall kugelte ihm die Schulter aus, sodass er vor Schmerzen aufschrie. Er versuchte, sich auf den Rücken zu drehen, doch sein Rucksack war im Weg. Sein Arm hing in einem unmöglichen Winkel von seinem Oberkörper herab und seine Kalaschnikow lag unerreichbar auf halber Höhe des Abhanges. Er kämpfte weiter und schaffte es, sich aufzurichten, doch es tat so weh, dass er beinahe das Bewusstsein verlor.

Um ihn herum war kein Geräusch zu hören und er versuchte, durch wildes Blinzeln den Schweiß und den Schlamm aus seinen Augen zu bekommen, um seine Lage besser einschätzen zu können. Er musste das Gewehr erreichen. Mit seiner rechten Hand versuchte er, seinen linken Arm zu ergreifen, um ihn wieder in die Schulter einschnappen zu lasen, doch als er ein Rascheln am oberen Ende des Abhangs hörte, hielt er inne.

»Drake?«, fragte er leise.

Ein Gesicht erschien am Rande des Pfades, es trug die charakteristischen Züge eines Eingeborenen aus der Gegend. Onkel Petes

Blick und der des Fremden trafen sich, als er mit einem fiesen Grinsen sein Gewehr erhob. Onkel Pete erschauderte und schloss die Augen – dann zuckte er zusammen, als ein Schuss durch die Stille hallte.

Der Körper des Angreifers rollte ein paar Meter den Abhang hinunter, und als er zum Liegen kam, erkannte Onkel Pete ein Loch mitten in seinem Kopf. Drakes Stimme flüsterte durch das Blattwerk: »Onkel Pete! Schaffst du es hier rauf?«

»Ich … nein!«

»Warte!«

Einige Augenblicke vergingen, dann landete eine halb abgerollte Spindel mit Nylonschnur neben Onkel Pete.

»Binde dir das um die Hüfte, dann ziehe ich dich hoch!«

»Das Gewehr …«

»Lass es liegen! Mach einfach, was ich sage!«

Onkel Pete wickelte sich die Schnur umständlich um die Hüfte und brauchte ewig, um sie zusammenzuknoten. Als er fertig war, nickte er Drake zu, der immer wieder zwischen dem Pfad hinter sich und dem Thailänder am Fuße des Abhangs hin und her schaute. Dann band er sich das lose Ende der Schnur selbst um die Hüfte und begann sie aufzuwickeln, indem er sich im Kreis drehte, damit er die Waffe nicht aus der Hand legen musste.

Onkel Pete bemühte sich, einen sicheren Stand für seine Beine zu finden, während er sich durch den Zug des Seiles unterstützt Schritt für Schritt nach oben kämpfte. Als er endlich ankam, warf er einen letzten Blick auf den toten Schützen der Red-Moon-Gang und schnappte sich dessen Kalaschnikow. Drake verzog das Gesicht, als er Onkel Petes Schulter sah. Er wollte gerade etwas dazu sagen, als Joe hinter ihnen auftauchte, sein Gewehr auf Drakes Kopf gerichtet.

Drake riss bei diesem Anblick schockiert die Augen auf. Er beeilte sich, seine Waffe auf Anschlag zu bringen, doch es war zu spät.

Joes Waffe bellte zweimal auf.

Ein weiteres Gangmitglied brach hinter Onkel Pete zusammen. Drakes Herz überschlug sich fast, als er merkte, wie knapp er dem

Tod von der Schippe gesprungen war. Dann eröffnete Joe wieder das Feuer und schrie: »Rennt! Da kommen noch mehr von denen!«

Drake und Onkel Pete hetzten auf Joe zu, aber sie waren immer noch aneinandergebunden, was ihr Vorankommen bremste. Als sie eine dichte Baumgruppe erreichten, öffnete Drake den Knoten und wickelte die Schnur von Onkel Petes Hüfte ab, während Joe hinter ihnen weiterfeuerte. »Kannst du noch?«, fragte Drake Onkel Pete, wobei ihnen die Kugeln um die Ohren flogen.

»Vielleicht. Zieh mein Arm!«

Drake nickte und schnappte sich den Unterarm des Thailänders. Der biss die Zähne zusammen, atmete tief durch und schloss die Augen. Drake legte sein Gewehr ab, stemmte seinen rechten Fuß gegen Onkel Petes Brustkorb und zog, so fest er konnte. Onkel Pete schrie aus vollem Hals, als sein Schultergelenk wieder in seinen angestammten Platz einrastete. Dann wurde er ohnmächtig und brach genau in dem Moment zusammen, als Joe an seiner Seite auftauchte.

»Gib mir dein Gewehr! Meins ist leer!«, sagte Joe, während er sich über den leblosen Körper von Onkel Pete beugte. »Du musst ihn tragen, sonst ist er erledigt!«

Drake gab Joe seine Waffe und schnappte sich Onkel Pete. Der Thailänder war überraschend leicht, kaum mehr als Haut und Knochen. Joe hob Onkel Petes Kalaschnikow vom Boden und gab sie Drake. »Sieht so aus, als ob noch mindestens ein Dutzend von denen hierher unterwegs sind«, zischte er durch zusammengebissene Zähne. »Ich werde sie so lange wie möglich aufhalten, um euch einen Vorsprung zu verschaffen. Aber früher oder später werden wir uns einem Kampf stellen müssen.«

»Warum dann nicht gleich hier?«

Joe schüttelte den Kopf. »Unsere Chancen werden immer besser, je weiter wir ins Shan-Gebiet vordringen. Wenn noch ein paar Leute mehr auf unserer Seite mit einsteigen, werden sie sich überlegen, wie wichtig wir ihnen sind. Pass auf!« Joe lehnte sich hinter dem Baum hervor, den er als Deckung nutzte, und feuerte. Die Stimme eines Mannes grunzte in weniger als fünfzig Metern Entfernung. »Los jetzt!«

Drake kämpfte sich durchs Unterholz, den sichtbaren Pfad nutzte er absichtlich nicht mehr, damit man ihm schlechter folgen konnte. Ein Ast klatschte gegen Onkel Petes Schulter und er zuckte zusammen. Dann wurde sein Atem schwerer und er stöhnte, bevor er Drake auf den Rücken klopfte. »Runterlassen. Ich laufen!«

»Sicher?«, fragte Drake, ohne im Tempo nachzulassen.

»Ich versuche.«

»Okay.«

Drake verschwand hinter einem dicken Banyan-Baum, dann stoppte er und beugte sich vor, um Onkel Pete herunterzulassen. Hinter ihnen hallten immer noch Schüsse durch den Busch. »Folge mir!«, rief Drake dem Thailänder zu.

Sie legten ein gutes Tempo vor und hatten nach einigen Minuten wieder den Pfad erreicht. Drake blieb neben einer schroffen Felswand stehen und schaute Onkel Pete fragend an: »Hast du Spencer und Allie gesehen?«

Onkel Pete schüttelte den Kopf. »Nein. Ich glaube, sind vor uns.«

»Schon klar, aber wo?«

Der Thailänder zuckte mit den Achseln. Sie hörten weitere Schüsse aus der Richtung, wo sie Joe zuletzt gesehen hatten, dann kehrte plötzlich Ruhe ein. Drake hörte schnelle Schritte näherkommen und hob sein Gewehr. Doch es war Joe, der mit einem Affenzahn angerannt kam. Als er sie erreichte, atmete er schwer – sein T-Shirt war komplett mit Schweiß durchtränkt. »Wir müssen weiter«, krächzte er.

»Wo sind Spencer und Allie?«, fragte Drake.

»Ich dachte, die warten hier auf uns!«

»Also hast du keine Ahnung?«

Das Knattern weiterer Schüsse, diesmal von rechts kommend, schreckte sie auf. Drake starrte Joe an. »Wenn das Spencer ist, müssen wir ihm helfen, Joe!«

Joe nickte, doch genau in diesem Moment verstummte die Schießerei. »Die Frage ist nur, wo sind sie?« Er legte den Kopf schief und horchte in die Stille. »Und wie schaffen wir es, dass wir bei unserem Rettungsversuch nicht selbst getötet werden?«

Drake deutete in die Richtung, aus der sie den letzten Schuss gehört hatten. »Wir müssen etwas tun!« Joe deutete mit dem Kopf auf Onkel Pete: »Er kann uns im Moment nicht helfen. Also sind es nur wir zwei. Und was haben wir noch an Munition; vielleicht ein Magazin, wenn wir zusammenlegen? Ich will keine schlechte Stimmung verbreiten, aber damit können wir nicht viel ausrichten!«

»Es sind meine Freunde! Wenn du ihnen nicht helfen willst, gehe ich allein!«

Joe seufzte. »Du bist ein ganz schöner Dickkopf, hat dir das schon mal jemand gesagt?«

»Wir verschwenden Zeit, Joe. Bist du dabei oder nicht?«

»Verdammt. Okay. Lass uns loslegen!« Joe sprintete in die Richtung, aus der sie die letzten Schüsse gehört hatten. Sie kamen schlecht voran, da es keinen Pfad gab und sie sich durch dicht verschlungene Lianen und Zweige kämpfen mussten. Endlich erreichten sie eine kleine Lichtung, an deren Rand ein toter Soldat lag. Joe eilte zu ihm und schnappte sich die Waffe des Mannes, wobei er die Umgebung im Auge behielt – dann erstarrte er zur Salzsäule.

Drake zuckte zusammen, nachdem er Joes Blick mit den Augen gefolgt war und eine große Blutlache entdeckt hatte, die sich über ein Dickicht aus Bambusstangen erstreckte. Onkel Pete schlich langsam auf die Stelle zu, ging in die Knie und kam dann mit etwas in seiner Hand wieder hoch. Drake erkannte den Gegenstand und sein Herz sackte ihm in die Kniekehlen: Es war Allies grünes Kopftuch.

Drake ging zu Joe, der immer noch mit der Waffe im Anschlag das Unterholz im Blick hatte, und flüsterte: »Sie haben Spencer und Allie.«

Joe ließ sich keine Regung anmerken, seine Augen gingen immer noch die Baumreihe ab. »Wenn sie sie gefangen genommen und nicht getötet haben, dann nur deswegen, weil sie wissen wollen, was wir in ihrem Gebiet zu suchen hatten.«

»Wir müssen sie finden.«

Joe nickte. »Klar. Aber wie sollen wir das machen? Der Dschungel ist riesig, und was noch schlimmer ist, es könnte im Moment ein Gewehr auf deinen Kopf gerichtet sein!«

Drake verzog das Gesicht. »Was meinst du, wo sie sie hinbringen?«

»Wahrscheinlich ins Hauptquartier, um sie zu verhören. Das würde ich jedenfalls machen.«

»Und wo ist das?«

Joe spuckte neben seine Stiefel und schüttelte den Kopf. »Keine Ahnung.«

»Ich dachte, du kennst die Gegend wie deine Westentasche!«

»Ist auch so. Aber es gibt auch Sachen, die ich nicht weiß, und das ist eine davon. Gerüchten zufolge haben sie eine Meth-Fabrik südlich von hier, tief in ihrem Gebiet. Aber wie gesagt, das ist nur ein Gerücht.«

»Eine Fabrik? Wäre die so groß, dass man sie aus der Luft erkennen kann?«

»Vielleicht. Wieso?«

Drake wandte sich an Onkel Pete: »Hast du das Telefon noch?«

»Ja.«

»Gib her!«

KAPITEL 43

Spencer presste eine Hand auf seinen blutenden Arm, während Allie an seiner Seite lief. Die Soldaten, die sie gefangen genommen hatten, waren auf ihrem Weg durch den Dschungel geräuschlos wie Geister. Spencer hatte den Kampf für verloren erklärt, als er gesehen hatte, wie die Schützen auf Allie anlegten. Er hatte seine Waffe weggeworfen und ihr gesagt, dass sie es ihm gleich tun soll.

Die Kugel hatte seine Schulter durchschlagen, immerhin hatte sie keinen Knochen erwischt, sondern war sauber wieder ausgetreten. Trotzdem schmerzte die Wunde mit jedem Schritt und der Blutfluss war durch den kruden Verband, den die Geiselnehmer ihm verpasst hatten, nicht komplett gestoppt worden.

Er hatte keine Ahnung, wo sie hingebracht wurden, aber es schien nach Süden zu gehen, dem Sonnenstand nach zu urteilen. Spencer hätte Allie gern ein paar trostspendende Worte gesagt – aber er wollte die Schützen nicht erzürnen. Die Wanderung war schließlich schwer genug, ohne noch einen Gewehrkolben ins Gesicht zu bekommen.

Zwei Stunden später kamen sie an ihrem Ziel an: Ein grob gemauertes Lagerhaus aus Backsteinen, dessen Außenbereich von bestimmt fünfzig Mann bewacht wurde. Die Kidnapper führten sie zu einer Tür und schoben sie hindurch. Im Inneren befand sich eine Fertigungsstraße für Tabletten, komplett mit Fließbändern, Pressen und Beschichtungsgeräten. Stahlregale waren mit Eimern voller Säure, Aceton und Ammoniak sowie anderen Chemikalien gefüllt. In einer anderen Ecke standen riesige Bottiche, aus denen große Schläuche hingen.

An der gegenüberliegenden Wand war eine weitere Tür. Dort wurden sie hingeführt und einer der Bewaffneten schob einen dicken Riegel zur Seite. Der Anführer deutete auf den unbeleuchteten Raum dahinter. Die Aussage war klar: Sie sollten hineingehen. Allie verschwand in die Dunkelheit und Spencer folgte ihr. Dann wurde die Tür hinter ihnen zugeknallt und sie warteten, bis sich ihre Augen eingewöhnt hatten.

Eine Frauenstimme aus einer Ecke des Raumes erschreckte sie: »Willkommen in der Hölle!«

Allie kniff die Augen zusammen, um etwas zu erkennen. Ihr blieb fast die Luft weg, als sie Christine Whitfield auf einer Liege entdeckte. Sie rannte zu ihr und konnte es kaum fassen: »Mein Gott, Sie sind es wirklich!«

»Offenbar sprechen Sie Englisch. Aber woher wissen Sie, wer ich bin?«

»Wir haben Sie gesucht, seit wir das Flugzeug gefunden haben!«

»Und wer genau ist *wir?*«

»Wir … wir sind Freunde Ihrer Mutter«, sagte Spencer, bevor Allie etwas antworten konnte.

Christine schaute ihn aus dem Augenwinkel an. »Sieht so aus, als hätten Sie eine Kugel abbekommen!«

»Stimmt.«

Sie wurden durch das Geräusch des Riegels unterbrochen, der wieder zurückgeschoben wurde. Lee betrat mit zwei Bewaffneten an seiner Seite den Raum und begrüßte die Neuankömmlinge mit einem fiesen Grinsen. Dann bellte er Christine auf Chinesisch zu: »Du übersetzt! Frage sie, wer sie sind und was sie hier wollen!«

Christine blinzelte und schüttelte den Kopf. »Sie sprechen kein Englisch, habe ich schon versucht!«

Lee sah wütend aus. »Aus welchem Land kommen sie?«

»Ich glaube, das sind Deutsche. Klang jedenfalls so.«

Lee musterte sie von unten bis oben und stürmte dann wieder nach draußen, gefolgt von seinen Männern. Der Riegel wurde zugehauen und Christine schaute sie an. »Spricht einer von Ihnen irgendwas außer Englisch?«, flüsterte sie.

Spencer nickte. »Spanisch.«

»Ich auch«, stimmte Allie ein. »Was hat er gesagt?«

»Er wollte, dass ich für ihn übersetze, aber ich habe ihm gesagt, Ihr sprecht kein Englisch. Damit wollte ich Zeit schinden, bis er einen Übersetzer gefunden hat.«

»Wieso?«, fragte Allie.

Spencer schaute sie ernst an: »Weil sie keinen Grund mehr haben, uns am Leben zu lassen, sobald wir ihre Fragen beantwortet haben.«

Christine seufzte. »Oh, für Frauen haben sie schon Verwendung. Die verkaufen sie als Sexsklaven. Da würden Sie sicher auch einen guten Preis bringen.«

Allies Gesichtsausdruck wich blankem Entsetzen: »Oh Gott …«

Spencer trat an ihre Seite. »Mach dir keine Sorgen. Drake wird uns schon finden.«

»Du hast doch gesehen, wie viele Leute die haben! Was kann er schon gegen eine Hundertschaft ausrichten!«, knurrte Allie.

»Ihm fällt schon was ein.« Spencer wandte sich an Christine: »Wie schlimm sind Sie verletzt?«

»Mein Schlüsselbein ist gebrochen. Dann habe ich eine Menge Prellungen, ein paar gebrochene Rippen und eine Gehirnerschütterung. Aber die haben hier ein sehr wirkungsvolles Schmerzmittel: Heroin. Sie fahren aber die Dosis bereits herunter, also haben sie etwas vor. Gestern haben sie mich gefilmt. Ich sollte meinen Namen sagen und dass es mir gut geht.«

»Was ist im Flugzeug passiert?«

»Den einen Augenblick flogen wir noch, dann sind wir abgestürzt. Irgendwas ist im Motorraum explodiert. Ich hatte großes Glück, den Absturz zu überleben. Mein Freund hat es nicht geschafft.«

»Das … das tut mir leid«, sagte Allie. »Aber Sie hatten wirklich großes Glück. Das Wrack sah nicht so aus, als könnte überhaupt irgendjemand da lebend rausgekommen sein.«

»Ja, da haben Sie recht. Ich kann es selbst immer noch nicht richtig glauben!«

Christine schien die Anstrengung des Sprechens zu ermüden, sie schloss ihre Augen und verstummte. Allie und Spencer setzten sich an die Wand gegenüber. Dabei warf Allie einen Blick auf die Bandage an seinem Arm: »Du brauchst Antibiotika, damit sich das nicht entzündet!«

»Ich glaube nicht, dass sie vorhaben, mich so lange am Leben zu lassen.«

Diese trostlose Aussage schien noch eine Weile in der Luft zu hängen und Spencer tat es Christine gleich, indem er seine Augen schloss. Allie starrte wie gelähmt auf die Tür. Bei dem Gedanken an das, was auf sie zukam, drehte es ihr den Magen um.

Reggie wartete im Schatten darauf, dass Tam und sein Gangster-Freund auftauchen würden. Er hatte ein zehn Sekunden langes Video bekommen, das laut Datumsstempel am Tag zuvor mit einem Wegwerfhandy aufgenommen worden war. Natürlich hatte er es sofort an die CIA-Zentrale weitergeleitet, damit es dort analysiert werden konnte. Sein Kontaktmann hatte ihm gesagt, dass er auf den Handel eingehen, aber noch Zeit schinden solle. Auf diese Weise konnten sie ein Überwachungsflugzeug in Position bringen und versuchen, das Gebäude zu identifizieren, in dem sie festgehalten wurde. Jetzt, wo sie wussten, dass die Red-Moon-Gang sie hatte, konnten sie die Suche auf das Hoheitsgebiet dieser Splittergruppe eingrenzen und suchten nach Backsteingebäuden im südlichen Dschungel von Myanmar. Das Spionageflugzeug war mit empfindlichen Infrarot- und Wärmekameras ausgestattet. Die abgestürzte Cessna hätte man damit nicht finden können, da sie nach dem Absturz keine Wärme mehr abgab, aber eine Fabrik hätte reichlich Arbeitskräfte und auch eine Energiequelle. Deswegen müsste sie theoretisch recht einfach zu finden sein.

Dieses Mal ging Jun auf dem Weg zum Café voraus und Tam folgte ihm. Nachdem sie drinnen als einzige Gäste Platz genommen hatten, kam er gleich zur Sache. Er rasselte ein paar Sätze herunter, die Tam übersetzte.

»Er sagt, du haben Film. Frau lebt.«

Reggie nickte. »Richtig.«

»Du jetzt bezahlen!«

Reggie verzog das Gesicht. »Er will eine halbe Million Dollar. Die trage ich leider nicht in meiner Brieftasche herum. Ich muss das Geld erst überweisen lassen und warten, dass es hier ankommt. Dann kann ich es ihm schicken. Aber ich muss erst wissen, wie die Übergabe stattfinden wird. Denn ich gebe ihm nicht das Geld, ohne gleichzeitig die Frau zu bekommen. Übersetze ihm das!«

Tam tat es und der Mann grunzte. Er bot eine Lösung an und Tam hörte aufmerksam zu. Als Jun fertig gesprochen hatte, begann die Übersetzung, doch Reggie schnitt ihm mitten im Satz das Wort ab. »Nein. Das funktioniert so nicht. Da gibt es zu viele Möglichkeiten, wie er mich reinlegen kann. Wir machen es folgendermaßen: Gebt mir vierundzwanzig Stunden. Wenn das Geld in Thailand ist, lasse ich es von der Bank in bar auszahlen. Es wird in einen Koffer passen. Er bringt die Frau an einen Ort, auf den wir uns beide einigen können, und ich bringe das Geld mit. Wir kommen beide allein. Wenn irgendjemand anderes als Jun und die Frau dort aufkreuzen, ist der Deal gestorben und ich haue ab.«

Es ging noch ein paar Mal hin und her, doch schließlich hatten sie eine Lösung, mit der alle leben konnten. Sie würden den Austausch am Ende des nächsten Arbeitstages machen. Tam würde anrufen, um zu bestätigen, dass Reggie das Geld hatte und bereit war, bevor sie sich auf einen Ort für die Übergabe einigen würden.

Jun und Tam verließen das Café. Reggie wartete noch, bis sie um die nächste Straßenecke gebogen waren. Er sah, wie ihnen eine unauffällig aussehende Frau mittleren Alters folgte – eine Vertraute der CIA, die engagiert worden war, um die beiden zu beschatten, in der Hoffnung, die Basis der Drogengang in diesem Ort auskundschaften zu können.

Reggie war zurück in seinem Hotelzimmer, als sein Telefon klingelte. Er bekam genau die Neuigkeiten, die er erwartet hatte: Jun war in einer billigen Absteige am Fluss untergekommen, aber das war kein Backsteinhaus, also hielt man die Frau anderswo fest. Das machte Sinn, denn sie war im Dschungel gefunden worden, und es gab keinen Grund, sie in eine zivilisiertere Gegend zu bringen. Trotzdem hatten sie diese Möglichkeit ausschließen müssen.

Damit waren sie also wieder darauf angewiesen, dass das Überwachungsflugzeug etwas finden würde. Wenn das der Fall wäre und der Ort einigermaßen zugänglich wäre, würde Reggie eine Eingreiftruppe leiten, um Christine zu retten. Es war bereits eine Maschine mit den härtesten Elitesoldaten der Welt unterwegs, die am nächsten Morgen landen würde. Genau deswegen musste Reggie Zeit gewinnen. Am Ende des Tages sollte er einen Vorwand bringen, aus dem sich der Transport des Geldes verzögert hatte. Dann würde er ein weiteres Treffen anberaumen, sodass das Einsatzteam genug Zeit haben würde, um zuzuschlagen.

Es glaubte nämlich niemand daran, dass Jun Christine wirklich freilassen würde. Aufgrund des schlechten Rufes der Red-Moon-Gang war es so gut wie sicher, dass Reggie in einen Hinterhalt gelockt und das Geld gestohlen werden würde. Denn die Truppe war gewissenlos, sie bestand aus einer neuen Generation von Verbrechern, für die keine Abscheulichkeit zu schlimm war. Sie waren an die Macht gekommen, indem sie ihre Rivalen regelrecht abgeschlachtet hatten, und das beinhaltete ganze Dörfer in der Region.

Laut Meinung der Analysten würde Reggie wahrscheinlich von einem Scharfschützen erledigt, während er auf dem Weg zur Übergabe war. Dann würde sich ein Motorradfahrer den Koffer schnappen und verschwinden, bevor seine Leiche auf dem Boden aufgeschlagen wäre. Das war einfach die Art, wir diese Gruppe Geschäfte machte, und Reggie zweifelte diese Einschätzung nicht an. Deshalb konnte er jetzt nichts anderes tun, als auf den Anruf zu warten, der ihm Christines genauen Aufenthaltsort mitteilen würde, um dann in den Kampf zu ziehen und ihre Kidnapper zur Strecke zu bringen.

Darauf freute er sich schon.

KAPITEL 44

Drake stand in der prallen Sonne, als das Telefon endlich einen Satelliten fand und das Gerät guten Empfang signalisierte. Er wählte die Nummer von Collins und war erleichtert, dass er sofort in der Leitung war.

»Collins?«

»Hier ist Drake. Allie und Spencer wurden von einer der hiesigen Gangs gefangen genommen. Die Truppe nennt sich *Red Moon*.«

»Was? Wie das?«

»Der Tempel war ein Fehlschlag, darin waren nur Waffen und Heroin gelagert. Natürlich hat denen nicht gefallen, dass wir da herumgeschnüffelt haben, also haben sie uns verfolgt – und jetzt haben die sie. Zudem ist einer von ihnen oder sogar beide höchstwahrscheinlich verletzt.« Drake beschrieb die Schießerei und das Blut. Als er fertig war, schwieg Collins für ein paar Minuten.

»Diese Gruppe ist die gleiche, die Christine in ihrer Gewalt hat. Unser Agent vor Ort hat auf anderem Wege einen Kontakt aufgebaut, und sie haben sie uns für Lösegeld angeboten.«

»Wo halten sie sie fest?«

»Wir haben eine Fabrik tief im Dschungel Myanmars ausgemacht, die ihr Hauptquartier zu sein scheint. Dort sind eine Menge Männer stationiert, außerdem die Wärmesignaturen von Stromgeneratoren sowie eine kleine Landebahn.«

»Also könnt ihr angreifen und sie befreien?«

»Das ist der Plan. Aber wir brauchen noch etwas Zeit. Wir müssen alles sorgfältig planen, um die Geisel nicht unnötiger Gefahr auszusetzen. Es ist aber schon eine Eingreiftruppe auf dem Weg.«

»Und was ist mit Spencer und Allie?«

»Die werden wir natürlich auch da rausholen.«

»Wann startet der Angriff?«

»Das wird sich noch zeigen, aber ich tippe auf morgen.«

»Das ist zu spät. Meine Kontakte hier sind der Meinung, dass die Gang sie verhören und dann umbringen wird. Die haben keinen Grund, sie am Leben zu halten.«

»Ich verstehe die Sorge und werde es ins Gespräch bringen. Aber es gibt logistische Voraussetzungen. Wir können nicht einfach einen Knopf drücken und schon springen irgendwo Marines aus einem Flugzeug. Das gibt es nur im Kino.«

»Ihr habt ihnen das aber eingebrockt!«

»Das ist mir schon klar. Ich rufe an, wenn ich mehr weiß!«

»Wo genau ist diese Fabrik? Vielleicht kann ich etwas herausfinden …?«

»Das wäre keine gute Idee. Wenn du erwischt wirst, könnte das alles zerstören!«

Als Drake auflegte, ärgerte er sich über die harsche Art, mit der der CIA-Mann seine Sorgen übergangen hatte. Er vermutete, dass es Collins ziemlich egal war, ob Allie und Spencer überlebten. Sein Ziel war Christine, alles andere war nur störendes Beiwerk.

Er marschierte zurück zu Onkel Pete und Joe, die im Schatten eines Baumes warteten, und schilderte ihnen die Situation. Als er fertig war, verzog Joe das Gesicht: »Du hast mir nie gesagt, dass ihr für die CIA arbeitet!«

»Tun wir ja auch nicht, wir sollten sie nur mit Informationen über das Flugzeug versorgen«, versuchte Drake abzuwiegeln.

»Aber du hast die Telefonnummer von einem Agenten, den du zu jeder Tages- und Nachtzeit erreichen kannst«, setzte Joe nach.

»Joe, es tut jetzt nichts zur Sache, okay? Wen interessiert, wer uns die Genehmigungen besorgt hat? Um mehr ging es nicht!«

»Mich interessiert es aber. Ich hasse diese Arschlöcher. Die sind für mehr Missetaten verantwortlich als alle anderen Geheimdienste der Menschheitsgeschichte zusammen!«

»Es war einfach nur eine passende Abmachung. Ich arbeite nicht bei denen. Ich bin eine Privatperson, genau wie Spencer und Allie. Wir haben nur zugestimmt, ihnen zu helfen.« Drake seufzte. »Aber es klingt nicht so, als könnten sie im Moment etwas tun.«

»Dann sind sie tot, bevor irgendetwas getan wird«, sagte Joe ernst.

»Ja, das sagtest du bereits. Aber was soll ich jetzt machen?«

»Sag mir noch mal, wo sie diese Fabrik vermuten?«

»In der Nähe des Mekong, südlich von uns. Aber was nützt das? Was können wir beide schon ausrichten? Er hat gesagt, da ist eine kleine Armee stationiert.«

Joe nickte und stand auf. »Auf geht's. Lasst uns loslegen. Wir haben nicht viel Zeit!«

»Was hast du vor?«

»Ich wette, unser Freund, der Colonel, würde nichts lieber tun, als seinen größten Rivalen mit einem Überraschungsangriff zu erledigen.«

»Du willst die Shan-Armee ins Boot holen?«

Joe lächelte. »Der Feind meines Feindes ist mein Freund.«

»Meinst du das ernst? Glaubst du echt, der würde das riskieren?«

»Ich meine das todernst. Damit würde er nämlich eigenhändig die größte Bedrohung für die Shan-Armee hier in der Gegend ausradieren. Ich muss ihn nur davon überzeugen.«

»Und warum würdest *du* dieses Risiko eingehen?«

»Du und deine Freundin, ihr schuldet mir über hundert Riesen! Bisschen schwer, an das Geld ranzukommen, wenn ihr tot seid, oder? Denn du scheinst mir dumm genug, dass du auch auf eigene Faust losziehen würdest. Und das wäre dein Ende. Also, ganz einfach gesagt: Ich will mein Geld.« Joe spuckte auf den Boden und schaute dann in den Himmel. »Wollen wir den ganzen Tag hier sitzen und labern oder uns auf die Socken machen? Je eher wir im Shan-Lager sind, umso schneller können wir einen Schlachtplan entwickeln.«

Drake gab das Telefon Onkel Pete, der den Akku herausnahm und das Gerät in seinem Rucksack verstaute. Der Thailänder hatte während des gesamten Gespräches nichts gesagt und schien Drakes Blicken aus dem Weg zu gehen. Das machte Drake stutzig. Mit einer angehobenen Augenbraue fragte er: »Was meinst du?«

Onkel Pete schaute betreten zu Boden. »Ich glaube, sie bald tot.«

Joe nickte und eilte auf das Unterholz zu. »Dann nichts wie los!«

Drei Stunden später entdeckte sie der erste Außenposten der Shan und kündigte ihr Kommen über Funk an. Der Colonel wartete schon, als sie das Camp betraten, und sein Gesichtsausdruck war alles andere als freundlich. Er knurrte Joe ein paar Fragen zu, und der tat sein Bestes, alles zu erklären. Nach einer angespannten Diskussion begaben sich die beiden Männer außer Hörweite, woraufhin Drake und Onkel Pete sich daran machten, ihre Wasservorräte aufzufrischen. Drake musste dem kleinen Thailänder zur Hand gehen, da er mit seinem verletzten Arm immer noch nicht vernünftig agieren konnte. Als sie fertig waren, kehrte auch Joe zurück.

»Und?«, fragte Drake.

»Er war nicht gerade froh darüber, zwei Männer verloren zu haben, aber dann hat er es doch recht schnell verwunden, als ich ihm gesagt habe, dass ich die Lösung für sein größtes Problem habe.«

»Was hat er denn dazu gesagt?«

»Er gibt uns ein paar bis an die Zähne bewaffnete Männer und dazu Kalaschnikows, Raketenwerfer, Granaten, das volle Programm. Als Gegenleistung möchte er nur die Fabrik haben. Ganz einfaches Geschäft. Ach so, und ich habe ihm noch einen Geldbonus versprochen, weil das mit dem Tempel ja eine Luftnummer war.«

»Stimmt. Aber wir wissen doch gar nicht genau, wo das Hauptquartier ist, und die haben doch sicher Wachen postiert, oder?«

»Diese Jungs sind Dschungelkrieger, die machen sich keine Sorgen über Wächter. Das Problem mit dem genauen Standort ist schon etwas größer, aber ich glaube, das kann ich etwas eingrenzen. Du hast gesagt, es gibt dort eine Landebahn?«

»Richtig.«

»Dann muss es in einem relativ flachen Gebiet liegen, und das Gelände auf dieser Seite des Flusses ist überwiegend hügelig.« Joe zog sein GPS-Gerät hervor und schaltete es an. Nachdem er ein Signal hatte, zoomte er an das fragliche Gebiet heran und studierte die Aufnahmen.

Drake sah auf die Uhr und stöhnte frustriert auf. »Sie werden vielleicht schon gefoltert, während wir hier herumstehen, Joe!«

»Weißt du noch, was ich dir über positive Gedanken gesagt habe, Kumpel?«

»Das hat Allie und Spencer aber nicht viel genutzt, oder?«

»Das wird sich erst noch zeigen. Aber jetzt Ruhe, ich muss mich konzentrieren.«

»Nach was schaust du?«

»Erhebungen. Und ein flaches Gebiet dazwischen. Es ist bestimmt mit Tarnnetzen bedeckt, damit man es nicht so leicht erkennen kann – und wahrscheinlich sind diese Bilder so alt, dass es da noch nicht mal gebaut war, aber man kann ja nicht die Form der Landschaft ändern. Wenn wir eine Lichtung finden, die groß genug für eine Landebahn ist und die nicht weiter als einen Tagesmarsch von dem Tempel entfernt liegt, haben wir unsere Stelle.«

Zehn Minuten später stand Joe mit dem Colonel und seinem Stellvertreter beisammen und sie betrachteten eine große Papierkarte. Joe hatte eine vielversprechende Stelle gefunden, und sie besprachen, wie man sich nähern konnte, ohne entdeckt zu werden. Als sie fertig waren, kehrte Joe zurück zu Drake und Onkel Pete, die in der Nähe saßen. »Er wird uns zwanzig Mann geben. Eigentlich würde er am liebsten seine ganze Armee schicken, aber mein Einwand war, dass wir möglichst unauffällig vorgehen sollten. Er wird seine restlichen Männer auf jeden Fall in Alarmbereitschaft halten, und seine Späher werden Bescheid geben, sobald wir die Fabrik eingenommen haben.«

Er schaute Drake mit ernster Miene an. »Zeit, die Pferde zu satteln! Leng geht davon aus, dass wir fünf Stunden marschieren müssen, um dort hinzukommen. Dann wären wir zum Sonnenuntergang da, was zu unserem Vorteil wäre.«

»Und wie verhindern wir, dass die von der Red-Moon-Gang ihre Geiseln töten, sobald wir angreifen?«, fragte Drake.

»Wir haben fünf Stunden Zeit, um uns das zu überlegen. Aber jetzt schnapp dir so viele Magazine, wie du tragen kannst, und lass uns aufbrechen!«

»Ich sollte bei der CIA Bescheid sagen.«

»Auf keinen Fall, Mann! Die werden dir nur sagen, dass du es bleiben lassen sollst. Das sind Bürokraten. Bis die irgendjemanden hier am Start haben, ist deine Braut Fischfutter!«

Drake schaute hinüber zu den Männern, die ihre Waffen bereitmachten und ihre Rucksäcke mit Munition und Granaten füllten. »Wie viele Nachtsichtgeräte hast du?«

Joe lächelte. »Genug.«

»Und du meinst wirklich, dass wir das durchziehen können?«

»Positive Gedanken, Kumpel! Du musst diesen Zynismus wirklich mal hinter dir lassen.«

Joe drehte sich um und rief Leng etwas zu, woraufhin der grinste und ihm einen Daumen nach oben zeigte. Drake fragte, was er gesagt hatte, und Joe zuckte mit den Schultern. »Ich habe ihm gesagt, dass du seinen Bonus verdoppelst, wenn wir alle lebendig da raus bekommen.«

Drakes Wertschätzung für den alten Hippie nahm deutlich zu, während er zuschaute, wie er sich Magazine in alle Taschen seiner Cargohosen schob. Unter den Shan-Soldaten herrschte eine fast schon greifbare Mischung aus Aufregung und Kampfeslust – was auch immer Joe zu ihnen gesagt hatte, es hatte sie offensichtlich motiviert. Ob es nun um den finanziellen Gewinn ging oder die Aussicht, die verhassten Rivalen ein für alle Male zu erledigen, war Drake egal. Die Männer packten ihre Sachen schnell und effizient, ihre Gesichter strahlten Ernst und Konzentration aus. Zum ersten Mal, seit Drake das Blut neben Allies Stirnband gesehen hatte, fasste er wieder etwas Mut.

Er hoffte nur, dass sie es rechtzeitig schaffen würden.

KAPITEL 45

Auf einem schmalen Dschungelpfad setzte Joe vorsichtig einen Fuß vor den anderen. An seiner Seite war Onkel Pete, der eine Pistole im Anschlag hielt – ein Gewehr konnte er wegen seiner Verletzung nicht benutzen. Die Soldaten der Shan-Armee folgten ihnen geräuschlos, jeder von ihnen in höchster Alarmbereitschaft. Drake bildete die Nachhut. Seine Füße schmerzten aufgrund der vielen Blasen, die ihm die Gewaltmärsche der letzten Tage beschert hatten. Sein Gesicht strahlte volle Konzentration aus, während er sich vorankämpfte. Er war fest entschlossen, nicht aufzugeben. Vor seinem geistigen Auge tauchten Bilder auf, wie Allie gefoltert oder noch schlimmer erniedrigt wurde. Entsprechend verkrampft war seine Muskulatur, was die Wanderung nicht angenehmer machte.

Er bemerkte, dass es langsam dunkler wurde, und ein Blick auf die Uhr verriet ihm, dass sie nun schon seit sechs Stunden unterwegs waren. Wenn sie die fragliche Stelle nicht bald erreichen sollten, würde der Einbruch der Nacht ihr Vorankommen noch weiter erschweren. Nur die Hälfte der Männer war mit Nachtsichtgeräten ausgestattet; Joes Einschätzung seiner Lagerbestände war ebenso übertrieben optimistisch gewesen wie die Berechnung der Wegstrecke. Nun machte Drake sich Sorgen, dass die Gangmitglieder von Red Moon besser ausgerüstet sein könnten. Falls dem so wäre, könnte auch das Überraschungselement nicht mehr viel ausrichten. Dann erwartete sie ein Blutbad mit höchst ungewissem Ausgang.

Drake tat sein Bestes, um diese düsteren Gedanken loszuwerden, doch was er nicht abschütteln konnte, war die Wut darüber, dass er sich überhaupt auf dieses Abenteuer eingelassen hatte. Er war in ein Spiel geworfen worden, auf das er nicht vorbereitet gewesen war, und nun würden seine geliebte Allie und sein Freund Spencer womöglich mit ihrem Leben für seine schlechte Entscheidung zahlen müssen. Es war ihm nicht entgangen, wie schnell alles den Bach heruntergegangen war, und er wurde das Gefühl nicht los, dass sie auf eine Katastrophe zumarschierten.

Er stolperte über eine Wurzel und ein stechender Schmerz schoss von seinem Knöchel aus durch das ganze Bein, was seine Laune nicht gerade besserte. Er musste aufmerksamer sein – jegliche Unkonzentriertheit könnte sein Ende bedeuten. Es würde reichen, ein einziges Warnsignal zu übersehen, und dann wäre es aus. Sein Gewehr fühlte sich auf einmal viel schwerer an. Er versuchte, nicht an die Soldaten zu denken, die er bereits getötet hatte. Drake sah sich vielleicht als Abenteurer, aber er wusste, dass die Gesichter seiner Opfer ihn noch lange in seinen Träumen heimsuchen würden. Natürlich hatte er in Notwehr gehandelt, doch das minderte nicht seine Schuldgefühle darüber, menschliches Leben ausgelöscht zu haben. Er fragte sich, wie professionelle Söldner damit leben konnten und schüttelte den Kopf. Solche Menschen mussten schon fast zu einer anderen Spezies gehören, Joe eingeschlossen. Der alternde Hippie zeigte nicht den kleinsten Funken von Gewissensbissen darüber, dass er schon eine ganze Reihe von Menschen umgebracht hatte, und Drake war bereit zu wetten, dass er weiterhin gut schlafen würde, wenn er noch ein Dutzend mehr tötete.

Die Karawane verlangsamte sich, als Joe seine Hand hochhielt, wobei er seine volle Konzentration dem Bereich vor sich widmete. Dann drehte er sich um und flüsterte so leise, dass Drake seine Worte kaum verstehen konnte: »Vor uns ist eine Sprengfalle mit Stolperdraht! Wir sind also nahe dran!«

Er deutete auf einen beinahe unsichtbaren Nylonfaden, der über den Weg gespannt war. Einer der Shan nickte und drängte sich an ihm vorbei. Nachdem er die Konstruktion kurz begutachtet hatte, durchschnitt er den Faden mit einer Zange. Drake wurde erst jetzt bewusst, dass er die ganze Zeit die Luft angehalten hatte, und er atmete erleichtert aus. Dem Rest der Männer schien das Geschehen überhaupt nichts auszumachen.

Als sie ihren Weg fortsetzten, glich das Tempo jedoch dem einer Schnecke. Joe fand eine weitere Falle, die der gleiche Shan-Soldat unschädlich machte. Der letzte Rest Abenddämmerung verschwand, als sie den Rand einer großen Lichtung erreichten, und Joe nickte zufrieden, als er das Gebäude erspähte, das vor ihnen lag. An einem Ende schnurrte ein Generator, der Strom für die Anlage lieferte, aber draußen leuchteten nur ein paar schwache Lampen – was durchaus passend war, wenn man den illegalen Nutzen dieser Drogenfabrik bedachte. Trotzdem war es problemlos möglich, dutzende Bewaffnete in den Schatten auszumachen – es waren locker fünf mal so viele Männer wie in der kleinen Einsatztruppe der Shan-Armee.

Drake flüsterte Joe etwas zu: »Wir brauchen irgendeine Ablenkung. Das sind viel zu viele, um sie Hals über Kopf anzugreifen. Sieht so aus, als hätte die CIA ihre Stärke unterschätzt.«

»Stimmt, das sind auf jeden Fall über hundert Mann. Was für Idioten.«

»Und was machen wir jetzt?«

Joe deutete auf eine Holzhütte, die abseits des Hauptgebäudes lag. »Siehst du das? Ich würde wetten, dass sie dort das brennbare Material lagern, was sie für die Meth-Produktion brauchen. Wenn wir da herankommen, haben wir im Handumdrehen eine höllische Ablenkung.«

»Gute Idee, aber da stehen auch mindestens zwanzig Wachen! Was hast du vor? Mit dem Raketenwerfer da reinschießen?«

»Das Problem ist, dass die recht ungenau sind und auf die Entfernung nicht unbedingt treffen.« Joe schüttelte den Kopf und lächelte Drake dann an. »Vielleicht sollten wir etwas Dramatischeres unternehmen, um ihre Aufmerksamkeit zu bündeln.«

»Und was?«

»Siehst du die Startbahn da drüben?«

Drake nickte. »Ja, und?«

»Ist das nicht ein Flugzeug, was da ganz hinten am Rand steht?«

»Sieht so aus.«

Joe nickte: »Dann sage ich dir jetzt mal, was wir machen …"

Inzwischen umfing Dunkelheit den Dschungel rund um die Fabrikanlage. Drake, Joe, Onkel Pete und zwei der Shan-Kämpfer krochen durchs Unterholz am Rande der Lichtung – ihr Ziel war die Cessna 208 Caravan mit Wasserlandeausstattung, die am anderen Ende stand. Als Joe die Schwimmkörper unter der Maschine erblickt hatte, war ihm klar geworden, dass die Red-Moon-Gang ihre Drogen zum Meer flog, wo sie dann auf Schiffe verladen wurden, um Ziele auf der ganzen Welt zu erreichen – ohne die strengen Zollkontrollen über sich ergehen lassen zu müssen, die in den Häfen Thailands durchgeführt wurden.

Obwohl die Gebäude schwer bewacht waren, gab es an der Landebahn nur zwei Aufpasser, und die wirkten ihrer entspannten Körperhaltung nach zu urteilen noch nicht einmal besonders aufmerksam. Sie saßen auf einem umgelegten Baumstamm und unterhielten sich leise, die Waffen neben sich liegend.

Die beiden Shan-Soldaten bewegten sich lautlos wie Phantome auf die Wachen zu, während Joe sich dem Flugzeug näherte. Drake und Onkel Pete beobachteten, wie die Shan gleichzeitig die beiden Wachen erreichten, ihnen von hinten die Münder zuhielten und Messer in den Hals rammten, wodurch sie die Wirbelsäulen durchtrennten und die Männer sofort töteten. Drake verzog das Gesicht, als die leblosen Körper zu Boden glitten, doch dann wurde seine Aufmerksamkeit direkt auf Joe gelenkt, der mit einem Rucksack voller Granaten auf das Flugzeug zurannte.

»Komm schon, komm schon …«, flüsterte Drake ungeduldig, als Joe an der Tür der Maschine herumfummelte. Drake warf einen Blick auf die Fabrik, wo überall Wachen patrouillierten, dann schaute er zurück auf das Flugzeug. Joe war im Inneren verschwunden und zog die Tür hinter sich zu.

Wenige Augenblicke später erklang das Geräusch des Anlassers, doch in dem Krach, den der Stromgenerator produzierte, ging es förmlich unter. Als der Motor aber schließlich mit einem Donnern ansprang, zuckten die Wachen am Hauptgebäude zusammen. Aus ihren verwirrten Rufen wurde ersichtlich, dass niemand wusste, ob es nur einen unangekündigten Flug gab oder ob ein

Problem vorlag. Bis jemand die Alarmsirene angeworfen hatte, raste Joe bereits die Startbahn hinunter, die mit ihrem beigefarbenen Schotter kaum von dem vertrockneten Gras in der Umgebung zu unterscheiden war.

Das Wasserflugzeug erhob sich in die Luft und stieg immer höher. Ein großer Mann tauchte im Eingang der Fabrik auf und brüllte einen Befehl, wobei er auf die Maschine zeigte. Die Wachen begannen, auf das Flugzeug zu feuern, doch es war längst außerhalb der Reichweite der Gewehre und die Kugeln verfehlten ihr Ziel deutlich.

Auf dem Boden herrschte komplette Verwirrung, als die Cessna zur Seite kippte, eine Kurve beschrieb und zurückkehrte. Mit ausgeschalteten Lampen war sie gegen den dunklen Himmel kaum zu erkennen. Drake sah fasziniert zu, wie das Flugzeug plötzlich mit extrem langsamer Fluggeschwindigkeit nur hundert Meter über den Baumwipfeln auftauchte und ein halbes Dutzend schwarzer Kugeln auf die Lagerhütte stürzten.

Vier der Granaten detonierten weit abseits ihres Zieles, doch zwei explodierten direkt über dem Dach. Als die brennbaren Bestandteile im Inneren sich entzündeten, wurde die Hütte zu einem glühenden Feuerball, der herumfliegende Trümmer und eine vernichtende Hitzewelle ausstieß.

Der große Mann, offenbar der Anführer, brüllte Befehle, als er auf das Flammeninferno zurannte, und die meisten der überlebenden Soldaten folgten ihm. Eine Kakofonie aus Gewehrschüssen erklang und diesmal fanden einige der Kugeln ihr Ziel. Das Geräusch des Motors veränderte sich, als Joe versuchte, auf eine sichere Höhe zu steigen. Er warf noch die restlichen Granaten auf die Männer unter ihm, aber als die Cessna die Baumreihen erreichte, spuckte der Motor einige Male und erstarb dann ganz.

Flammen schlugen aus dem Motorraum, als die Maschine hinter einem Hügel verschwand, und zwanzig Sekunden später ließ eine Explosion die Nacht erzittern.

»Oh nein … Joe«, murmelte Drake, doch dann wurde seine Aufmerksamkeit auch schon wieder auf das Hauptgebäude gelenkt. Onkel Pete und die beiden Shan-Soldaten sprangen auf und eröffneten das Feuer, und schon bald sahen sich die Kämpfer der Red-Moon-Gang unter schwerem Beschuss von allen Seiten. Ihre Überzahl nutzte ihnen nichts mehr, da sie sich ohne Deckung im Freien befanden, und so wurde die Schießerei zu einem Massaker. Ihr Anführer sprang hinter einen Felsbrocken, während die Erde um ihn herum wild aufspritzte.

Ein Shan-Soldat sprintete auf das Generatorhäuschen zu und hatte es fast erreicht, als zwei Kugeln in seine Brust schlugen. Er ging zu Boden, doch die Granate in seiner Hand rollte die letzten Meter auf ihr Ziel zu, bevor sie direkt neben der Anlage explodierte. Die Lampen fingen an zu flackern, als der Nachschub an Elektrizität versiegte, dann versank die gesamte Umgebung in Finsternis.

»Auf geht's!«, rief Drake. Er zog sich das Nachtsichtgerät über die Augen und schaltete es an, woraufhin ihm die Umgebung in geisterhaftem Grün erschien. Das Mündungsfeuer der Red-Moon-Schützen wurde zu blendenden Blitzen, dennoch verschaffte ihm die verbesserte Orientierung einen entscheidenden Vorteil. Die anderen Shans und Onkel Pete taten es ihm gleich, als er mitten im Kreuzfeuer auf das Fabrikgebäude zurannte. Er schoss auf die beinahe blinden Gegner und näherte sich dem Haupteingang im Zickzack. Hinter sich hörte er die Gewehre seiner Mitstreiter aufbellen, die ihm drohende Gefahren mit präzisen Schüssen vom Leib hielten.

Drake stieß die schwere Stahltür auf und unterbrach sein Feuer. Der Geruch von Chemikalien war beinahe überwältigend, was ihn an Joes Worte erinnerte, dass ein einziger Funke an der falschen Stelle die gesamte Anlage hochgehen lassen könnte. Er betrat den Fertigungsbereich und entdeckte auf der gegenüberliegenden Seite zwei Türen. Onkel Pete trat hinter ihm ein, die restlichen Shan im Schlepptau, die den Bereich sicherten und die Tür hinter sich zuschlugen. Schon prasselten Kugeln in das dicke Metall, doch sie kamen nicht durch. Drake führte Onkel Pete zu den Türen und deutete auf diejenige, die außen einen schweren

Riegel hatte. Onkel Pete nickte und begab sich in Position neben der Tür. Drake erhob seine Waffe und nickte, woraufhin der Thailänder den Riegel beiseitezog.

»Allie? Spencer?«, rief Drake, als die Tür sich quietschend öffnete.

»Drake!« Allies Stimme hallte aus dem Inneren. Eine Welle der Erleichterung überflutete Drake, während er sich dem Durchgang näherte. »Bist du verletzt?«, rief er, als er in den dunklen Raum linste. Er hielt inne, als ihm klar wurde, dass sie ihn nicht sehen konnten. »Könnt ihr laufen?«

»Ich bin am Arm verletzt, aber Allie und ich können laufen. Was ist mit dir, Christine?«, erklang Spencers Stimme.

»Mit etwas Hilfe bestimmt«, sagte sie.

»Ich bin hier an der Tür. Ich komme jetzt mit Onkel Pete rein. Wir führen euch nach draußen – wir haben Nachtsichtgeräte«, erklärte Drake. »Haltet still, bis ich bei euch bin!«

»Okay«, sagte Allie. Draußen nahm die Intensität des Feuergefechtes ab, offenbar erledigten die Shan-Soldaten gerade das, was von der Red-Moon-Gang noch übrig war.

Drake erreichte Allie, die an der rückseitigen Wand stand, und flüsterte ihr zu: »Nimm Spencers Hand und folge Onkel Pete!« Dann erhob er die Stimme: »Christine?«

»Wer sind Sie?«

»Ich heiße Drake. Wir sind hier, um Sie zu retten.«

»Klingt so, als wäre da draußen Krieg! Ist es hier drinnen nicht sicherer?«

»Ich kann Ihnen helfen«, bot Drake an. »Nehmen Sie meine Hand«, sagte er und streckte die Finger aus, bis sie ihren Arm erreichten.

»Ich kann nicht weg! Die haben mich an dieses verdammte Bett gefesselt!«

Drake kam näher und sah die Fesseln. Er zog das Messer, das ihm die Shan als Teil seiner Ausrüstung überlassen hatten, und durchtrennte die Stricke. »So! Jetzt sind Sie frei.«

Christines Beine waren geschwächt, da sie eine Woche nur liegend verbracht hatte. Sie schwankte wie ein Kleinkind, als Drake sie zur Tür führte. »Moment. Die haben noch meinen Laptop aus dem Flugzeug. Ohne den kann ich hier nicht weg«, flüsterte sie.

»Das müssen Sie aber«, sagte Drake.

»Nein, Sie verstehen das nicht. Da sind Daten drauf, die auf keinen Fall in die falschen Hände gelangen dürfen!«

»Wovon reden Sie?«, fragte Spencer.

»Schauen Sie doch einfach kurz danach. Bitte. Er muss hier irgendwo sein. Sie haben ihn mir abgenommen, als sie mich hergebracht haben.«

Drake führte sie zu Onkel Pete und den anderen. »Helft ihr nach draußen. Ich schaue mich kurz um!«

»Ich helfe!«, bot Onkel Pete an.

»Nein, sie können nichts sehen. Du musst bei ihnen bleiben!«

Onkel Pete knurrte widerwillig eine Zustimmung und die Gruppe setzte sich in Bewegung. Von draußen erklangen nur noch vereinzelte Schüsse. Drake öffnete die andere Tür und warf einen Blick hinein. Da standen ein Schreibtisch, ein paar Aktenschränke, ein Kurzwellen-Funkgerät sowie ein Wasserspender. Daneben ein Waffenschrank mit bestimmt fünfzig Gewehren sowie ein massiver Safe. Drake sah sich langsam um und hielt inne, als er einen Laptop neben einem großen Flatscreen-Monitor auf dem Tisch liegen sah. Sein Blick folgte dem Kabel, das von dem Monitor zu einem Rechnergehäuse auf dem Betonboden ging. Er näherte sich dem Tisch.

Eine Minute später stieß er am Haupteingang zu seinen Freunden.

»Haben Sie ihn gefunden?«, fragte Christine aufgeregt.

»Ich habe einen Laptop von dort mitgenommen. Einen Dell. Ist er das?«

»Müsste er sein.«

Drake schaute zu den beiden Shan-Soldaten und nickte, woraufhin er tief Luft holte und die Tür aufriss.

Die Luft draußen stank nach brennenden Chemikalien und die lodernden Flammen aus der Hütte stießen dichten, schwarzen Rauch in den Himmel. Drake sah sich um; der Boden war mit toten Red-Moon-Schützen gepflastert. Er flüsterte Onkel Pete zu, der dann den übrigen Shan-Soldaten zurief, dass sie nicht auf sie schießen sollten.

Die beiden Shan in ihrer Begleitung traten zuerst mit den Waffen im Anschlag nach draußen und sicherten die Umgebung. Ihnen folgten Drake und Christine, dann kam Onkel Pete, der Spencer und Allie nach draußen führte. Sobald sie sich im flackernden Schein der brennenden Gebäude selbst orientieren konnte, ließ Onkel Pete Allies Hand los.

Von einer Ecke der Fabrik aus erklangen plötzlich Schüsse und Kugeln schlugen in den Beton ein. Drake wirbelte herum und schoss, als der große Anführer der Red-Moon-Gang gerade schon dabei war, in Deckung zu springen. Er war jedoch nicht schnell genug; eine Kugel erwischte ihn an der Brust und er wurde von der Wucht des Einschlags zurückgeworfen, wobei er in die Luft feuerte. Drake schoss weiter, bis sein Magazin leer war, das er sofort auswarf und durch ein neues ersetzte. Dann lief er vorsichtig auf die Ecke zu und blieb erst stehen, als er den Mann schwer atmend am Boden liegen sah, seine Waffe in ein paar Metern Entfernung.

Drake kickte das Gewehr mit dem Fuß weg und sah schweigend zu, wie der Anführer um Luft kämpfte, wobei die Wunde in seinem Brustkorb gurgelnde Geräusche erzeugte. Christine humpelte herbei und starrte auf den Sterbenden hinunter, ihr Gesicht von Hass verzerrt.

»Er wollte mich als Sklavin verkaufen – aber erst, nachdem er und alle anderen hier mich vergewaltigt hätten! Der einzige Grund, warum sie das nicht gleich gemacht haben, waren meine Verletzungen!« Sie spuckte Lee ins Gesicht. »Verrotte in der Hölle, du Schwein!«, zischte sie auf Chinesisch. Drake legte ihr vorsichtig die Hand auf den Arm, was sie zuerst erschreckte, doch dann beruhigte sie sich.

»Er wird es nicht überleben.«

»Gut. Denn sonst würde ich ihm persönlich die letzte Kugel verpassen. Ich hoffe nur, er muss noch lange leiden.«

Drake ließ seine Waffe sinken und nickte. »Lassen Sie uns abhauen. Sind Sie fit genug für eine Wanderung?«

»Versuchen Sie mal, mich aufzuhalten!«

Drake brachte sie zu den anderen. »Wo ist Joe?«, fragte Allie. Er erzählte ihr von dem Flugzeug. Sie erschrak, als er ihr das mit dem Absturz hinter dem Hügel erzählte. »Oh Gott … dann hat er sich für uns geopfert?«

»Ja. Ohne seine Ablenkung hätten wir euch nicht lebend da rausbekommen«, sagte Drake.

Ein weiterer Schuss erklang in der Nähe der Landebahn. Die letzten Gegner wurden von den Shan-Soldaten erledigt, die ihren Erzfeinden keine Gnade schenkten.

»Und wo ist Onkel Pete?«, fragte Drake.

»Er ist dort drüben in den Dschungel gerannt. Vielleicht sucht er nach dem Flugzeug«, sagte Allie.

»Ich weiß ja nicht, wie du es siehst, aber ich würde am liebsten so schnell wie möglich von hier verschwinden«, sagte Spencer. »Ich will nicht auf die harte Tour herausfinden, wie viele von diesen Red-Moon-Typen hier noch herumhängen.« Er hielt kurz inne. »Vielleicht kommen ja sogar die Shan noch auf die Idee, uns als Geiseln zu nehmen?«

Drake nickte. »Wir sollten auf jeden Fall kein Risiko eingehen. In ein paar Stunden wird der Rest der Shan-Armee hier sein.«

»Dann sollten wir weg sein.«

»Und was ist mit Onkel Pete?«, fragte Allie.

»Er ist doch der erfahrenste Spurenleser von uns. Er wird uns schon finden«, sagte Spencer, wobei er sich die Kalaschnikow eines toten Soldaten schnappte. Dann reichte er Allie die Waffe und ging zu einem weiteren Gefallenen, dessen Gewehres er sich bemächtigte. Dann wandte er sich an Drake: »Hast du eine Ahnung, wo wir sind?«

»Ja. Nach Joes Beschreibung gibt es eine Schotterpiste, die zu einem kleinen Ort namens Mong Tum führt, etwa neun Meilen südlich von hier. Von dort sollten wir uns zur thailändischen Grenze durchschlagen können. Wir können jederzeit eine Pause einlegen, wenn wir müde sind, und wären wahrscheinlich trotzdem morgens da.«

»Klingt nach einem Plan.«

Drake musterte Christine. »Bist du bereit?«

Sie starrte das Feuer an, das in den qualmenden Ruinen flackerte, und wandte sich dann mit ernstem Gesichtsausdruck an Drake. »Geh voran.«

KAPITEL 46

Selbst mithilfe der Nachtsichtgeräte war die Reise nach Süden eine Strapaze und es wurde bald klar, dass Christine es nicht ohne Pause schaffen würde. Also suchten sie sich eine Stelle an einem Fluss und beschlossen, dort bis Tagesanbruch auszuharren, um die Gefahr von Fehltritten zu minimieren – denn sie war bereits zweimal beinahe gestürzt, was mit ihrem gebrochenen Schlüsselbein eine Katastrophe wäre.

Allie schaute sich Spencers Wunde an, und wie sie befürchtet hatte, sah sie entzündet aus. Sie hatten keine Medikamente dabei und konnten auch das Flusswasser nicht benutzten, um die Wunde zu reinigen, da sie die Sauberkeit nicht einschätzen konnten.

Spencer war tapfer, aber sie wussten alle, dass höchste Eile geboten war, um irgendeine Form von Zivilisation zu erreichen, denn im Dschungel konnte eine Entzündung blitzartig in eine Blutvergiftung umschlagen.

Dementsprechend verlor Spencer sehr schnell die Diskussion mit Drake, wer Wache stehen würde, und schlief bald mit ruhigem und regelmäßigem Atem. Christine schlief mit dem Rücken an einen Baum gelehnt und Drake saß am Flussufer, wo er jede Bedrohung rechtzeitig erkennen konnte – zumindest hoffte er das.

Nach einer halben Stunde stand Allie auf und leistete ihm Gesellschaft. Sie saßen nebeneinander und kommunizierten ohne Worte. Beide waren sehr erschöpft, aber unglaublich erleichtert, dass sie das Schlimmste hinter sich hatten und ihr von einer Pechsträhne geplagtes Abenteuer bald zu Ende sein würde. Nach einer Weile lösten sich die Wolken auf und Sterne funkelten am Himmel. Allie rutschte näher an Drake heran, damit sie die anderen nicht weckten.

»Onkel Pete ist immer noch nicht da«, flüsterte sie.

»Er ist doch schon groß. Ich bin sicher, dass er zu uns stoßen wird, wenn er will.«

»Wenn er will? Wieso sollte er das nicht wollen?«

»Keine Ahnung. Ich habe vor drei Tagen den Glauben aufgegeben, dass ich jemals verstehen werde, was hier alles vor sich geht.«

»Das mit Joe ist aber schrecklich«, sagte Allie.

»Er hat uns alle gerettet. Daran sieht man mal wieder, dass man nie wissen kann, wie jemand reagiert, wenn es eng wird. Ich hätte gedacht, dass er uns ohne mit der Wimper zu zucken im Stich lassen würde.«

»Ich nicht. Bei Onkel Pete andererseits ...«

»Er ist auch in Ordnung. Ein bisschen grummelig, aber hey.« Er wandte sich ihr zu. »Was ist mit dir, Allie? Wie geht es dir?«

»Unter den Umständen eigentlich ganz gut. Aber wenn du wissen willst, ob ich das alles noch mal machen würde, lautet die Antwort eindeutig: Nein.«

»Das sehe ich genauso. Ich hoffe, Spencer wird wieder gesund.«

»Wir müssen morgen wirklich zusehen, dass wir Tempo gewinnen, damit er bald zu einem Arzt kommt. Selbst im Mondlicht kann ich erkennen, dass die Wunde schlimm aussieht.«

»Was ist mit Christine ... wie wirkt sie auf dich?«

»Sie ist nicht gerade gesprächig. Das kann ich aber verstehen, immerhin hat sie ein paar gebrochene Knochen und war auf Heroin.«

»Das stimmt. Hat sie irgendwas gesagt, während ihr eingesperrt wart?«

Allie schüttelte den Kopf. »Nicht viel. Sie hatte den Red-Moon-Typen gesagt, dass wir kein Englisch sprechen, deswegen konnten wir nichts riskieren.«

»Da hat sie ja schnell geschaltet. Ich frage mich aber, was an dem Computer so wichtig ist.«

Spencer stöhnte im Schlaf und sie tauschten einen besorgten Blick aus. »Wie lange ist es noch bis zum Sonnenaufgang?«, flüsterte Allie.

Drake sah auf die Uhr. »Vier Stunden.«

»Meinst du, du hältst es ohne Schlaf durch?«

»Nach allem, was ich gerade erlebt habe, kann ich von Glück reden, wenn ich überhaupt noch mal irgendwann schlafen kann!«

»Ja, das war echt fies.«

»Meine Ohren klingeln immer noch von dem ganzen Geballer.«

Allie legte ihre Hand auf seine Schulter und seufzte. »Immerhin haben wir es überlebt.«

»Aber ohne Buddha.«

»Das ist ja wohl das kleinste Problem.« Sie schloss die Augen. »Hast du den Fotoapparat eigentlich noch?«

»Nein, den hat Onkel Pete. Genau wie das Telefon, das könnten wir jetzt gut gebrauchen. Wäre echt nicht verkehrt, wenn uns ein Hubschrauber abholen würde.«

»Absolut.«

Jiao schaute auf, als einer seiner Männer von seiner Beobachtung der Amerikaner am Fluss zurückkehrte. Der Chinese hatte sich aus dem Kampf um die Fabrik herausgehalten, da er es praktischer fand, die Shan-Armee ihr Blut vergießen zu lassen, um die Tochter des Senators zu befreien. Jetzt, wo sie nicht mehr von Dutzenden von Bewaffneten bewacht wurde, würde es ein Leichtes ein, sie zu schnappen, sie zu verhören und dann zu beerdigen.

»Sie haben sich nicht vom Fleck bewegt«, sagte sein Untergebener.

Jiao starrte ins Unterholz. Er wartete auf das Eintreffen des Thailänders, damit der ihnen mit der Frau helfen konnte. Wenn sie einen Spitzel vor Ort hätten, könnten sie schneller herausfinden, ob sie irgendetwas besaß, das ihnen weiterhelfen konnte – ohne die Gefahr, dass sie starb, bevor sie wichtige Informationen preisgab. Ein Verhör unter Folter funktionierte nur bedingt mit jemandem, der schon geschwächt war, und das war sie auf jeden Fall.

So hatten sie die Truppe in gebührendem Abstand verfolgt, doch langsam wurde Jiao ungeduldig. Er hatte die Nase voll von dem dauernden Regen, der Hitze, den Insekten … kurz gesagt hatte er genug von diesem verdammten Dschungel, er wollte diese Mission nur noch hinter sich bringen und in die Zivilisation zurückkehren, um etwas Vernünftiges zu essen und ein Bad zu nehmen.

Bei allem Vertrauen, das er in seinen Techniker hatte, war es dem Mann bisher nicht gelungen, das Netzwerk des Verteidigungsministeriums zu hacken, und die Toleranz seiner Vorgesetzten für dieses Versagen wurde mit jedem Tag kleiner. Wenn die Frau Informationen hatte, die beim Knacken des Systems helfen konnten, musste Jiao sie unbedingt aus ihr herausbekommen, und zwar so schnell wie möglich. Das hatte Xiaoping bei seinem letzten Anruf unmissverständlich klargemacht.

Nur leider war das gar nicht so einfach. Jiao schaute auf seine Armbanduhr und traf eine Entscheidung. Er stand auf und blitzschnell hatte er seine drei Mann an seiner Seite. »Wir werden nicht länger warten. Dem Thailänder muss etwas passiert sein. Entweder wurde er verletzt oder er konnte die Spur nicht finden. Denkt daran, was ich gesagt habe: Der Frau darf nichts passieren. Die anderen könnt ihr töten, aber leise. Wir wollen keine unnötige Aufmerksamkeit erregen.«

Die Männer überprüften ihre schallgedämpften Waffen, während Jiao ebenfalls einen Schalldämpfer auf seine 9mm Ruger-Pistole schraubte. Die Gefahr, die von der Red-Moon-Gang ausging, war nun zwar fast vollständig neutralisiert, doch sie näherten sich langsam bewohnten Gebieten, und nicht zuletzt gab es viele andere Räuber im Dschungel. Die Vorsicht gebot, möglichst unauffällig vorzugehen, um keine ungebetenen Gäste anzulocken.

Jiao schulterte seinen Rucksack und nickte seinen Männern zu. Es würde ein Blitzangriff werden, den niemand außer ihrer Zielperson überleben sollte.

Drake versuchte seine Müdigkeit wegzublinzeln. Er wollte sich nicht großartig bewegen, um Allie nicht zu wecken. Nach Tagen mit wenig Schlaf war er mit seinen Kräften am Ende, doch er tröstete sich damit, dass sie bald in Sicherheit sein würden – und dann könnte er so viel schlafen, wie er wollte. Seine Gedanken kehrten auf die Lage mit Allie zurück – sobald sie zuhause wären, würde er gern mehr Zeit mit ihr verbringen und die Verbindung zu ihr vertiefen. Er wollte eine Beziehung, die aus mehr bestand als vereinzelten Telefonanrufen.

Als er ein Geräusch aus Richtung des Flussufers hörte, drehte er den Kopf. Es war kaum hörbar, erst recht nicht gegen den Tinnitus, den seine Ohren seit der Schießerei plagten. Trotzdem war es eindeutig da. Ein Teil von ihm wollte es als Blubbern des Flusses abtun, doch nachdem er einige Tage in absoluter Lebensgefahr verbracht hatte, widerstand er diesem Impuls und flüsterte in Allies Ohr: »Schnapp dir deine Waffe und wecke Spencer auf! Ich habe etwas gehört.«

Allie öffnete die Augen und schaute ihn verschlafen an, dann wurde ihr der Sinn seiner Worte bewusst und sie griff nach der Kalaschnikow, die an ihrer Seite lag. »Spencer«, flüsterte sie und kroch auf ihn zu.

Sie zuckte zusammen, als eine Stimme in gebrochenem Englisch vom Waldrand aus erklang: »Waffen fallenlassen! Jetzt! Oder ich schieße!«

Allie und Drake schauten sich an. Drake nickte. Sie senkten beide langsam ihre Gewehre und achteten darauf, keine hektischen Bewegungen zu machen, die einen Angriff provozieren würden. Spencer schreckte auf, als er das Geräusch von Allies Gewehr hörte, als es einen Stein berührte, und griff nach seiner Waffe. Doch sofort schlug ein Warnschuss in direkter Nähe seines Kopfes ein.

Vier dunkel gekleidete Gestalten tauchten aus dem Unterholz auf, ihre Waffen hatten sie auf die Gruppe gerichtet. Christine zuckte ebenfalls zusammen und öffnete die Augen, der Anblick der Männer ließ sie vor Schreck aufschreien.

»Sie haben mir reichlich Ärger eingehandelt, junge Frau«, sagte Jiao leise auf Chinesisch, wobei in seiner Stimme eine geradezu hypnotische Melodie mitschwang. Dann schaute er Drake und Allie an, seine Mundwinkel gingen nach unten: »Tötet sie.«

Ein Stakkato aus Gewehrfeuer hallte durch den Dschungel und Kugeln schlugen in die Körper von zwei der Chinesen ein. Jiao hechtete auf das Flussufer zu, als der dritte Soldat bereits zuckend in die Richtung schoss, aus der Onkel Pete gerade Dauerfeuer aus seiner Kalaschnikow gab. Die ausgeworfenen Patronenhülsen beschrieben einen im Mondlicht golden funkelnden Bogen und eine der Kugeln traf den Mann in die Kehle, sodass er einen gurgelnden Schrei von sich gab, als er zu Boden ging.

Jiao betätigte den Abzug seiner Pistole und zwei seiner Schüsse erwischten Onkel Pete, der hintenüber gerissen wurde und seine Waffe fallen ließ. Als Nächstes zielte Jiao auf Drake, aber er war den Bruchteil einer Sekunde zu langsam. Drakes Gewehr bellte dreimal auf und die Pistole fiel klappernd auf die Steine, während Jiao seine Hände auf den immer größer werdenden roten Fleck an seinem Bauch drückte.

Spencer sprang auf, die Waffe in der Hand, und sprintete zu den gefallenen Chinesen. Er trat ihre Waffen weg und schaute nach, ob sie wirklich tot waren. Dann hielt er bei Jiao an, dessen Gesicht schmerzverzerrt war, die Augen fest geschlossen.

»Wer ist das denn?«, fragte er Christine.

»Ich habe keine Ahnung. Wahrscheinlich vom chinesischen Geheimdienst. Jedenfalls scheint Chinesisch seine Muttersprache zu sein.«

»Warum sollten die Chinesen versuchen, uns im Dschungel von Myanmar umzubringen?«, fragte Drake, als er zu Onkel Pete lief. Der starre Blick des kleinen Thailänders war auf den Mond gerichtet. Drake kniete sich neben ihn und schloss mit zitternder Hand seine Augen. Dann beugte er seinen Kopf für mehrere Sekunden über den toten Körper und hielt ein stilles Gebet. Schließlich nahm er Onkel Petes Rucksack an sich und holte das Satellitentelefon und die Kamera hervor.

»Verdammt«, murmelte er, als er feststellte, dass das Telefon kaputt war. Es war aufgebrochen, als Onkel Pete darauf gestürzt war. Die Kamera sah hingegen noch gut aus. Drake steckte sie ein, bevor er sich an Christine wandte: »Und warum sind die Chinesen hinter dir her?«

Sie seufzte resigniert und stellte sich Drakes forderndem Blick. »Es hat alles mit einem Jungen namens Liu angefangen.«

KAPITEL 47

Reggie riss das dünne Laken weg, das über seine Beine gelegt war und tastete nach dem klingelnden Telefon, wobei er die blinkende LED-Anzeige seines Weckers auf dem Nachttisch des Hotels im Auge behielt: Es war null Uhr dreißig; mitten in der Nacht. Seine Finger fanden die Ruftaste und er nahm das Gespräch an.

»Hallo?«

»Wachen Sie auf! Es ist gerade etwas bei der Red-Moon-Fabrik passiert!« Die Stimme seines Kontaktmannes war ernst, was Reggie genauso gründlich wach machte wie eine Dusche mit Eiswasser.

»Was?«

»Wir haben es auf dem Satelliten gesehen. Feuerbälle. Große Explosionen!«

»Verdammt! Was glauben Sie, was es ist? Ein Unfall mit den Chemikalien?«

»Alles ist möglich, aber wir brauchen Gewissheit. Wie lange brauchen Sie, um dort hinzukommen?«

»Jetzt?« Reggie rechnete im Kopf zusammen, wie lange die Reise dauern würde – erst mit dem Auto, dann zu Fuß. »Wahrscheinlich etwa … sechs Stunden?«

»Also wären Sie im Morgengrauen da?«

»Korrekt. Wann wird das Team ankommen?«

»Ebenfalls um diese Zeit. Ich werde es so arrangieren, dass die Sie dort treffen. Machen Sie sich auf den Weg, und melden Sie sich, sobald Sie wissen, was da los ist!«

Reggie räusperte sich. »Sind wir denn die einzigen Akteure in diesem Spiel?«

»Natürlich. Wieso fragen Sie das?«

»Finden Sie es nicht einen etwas seltsamen Zufall, dass die Fabrik in die Luft gejagt wird, wenn wir gerade im Begriff sind, sie zu stürmen?«

»Wir wissen nicht, ob sie in die Luft gejagt wurde, nur dass da Explosionen waren«, berichtigte ihn sein Kontaktmann.

»Sie wissen aber, was ich meine, oder?«

»Natürlich. Wir wissen aber nichts von anderen Gruppen, die etwas damit zu tun haben könnten.«

»Okay. Ich bin in zehn Minuten zur Tür raus und werde anrufen, sobald ich da bin.«

Reggie legte auf und warf einen Blick auf seine Tasche. Das Satellitentelefon war aufgeladen, er hatte Waffen, er hatte ein Auto, das er gekauft hatte – vermutlich in Thailand gestohlen, aber das war ihm egal – also musste er sich nur noch anziehen und in Richtung Norden fahren. Natürlich hatten seine Vorgesetzten mal wieder nicht mit einkalkuliert, wie gefährlich es war, nachts in dieser Gegend von Myanmar herumzufahren. Und wenn er erst mal auf der Schotterpiste war, von der aus man die Fabrik sehen konnte, wurde es noch gefährlicher. Aber so waren nun mal die Regeln in diesem Spiel. Es war Reggie überlassen, einen Weg zu finden, wie er es überleben würde.

Vier Stunden später kämpfte er sich durch den Regenwald, das Nachtsichtgerät auf den Augen. Seine Maschinenpistole hielt er in der einen Hand, eine rasiermesserscharfe Machete in der anderen. Sein GPS sagte ihm, dass er nur noch eine halbe Meile entfernt war, und er verlangsamte sein Tempo, als er sich näherte.

Reggie bemerkte den Geruch von Rauch, noch bevor er über einen Hügelkamm trat und das Gebäude sah. Er näherte sich so weit er es für sicher hielt und sah zu, wie Soldaten der Shan-Armee Leichen einsammelten und sie auf einen Haufen warfen – ein riesiges Feuer. Die Arbeiten wurden im Schein von Taschenlampen durchgeführt, und nachdem Reggie eine halbe Stunde zugesehen hatte, schaltete er sein Satellitentelefon an und rief seinen Kontaktmann an.

Als die näselnde Stimme des Mannes in der Leitung erklang, sprach Reggie in einem angestrengten Flüstern: »Der Laden ist voll mit Shan-Soldaten – und damit meine ich hunderte. Sieht aus, als hätte da unten ein regelrechter Krieg getobt. Die sammeln überall Leichen ein, ich habe schon über fünfzig Tote gezählt.«

»Irgendein Lebenszeichen von der Frau?«

»Negativ. Das ist da unten aber eine Todeszone. Eines der Gebäude ist nur noch ein dampfender Krater und alles ist voller Trümmer. Wenn ich raten müsste, würde ich sagen, die Red-Moon-Gang ist Geschichte.« Reggie hielt kurz inne. »Ich würde das Team nicht da reinschicken. Die können es auf keinen Fall mit hunderten Shan aufnehmen. Die sehen gut ausgerüstet aus und sind ganz offensichtlich in Alarmbereitschaft.«

Sein Kontaktmann seufzte. »Behalten Sie die Lage weiter im Auge, während ich Feedback einhole.«

»Mache ich. Aber bei Tagesanbruch wäre ich gern hier weg. Sonst werde ich bestimmt entdeckt.«

»Roger. Halten Sie die Stellung.«

Das Gespräch erstarb und Reggie verzog die Mundwinkel. Ein weiterer Bürohengst, der keine Ahnung hatte und Reggie auf heißen Kohlen sitzen ließ. Irgendwie war es immer das Gleiche: Er war ohne Unterstützung im Feindgebiet, und seine Vorgesetzten wollten, dass er abwartete, während sie in die Mittagspause gingen.

Die Minuten verstrichen wie in Zeitlupe und Reggies Selbsterhaltungstrieb kämpfte mit seinem Pflichtbewusstsein. Er erwog ernsthaft, seine Befehle zu missachten, als das Telefon in seiner Hand endlich vibrierte.

»Ja?«

»Bleiben Sie in Position, bis das Team angekommen ist und wir weitere Informationen haben. Wir können es nicht riskieren, dass Christine Whitfield noch dort drinnen ist und wir nicht alles versucht haben, sie zu retten.«

»Bei allem Respekt, der Dschungel wird bald voll von gegnerischen Kräften sein. Wenn das ein Versuch war, die Red-Moon-Gang auszulöschen, und es nicht gelungen ist, werden sie bald einen Gegenangriff starten – und ich bin dann mittendrin.«

»Das verstehe ich, aber mir wurde gesagt, dass Rückzug keine Option ist. Tun Sie alles, was nötig ist, um nicht entdeckt zu werden, aber bleiben Sie vor Ort, bis Sie wieder von uns hören!«

Reggie legte auf und beobachtete nervös das Treiben auf der Lichtung. Seine Befehle waren idiotisch, zumindest nach seinem Verständnis. Andererseits hatte niemand nach seiner Meinung gefragt. Er war nur ein Agent im Einsatz, deshalb erwartete man von ihm, dass er sich ohne Widerworte in Gefahr begab.

So lautete zumindest die Stellenbeschreibung, aber in diesem Moment fragte Reggie sich ernsthaft, ob er bei der Berufswahl einen Fehler gemacht hatte. Seine Vorgesetzten saßen sicher in einem trockenen Büro, wo die größte Gefahr darin bestand, sich an einem Blatt Papier zu schneiden oder eine Erkältung von der Klimaanlage zu bekommen. Reggie setzte hingegen sein Leben aufs Spiel, indem er hier mitten im Feindgebiet herumsaß.

Er murmelte einen deftigen Fluch und versuchte, es sich so bequem wie möglich zu machen. Die Warterei würde bestimmt die Hölle werden. Er hoffte nur, dass das Hauptquartier früher oder später zu Sinnen kam, idealerweise bevor er für ihre Unentschlossenheit mit dem Leben bezahlte.

Christine schluckte, als drei Paar Augen sie so ernst anstarrten, dass sie beinahe Löcher bekam.

»Ich war mit Liu zusammen. Wir hatten uns über einen gemeinsamen Bekannten in meinem Meditationskurs kennengelernt. Er war Chinese, ein paar Jahre älter als ich, und der schlauste Mann, denn ich je getroffen habe. Er war ein absolutes Genie – alles, was mit Computern zu tun hatte, war für ihn ein Kinderspiel.« Sie verzog das Gesicht, als ein stechender Schmerz von ihrem Schlüsselbein aus durch den gesamten Körper schoss. Sie japste nach Luft und musste all ihre Kraft zusammennehmen, um nicht in Tränen auszubrechen. Nachdem sich ihre Nerven wieder beruhigt hatten, fuhr sie fort: »Kurz gesagt, wir haben uns Hals über Kopf ineinander verliebt. Wie im Märchen – das einzige Problem war, dass seine Weltanschauung etwas radikal war. Ich musste feststellen, dass er die Regierung der USA für viel Unrecht in der Welt verantwortlich machte und deswegen mit einer Gruppe von Hackern zusammenarbeitete, um Beweise dafür zu veröffentlichen.«

Allie nickte zustimmend, um Christine zum Weiterreden zu animieren.

»Wir waren drei Monate zusammen, als er plötzlich verkündete, dass er den Code geknackt hat. Ich wusste nicht, wovon er redete, also hat er es mir gezeigt – und ich habe eine Riesenangst bekommen. Er hatte es irgendwie geschafft, in die Datenbanken des Pentagon einzudringen und streng geheime Dokumente herunterzuladen – Informationen, von denen er sagte, dass sie die Enthüllungen von Edward Snowden mühelos in den Schatten stellen würden. Dann hat er mir ein Beispiel gezeigt, und ich wusste sofort, dass das purer Sprengstoff ist.« Sie zog die Nase hoch und kämpfte gegen ihre Tränen an. »Da habe ich meinen ersten Fehler gemacht.«

»Und zwar?«

»Ich habe meinen Vater angerufen.«

»Sie haben ihm gesagt, was Liu getan hatte?«

»Nein, ich habe ihm ein paar Fragen gestellt. Ich habe gesagt, dass ich im Internet über Dinge gestolpert bin, und ob er mir etwas dazu sagen könne, ob sie stimmen. Ich meine, er ist eine echt große Nummer in Washington und dazu noch Vorsitzender eines Komitees, das mit dem Militär zusammenarbeitet. Ich kenne meinen Vater – er würde auf keinen Fall Abscheulichkeiten gutheißen, wie jene, die Liu mir gezeigt hat. Ich meine, das ist mehr als kriminell – es geht um Terrorismus, Angriffe unter falscher Flagge, politische Morde, Massaker … Lügen über einige der wichtigsten Geschehnisse der letzten hundert Jahre der Menschheitsgeschichte.«

»Und?«

»Mein Vater sagte mir, dass er keine Ahnung hätte, wovon ich da rede, aber dass es eine Menge Leute gäbe, die neidisch auf Amerika seien, wegen unserer Freiheit, und die deswegen solche Lügen erfinden würden.«

Spencers Gesicht war wie aus Stein gemeißelt. Er hob eine Augenbraue. »Aber Sie haben ihm das nicht abgekauft, oder?«

»Irgendwas war mit seiner Stimme. Er klang auf einmal total abwesend. Ich weiß nicht, ob jemand mitgehört hat, oder was los war, aber Sie haben recht … ich habe ihm nicht geglaubt.« Sie richtete sich auf und wischte die Tränen weg, die ihr die Wange hinunterliefen. »Liu war nicht in der Stadt. Ich … ich habe ihm nicht gesagt, dass ich mit meinem Vater gesprochen hatte. Das hätte ich tun sollen, aber ich wollte mir nicht mal vorstellen …« Ihre Stimme versagte und sie konnte den Satz nicht beenden.

»Was ist dann passiert?«, fragte Drake sanft.

»Einer von Lius Internet-Freunden hat eine Warnung veröffentlicht, dass ein Angriff in Pakistan bevorstünde. Doch das ist nie passiert, deshalb dachte ich, er hätte sich geirrt, und habe mich ein wenig entspannt. Doch auf einmal war Liu wieder zurück und sagte mir, dass wir abhauen müssten, dass etwas schiefgelaufen sei, und dass er auch auf den Servern des chinesischen Verteidigungsministeriums herumgeschnüffelt hatte. Irgendwie haben sie Wind davon bekommen, deswegen mussten wir mitten in der Nacht aufbrechen, und … Sie wissen ja, wie die Geschichte ausgegangen ist. Das Flugzeug ist abgestürzt, er ist tot, und jetzt sind die Chinesen hinter mir her.«

Spencer schüttelte seinen Kopf: »Aber wieso?«

»Vermutlich denken sie, ich weiß mehr, als ich wirklich weiß.«

Allie stand auf. »Wir sollten uns auf den Weg machen. Schließlich wissen wir nicht, ob es mehr von denen gibt, als diese vier hier.«

»Meinen Sie, Sie schaffen es?«, fragte Spencer.

»Ich tue mein Bestes.«

Drake holte tief Luft und bemerkte erst in diesem Moment, dass er die ganze Zeit den Atem angehalten hatte. Endlich stellte er die Frage, die ihm schon die ganze Zeit auf den Lippen lag: »Meinen Sie … dass Sie sicher sind, wenn nach Hause kommen?«

Ihr Gesichtsausdruck vermittelte wenig Hoffnung. Sie hielt seinem Blick einen Moment stand, schaute dann aber weg. »Ich weiß gar nicht mehr, wo mein Zuhause überhaupt sein soll. Aber

Sie meinen wahrscheinlich, ob mein Vater aktiv dafür sorgen würde, mich zum Schweigen zu bringen?« Christine kämpfte sich in den Stand. »Die Wahrheit ist: Ich habe keine Ahnung. Ich weiß nicht mehr, was ich glauben soll.«

»Und was ist mit dem Computer?«

»Das ist Lius. Er ist komplett verschlüsselt, also kann niemand außer mir darauf zugreifen. Ich bin die Einzige, die das Passwort kennt.«

Spencer stand auf, ohne einen Ton zu sagen, und richtete seinen Blick auf Jiaos toten Körper, aus dem immer noch Blut heraussickerte. »Die Chinesen würden Sie wahrscheinlich töten, ohne mit der Wimper zu zucken, um da ranzukommen.«

»Sieht so aus, als müssten sie dafür eine Nummer ziehen. Sind ja nicht die einzigen, die hinter mir her sind.«

»Und was werden Sie unternehmen?«

Christine versuchte zu lächeln, doch es reichte nur für eine schräge Grimasse. »Ich werde versuchen, am Leben zu bleiben.«

KAPITEL 48

Die Brücke von Myanmar nach Thailand war kein gangbarer Weg für Menschen ohne Papiere. Nachdem sie am frühen Nachmittag in Tachileik angekommen waren, versuchten Drake und Spencer deswegen jemanden zu finden, der sie über den Mae-Sai-Fluss bringen würde, der die Grenze zwischen den beiden Ländern markierte. Schließlich gelang es ihnen, sich mit einem Fischer aus dem Ort zu einigen, der sie in der Abenddämmerung für hundert Dollar auf die andere Seite brachte.

Ein Taxi fuhr sie dann nach Chiang Rai, wo sie in ein kleines Hotel eincheckten, das überwiegend von Rucksacktouristen frequentiert wurde. Die anderen Gäste sahen auch nicht viel frischer aus als Drake und seine Kumpane. Nachdem sie geduscht hatten, machten Drake und Spencer sich auf die Suche nach einem Arzt, der zu so später Stunde noch arbeitete. Zum Glück wurden sie schnell fündig: Über der nächstgelegenen Apotheke wohnte ein Arzt, der Spencers Wunde säuberte und ihm ohne Fragen zu stellen Antibiotika spritzte.

»Glaubst du, er muss hier öfter Schusswunden behandeln?«, fragte Spencer, als sie die Treppe nach unten nahmen.

»In der Gegend hier ist das wahrscheinlich seine Haupteinnahmequelle. Was gut für dich ist, denn das bedeutet, dass er 'ne Menge Übung hat!«

»Jetzt müssen wir uns ein Handy kaufen. Hoffen wir mal, dass so spät noch ein paar Geschäfte geöffnet haben!«

Das Glück war mit ihnen, denn am Nachtmarkt in der Innenstadt fanden sie einen Elektronikstand. Der Markt war sehr gut besucht, aber die meisten Gäste waren gelangweilte Jugendliche, die einfach nur Zeit totschlugen, ohne etwas zu kaufen. In kleinen Gruppen wanderten sie durch die schmalen Gassen und schauten den Mädchen hinterher, die so taten, als würden sie sie nicht bemerken.

Als sie das Telefon aktiviert hatten, rief Drake Collins an, der überrascht schien, von ihm zu hören.

»Wo sind Sie?«, wollte er wissen.

»Wir haben gerade nach Thailand übergesetzt.«

»Wir?«

»Ja, ich habe es geschafft, Allie und Spencer zu retten. Ach ja, und Christine. Onkel Pete hat es leider nicht geschafft.«

»Was? Wo genau sind Sie in Thailand?«

»Chiang Rai.«

»Ich brauche sämtliche Informationen!«

»Was denn zum Beispiel? Wie mich die Gangster, die Christine gefangen genommen hatten, beinahe umgebracht hätten? Oder wie die CIA nichts unternommen hat, als ihr Leben in höchster Gefahr war?«

»Ramsey, das ist kein Spiel! Sagen Sie mir genau, wo Sie untergekommen sind, damit ich Ihnen Agenten zur Hilfe schicken kann!«

»Na schön.« Er gab Collins die Adresse des Hotels. »Und jetzt?«

»Warten Sie darauf, dass meine Leute dort eintreffen!«

»Wann denn?«

»Wahrscheinlich morgen früh.«

»Das ist ja schon mal eine ziemlich genaue Angabe.«

»Als Nächstes rufe ich unsere Kontakte vor Ort an! Rechnen Sie bald mit Besuch!«

Drake legte auf. »Diese Typen sind doch echt nicht ganz dicht. Sie hätten euch eurem Schicksal überlassen, und er klingt noch beleidigt, dass wir es überlebt haben. Er hat nicht mal gefragt, was mit Onkel Pete passiert ist!«

»So sind die bei der CIA. Überhaupt kein Benimm!«

»Tja, die können mich mal.« Drake schaute sich um, dann gingen sie über die Straße zu einem Imbiss, wo dampfendes Essen verkauft wurde. »Meinst du, das kann man essen, ohne sich was wegzuholen? Ich bin am Verhungern!«

»Nach der Spritze, die ich bekommen habe, könnte ich wahrscheinlich sogar Maden essen, ohne dass mir das was ausmachen würde.«

»Klingt ja beruhigend.«

Spencer verdrehte die Augen. »Dann frag halt nicht!«

Sie bestellten sich ein paar Fleischspieße mit brauner Soße und setzten sich zum Essen auf die Bordsteinkante, die mit alten Papptellern überzogen war. Drake probierte einen Happen und lächelte: »Gar nicht so übel!«

»Ich will aber gar nicht wissen, von welchem Teil des Hundes das kommt!«

»Was meinst du, wird mit Christine passieren?«, fragte Drake, nachdem sie ihren Snack verschlungen hatten.

»Ich habe keine Ahnung. Das geht uns auch nichts an. Wir haben unseren Job gemacht, damit ist die Sache für uns erledigt. Sollen doch Collins und die anderen Pfeifen sich darum kümmern.«

»Jetzt klingst du ja schon fast wie ich! Sonst sagst du doch immer, dass man zur CIA auf keinen Fall nein sagen kann.«

»Nachdem ich fast erschossen wurde, habe ich es mir anders überlegt!«

»Das kann ich gut verstehen.«

Reggie arbeitete sich an einer Felswand entlang, sein Nachtsichtgerät gab langsam den Geist auf, da die Batterie zur Neige ging. Zum tausendsten Mal an diesem Tag verfluchte er seine Vorgesetzten. Er spielte hier mit den Shan-Patrouillen Verstecken, wobei der Einsatz sein Leben war, dazu war er komplett durchgeschwitzt und einfach nur erschöpft. Als er den Anruf bekommen hatte, dass er seinen Posten sofort aufgeben und sich nach Chiang Rai begeben sollte, ohne dass ein Wort darüber verloren wurde, was mit seiner Verstärkung passiert war, hatte ihn das ebenso sehr erleichtert wie wütend gemacht. Doch seine Wut war schnell zu Verwunderung geworden, als sein Kontaktmann ihm den Grund dafür mitgeteilt hatte.

»Die Amateure haben also Christine Whitfield befreit?«, hatte er ungläubig wiederholt. Dass Zivilisten in der Lage gewesen waren, sie zu finden und aus einer schwer bewachten Einrichtung herauszuholen, konnte er kaum glauben. »Sie verarschen mich doch!«

»Keineswegs. Wir haben Leute aus Bangkok losgeschickt, aber es wäre uns lieber, wenn Sie sich um das Mädchen kümmern würden.«

»Kümmern? Was meinen Sie damit? Sie ist doch in Sicherheit, oder?«

»Es scheint so. Aber wir wollen, dass Sie sie in Schutzhaft nehmen, bis wir sie sicher außer Landes schaffen können.«

»Aha. Sie wollen also, dass ich eine amerikanische Staatsbürgerin, die Tochter eines Senators, in Haft nehme …«

»Es ist zu ihrem eigenen Schutz.«

»Alles klar. Und an wen übergebe ich sie dann?«

»Das sagen wir Ihnen noch. Wie schnell können Sie dort sein?«

»Bestenfalls im Morgengrauen, wenn überhaupt.«

»Das ist nicht akzeptabel.«

»Ich bin im tiefsten Dschungel und muss hier erst mal rauskommen! Dann muss ich nachts durch ein Land fahren, das Amerikaner hasst und voll von Drogenkurieren und Rebellengruppen ist. Schließlich muss ich noch eine internationale Grenze überqueren, und erst dann bin ich in Chiang Rai. Die einzige Möglichkeit, schneller zu sein, ist, indem Sie mir einen Hubschrauber schicken.«

»Ich schaue mal, was ich tun kann.«

Das war vor drei Stunden gewesen, und er hatte noch eine halbe Meile bis zu seinem Wagen vor sich. Das Telefon vibrierte wieder. Er hielt an, um das Gespräch entgegenzunehmen. »Ja?«

»Das mit dem Hubschrauber wird nichts. Wo sind Sie?«

»Ich müsste bald mein Auto erreicht haben.«

»Melden Sie sich, wenn Sie in Thailand sind und sie in ihrer Gewalt haben.«

»Was ist mit den Kollegen aus Bangkok?«

»Die sind unterwegs, aber es gab ein Problem. Sie werden wahrscheinlich als Erster da sein. Melden Sie sich einfach, wenn Sie ankommen.«

»Mache ich.«

Bei dieser Operation lief einfach gar nichts nach Plan, und mit jedem Anruf schien die Situation bizarrer zu werden. Reggies Nachtsichtgerät war beinahe komplett leer, als er sein Auto erreichte, aber er ließ es trotzdem noch zwanzig Minuten aufgesetzt, um die Scheinwerfer seines Wagens nicht anschalten zu müssen. Das Risiko, mit einem Ochsen zusammenzustoßen, war ihm lieber, als auf der Straße gesehen zu werden.

Er wagte es nicht, den Wagen mit nach Thailand zu nehmen, denn schließlich war er nicht gerade mit legalen Mitteln an dieses Gefährt gekommen. Das letzte, was er brauchte, war wegen Autodiebstahl eingebuchtet zu werden – also ließ er seine Waffen verschwinden und ging zu Fuß über die Brücke, unter den wachsamen Augen thailändischer Soldaten. Um fünf Uhr morgens hatte er sein Ziel endlich erreicht, völlig erschöpft vom Schlafentzug und den andauernden Strapazen. Er weckte den Betreiber des Hotels, der alles andere als glücklich über die nächtliche Störung schien, bis Reggie mit einem Stapel Dollarscheine wedelte. Ab diesem Punkt war er extrem freundlich und zuvorkommend.

Reggie verstaute sein restliches Equipment und wusch sich kurz. Anschließend fühlte er sich wieder halbwegs wie ein menschliches Wesen und klopfte bei Drake an die Zimmertür. Als der nach einer Weile öffnete, standen seine Haare wild vom Kopf ab und er sah desorientiert aus. Offensichtlich hatte er gerade tief geschlafen.

»Ich bin Reggie. Wo ist Christine?«, verkündete Reggie, als Drake ihn mit roten Augen musterte.

»Sie ist zwei Zimmer weiter. Nummer sieben. Das habe ich doch Collins schon gesagt.«

»Da war ich schon. Es hat niemand aufgemacht.«

»Vielleicht schläft sie«, sagte Drake mit einem Schulterzucken und machte sich daran, die Tür zu schließen, doch Reggie blockierte sie mit seinem Stiefel.

»Könnten Sie so nett sein, mir zu helfen, sie aufzuwecken?«, bat Reggie mit einem Lächeln auf den Lippen, aber einem gefährlichen Tonfall in der Stimme.

»Für wen zur Hölle halten sie sich?«, schimpfte Drake und schaute wütend auf Reggies Stiefel.

»Ich bin ihr neuer Freund. Wenn Christine und ich uns gut verstehen, dann lasse ich Sie in Frieden, okay?«

Drake sagte nichts. Reggie wartete, während er ins Zimmer zurückging, sich ein neues T-Shirt überzog, auf dem der Name eines thailändischen Kaugummiherstellers prangte, und hinaus in den Flur trat. Reggie klopfte noch einmal an Christines Tür, doch das Ergebnis war das gleiche wie zuvor. Irgendwann öffnete Allie ihre Tür, denn sie war im Nachbarzimmer, und schaute erst Reggie, dann Drake verwundert an.

»Was macht ihr?«, fragte sie.

»Wo ist Christine?«, wollte Reggie wissen.

»Keine Ahnung.«

In Reggies Kopf brannte eine Sicherung durch. Er knurrte einen Fluch und trat so kräftig er konnte gegen die Zimmertür. Das schwache Schloss gab nach und die Tür flog nach innen auf. Alle drei schauten hinein und Drake schüttelte den Kopf.

»Sieht aus, als wäre sie abgehauen.«

»Was meinen Sie mit abgehauen? Warum haben Sie sie nicht aufgehalten?«

»Sie fragen, warum ich, ein unbescholtener Privatmensch, eine andere Person, die frei, weiß und über einundzwanzig ist, nicht davon abgehalten habe, zu tun, worauf auch immer sie Lust hatte? Vielleicht, weil ich seit zwei Tagen nicht geschlafen habe? Und außerdem, weil ich kein Polizist bin?«, ätzte Drake. »Und Sie sind das auch nicht, Reggie, oder sehe ich das falsch? In dem Fall hätten Sie aber jetzt einiges zu erklären.«

Drake beendete seinen Satz, als der Eigentümer sich mit einem Baseballschläger in der Hand näherte, seine beiden Söhne im Schlepptau.

Reggies Puls schlug ihm bis zum Hals, während er dem aufgeregten Geschnatter des wütenden Thailänders lauschte. Allie lächelte Drake an und begab sich zu ihrer Zimmertür. »Frühstück? In vielleicht … sechs Stunden?«

»Abgemacht.«

KAPITEL 49

Drake und Allie nippten nach dem Essen in einem Restaurant in der Nähe an einem Tee, während Spencer etwas trank, das gerade so als Kaffee durchging. Zehn Stunden mehr oder weniger tiefer Schlaf hatten ihre Lebensgeister nach den Strapazen des Dschungels wiederbelebt. Allie studierte die Bilder der Tempelhöhle auf der kleinen Digitalkamera und Spencer und Drake unterhielten sich über den CIA-Schergen, der die Tür eingetreten hatte.

»Was glaubst du, ist mit Christine passiert?«

»Sie hat sich bestimmt aus dem Staub gemacht, sobald wir im Bett lagen«, vermutete Drake. »Wenn auch nur die Hälfte von dem stimmt, was sie über die Chinesen und das amerikanische Verteidigungsministerium gesagt hat, dann war das sicher eine gute Idee. Ich meine, die haben schon ihr gottverdammtes Flugzeug in die Luft gejagt. Würdest du da einfach abwarten, was sie sich als Nächstes ausdenken?«

»Ohne Geld oder Papiere wird es schwierig, sich länger zu verstecken«, stellte Spencer fest. »Aber Thailand ist groß, und vielleicht hat sie ja noch Ressourcen, von denen wir nichts wissen.«

Allie lächelt Drake wissentlich an, bevor sie sich wieder ihrem Studium der Bilder zuwandte. Ihre Geste blieb Spencer jedoch nicht verborgen.

»Hast du ihr Geld gegeben?«, fragte er ruhig.

»Muss ich mich rechtfertigen, was ich mit meinem Geld mache?«, gab Allie zurück, ohne von der Kamera aufzuschauen.

»Ich hätte nur gedacht, du hast nichts mehr, weil wir doch gefangen genommen wurden.«

»Was meinst du denn, wie wir das Hotel bezahlt haben? Ich habe mit meinem Anwalt gesprochen, als wir das Geld für Joe überwiesen haben, und der hat mir noch ein bisschen was extra dazu gepackt«, sagte Allie. »Schon toll, was man in einer Wechselstube alles organisieren kann, während ihr Jungs einen Trinken seid.«

»Also hast du ihr Geld gegeben?«

Allie lächelte Spencer selig an: »Ich habe keine Ahnung, wovon du redest.«

»Ich schätze, Frauen haben immer ihre Geheimnisse«, warf Drake ein.

»Ich frage mich eher, was denn nun diese schlimmen Geheimnisse des Verteidigungsministeriums sind, um die es hier geht«, sagte Spencer.

»Ist nicht unser Problem«, sagte Drake, wobei er auf seine Tasse deutete, um noch etwas Tee zu bekommen. Der Kellner nickte und beeilte sich, sie nachzufüllen.

»Wo wir gerade von Problemen reden; da der Tempel leer war, habe ich immer noch ein Geldproblem«, grummelte Spencer.

»Komisch, dass du das gerade erwähnst – Drake, schau dir mal das Bild hier an. Um genauer zu sein; schau dir den Winkel von der Rückwand des Raumes an.« Allie reichte Drake die Kamera. Er betrachtete das Foto und zuckte mit den Schultern.

»Es ist eine Höhle. Mit eingemeißelten Felsbildern. Was übersehe ich?«

»Wenn wir nicht so eilig aufgebrochen wären, hätte ich es bestimmt noch vor Ort bemerkt.«

»Was bemerkt?«, fragte Spencer.

»Schau dir mal die Form der hinteren Wand an. Vor allem die Stelle, wo sie auf die Decke trifft«, sagte Allie.

Drake hielt Spencer die Kamera hin und sie starrten beide auf das Bild. Spencer sah es als Erster: »Es ist ein perfekter rechter Winkel! Neunzig Grad!«

»Und wie oft kommt das in der Natur vor? Vor allem an den Decken von Höhlen?«

Drake nickte, als ihm ein Licht aufging. »Wäre die richtige Antwort: *Niemals?*«

Allie lächelte. »Genau. Das ist eine künstliche Wand, die so bearbeitet wurde, dass sie natürlich aussieht.«

»Eine falsche Wand«, sagte Spencer fasziniert.

»Sieht ganz danach aus.«

»Dann könnte also doch noch ein Schatz dort liegen …«, murmelte Spencer.

»Es gibt nur eine Art, das herauszufinden«, sagte Drake.

Spencer legte eine Hand auf seine verletzte Schulter. »Können wir diesmal vielleicht einen Hubschrauber nehmen?«

»Das hat letztes Mal aber nicht so gut geklappt«, wand Allie ein.

»Wann willst du denn aufbrechen?«, fragte Drake.

»Das soll Spencer entscheiden. Er hat doch das Aua.«

»Ha, das ist bloß ein Kratzer«, rief Spencer aus. »Lasst uns ein paar Vorräte holen und aufbrechen – über die Red-Moon-Gang müssen wir uns ja jetzt keine Sorgen mehr machen!«

»Warum gehen wir nicht erst in Joes Dorf und fragen seinen Stellvertreter, ob er den Führer für uns macht. Es könnte nicht schaden, jemanden zu haben, der sich gut mit den Shan versteht. Letztes Mal hatten wir Joe dafür dabei … und ich möchte wirklich nicht noch mal entführt werden«, schlug Allie vor.

»Das wäre aber ein ganz schöner Umweg«, sagte Spencer.

»Der sich aber lohnen würde, wenn wir einer Shan-Patrouille über den Weg laufen«, meinte Allie. »Wir haben mit dem Colonel einen Deal gemacht, und er könnte es als Vertragsbruch sehen, wenn wir ohne seine Erlaubnis in das Gebiet zurückkehren. Willst du das wirklich riskieren?«

»Wenn du es so sagst, klingt das ziemlich überzeugend«, stimmte Drake zu.

»Dann lasst uns alles organisieren, was wir brauchen, und die Sache gleich richtig machen!«

»Die Lady hat gesprochen«, sagte Spencer und stand auf, wobei er ein paar Baht auf den Tisch warf. »Lasst uns shoppen gehen! Wie viel Geld hat dein Anwalt dir geschickt?«

Allie lächelte wieder. »Auf jeden Fall genug.«

Der Rest des Tages verging schnell: Sie kauften zuerst stabile Rucksäcke, die sie mit Camping-Equipment füllten. Dazu einen Erste-Hilfe-Koffer, Stemmeisen, eine Spitzhacke, Schaufeln und

Insektenspray. Im größten Elektronikladen des Ortes kauften sie ein GPS-Gerät und ein Satellitentelefon. Nachdem sie sich auch noch mit Fertiggerichten eingedeckt hatten, gingen sie zum Hotel zurück.

Drakes Wegwerfhandy klingelte, als sie fast da waren. Als er abhob, schallte ihm Collins wütende Stimme entgegen: »Was zur Hölle ziehen Sie da ab, Ramsey?«

»Mutti? Bist du es?«

»Aha, Sie halten das also für ein Spiel!«

»Ach Collins, Sie sind es. Schön von Ihnen zu hören. Wäre nur netter gewesen, Sie wären mit einem Team von Elitesoldaten aufgekreuzt, als meine Freunde von Killern entführt wurden. Aber ich kann natürlich verstehen, wenn Sie etwas Besseres zu tun hatten.«

»Wo ist sie, Ramsey? Hören Sie auf mit den Sprüchen!«

»Wie ich Ihrem bezaubernden Mitarbeiter heute Nacht schon gesagt habe: Keine Ahnung.«

»Sie sollten doch auf sie aufpassen!«

»Nein, wir haben sie vor dem sicheren Tod gerettet, und sie hat uns aus freien Stücken begleitet. Wir haben mit ihr in ein Hotel eingecheckt und sie hat offenbar beschlossen, dass sie gehen wollte. Ich bin doch kein Junior-Spion, Collins. Ich habe sie gefunden, habe sie in Sicherheit gebracht und sie ist abgehauen. Was kann ich dafür?«

»Ich kann Sie verknacken lassen, weil Sie einer gesuchten Person zur Flucht verholfen haben!«

»Sie wird gesucht? Wirklich? Was hat sie denn getan?«

»Das geht Sie nichts an!«

»Moment mal – Sie drohen mir damit, mich zu verhaften, weil ich einer gesuchten Person zur Flucht verholfen habe, und können mir nicht mal sagen, warum sie gesucht wird? Viel Glück damit. Soll ich Ihnen die Nummer von meinem Anwalt geben? Der lacht sich bestimmt kaputt.«

»Sie legen sich gerade mit den falschen Leuten an, Ramsey!«

»Collins, Sie haben mich ganz offensichtlich reingelegt. Ich sollte die Tochter eines Senators finden, das habe ich getan, und meine Freunde und ich sind dabei beinahe ums Leben gekommen. Sie haben mir wichtige Informationen vorenthalten und jetzt bedrohen Sie mich. Was soll das?«

»Ich muss wissen, wo sie hingegangen ist!«

»Ich habe keine Ahnung. Ich habe geschlafen. Sie kann überall hingegangen sein.«

»Aber nicht ohne Hilfe!«

Drake seufzte. »Sonst noch was?«

Collins Stimme wurde noch bedrohlicher. »Ich werde das nicht vergessen, Ramsey. Ich kann Ihnen große Probleme machen. Denken Sie daran!«

»Klar. Und nächstes Mal, wenn Sie Hilfe brauchen, denke ich an die wundervollen Dankesworte, die wir für unseren heldenhaften und beinahe tödlichen Einsatz bekommen haben. Ich würde sagen, wir sind quitt.«

»Sie kleiner Drecks–«

Drake legte auf und warf das Telefon in einen Mülleimer. Allie hob fragend eine Augenbraue. Er grinste. »Da hat sich jemand verwählt.«

Spencer trat dicht an ihn heran. »Du solltest deine *Fickt-euch-alle*-Einstellung diesen Jungs gegenüber noch mal überdenken, Drake. Die CIA will man nicht als Feind haben.«

»Klar. Wo es doch schon so unglaublich vorteilhaft für mein Leben war, sie als Freunde zu haben.« Er deutete auf Spencers Arm. »Denk doch nur mal an die Kugel, die du für diese Arschgeigen gefangen hast.«

»Ich sage es ja nur. Solange noch die Möglichkeit besteht, würde ich versuchen, sie nicht auf die Palme zu bringen.«

»Er hat gedroht, mich verhaften zu lassen, weil ich einer Flüchtigen geholfen habe.«

»Wie bitte?«, japste Allie.

»Ich habe ihm gesagt, dass er mich mal kann. Ab da lief das Gespräch nicht mehr so gut.«

»Aber Christine ist doch nicht flüchtig … oder?«, fragte Allie.

»Er konnte mir jedenfalls nicht sagen, inwiefern. Ich habe ihn gefragt, warum sie gesucht wird, und da ist er noch patziger geworden. Ich würde sagen, das war reine Aufschneiderei, um mir Angst zu machen. Aber nachdem auf mich geschossen wurde, ich mit einem Hubschrauber abgestürzt bin und tagelang verfolgt wurde, habe ich anscheinend keine Angst mehr übrig.« Drakes Tonfall entspannte sich. »Lasst uns zur Grenze aufbrechen und schauen, ob wir im Morgengrauen ein Boot auf die andere Seite bekommen können. Ausweise haben wir ja immer noch nicht.«

»Verdammt, stimmt ja«, sagte Allie und zuckte dann mit den Schultern. »Allerdings war das ja bisher auch kein Problem …«

»Wir können uns neue Ausweise von der Botschaft besorgen, wenn wir wieder in Bangkok sind, aber ich gebe Drake recht, dass wir uns sowieso möglichst unauffällig verhalten sollten«, sagte Spencer. »Ich denke, es ist aber klar, dass wir Waffen brauchen werden, wenn wir uns wieder in den Gangster-Dschungel aufmachen.«

»Scheint wirklich so, als besäße da jeder Fünfjährige schon eine Kalaschnikow«, stimmte Allie zu.

Drake grinste. »Selbst einige von den Neugeborenen sahen ziemlich verdächtig aus.«

KAPITEL 50

Das Boot brachte sie so nahe an ihr Zielgebiet, wie der Kapitän sich traute, und als sie in Laos waren, konsultierte Spencer kurz das GPS und führte sie dann an. Jeder von ihnen hatte eine Kalaschnikow mit vier Extra-Magazinen bei sich, dazu Browning-Pistolen in Gürtelholstern – alles über den Cousin des Kapitäns besorgt, der wie sich herausstellte, eines der hohen Tiere bei der Polizei in Chiang Saen war. Der Markt für automatische Waffen mit leichten Gebrauchsspuren florierte offenbar, und der Mann hatte keine Schwierigkeiten gehabt, für die Freunde des Cousins das Passende in der Asservatenkammer zu finden.

Den Morgen über hatte es durchgeregnet, und als sie sich nördlich den Mekong hocharbeiteten, waren sie klatschnass, trotz ihrer breitkrempigen Hüte. Spencer legte einen zügigen Schritt vor, und das trotz seiner Schulterverletzung, die seinen Angaben zufolge überhaupt nicht wehtat. Drake und Allie konnten aber deutlich sehen, dass das gelogen war.

Als sie sich dem Dorf näherten, wurden sie von einer unsichtbaren, warnenden Stimme aufgehalten. Nachdem sie ihre Gewehre auf den Rücken geschoben und die Hände gehoben hatten, tauchte einer der Späher aus seinem Versteck auf und ließ auch seinerseits die Waffe sinken, als er sie erkannte. Er sagte etwas im örtlichen Dialekt und zeigte den Hauch eines Lächelns, bevor er ihnen bedeutete, ihm ins Dorf zu folgen.

Sie liefen hinter ihm an der noch dampfenden Feuerstelle vorbei. Der Regen klang langsam ab, als die Sonne den dichten Bodennebel wegbrannte. Einige der Bewaffneten, die sie passierten, verbeugten sich in leichten Wais und sie erwiderten die Geste.

Doch als sie die Hütten erreichten, blieben sie wie zu Salzsäulen erstarrt stehen.

Joe trat in seinen orangefarbenen Hosen und einem T-Shirt mit Tarnmuster breit grinsend aus seiner Hütte hervor. »Na so was – je früher der Morgen, desto lieber die Gäste! Hätte ich ja nicht gedacht, dass ich euch noch mal zu sehen bekomme!«

»Aber … das Flugzeug … die Explosion …«, stammelte Drake.

Joe zuckte mit den Schultern und verzog das Gesicht. »Es braucht schon etwas mehr als ein paar Kugeln, um mich aufzuhalten.«

»Wie bist du denn aus der Nummer wieder rausgekommen?«, fragte Drake ungläubig.

»Es war schon recht haarig. Ich habe es geschafft, die Maschine auf einer kleinen Lichtung runterzubringen. Die Flügel sind zwar abgerissen, aber was soll's. Ich habe es gerade so rausgeschafft, bevor es knallte.« Er grinste wieder. »Positive Vibes, Kumpel. Man kann es gar nicht oft genug sagen. Dann habe ich vom Colonel erfahren, dass ihr es auch geschafft habt, da dachte ich mir: Ende gut, alles gut.«

»Und du hast dich gar nicht verletzt?«

»Doch, ich hab mir den kleinen Zeh gebrochen! Hat höllisch wehgetan.«

Joes Blick wanderte zu Allie. »Witzig, dass ihr gerade jetzt auftaucht. Ich bin selbst erst heute Morgen wieder hier angekommen. Das muss Schicksal sein!« Er deutete auf den Baumstamm. »Setzt euch doch. Was kann ich für euch tun? Habt ihr endlich der sogenannten Zivilisation adieu gesagt und wollt ein vernünftiges Leben führen?« Er grinste Allie vielsagend an. »Oder hast du mich einfach so sehr vermisst? Wir sind doch beide erwachsen und müssen keine Spielchen spielen.«

Allie lachte. »Nein, wir müssen zurück zur Höhle.«

Joe wurde plötzlich ernst. »Wieso das denn?«

»Wir sind der Meinung, dass wir eine falsche Wand übersehen haben.«

»Verdammt.« Joes Mundwinkel wanderten nach unten. »Das könnte ein Problem sein.«

»Wieso?«

»Leng hat mir gesagt, dass die Armee Myanmars gerüchtehalber in dieses Areal vorrücken will. Ich schätze, der Kampf um die Fabrik hat ihre Aufmerksamkeit erregt.«

»Aber das ist in Ordnung! Wir haben doch die Genehmigungen von der Regierung.«

»Stimmt. Aber ihr müsst es erst mal schaffen, nicht erschossen zu werden, damit ihr die vorzeigen könnt. Ihr wollt nicht ins Kreuzfeuer der Shan-Armee und der echten Armee geraten.«

Spencer nickte. »Also können wir dich nicht überreden, mitzukommen? Wir hatten gehofft, das würde den Umgang mit unserem Kumpel Leng erleichtern.«

»Er ist leider menschlich enttäuscht, weil ihr abgehauen seid, ohne ihn zu bezahlen.«

»Deswegen sind wir ja jetzt wieder da! Du kannst ihm erklären, dass wir ehrbar sind und unser Wort halten wollen«, sagte Drake.

Joes Blick fiel auf Spencers bandagierte Schulter. »Was ist dir denn passiert?«

»Habe mich beim Rasieren geschnitten.«

Joe grinste und schaute sich um. »Und wo ist Onkel Pete?«

Spencer erzählte Joe von dem Hinterhalt, und der schüttelte seinen Kopf. »Ich habe gespürt, dass er nicht mehr viel Zeit in dieser Welt hatte. Es war seine Aura. Das Universum weiß solche Sachen.«

Drake nahm Blickkontakt mit Allie auf und verdrehte die Augen. »Klar. Also zurück zu unserem kleinen Projekt …«

Joe schaute immer noch in die Ferne. »Ihr wollt wieder in das Niemandsland, wo eine große militärische Offensive im Gange ist … und wo sicher auch noch Drogenbanden rumhängen … obwohl ihr schon mehrmals fast umgebracht worden seid?«

Allie verzog das Gesicht. »Wenn du es so formulierst …«

»Du hast also kein Interesse?«, fragte Drake.

Joe schlug sich klatschend auf sein Knie und stand auf. »Na klar habe ich Interesse! Wann brechen wir auf?«

»Von uns aus gern sofort.«

»Dann lasst mich schnell ein paar Sachen packen. Was meint ihr, wie lange wir unterwegs sind, maximal eine Woche?«

»Du hattest erwähnt, dass du noch andere Piloten kennst – gibt es da jemanden, der uns in die Nähe der Höhle bringen könnte?«

Joes Augen verengten sich. »Möglicherweise – aber das wird teuer.«

»Das wäre ja mal was Neues«, witzelte Drake.

Allie starrte ihn an. »Ganz der Geschäftsmann.«

»Ich muss mir die Gegend noch mal auf dem GPS anschauen. Und ohne jetzt die Stimmung versauen zu wollen, es gibt immer die Gefahr, dass die Armee uns abschießt. Die könnten denken, dass wir ein Spähflugzeug der Shan sind.«

»Also wäre das sogar recht wahrscheinlich?«

»Nicht, wenn ich am Steuer sitze«, lachte Drake mit einem irren Blick in den Augen. »Lasst mich noch mal die Satellitenbilder durchgehen. Die markierte Stelle ist ja abgespeichert.«

»Wir haben jetzt sogar ein neues GPS mit größerem Bildschirm«, bot Spencer an.

»Super. Her damit!«

Fünf Minuten später grinste Joe wie ein Irrer. »Ich muss schnell ein paar Funksprüche absetzen. Ich kenne einen Typen, der eine kleine Piper Comanche hat, in die wir uns alle reinquetschen könnten. Sieht so aus, als gäbe es nur ein paar Stunden Fußmarsch von der Höhle entfernt eine Schotterpiste, auf der wir landen könnten.« Er stand auf und verschwand in seiner Hütte, wobei er weiter vor sich hinmurmelte.

Spencer pfiff durch die Zähne. »Er ist komplett durchgeknallt. Das ist euch schon klar, oder?«

»Er wird uns helfen. Durchgeknallte Freunde zu haben ist besser als keine«, sagte Drake. »Dir habe ich zumindest nie einen Vorwurf daraus gemacht.«

»Touché. Aber wenn er recht hat, sollten wir vielleicht einfach abwarten, bis die beiden Armeen ihre Differenzen beseitigt haben.«

»Wir sind aber jetzt hier. Lass uns die Sache erledigen. Außerdem habe ich gehört, dass einer von uns so ein bisschen Schatz ganz gut brauchen könnte …«, stichelte Drake.

»Das konntest du dir jetzt wohl nicht verkneifen. Als ob meine Schusswunde nicht schmerzhaft genug wäre!«

Joe tauchte wieder auf und hatte einen großen Rucksack mit Aluminiumgestell bei sich. »Ich habe meinen alten Rucksack verloren, als das Flugzeug hochgegangen ist. Den schreibe ich euch auf die Rechnung. Wollt ihr noch ein Satellitentelefon kaufen?«

»Ich glaube, das können wir uns nicht leisten«, lachte Allie und Drake schüttelte den Kopf.

»Wir haben uns in Thailand eins gekauft.«

»Alles klar. Habt ihr genug Munition?«

»Ja.«

»Ich habe mit meinem Kumpel geredet. Er tankt gerade seine Maschine auf und sollte in einer Stunde hier sein. Ich schätze mal, die Chance ist fünfzig-fünfzig, dass er wirklich hier aufkreuzt. Normalerweise ist er um diese Zeit bereits betrunken.«

»Es ist zehn Uhr morgens!«, rief Drake aus.

Joe nickte weise. »Jeder hat seine eigenen Dämonen zu bekämpfen.«

Drake flüsterte Allie etwas zu: »Ich schätze, das beantwortet die Frage, ob Joe vorhat, etwas an seinem Drogenkonsum zu ändern.«

Allie zuckte mit den Schultern. »Ich weiß zwar nicht, was er genommen hat, aber ich hätte auch gern was von dem Zeug.«

Drake schaute Joe wieder ernst an. »Ich hoffe nur, der Kerl ist nüchtern, bevor er sich ans Steuer setzt.«

»Das war doch bisher auch kein Problem«, flötete sie mit einem vielsagenden Lächeln.

»Habe ich schon mal erwähnt, dass ich kleine Flugzeuge hasse?«

»Bisher haben die uns bessere Dienste geleistet als Hubschrauber!«

»Stimmt.«

Joe führte sie zur Landebahn, wo die Piper über den Hügeln auftauchte. Sie warteten, während die einmotorige Maschine wackelig aufsetzte, noch zweimal hopste und dann schließlich auf dem unebenen Untergrund zum Stehen kam. Joe winkte dem Piloten zu, während Spencer laut grunzte.

»Was?«, fragte Allie.

»Das Ding ist ein Haufen Schrott!«, grummelte er. »Schaut es euch doch mal an!«

»Wir fliegen ja nicht nach London«, sagte Drake.

»Man kann ja schon von Glück reden, wenn wir es über den Fluss schaffen!«

Die Tür öffnete sich und ein dicklicher Mann mit weißem Rauschebart ließ sich zu Boden fallen. Als er sich näherte, bemerkten sie eine starke Alkoholfahne. »Joe, du alter Wegelagerer! Schön, dich zu sehen!«, bellte der Alte.

»Graham, es ist immer wieder eine Freude. Das hier sind unsere Passagiere. Hast du genug Sprit?«

»Vielleicht machst du sie sicherheitshalber noch mal voll.«

Joe begab sich an seine Pumpe und legte los, während Graham den Tankstutzen hielt. Dann saßen sie auch schon bald in der Maschine. Graham hatte eingewilligt, sich per Überweisung bezahlen zu lassen, nachdem Joe für seine Gäste gebürgt hatte. Nun waren sie zehntausend Dollar ärmer und schwitzten Rotz und Wasser, als das kleine Flugzeug anfing zu beschleunigen. Allie sah Drakes angsterfüllten Blick und nahm seine Hand, woraufhin er sich zum ersten Mal an diesem Tage entspannte. Für einen kurzen Augenblick war er mit sich selbst und der Welt im Einklang.

KAPITEL 51

Washington, D.C.

General Brad Holt spazierte in wohlbemessenen Schritten am Potomac-Fluss entlang. Die Promenade, auf der sonst überwiegend Jogger verkehrten, war um drei Uhr nachmittags wie immer ziemlich menschenleer. Der Wind zerrte an seiner Jacke, als er stehenblieb, um über den Fluss hinweg das Herz der amerikanischen Regierung zu betrachten.

Nachdem er auf die Uhr gesehen hatte, setzte er seinen Weg fort, bis er eine einsame Bank erreichte. Dort setzte er sich und sah zu, wie eine steife Brise das Schilf hin und her schwanken ließ.

Colonel Sam Daniels tauchte zwei Minuten später aus der gegenüberliegenden Richtung auf und setzte sich neben ihn. Es verging eine Zeit des Schweigens, bis Holt den Kopf drehte, um Daniels fest anzusehen.

»Wir hätten unser Team schicken sollen. Das ist eine Katastrophe«, knurrte er.

»Rückblickend ist das leicht gesagt. Aber die Chance war eben beinahe null, dass sie den Absturz überlebt, ganz zu schweigen vom ganzen Rest.«

»Sie wissen ja, was ich über Glück denke. Es gibt eigentlich nur Pech und Schlimmeres. Und wir haben beides abbekommen.«

Daniels nickte. »Ja, das haben wir.«

»Wen haben wir denn vor Ort?«

»Es sind mehrere Spezialisten unterwegs.«

»Wenn sie mit den Informationen, die ihr Freund heruntergeladen hat, an die Öffentlichkeit geht …«

»Ich weiß. Die Frage ist also, setzen wir bereits jetzt alle Hebel in Bewegung, um ein Ablenkungsmanöver zu starten, oder warten wir ab, was passiert?«

»Es steht einfach zu viel auf dem Spiel. Wir können nicht all diese Einsätze abbrechen. Da würden wir jahrzehntelange Planung verlieren!«

»Vielleicht sollten wir selbst einige Kleinigkeiten veröffentlichen, um die Medien auf das vorzubereiten, was vielleicht noch kommt? Damit wir die Sache im Griff behalten, immer einen Schritt voraus bleiben ...«

»Wie können wir einen Schritt voraus bleiben, wenn es um politische Morde geht? Sollen wir sagen: Die mussten wir umbringen, weil sie uns auf der Spur waren? Damit kommen wir nicht durch, das wissen wir beide.«

»Am Ende steht aber immer noch unser Wort gegen das ihre. Deshalb sollten wir eine Schmutzkampagne gegen sie starten, bevor sie etwas veröffentlichen kann.«

»An was dachtest du dabei?«

»Vielleicht Gerüchte über Drogenprobleme? Orgien? Ex-Mitbewohner, die aussagen, dass sie Psychopharmaka nimmt?«

»Klar, aber das wird uns nicht jeder glauben. Und um die Leute mache ich mir Sorgen. Mein Gott, stell dir vor, die Geschichte mit dem Bombenanschlag in Oklahoma landet auf der Titelseite der New York Times! Wenn die Leute die Wahrheit erfahren, könnte das die Regierung stürzen!«

»Dann behaupten wir eben, dass die Unterlagen gefälscht sind.«

»Klar, aber zu viele der Details sind einfach rein kriminell. Selbst die uns wohlgesonnene Presse wird sich das nicht schönreden lassen, und mit nationalem Interesse kommen wir auch nicht durch. Da werden zu viele unangenehme Fragen kommen.«

Holt schaute Daniels fest an: »Fragen, die wir nicht beantworten können. Sie hat alles, Sam. Die gesamte Befehlskette, die Spur des Geldes. Vom Verteidigungsministerium zu den Saudis, zur Wall Street, zu du-weißt-schon-wem ... wir reden hier über zehn Billionen Dollar. Da werden die Menschen hellhörig.«

»Dann müssen wir eben ein paar Opferlämmer in Position bringen, genau wie bei der Contra-Geschichte. Wir suchen uns jemanden, der die Schuld auf sich nimmt und einfach darauf beharrt, dass er nur Befehle ausgeführt hat. Dann kriegt der irgendeine Alibi-Strafe und kann dafür hinterher einen entspannten Lebensabend auf irgendeiner Karibikinsel genießen. Das hat doch früher immer funktioniert.«

»Aber wir leben jetzt in einer anderen Welt – es lauern einfach zu viele Feinde da draußen. Heute glaubt uns doch fast niemand mehr unsere Geschichten.« Holt schüttelte den Kopf. »Diesmal stecken wir so richtig in der Scheiße.«

Daniels verzog das Gesicht. »Es gibt immer einen Weg, das wissen wir beide. Die Frage ist nur, wie gehen wir jetzt vor? Ich meine, so eingelullt wie die Bevölkerung ist, macht es doch am Ende gar nichts. Wenn die richtigen Leute vor der Kamera sitzen, glauben die meisten unsere Version. Überleg doch nur mal, was die Öffentlichkeit bisher schon alles geschluckt hat.«

»Es geht doch aber nicht nur um *unser* Volk, denk doch mal an die internationalen Verwicklungen! Wir werden ganz Lateinamerika verlieren, wenn das mit Venezuela herauskommt. Und Europa wird wenig später folgen, wenn die Franzosen das mit den Bombenanschlägen mitkriegen. Es ist einfach zu viel. Selbst die Russen werden ausflippen, wenn das alles veröffentlicht wird. Früher oder später wird dann auch unser dümmster Steuerzahler sein Geld zurückfordern, oder zumindest eine öffentliche Kreuzigung erwarten. Und diese Ehre würde dann mit Sicherheit uns beiden zuteilwerden.«

»Also sollte unsere höchste Priorität sein, sie zu finden und auszuschalten.«

»Ganz eindeutig.« Holt stand auf. »Ich will, dass du dich höchstpersönlich darum kümmerst. Steig in ein Flugzeug, wenn es sein muss. Sie kann sich nicht ewig verstecken, schon gar nicht in diesem Teil der Welt.«

»Und was ist mit unserer dreckigen Wäsche hierzulande?«

»Die sollten wir desinfizieren lassen.«

»Das könnte hässlich werden.«

»Ganz sicher. Aber du solltest es in die Wege leiten. Es gibt so einige Leute, die auf keinen Fall aussagen dürfen.«

»Ich kümmere mich darum.«

»Dann halte mich auf dem Laufenden. Du weißt ja, um was es geht!«

Holt stand auf und entfernte sich steifen Schrittes von der Bank. Daniels wartete, bis er außer Sichtweite war, bevor er den kleinen Stimmrekorder überprüfte, mit dem er das gesamte Gespräch aufgezeichnet hatte. Daniels wusste, wie das Verteidigungsministerium vorging, und er hatte nicht vor, selbst zum Kollateralschaden zu werden. Diese Aufnahme würde seine Lebensversicherung sein. Unterm Strich war es besser, wenn Holt für seine Verbrechen am Volk hingerichtet wurde, als wenn es ihn traf.

Wenn es wirklich hart auf hart kommen sollte, konnte Daniels sich lange genug in Südamerika verstecken, bis dieser Shitstorm vorübergezogen war. Wenn er jemals vorüberziehen würde. Denn es ging hier um Informationen, die die gesamte Weltpolitik ins Wanken bringen konnten – die bittere Wahrheit, dass die meisten Regierungen bloß Marionetten der superreichen Elite waren, gehörte dabei noch zu den harmloseren Erkenntnissen. Die Bevölkerung war zwar desinteressiert und apathisch, aber die Geschichte hatte bereits gezeigt, dass sie sich auch in eine Meute reißender Wölfe verwandeln konnte. Und dies war so ein Moment.

Wenn dem so wäre, würde Daniels gern mindestens fünftausend Meilen vom Epizentrum dieser Erschütterungen entfernt sein. Das Land ließ zwar viele Abscheulichkeiten unter dem Deckmantel des Patriotismus durchgehen, aber es gab einfach Dinge, die konnte man nicht schönreden.

»Wenn bloß die Spur des Geldes nicht wäre«, murmelte Daniels, als er aufstand. Das war wirklich am allerschlimmsten. Man konnte diese Daten fast gar nicht anders interpretieren, als dass die USA im Sinne von fremden, manchmal sogar feindlichen Mächten gelenkt wurde. Oder besser gesagt von länderübergreifenden Interessen, die nicht an Moralvorstellungen, Ideologien oder Religionen gebunden waren. Abgesehen vielleicht vom Kult um Macht und Geld.

Daniels lief langsam zurück zu dem Parkplatz, wo er seinen unauffälligen Wagen abgestellt hatte. Er war einfach nur irgendein Typ in einem grauen Anzug, kaum bemerkenswert oder sogar uninteressant, bis auf dieses vielsagende Leuchten in seinen kobaltblauen Augen, und seine athletisch-kämpferische Körperhaltung, die er nach Jahrzehnten harten Trainings einfach nicht verstecken konnte.

Er würde tun, was er tun musste, um sich selbst zu schützen. Er hoffte zwar, dass es nicht so weit kommen würde, aber er hatte nicht vor, sich als unidentifizierte Wasserleiche aus irgendeinem Fluss ziehen zu lassen. Doch wenn er ehrlich war, sahen sie alle diesem Schicksal entgegen – wenn nicht noch ein Wunder geschehen würde.

KAPITEL 52

Die Piper wurde von starken Seitenwinden durchgeschüttelt, als sie sich aus dem Osten kommend der fraglichen Hügelgegend Myanmars näherte. Joe summte eine Melodie vor sich hin, als er die Flughöhe senkte, um nicht von Radaranlagen erfasst werden zu können – gleichzeitig blieb er aber hoch genug, um nicht als Zielscheibe zu dienen. Er hatte seine Passagiere gewarnt, dass er gegebenenfalls drastische Ausweichmanöver fliegen müsse, deswegen waren alle fest angeschnallt. Der einzige positive Aspekt der Reise war, dass er als Flugzeit dreißig Minuten ausgerechnet hatte und sie ihr Ziel beinahe erreicht hatten.

»Da sind sie«, sagte Allie und deutete durch das rechte Seitenfenster auf die beiden Felsspitzen. »Die Zwillingsschwestern!«

Drake nickte auf dem Sitz neben ihr mit dem Kopf – seine Gesichtsfarbe war etwas blass, da das Flugzeug stark schwankte.

Joe senkte die Flughöhe um weitere zweihundert Meter, als sie sich der Straße näherten, die sie als Landebahn missbrauchen wollten. Nach einigen Minuten des angespannten Suchens hatte er sie gefunden und rief: »Bingo!«

Spencer beäugte das schmale beigefarbene Band mit kritischem Blick. »Darauf kannst du landen?«

»Tja, sieht wirklich etwas eng aus, oder?«, gab Joe zu.

»Wie ist denn die Flügelspanne von der Kiste – Zehn Meter irgendwas?«

»So in der Art.«

»Die Piste ist auf jeden Fall schmaler.«

»Dann hoffen wir mal, dass sie weiter hinten breiter wird.«

»Und wenn nicht?«, fragte Drake vom Rücksitz.

»Dann landen wir eben irgendwo anders. Heißt bloß, dass wir dann länger laufen müssen.« Joe befeuchtete seine Lippen, während er das Gelände absuchte. »Positive Vibes, wisst ihr noch?«

»Da vielleicht?«, fragte Spencer und deutete auf eine Stelle, wo die Bäume etwas weiter vom Straßenrand entfernt wuchsen.

»Bisschen kurz. Wir müssen ja auch wieder in die Luft kommen.«

Sie drehten und überflogen das Gebiet erneut, aber nach zehn Minuten des Kreiseziehens war klar, dass die Schotterpiste noch die besten Bedingungen bot. Als Joe erneut wendete und zum Landeanflug ansetzte, fing es plötzlich zu regnen an. Drake schüttelte den Kopf. »Das wird ja immer schlimmer!«

Spencers Miene war ebenfalls wie versteinert, als sie auf den Erdboden zurasten, und er zuckte zusammen, als die Maschine hart auf den Boden aufsetzte und Joe darum kämpfte, sie auf dem matschigen Boden zum Stehen zu bringen. Die alten Reifen griffen jedoch kaum und erzeugten eher Aquaplaning als Bremswirkung, während die Verengung der Piste sich ihnen schnell näherte. Allie schrie auf, als die linke Flügelspitze gegen einen Baum schlug und abriss, als wäre sie aus Aluminiumfolie.

Endlich kamen sie zum Stehen und Joe schüttelte den Kopf: »Das wird Graham nicht gerade freuen.«

»Und wie kommen wir hier wieder weg?«, fragte Spencer.

»Außer Laufen gibt es, glaube ich, nicht viele Möglichkeiten. Verdammt! Dabei hätten wir es fast geschafft«, grummelte Joe.

»Fast geschafft ist irgendwie so wie fast tot, oder?«, fragte Drake.

»Jammern bringt uns jetzt nichts, wir sitzen hier draußen auf dem Präsentierteller«, sagte Joe und stieß seine Tür auf. »Lasst uns unsere Sachen schnappen und aufbrechen!«

Sie kletterten aus dem Flugzeug, und während Joe die Rucksäcke verteilte, beäugte Spencer den Schaden. Zweige hatten noch einmal einiges von der verbleibenden Farbe abgerissen und der Flügel sah aus, als hätte eine Granate ihn erwischt. Er schüttelte den Kopf und wandte sich den anderen zu.

»Dieses Ding wird definitiv nicht mehr abheben.«

»Wahrscheinlich nicht«, stimmte Joe zu. »Ich hoffe, wir finden eine neue Maschine für Graham, die nicht allzu viel kostet.«

»Wird auf jeden Fall schwierig, eine noch Ältere zu finden«, lästerte Spencer.

»Das Maschinchen hat den Job doch aber erledigt«, meinte Joe.

»Eher die Hälfte«, knurrte Drake.

Spencer überprüfte das GPS-Gerät und schulterte seinen Rucksack, dann machte er seine Kalaschnikow schussbereit. »Es sind noch etwa vier Meilen. Wir müssen wohl eine Übernachtung einplanen.«

»Immerhin haben wir Zelte«, erinnerte Allie ihn. »Positive Energien, weißt du noch?«

»Ach ja, richtig, die hatte ich ganz vergessen«, seufzte Spencer resigniert. »Lasst uns losmarschieren«, sagte er, als er im strömenden Regen die Straße hinunterging.

Die Wanderung wurde noch deutlich unangenehmer, als sie die Straße verlassen hatten und sich einen Weg durchs Unterholz schlagen mussten, bis sie einen vielversprechenden Trampelpfad gefunden hatten. Joe schwang die meiste Zeit die Machete, da Spencers Schulter für eine solche Tätigkeit nicht mehr infrage kam. Alle dreißig Minuten wechselte Joe sich mit Drake und Allie ab. Irgendwann kamen sie an eine deutlich erkennbare Spur, die Joe gründlich untersuchte, während die anderen kurz durchatmeten. Als Joe wieder aufstand, war sein übliches leichtes Grinsen verflogen.

»Das sind menschliche Fußabdrücke. Und sie sind vielleicht gerade einmal zwei, drei Stunden alt!«

»Woher weißt du das?«

»Das sehe ich am Wasserstand und der Tiefe der Abdrücke. Die sind noch auf trockenem Boden gemacht worden. Man kann sie kaum sehen, aber dort und dort war es etwas feucht, und da sind eindeutige Konturen zu sehen«, erklärte Joe, während er auf den Boden deutete.

»Was schließt du daraus?«, flüsterte Spencer.

»Ich würde sagen, der Flug war der einfache Teil!«

»Aber du kennst alle Shan-Soldaten, oder?«, fragte Drake.

»Klar. Aber warum sollten Shan hier draußen herumirren?« Joe schüttelte den Kopf. »Ich wette, das sind Überbleibsel von der Red-Moon-Gang. Oder sie gehören zu einer anderen Gruppierung.

Aber wer auch immer es ist, für uns ist das nicht gut. Ich hatte gedacht, wir hätten die ganze Gegend für uns, nachdem die Sache mit der Fabrik erledigt ist. Da habe ich mich wohl zu früh gefreut.«

»Kannst du sagen, wie viele es waren?«

»Genug, um diesem Pfad nicht folgen zu wollen. Sieht so aus, als müssten wir weiter die Machete schwingen.« Joe hielt die Waffe in die Luft und imitierte einen Schwertkampf.

Aufgrund des Umweges brauchten sie zwei Stunden länger als geplant für die Strecke. Als sie am Fuße der Felsspitzen ankamen, zog bereits Nebel auf und hüllte das Tal ein. Sie hielten in einer Lücke mittig der Zwillingsformation an und Joe betrachtete aufmerksam die Umgebung. »Vielleicht wäre es besser, wir campen diesmal etwas weiter vom Fluss entfernt? Nur für den Fall, dass wir wieder Besuch bekommen«, schlug er vor.

»Klingt gut«, antwortete Drake.

Sie folgten dem Fluss zu der Höhle und arbeiteten sich von dort den Hang hinauf, bis sie sich etwa einhundert Meter über dem Felshaufen befanden, der den Eingang markierte – wie sie feststellten, war dieser wieder fein säuberlich abgedeckt worden. Sie schlugen ihre Zelte so auf, dass sie vom Fluss aus nicht gesehen werden konnten, und als sie fertig waren, ging bereits die Sonne unter.

Drake und Allie saßen beieinander und aßen ihre Ration Energieriegel. Als sie aufgegessen hatte, lächelte er sie an. »Hey, es könnte auch noch schlimmer sein, oder? Ich meine, wir sind in einem tropischen Wunderland auf einem einzigartigen Abenteuer, und mit etwas Glück finden wir morgen unseren zweiten großen Schatz!«

»Stimmt. Und die Gesellschaft könnte auch schlechter sein«, murmelte sie mit Blick auf den Sonnenuntergang. Dann lehnte sie sich zu ihm und drückte ihm einen Kuss auf die Wange.

»Was wurde eigentlich aus *Fortsetzung folgt?* Da hatte ich mich schon drauf gefreut!«

»Lass uns erst einmal aus dem Dschungel herauskommen, okay? Der ganze Schweiß und Dreck von einem ganztägigen Marsch ist nicht gerade appetitlich«, sagte sie und stand auf.

»Dir steht es.«

Sie lächelte ihn an und schüttelte leicht den Kopf. »Gute Nacht, Drake. Es wird schon noch eine Fortsetzung geben!«

Er sah ihr hinterher, als sie in ihrem Zelt verschwand. »Ich zähle darauf!«

KAPITEL 53

Peking, China

»Das ist unentschuldbar!«, knurrte Xiaopings Vorgesetzter und schlug mit der flachen Hand auf den Tisch. »Sie hatten mir versichert, dass unsere Systeme absolut sicher sind!«

Xiaoping nickte. Er bemühte sich, ruhig zu atmen und seine Beherrschung zu wahren. »Richtig. So wurde es mir auch versichert. Wie Sie wissen, bin ich kein Technikexperte. Ich muss mich auf die Aussagen von meinem Team verlassen, und die waren, wie sich nun herausstellt … zu optimistisch.«

Xiaoping ließ seinen Blick durch den Raum schweifen, der mit den wichtigsten Ministern der Regierung gefüllt war – und sie alle wollten Antworten von ihm. Er gewann etwas Zeit zum Überlegen, indem er an seinem Wasserglas nippte. Dann lehnte er sich nach vorn und faltete seine Hände.

»Bisher ist dieses Datenleck peinlich, aber nicht desaströs. Unsere Haltung zum Thema Menschenrechte war noch nie unsere Stärke, von daher wird dieser Teil der Enthüllungen unsere Verbündeten nicht großartig interessieren. Unser Vorhaben, den Verteidigungsetat zu erhöhen? Auch das ist relativ vorhersehbar, wenn man bedenkt, dass die USA uns mit Basen und Flugzeugträgern einengen. Bisher ist nichts dabei, das einen Kurswechsel erfordert, außer vielleicht die Geschwindigkeit, mit der wir fortfahren. Das gilt besonders für die Ankündigung bezüglich unserer Edelmetallreserven.«

China war weltweit der größte Explorer von Gold und nichts davon wurde exportiert. Das Land war außerdem der größte Ankäufer ausländischen Goldes, das sowohl über legale Wege als auch ein Netzwerk aus Scheinfirmen akquiriert wurde. Als offizielle Erklärung dazu wurde verbreitet, dass die Bevölkerung eine Jahrtausende alte Tradition besaß, Gold zu horten. Es wurde als simple

Volkstümelei abgetan, als Anachronismus von Rückwärtsgewandten in einer Zeit, in der westliche Finanzgruppen das gelbe Metall als Überbleibsel einer längst überholten Philosophie ansahen.

Die Wahrheit war aber, dass die chinesische Wirtschaft dem eisernen Griff des US-Dollars entkommen wollte, und dazu brauchte es eine überlegene Lösung. In der gesamten Menschheitsgeschichte waren immer wieder Papierwährungen in sich zusammengefallen, wenn diese nicht ausreichend durch Gold gestützt wurden. Einst war das britische Pfund die Reservewährung der Welt gewesen – als noch der komplette Gegenwert in Gold in den königlichen Tresorräumen lagerte. Auch der Dollar war auf diese Art gesichert gewesen, als er sich zur Nummer eins der Welt aufgeschwungen und das Pfund hinter sich gelassen hatte. Doch die Vereinigten Staaten hatten den gleichen Fehler wie so viele andere vor ihnen gemacht: Statt die Goldreserven weiter aufzubauen, hatten sie einfach die Geldpressen angeworfen und behauptet, der Goldstandard hätte in der modernen Welt keine Bedeutung mehr.

China und Russland hatten daraufhin angefangen, heimlich Gold zu horten, obwohl sie den USA nach außen hin zustimmten. Doch sie wussten, der Dollar war dem Untergang geweiht; das war nicht nur vorhersehbar, sondern sogar unausweichlich. Chinas Politik war es, der amerikanischen Zentralbank dabei zu helfen, den Goldpreis künstlich niedrig zu halten, während sie heimlich ihre Dollarbestände in Gold umwandelten, ohne dabei den Preis in die Höhe zu treiben. Sie nutzten dabei die Selbstüberschätzung der Banken aus, die der Meinung waren, die ganze Welt an der Nase herumführen zu können.

Deswegen war die Menge von Gold, die in chinesischen Tresoren lagen, das bestgehütete Geheimnis des Landes. Doch in den letzten vierundzwanzig Stunden war im Internet eine genaue Auflistung veröffentlicht worden, wie viel sich genau wo befand. Die offizielle Antwort darauf war typisch gewesen: Kein Kommentar. Doch diese Mauer des Schweigens würde sich nicht ewig aufrecht erhalten lassen.

»Es ist absolut inakzeptabel, dass unsere Geheimnisse jetzt für jeden sichtbar sind«, bellte der Verteidigungsminister. »Wenn Sie für die Sicherheit nicht garantieren können, warum liegen diese Daten dann überhaupt an Orten, wo Hacker sie aufspüren können?«

»Bei allem Respekt, Herr Minister, damit habe ich nichts zu tun«, korrigierte ihn Xiaoping. »Diese Entscheidung wurde von einem Kollektiv gefällt, und ich wurde nicht eingeladen, meine Meinung dazu kundzutun.«

»Welche Schritte haben Sie dann eingeleitet, um sicherzustellen, dass so etwas nie wieder passiert?«, fragte der Vizevorsitzende mit verdächtig ruhigem Tonfall.

Alle Augen ruhten nun auf Xiaoping, einschließlich derer seines Vorgesetzten – der Mann war ein alter Hase in den verwinkelten Rochaden der Partei und hatte in seiner Karriere schon schwerere Krisen ausgestanden. Xiaoping war sich sicher, dass er ihn als Sündenbock benutzen würde, wenn die Sache komplett aus dem Ruder lief, und deswegen antwortete er mit höchster Sorgfalt.

»Wie Sie wissen, ist unser Agent Jiao verschwunden. Wir halten ihn für tot. Genau wie seine Männer. Es gab seit Tagen kein Lebenszeichen, also können wir von ihrem Ableben ausgehen. Unsere Quellen haben uns informiert, dass die Frau irgendwie überlebt hat, und dass sie es nun zu ihrem Lebenszweck gemacht hat, die Daten, die ihr verfluchter Liebhaber von uns gestohlen hat, zu veröffentlichen. Doch überlegen wir einmal, worauf sie sich konzentrieren wird: auf die Amerikaner. Die Informationen, die sie in den letzten Tagen publiziert hat, sind pures Gift für deren Glaubwürdigkeit. Es werden bereits Rufe nach einem Regierungswechsel laut, und für einige, auch ehemalige Regierungsmitglieder werden Strafprozesse gefordert. Ich würde sagen, im Vergleich zu diesen Schäden kommen wir sehr gut weg.« Xiaoping machte eine Pause.

»Ja, das wissen wir alle. Unsere Frage ist: Was können wir tun, um nicht noch einmal in eine derartige Opferrolle zu fallen?«

»Ich würde vorschlagen, dass wir in Zukunft unsere geheimsten Informationen hinter einer Mauer aus Notfallsystemen verstecken, die von außen überhaupt nicht zugänglich sind, nicht einmal durch geschützte Netzwerke. Denn wie wir schmerzlich erfahren mussten, war dieser Schutz nur Illusion. Die einzige Art, auf die wir sicher gehen können, dass niemand unsere Zugänge knacken kann, ist sie physikalisch von der Außenwelt abzukoppeln.«

Die Diskussion über die Vor- und Nachteile von Xiaopings Idee wurde noch eine halbe Stunde weitergeführt, bis er offiziell freigestellt wurde, damit die Mächtigen unter sich weitersprechen konnten. Er wusste zwar, dass sein Überleben keinesfalls gesichert war, doch er atmete immerhin schon freier als zu dem Zeitpunkt, da er die Treppen zum Konferenzraum erklommen hatte. Dennoch war ihm klar, dass die Strafe für ein solches Versagen extrem ausfallen würde – und auch, wenn es nicht seine Schuld war, würde er zum Sündenbock gemacht werden.

Xiaoping bewegte sich, als wäre er in den letzten Minuten deutlich gealtert. Als er das Gebäude verließ, schnitt der Wind durch seinen Mantel und ließ ihn bis ins Mark erzittern. Angst hatte er nicht, davor bewahrte ihn seine Lebensphilosophie. Wenn sie ihn mitten in der Nacht holen würden, ihm als eine Belohnung für seine sechsunddreißig Jahre treuen Dienstes eine Kugel in den Kopf jagen würden, dann war es eben so. Er hatte ein erfülltes Leben gehabt und die Aussicht auf ein anonymes Grab ließ ihn nicht erschaudern.

Natürlich würde er das irdische Leben vermissen, aber er glaubte, dass er genau wie seine Ahnen dem Unbekannten mit Mut entgegentreten würde, wenn die Zeit gekommen war. Im Angesicht der Unendlichkeit war sein Leben sowieso nur ein Wimpernschlag im Strudel der Zeit.

Dieser Gedanke tröstete ihn – so sehr, dass er die beiden Männer mit verkniffenen Gesichtern, die sich ihm von hinten näherten, gar nicht bemerkte. Ebenso wenig wie den Lieferwagen, der ihnen folgte, und der ihn schon bald zur Endstation seiner Lebensreise transportieren würde.

KAPITEL 54

Drake öffnete seine Augen einen Spalt, als ihm Spencer etwas im Dunkel seines Zeltes zuflüsterte: »Unten am Fluss bewegt sich was!«

Drake schaute auf die Uhr – es war zwei. Er setzte sich auf und nickte Spencers Schattenriss zu, dann schälte er sich durch den Eingang des Zeltes. Draußen war die Welt in dicken Nebel gehüllt, sodass er Joe und Spencer fast gar nicht wahrgenommen hätte. Sie kauerten regungslos neben dem Zelt und lauschten angespannt in die Stille. Drake strengte sich ebenfalls an und nahm schließlich ein Klappern aus Richtung des Höhleneingangs wahr. Die Minuten vergingen und das Geräusch von Metall, das sich auf Stein rieb, wurde deutlicher. Schließlich hörten sie das Rumpeln schwerer Steine.

Joe murmelte Drake etwas zu: »Jemand geht in die Höhle!«

Drake nickte. »Das ist doch gut. Vielleicht holen sie ihre Sachen und hauen ab!«

»Das werden wir sehr bald wissen.«

Allie steckte den Kopf aus ihrem Zelt und Drake hielt sich einen Finger vor den Mund. Ihre Augen verengten sich und sie schlich geräuschlos an seine Seite. Sie hörten weiter zu, wie eine unbekannte Anzahl Männer sich abmühte. Allie drückte sich fester an Drake heran und legte ihren Kopf an seine Schulter.

So verharrten sie bis zum Morgengrauen, und tatsächlich waren bis dahin alle Geräusche verstummt. Joe stand auf, die Waffe in der Hand, und schlich den Hang hinunter. Die anderen warteten regungslos, bis er wieder auftauchte.

»Sie sind weg. Anscheinend haben sie ihre Drogen geholt. Macht Sinn, wenn sie von der Red-Moon-Gang waren – die haben alles in der Fabrik verloren, deswegen räumen sie jetzt alle ihre Verstecke aus.«

»Wie groß ist die Gang denn?«

»Schwer zu sagen, aber ich schätze, es sind bestimmt fünfhundert aktive Mitglieder. Dazu noch die ganzen Kontakte in den Grenzstädten.«

»So viele sind das aber nicht. Ich meine, die Shan gehen doch in die Zehntausende, oder?«

»Schon, aber die Gegend hier lässt sich leicht kontrollieren, weil sie so abgelegen ist. Man braucht nicht viele Männer, um sie zu verteidigen. Das Machtzentrum der Shan liegt viel weiter im Norden, deswegen haben sie sich bisher auch nicht um die Shan gekümmert. Lohnte sich einfach nicht.«

»Und was werden die jetzt machen, nachdem sie ihre Drogenfabrik verloren haben?«, fragte Spencer.

»Einige von ihnen werden sicher versuchen, neue Gangs zu gründen, aber die meisten werden wahrscheinlich einfach demjenigen folgen, der die Gegend von nun an kontrolliert«, antwortete Joe. »Wenn das die Shan sind, gut. Wenn es die Armee von Myanmar ist, noch besser. Die Dschungelstämme sind sehr flexibel, was ihre Loyalität angeht. Müssen sie auch sein.«

»Aber jetzt sind sie weg?«, fragte Allie.

»Sieht so aus. Das Dope haben sie mitgenommen. Sie haben nur ein paar Gewehre und Granaten dagelassen – vermutlich konnten sie nicht alles tragen. Aber sie haben nicht mal den Höhleneingang wieder zugemacht, also kommen sie wohl nicht wieder. Zumindest fürs Erste nicht.« Joe dachte kurz nach. »Wahrscheinlich sind sie mitten in der Nacht gekommen, damit sie am Tag nicht entdeckt werden. So haben wir jetzt zumindest Ruhe, bis es wieder dunkel wird.«

»Bist du sicher?«, fragte Drake.

»Siehst du? Da fließt schon wieder die negative Energie aus dir heraus! Du musst mal deine miese Lebenseinstellung ablegen, junger Mann!« Joe grinste. »Ich bin so sicher, wie man sein kann. Andererseits dachte ich auch, dass die Straße lang genug zum Landen ist – niemand ist perfekt.«

»Was ist, wenn sie das Flugzeug finden?«, fragte Spencer.

»Was soll sein? Das ist weit weg. Die werden davon ausgehen, dass es einem Schmuggler gehört, der ein technisches Problem hatte. Passiert andauernd. Sie werden einfach alles aus dem Flugzeug herausrupfen, was sie verkaufen können, und weiterziehen.« Joe ging in die Hocke. »Ich würde sicherheitshalber noch eine Stunde warten, dann können wir loslegen.«

Die Zeit verging wie im Schneckentempo. Als sie nichts mehr hörten, verließen sie ihr Lager und begaben sich zum Höhleneingang. Allie und Spencer holten ihre LED-Lampen hervor und untersuchten das Innere, während Drake und Joe draußen Wache standen. Als sie sicher waren, dass niemand mehr in der Gegend war, kletterten sie durch das kleine Loch. Allie war dabei, mit einem Stemmeisen auf die Rückwand der Höhle zu klopfen. Nach einer Weile deutete sie auf den Boden.

»Seht ihr? Rechte Winkel. Es klingt solide, aber das liegt wahrscheinlich daran, dass sie Sandsteinblöcke davorgesetzt haben.«

»Und wo fangen wir an?«, fragte Drake.

»Am besten am Boden.«

Spencer trat an ihre Seite und sie fingen an, einen der Steine zu bearbeiten, der sich in kleine Brocken auflöste. Bereits nach wenigen Minuten war klar, dass Allie recht hatte – der Umriss eines größeren Steines tauchte auf, und das, was sie wegkratzten, war offenbar eine Art Mörtel aus Steinstaub. Sie arbeiteten den ganzen Morgen weiter, und bis sich der Nebel verzogen hatte, sahen sie eine eindeutig von Menschenhand gemachte Wand vor sich.

Spencer und Drake arbeiteten mit ihren Stemmeisen an dem aussichtsreichsten Felsblock, doch der war so porös, dass er zerbröckelte. Also meißelten sie weiter daran herum, bis sie schließlich um die Mittagszeit durchbrachen. Von diesem Moment an dauerte es nur noch wenige Minuten, um den Spalt breit genug zu bekommen, dass ein Mensch hindurchkriechen konnte. Zufrieden lehnten sie sich zurück. Allie trat mit ihrer Lampe nach vorn, um einen Blick in den dahinterliegenden Hohlraum zu werfen.

»Schaut euch das an«, flüsterte sie atemlos. Drake zwängte sich neben sie und starrte durch die Öffnung: »Da ist eine Tür!«

»Und schau dir das Siegel am Griff an! Aus Ton und einem Stück Seil. Das ist noch nie geöffnet worden!«

»Ganz schön aufwendig. Warum haben sie es so versteckt?«

»Einfach mal dumm geraten: Damit es niemand entdeckt?«

Joe trat an ihre Seite. »Wollt ihr jetzt den ganzen Tag diskutieren? Sagt mir mal lieber, ob wir jetzt reich sind!«

»Das müssen wir noch herausfinden«, sagte Spencer und sah Allie an. »Nach dir. Es ist deine Entdeckung. Du hattest recht, was die Wand betrifft!«

Eine abrupte Bewegung in der dunklen Kammer erregte ihre Aufmerksamkeit und sie zuckten zusammen. Allie machte ein paar Schritte zurück, als sie den aufgestellten Nacken einer Königskobra erkannte, deren Augen in dem gleißenden Licht funkelten. Sie bewegte den Kopf leicht seitlich und zischte, das Maul weit offen und bereit, zuzuschnappen.

»Verdammte Axt!«, zischte Spencer, aber Joe schüttelte nur mitleidig den Kopf.

»Das arme Ding hat bestimmt eine Heidenangst.«

»Das arme Ding?!?«, echote Drake ungläubig.

»Wir sind doch alle aus dem gleichen Holz geschnitzt. Das muss man einfach nur respektieren und dann passiert einem nichts. Zeige der Kreatur gegenüber keine Furcht, aber zeige ihr deine Wertschätzung«, orakelte Joe.

»Schätze die tödliche Schlange, ist klar. Wahrscheinlich noch mit positiven Energien«, sagte Drake.

»Lass mich vorbei, ich zeige es dir!«

»Bist du irre?«, fragte Allie und biss sich dann gleich auf die Zunge.

Joe kicherte. »Kommt darauf an, wen du fragst.«

Sie gingen beiseite und Joe trat durch den Spalt, nachdem er eine Taschenlampe aus seinem Rucksack geangelt hatte. Die Schlange wich ein Stück zurück, nachdem er eingetreten war. Joe starrte sie an, wodurch sie Blickkontakt herstellten. Joe nickte mit dem Kopf und murmelte etwas auf Laotisch. Die Kobra folgte seinen Bewegungen und Joe streckte ihr sein Gewehr entgegen, bis der Lauf sie beinahe berührte.

Allie japste nach Luft, als er den Kopf des Tieres mit der Waffe zur Seite schob und dann mit der nackten Hand ihren Körper packte. Er stand auf und hielt das beinahe zwei Meter lange Reptil in die Luft, bevor er es an den Rand des Raumes warf, wo es dann in einem Loch verschwand.

Joe grinste triumphierend. »Seht ihr? Zeigt ihr eure Wertschätzung, und sie wird euch nichts tun.« Dann deutete er auf Allie. »Komm doch rein! Aber Vorsicht, wenn du die Tür aufmachst. Vielleicht ist der ganze Raum dahinter voll mit Schlangen!«

Allie trat zögerlich in den etwa zwei Quadratmeter großen Hohlraum, wobei sie ihren Lichtschein noch eine ganze Weile auf das Schlangenloch gerichtet ließ. Dann holte sie tief Luft und betrachtete das Siegel. Der orangefarbene Ton zeigte einen sitzenden Buddha, der offenbar hineingestempelt worden war. Daran befestigt war ein ledernes Tau, das durch einen Griff gezogen war, der wiederum mit einem Keil verbunden war, der tief in der Wand zu stecken schien. Sie versuchte, ihn herauszuziehen, aber er bewegte sich nicht. Also kniete sie sich vor das Siegel und studierte es sorgfältig, bevor sie ihr Taschenmesser ausklappte. »Mach Fotos davon, bevor ich es zerschneide«, flüsterte sie Drake zu, der ein paar Bilder machte, wobei der Blitz der Kamera in dem kleinen Raum stark blendete.

»Okay«, sagte er anschließend. Allie nickte und schob die Klinge unter das Tau. Das vertrocknete Material zerfiel direkt zu Staub, der auf den Steinboden rieselte. Sie nickte Joe zu und griff dann nach dem Knauf, doch plötzlich hielt sie inne und ihr Blick wanderte nach oben.

»Tretet zurück!«, sagte sie.

»Warum?«, fragte Joe.

»Seht ihr die unregelmäßige Form da in der Decke?«, fragte sie und ließ den Lichtkegel ihrer Taschenlampe an die fragliche Stelle wandern.

»Ja.«

»Ich könnte mir vorstellen, dass die Khmer doch noch ein paar Tricks auf Lager hatten«, sagte Allie. Sie kramte in ihrem Rucksack und förderte eine Spule mit Nylonschnur zutage. Sie machte einen Knoten um den Griff, warf einen letzten Kontrollblick auf die grobschlächtigen Scharniere und trat dann einen Schritt von der Tür weg. »Bereit? Drake, kannst du die Kamera auf Videomodus stellen und das filmen?«

»Bin schon dabei«, sagte Drake. Das Gerät blinkte und zeigte damit an, dass die Aufnahme lief.

»Okay. Jetzt oder nie!«

Allie zog an der Schnur, doch die Tür bewegte sich keinen Millimeter. Sie riss noch einmal daran, aber nichts passierte. Dann tauchte Spencers Kopf in der Öffnung hinter ihr auf. »Lass mich mal. Ich probiere mein Glück!«

Er wickelte sich das lose Ende der Schnur um die Hüfte und warf dann sein gesamtes Körpergewicht in die Waagschale. Die Tür ächzte und begann sich zu verlagern. Spencer stemmte seine Beine gegen die Wand, um eine noch bessere Hebelwirkung zu erzielen.

Endlich schwang das altertümliche Holzkonstrukt auf, und sofort donnerte eine Ladung schwerer Steine von der Decke herunter – jeder von ihnen groß genug, um einen menschlichen Schädel wie eine Walnuss zu zerquetschen. Staub erfüllte den Raum, Joe und Allie mussten husten. Allie hielt sich daraufhin ihr Hemd über den Mund, um hindurch zu atmen, und Joe tat es ihr gleich.

Dann durchschnitt Joes Taschenlampenkegel den Dunst und ließ etwas auf der anderen Seite der Tür aufblitzen. Trotz der ungünstigen Sichtverhältnisse und der lebhaften Erinnerung an die Kobra machte Allie einen Schritt nach vorn und verschwand in der Kammer. Drake folgte ihr und erreichte sie mit drei langen Schritten, wobei er sich ein Halstuch auf Nase und Mund drückte. In der anderen Hand hielt er die Kamera.

»Dein Instinkt hat dich nicht betrogen! Du hättest erschlagen werden können«, sagte er mit einem Blick auf die Steinbrocken.

»Ich dachte mir doch, dass es zu leicht ist«, sagte sie und spähte durch den Staub, der sich langsam legte.

Zusammen gingen sie noch ein Stück weiter und Allie ließ den Schein ihrer Lampe durch die Höhle gleiten, wobei ihre Augen vor Begeisterung nur so glänzten. »Sieh doch, wir haben es geschafft!«

»Ich glaube, dieser Teil wird niemals langweilig«, sagte Drake.

Steinschnitzereien verzierten jede Oberfläche der Höhle und ganze Haufen von Edelsteinen und goldenen Statuetten waren in jeder Mulde platziert. Schilde aus Gold und Rubinen lehnten gegen die Mauern und aus im Verwesungsprozess befindlichen Säcken waren unzählige Goldmünzen herausgerutscht. An der gegenüberliegenden Wand, ganz offensichtlich dem Ehrenplatz, befand sich ein grüner Buddha, der ein goldenes Gewand trug. Seine juwelenbesetzten Augen glitzerten im Licht der Taschenlampen. Allie trat nach vorn und Drake filmte den Moment, als sie vor der Statue innehielt.

»Sie ist … atemberaubend«, flüsterte sie.

Drake nickte in stiller Zustimmung, während Joe einen Blick auf die weiteren Schätze warf: »Das müssen ja Tausende von Goldmünzen sein«, murmelte er.

»Ja. Aber der Smaragd-Buddha ist ganz eindeutig am wertvollsten«, entgegnete Allie, während sie die Statue weiter studierte.

Joe trat an ihre Seite und streckte eine zitternde Hand aus, um die Statue zu berühren, doch er hielt inne, als Spencers Stimme zischend aus Richtung des Durchgangs ertönte.

»Kommt schnell raus! Wir haben Besuch!«

Joe wirbelte herum und hatte gerade die halbe Strecke zum Durchgang zurückgelegt, als Spencers Gewehr bereits mit ohrenbetäubender Lautstärke aufbellte.

KAPITEL 55

Kugeln prallten von den Steinen um den Eingang herum ab, während Spencer auf die Gruppe von Bewaffneten in der Nähe des Flusses feuerte. Als Joe an seine Seite trat, sah er noch einen Asiaten zu Boden gehen, der von Spencers letzter Salve in die Brust getroffen worden war. Gelbes Mündungsfeuer blitzte zwischen den Bäumen auf, als die Schützen ihre Salven auf den Höhleneingang konzentrierten. Spencer feuerte seine letzte Kugel ab und warf dann sein Magazin aus, während er mit der freien Hand bereits nach einem anderen griff. Joe übernahm in der Zwischenzeit seine Position am Höhleneingang und begann zu schießen.

Drake und Allie kamen gerade rechtzeitig, um mitzuerleben, wie Spencer aufschrie und sich ans Gesicht griff – ein Steinsplitter hatte seine Wange aufgeschlitzt, nur wenige Zentimeter vom Auge entfernt. Drake beeilte sich, zu ihm zu kommen und ihm sein Halstuch zu reichen, das er dankbar nutzte, um es auf die Wunde zu drücken.

»Ich brauche eine geladene Waffe!«, schrie Joe über das Geknatter seines Gewehres, und Allie reichte ihm ihres, als seines leer war und er es beiseite warf. Sie schnappte sich die leere Kalaschnikow und legte ein neues Magazin ein, dann stellte sie die Waffe in seiner Griffweite an die Wand. Drake entdeckte eine Kiste, die an der gegenüberliegenden Seite des Raumes stand und krabbelte dorthin. »Willst du ein paar Granaten?«, rief er.

Spencer nickte und Drake zerrte die Kiste zum Höhleneingang.

Joe wandte sich ihm zu, wobei er in geduckter Haltung blieb. »Wir sitzen in der Falle«, sagte er ernst. »Es ist nur eine Frage der Zeit, bevor sie selbst anfangen, Granaten zu werfen. Wir wissen ja, dass sie welche haben«, sagte er mit Blick auf die Kiste.

»Was können wir tun?«, fragte Drake, als Joe sich wieder auf ihre Gegner konzentrierte und eine weitere Salve losließ.

»Kannst du gut schießen?«, brüllte Joe.

»Ich bin kein Scharfschütze, falls du das meinst.«

»Wer schießt von euch am besten?«, fragte Joe, nachdem er seine Waffe wieder leer geschossen hatte.

Drake warf Allie einen Blick zu. »Spencer.«

»Dann wechseln wir uns so lange ab, bis sie uns entweder erledigen, oder wir sie alle kaltgemacht haben«, knurrte Joe. »Bist du noch einsatzbereit?«, fragte er Spencer.

»Klar, gib mir ein paar Minuten, bis die Wunde verschorft ist. Ansonsten ist alles gut«, sagte Spencer. »Brennt nur wie die Hölle!«

Joe schnappte sich die geladene Kalaschnikow, die Allie bereitgestellt hatte, und warf ihr die leere zu. »Immer schön nachladen! Wie viele Magazine haben wir noch?«

Drake klopfte seine Taschen ab, Allie und Spencer taten es ihm gleich. »Vielleicht noch ein Dutzend, wenn man die mitrechnet, die jetzt in den Waffen sind.«

»Das wären dann dreihundertsechzig Kugeln. Das hält schon eine Weile. Das Problem ist nur, die müssen bloß ein paar Glückstreffer landen und wir sind erledigt.«

»Wie weit sind sie denn jetzt weg?«, fragte Spencer.

»Die meisten von denen sind am Fluss, das sind etwa hundert bis hundertfünfzig Meter«, antwortete Joe. »Wir haben schon alle erwischt, die näher dran waren. Aber jetzt haben sie gemerkt, dass wir schießen können, und halten Abstand.«

»Also haben wir sie unter Kontrolle?«, fragte Allie.

Spencer hielt das Tuch ein Stück weg von seinem Gesicht, um zu überprüfen, ob der Blutfluss bereits gestoppt war, dann schüttelte er den Kopf. »Nein. Die werden uns früher oder später umlaufen und den Berg hochsteigen, dann können sie uns von oben mit Granaten angreifen. Wir werden sie nicht bemerken, bis es zu spät ist.«

»Aber dann müssen wir doch etwas tun!«, rief Allie.

»Und was?«, fragte Joe, als er eine weitere Salve abfeuerte.

»Wir müssen hier raus!«, meinte Drake.

»Sobald wir uns blicken lassen, mähen die uns nieder«, sagte Spencer.

»Und was machen wir dann? Hier auf den Tod warten?«

»Ich überlege«, sagte Spencer.

»Verdammter Mist!«, rief Joe und entleerte sein gesamtes Magazin unter Dauerfeuer.

»Was ist los?«

»Eine größere Gruppe von denen ist gerade über den Fluss gelangt. Die sind jetzt auf die gleiche Idee gekommen!«

»Dann müssen wir aufgeben«, sagte Allie.

Spencer seufzte. »Ich glaube nicht, dass sie eine Abschrift von den Genfer Konventionen dabeihaben. Joe hat recht, sobald sie uns sehen, werden sie uns erschießen.«

»Aber wir können es versuchen! Die Alternative ist der sichere Tod!«, meinte Drake.

Spencer sah Allie an. »Schau mal, ob nicht noch ein Weg aus der Schatzkammer nach draußen führt. Man weiß ja nie!«

Sie nickte und verschwand in der Dunkelheit, während Drake seinen Rucksack durchwühlte. Ganz unten fand er, was er gesucht hatte und hielt es hoch: ein halbwegs weißes T-Shirt.

»Ich würde sagen, wir versuchen es«, meinte er. »Binde es an dein Gewehr und schau mal, was passiert!«

»Das kann ich dir auch so sagen! Duck dich lieber!«, entgegnete Joe, wobei er das Shirt über seinen Lauf warf und es dann so weit es ging nach draußen hielt.

Die Antwort war ein Orkan aus Gewehrfeuer. Joe zog seine Waffe zurück und das Hemd hatte ein halbes Dutzend Löcher. Er warf es Drake zu.

»So sagt man hier in der Gegend *herzlich willkommen.*«

Allie kehrte zurück und schüttelte den Kopf: »Es gibt keinen anderen Ausweg.«

»Dann sollten wir uns weiter hinten verschanzen und sie so lange wie möglich in Schach halten. Es wird schon bald anfangen, Granaten zu regnen!«, sagte Spencer mit todernster Miene.

»Wird das denn funktionieren?«

Etwas Metallisches schlug gegen die Felsen und rollte Joe vor die Füße, sodass seine Augen vor Schreck fast aus ihren Höhlen sprangen. Mit einem beherzten Tritt beförderte er die Granate nach draußen, wo sie keine fünf Meter vom Höhleneingang entfernt detonierte und eine Dusche aus Gras und Erde auf sie niederging.

»Verdammt, das war knapp«, sagte Joe, als würde er ein Fußballspiel kommentieren. »Lasst uns abhauen, wir haben nicht mehr viel Zeit!«

»Aber …«, setzte Allie an.

Drake nahm ihre Hand. »Es tut mir leid, Allie«, flüsterte er. Er drückte seine Lippen auf die ihren, als Joe ein weiteres Magazin auf die Angreifer entleerte, womit er ihnen wertvolle Sekunden erkaufte.

»Bewegt euch! Wir haben keine Zeit mehr!«, bellte Spencer. Sie hetzten zum Eingang des Tempels und quetschten sich durch die Öffnung, wobei Joe eine seiner Granaten nach draußen warf.

»Das sollte ihnen zu denken geben«, sagte er und rannte dann ebenfalls zum Tempeleingang. Er schob die Kiste durch den Spalt und begab sich dann selbst nach drinnen, wo er und Spencer Stellung neben der Tür bezogen, um auf den Sturmangriff zu warten.

Spencer wandte sich an Drake: »Bewegt euch so weit wie möglich weg von hier und haltet euch die Ohren zu – wenn hier drin eine Granate hochgeht, können eure Trommelfelle platzen!«

»Und was ist mit dir?«, fragte Allie entsetzt.

»Schauen wir mal!«

Joe und Spencer tauschten einen resignierten Blick aus, dann nickte Joe Allie zu: »Lasst uns eure Magazine hier.«

»Nein«, protestierte sie. »Es muss doch noch einen anderen Weg geben!«

Spencer schüttelte den Kopf. »Wir werden unser Bestes geben.«

Allie stand das Entsetzen ins Gesicht geschrieben, denn seine Worte klangen sehr endgültig. Niedergeschlagen folgte sie Drake weiter in den Tempel. Joe begab sich zur Tür und wollte sie zudrücken, doch sie wurde von den Steinen blockiert. Dann ließ er sich neben Spencer nieder.

»Wie war noch der Spruch in diesem alten Film?«, flüsterte Joe. »Der mit dem Indianerhäuptling auf dem Berg, wo Dustin Hoffman mitspielt? *Heute ist ein guter Tag zu sterben,* oder so was?«

»Das muss vor meiner Zeit gewesen sein«, sagte Spencer. »Was ist denn aus den positiven Vibes geworden?«

»Etwas Positiveres habe ich gerade nicht auf Lager.«

Sie fokussierten ihre Aufmerksamkeit auf den Höhleneingang, die Waffen im Anschlag, und warteten auf den Ansturm, der ihre Leben beenden würde.

KAPITEL 56

Eine weitere Explosion ließ die Höhle erzittern und Spencer warf einen Blick auf den Eingang. »Sie sind immer noch über uns«, sagte er, dann knatterte automatisches Feuer außerhalb der Höhle los.

Joes Gesichtsausdruck zeigte Verwunderung, als er dem merkwürdigen Klang der Waffen lauschte, und wich dann kompletter Ungläubigkeit, als er merkte, dass Kugeln von der anderen Seite des Flusses aus um den Höhleneingang einschlugen, wo sich gerade die Red-Moon-Schützen versammelten.

»Klingt so, als wäre die Kavallerie da!«, sagte Joe. »Positive Energien, Kumpel!«

»Wer hat die denn gerufen?«

»Das Universum.«

Spencer schüttelte den Kopf, zwängte sich durch die Lücke und schlich zum Höhleneingang. Draußen klang es inzwischen, als wäre ein ausgewachsener Krieg im Gange – aber das Ziel war nicht mehr die Höhle. Joe kroch an Spencers Seite und nickte, als ob er die ganze Sache geplant hätte.

Die Schüsse und Explosionen dauerten eine gute halbe Stunde an, und als endlich Stille im Tal einkehrte, kamen auch Drake und Allie zum Höhleneingang.

»Was ist passiert?«, fragte Drake.

»Irgendjemand hat die bösen Jungs erledigt«, kommentierte Joe.

»Aber wer?«, fragte Allie.

»Das weiß ich nicht, aber ich hoffe, sie sind netter als die anderen Typen.«

»Vielleicht die Shan?«, schlug Drake vor.

»Kann sein.«

Ihre Überlegungen wurden durch einen kehligen Schrei beendet. Joe hörte angespannt zu und rief dann etwas auf Thailändisch. Ein weiterer Schrei folgte seinen Ausführungen. Er antwortete und legte seine Waffe auf den Boden.

»Wir sollen mit erhobenen Händen rauskommen.«

»Wer ist das denn? Können wir denen vertrauen?«, wollte Spencer wissen, ganz offensichtlich nicht gewillt, seine Waffe fallen zu lassen.

»Ich fürchte, wir haben keine Wahl«, sagte Joe und hob die Hände über seinen Kopf.

Im Gänsemarsch traten sie hinaus in die gleißende Sonne, und als ihre Augen sich an die helle Umgebung gewöhnt hatten, sahen sie sich von mehreren hundert Soldaten umringt, die die grünen Tarnuniformen der Tatmadaw trugen – der Armee Myanmars. Die Gegend rund um den Fluss war mit toten Angreifern und einer Handvoll Gefangener gesäumt. Die Neuankömmlinge hielten ihre Waffen auf die vier Schatzsucher gerichtet, bis ein älterer asiatischer Mann aus ihrer Mitte hervortrat.

Die Uniform des Mannes trug die Rangabzeichen eines Generals, und er sah aus, als wäre so etwas wie Humor nur eine ferne Erinnerung für ihn. Er starrte sie wütend an und knurrte dann etwas auf Thailändisch, das Joe mit sanfter Stimme beantwortete. Der Ausdruck des Mannes wechselte von purem Ärger in einen Zustand, der aussah, als hätte er gerade eine Handvoll lebender Skorpione gegessen. Sein Arm schnellte nach vorn und er hielt fordernd die rechte Hand auf.

»Er will eure Genehmigung sehen«, sagte Joe zu Allie.

»Wirklich?«, erwiderte sie in erleichterter Verwunderung und begann, ihre Taschen zu betasten. Sofort zuckten zwei der in der Nähe befindlichen Soldaten zusammen und Spencer flüsterte: »Vorsicht! Keine abrupten Bewegungen! Die scheinen nervös zu sein.«

Allie zog das zerknitterte, mehrmals nass gewordene Schreiben hervor und hielt es dem General hin, als wäre es ein heiliges Artefakt. Er riss es ihr aus der Hand und las den Text mit zusammengekniffenen Augen durch, bis er bei der Unterschrift ankam. Dann rasselte er wie ein Maschinengewehr eine Ansprache an seine Männer herunter, bevor er sich wieder Joe zuwandte. Er erklärte einiges und gestikulierte dabei in Richtung der Höhle. Joe ließ sich nichts anmerken, als er übersetzte: »Er sagt, dieses Gebiet steht nun unter dem Schutz der Armee der Republik von Myanmar und dass er die Erschließung des Tempels mit sofortiger Wirkung übernehmen wird.«

»Was?«, platzte es aus Spencer heraus. »Ich meine, das ist ja alles schön und gut, aber was ist mit unserem Anteil an dem Schatz? Also mal abgesehen von dem historischen Wert – woher wissen wir, dass das Zeug nicht einfach verschwindet?«

Joe trippelte von einem Fuß auf den anderen. »Soll ich ihn das wirklich fragen?«

»Vielleicht formulierst du es ein bisschen netter.«

Joe sprach langsam, und als er fertig war, lachte der General bellend auf, gefolgt von ein paar weiteren Worten. Joe nickte respektvoll und wandte sich dann an Spencer: »Er sagt, du kannst gern einen Antrag bei der Archäologischen Kommission der Republik von Myanmar stellen, aber wir dürfen jetzt keinen Fuß mehr in die Höhle setzen – sonst lässt er uns erschießen.«

»Hast du ihn nach seinem Namen gefragt?«, wollte Allie wissen.

»Das werde ich machen. Sonst noch etwas?«

»Wir müssen rausfinden, wie wir hier wegkommen! Kann er uns vielleicht wenigstens eine Eskorte zur Grenze von Thailand geben? Es wimmelt doch hier nur so von Red-Moon-Soldaten und Shan!«, sagte Drake.

Joe nickte und sprach mit dem General, der anschließend mit Blick auf Allie kurz nickte und einen Befehl brüllte.

»Was hat er gesagt?«, fragte Allie.

»Er sagte, dass er eine Tochter in deinem Alter hat, deswegen hat er Mitleid und lässt uns von seinen Männern zum Fluss bringen. Von dort ab sind wir aber auf uns allein gestellt.«

»Ich brauche meinen Rucksack«, sagte Allie. »Der ist noch in der Höhle. Da ist das Telefon drin.«

»Ich werde danach fragen, aber er scheint keine besonders gute Laune zu haben, oder?«

»Immerhin habe ich die Kamera«, sagte Drake. »Im schlimmsten Fall können wir uns immer noch ein neues Telefon besorgen.«

Niemand war überrascht, als der General ihre Bitte ablehnte. Stattdessen ließ er sie kurz warten, während er den Tempel inspizierte. Als er wieder auftauchte, rief er seinen Männern etwas zu und zehn Soldaten gesellten sich zu den Abenteurern. Der Älteste, dessen Uniform ihn als Sergeant auswies, salutierte und schnarrte Joe einen Befehl zu, den er übersetzte, obwohl das eigentlich unnötig war: »Er sagt, wir sollen uns in Bewegung setzen. Er will bis zum Abend zurück sein. Sie haben ein paar Lastwagen, die vier Stunden Fußmarsch von hier entfernt sind. Von dort brauchen wir dann noch drei Stunden bis nach Tachileik.«

Joe nickte dem Mann zu und wischte sich mit dem Unterarm den Schweiß von der Stirn. »Zeit, wieder wandern zu gehen!«

Drake versuchte zu lächeln, doch seine Gesichtsmuskulatur weigerte sich. »Ich hätte nie im Leben gedacht, dass ich mich mal freuen würde, diese Worte zu hören!«

»Positive Energien, Kumpel!«

»Ich fange langsam an, daran zu glauben.«

KAPITEL 57

Eine Woche später, Washington D.C.

Senator Whitfield durchquerte das gut gefüllte Restaurant mit langen Schritten, bis er seinen Stammtisch erreicht hatte, der sich in einem edlen Separee im hinteren Bereich des Raumes befand. Hier war er vor neugierigen Blicken geschützt und seiner Einschätzung nach waren hier schon mehr wichtige Staatsbelange entschieden worden, als im Oval Office. Seine Wangen hingen herunter wie die eines müden Hundes, und das, obwohl sein Zweitausend-Dollar-Anzug keine einzige Falte hatte und sein burgunderfarbener Schlips Autorität ausstrahlte.

Die letzte Woche war brutal gewesen – ganz eindeutig die schlimmste Woche, die er in seinen vielen Amtsjahren erlebt hatte. Jeder Tag brachte neue Enthüllungen, die das gesamte Machtgefüge der USA bedrohten, und sein Telefon klingelte von morgens bis abends. Im Stundentakt wurden neue Gräueltaten online gestellt, ohne dass die Veröffentlichungen ein klares Muster oder Ziel erkennen ließen.

Whitfield hatte sein Gewissen schon lange beerdigt und war nicht mal überrascht, was für kriminelle Machenschaften offensichtlich zum Regierungsalltag gehörten – es wunderte ihn viel mehr, dass die Idioten beim Verteidigungsministerium so dumm waren, darüber Buch zu führen. Das war einfach unglaublich bescheuert und forderte solche Enthüllungen ja geradezu heraus. Es verging keine Minute mehr, in der er die bürokratische Auffassung nicht verdammte, alles dokumentieren zu müssen – sogar die Sünden.

Dieser Morgen war ein besonderer Schock für die Medien gewesen: Es kam heraus, dass ein liberal eingestellter Journalist ermordet worden war, der für eine Zeitung aus Milwaukee eine Story vorbereitet hatte, wo es um verschwundene Millionen aus dem Irak ging.

Nun hatte man alles schwarz auf weiß, denn der Mordanschlag war bis ins kleinste Detail aufgeschrieben worden, und natürlich drängte die Familie des Opfers auf eine Exhumierung und forderte, dass die Todesursache des Selbstmordes revidiert würde. Obwohl Washington viel Macht über die Presse besaß, konnte man manche Dinge nicht einfach unter den Teppich kehren, sobald sie herausgekommen waren. Selbst die konservativsten Chefredakteure mussten über den Fall berichten und Konsequenzen fordern.

Whitfield ignorierte die schamlosen Blicke der anderen mächtigen Männer und wartete auf die Ankunft seiner Ex-Frau. Sie war vor zwei Tagen aus Thailand zurückgekommen und hatte ein Treffen verlangt. Margaret war eine wunderbare Frau, aber sie hatte keine Ahnung davon, wie die Welt in Wahrheit funktionierte. Ihre Naivität war noch charmant gewesen, als sie beide in den idealistischen Sechzigerjahren zusammen studiert hatten. Doch als er seine Anwaltstätigkeit eingestellt hatte, um in den Staatsdienst zu treten, war Schluss mit lustig gewesen. Sie konnte die Kompromisse, die er einging, nicht gutheißen, und so wurde ihre Ehe zu einer Art geduldeten Zusammenlebens, rein zum Wohle von Christine.

Nachdem sie ausgezogen war, hatten sie kaum noch Kontakt gehabt, und wenn, dann nur, um Scheidungsangelegenheiten zu regeln. Dabei hatte es nicht den üblichen, emotionalen Rosenkrieg gegeben, sondern die Arrangements hatten eher den müden Verhandlungen zweier verschlissener Armeen nach jahrelangem, ergebnislosem Krieg geähnelt.

Als sie angerufen hatte, war ihr Tonfall jedoch noch härter gewesen als sonst, und die beiläufige Erwähnung von Christine hatte bei ihm sämtliche Alarmglocken schrillen lassen. Margaret war vielleicht nicht geeignet für die zahllosen politischen Intrigen Washingtons, doch in der Zeit ihrer Ehe hatte sie einiges dazugelernt, und es wäre ein Fehler, sie zu unterschätzen. Deswegen hatte Whitfield einem späten Mittagessen zugestimmt und fand sich nun in diesem Restaurant wieder, in sicherer Erwartung, dass bald die nächste Bombe platzen würde.

Ein Kellner in einer weißen Weste und passender Fliege näherte sich und schenkte ihm einen lächelnden Willkommensgruß. »Darf ich Ihnen einen Drink bringen?«

»Einen Gin Tonic, bitte. Mit wenig Tonic. Und wenig Eis.«

»Natürlich, Sir. Und wie viele Gäste erwarten Sie heute?«

»Nur einen.«

»Verstehe. Also einen Gin Tonic. Und Wasser und Brot bringe ich Ihnen auch gleich.«

Whitfield winkte ab und fragte sich, ob Letzteres eine Anspielung auf die Gerüchte war, dass er bald hinter Gittern landen würde. Doch er entschied sich dagegen – es ging schließlich nicht alles nur um ihn. Seine Mittäterschaft an jeglichen Geheimoperationen würde sich nicht beweisen lassen. Zumindest hoffte er das. Aber Gott stünde ihm bei, wenn sein Name auch irgendwo auf diesen Servern zu finden wäre. Dann wäre er erledigt. Doch dann würde er viele andere mit sich reißen, dafür würde er schon sorgen.

Whitfield hatte immer daran geglaubt, dass die Dinge, die er während des Kalten Krieges gelernt hatte, in jedem Aspekt des Lebens Gültigkeit hatten. Wenn man sich gegenseitig mit absoluter Vernichtung drohte, blieben alle ehrlich. Er würde garantiert nicht den Löwen zum Fraß vorgeworfen werden, da war er sich sicher – denn wenn er anfangen würde zu reden, wären die Enthüllungen im Internet im Vergleich nur eine Klassenfahrt ins Disneyland.

Endlich betrat Margaret den Raum und kam auf ihn zu, ihr Gesichtsausdruck war dabei so ruhig wie ein stiller Bergsee. Er nannte es ihr *Mondgesicht.* Diesen Begriff hatte er sich zum Anfang ihrer Beziehung ausgedacht, als es noch nicht als Beleidigung für eine rundliche Person galt. Für einen Moment wünschte er sich, noch einmal in diese Zeit zurückkehren zu können, von vorn anzufangen; damals, als er noch ein junger Idealist war, dem es nichts ausmachte, gegen Windmühlen zu kämpfen, solange er Margaret an seiner Seite hatte.

Der Kellner brachte ihm seinen Drink und stellte ihn vorsichtig ab. Das Glas war kunstvoll mit einer Serviette umwickelt, um den

Inhalt kühl zu halten und gleichzeitig vor neugierigen Blicken zu verbergen, womit der Senator sein Mittagessen hinunterspülte. Whitfield wartete, bis der Mann sich zurückgezogen hatte, und nahm dann einen gesunden Schluck seines Lebenselixiers, bevor er Margarets tadelnden Blick bemerkte.

Sie glitt auf die Bank ihm gegenüber und lächelte ihn frostig an: »Hallo Arthur. Du siehst ja aus, als hättest du ganz schön was durchgemacht.«

»Ich freue mich auch, dich zu sehen, Margaret.« Er nahm einen weiteren, wohlschmeckenden Schluck und stellte das Glas dann ab. »Welchem Umstand verdanke ich denn diese Freude?«

»Ich wollte dir nur sagen, dass unsere Tochter lebt und dass es ihr gut geht.«

Whitfield lehnte sich ungläubig nach vorn. »Hast du sie getroffen?«

»Nein. Ich hatte ein allzu kurzes Telefongespräch mit ihr, als ich noch in Thailand war. Sie hat versucht, mir zu erklären, warum ich ihre Stimme wahrscheinlich nie wieder hören werde.« Margaret unterdrückte ein Schluchzen.

»Warum ist sie denn weggelaufen?«

»Du sitzt mir hier gegenüber und versuchst immer noch so zu tun, als wüsstest du nichts? Als wären die ganzen Enthüllungen für dich genauso eine Überraschung wie für mich?«

Whitfields Gesichtsausdruck wurde ernst. »Sie hat sich in große Gefahr gebracht«, warnte er. »Aber ich kann sie beschützen.«

»Das habe ich auch versucht, ihr zu erklären. Aber sie hat es mir nicht geglaubt. Immerhin ist sie unsere Tochter, somit ist sie naturgemäß misstrauisch.« Margaret musterte ihn aufmerksam, und ihr Blick erinnerte ihn an einen Laborangestellten, der eine Probe auf einem Objektträger studiert. »Sie vertraut dir nicht mehr. Und nachdem ich nun deinen Gesichtsausdruck sehe, muss ich sagen, da ist sie nicht die Einzige. Du hast es nie geschafft, dein wahres Wesen vor mir zu verbergen, ist dir das eigentlich klar? Ich habe mir jahrelang einzureden versucht, dass in dir noch ein goldener Kern steckt, aber ich musste mir schließlich eingestehen, dass dem nicht so ist.«

»Ich habe keine Ahnung, wovon du redest.«

»Nein? Es ist schon irgendwie witzig: Als sie mir erklärt hat, dass sie Lius begonnenes Werk zu Ende bringen und sicherstellen würde, dass alle Geheimnisse ans Tageslicht kommen, da hat sich mich ein bisschen an dich erinnert. Dickköpfig, zielgerichtet und vor allem furchtlos.« Margaret dachte kurz nach. »Was ist nur aus dir geworden, Arthur?«

»Weißt du, wo sie ist?«

»Nein. Und ich würde es dir auch nicht sagen, wenn ich es wüsste. Aber sie hat mich gebeten, dir eine Nachricht zu übermitteln. Deswegen bin ich hier.«

»Na schön. Wie lautet die Nachricht?«

»Wenn du dich mit Monstern einlässt, wirst du selbst eines.«

»Das muss dir ja eine enorme Genugtuung verschaffen«, sagte Whitfield sanft.

»Glaub mir, es ist mir alles andere als eine Freude.« Margaret warf einen Blick auf ihr Handy. »Ich fürchte, du musst allein essen, Arthur. Ich dachte, ich schaffe es vielleicht, aber ich habe nun doch den Appetit verloren.« Sie rutschte von der Bank des Separees und stand auf. »Ich hoffe, die Opfer haben sich für dich gelohnt. Damit meine ich deine Tochter und mich.«

Whitfield umklammerte fest sein Glas, während sie zum Ausgang lief und ihn zurückließ. Seine Gedanken rasten. Er versuchte aufzustehen, doch der schlimmste Schmerz, den er je gefühlt hatte, jagte durch seine Synapsen, als sein Herz stehen blieb. Er versuchte, sich an dem weißen Tischtuch festzuhalten und lehnte sich dann zurück, wobei sein Atem so flach war wie der eines Vogelbabys, das aus seinem Nest gefallen war.

Der Kellner kam zurück und entfernte den Drink des Senators vom Tisch. Dann ging er ohne Eile in die Küche. Er blieb nicht stehen, bevor er aus dem Lieferantenausgang heraustrat, wo ein Lieferwagen mit laufendem Motor auf ihn wartete. Er stieg auf den Beifahrersitz, wo er das Glas in einen Müllbeutel warf. Dann zog er sich die Latexhandschuhe aus, wobei er penibel darauf achtete, ihre Außenhaut nicht zu berühren, und warf sie ebenfalls hinein. Das Neurotoxin, das er benutzt hatte, würde sich in keiner Autopsie nachweisen lassen. Der Tod des Senators würde als Verlust einer Stimme der Vernunft, eines weisen Schlichters bedauert werden.

Der Kellner zog den Schnurrbart ab, den er sich morgens angeklebt hatte, und zog sich die Knetmasse von der Nase – eine kleine Menge davon reichte, um sein Aussehen wirkungsvoll zu verändern, wie er durch viele Experimente herausgefunden hatte. Dann wandte er sich dem Chauffeur zu und nickte.

»Fahr los.«

General Holt sah zu, wie der Potomac an ihm vorbeirauschte; das Mondlicht glitzerte auf seiner Oberfläche. Ein paar Jogger, die spät unterwegs waren, quälten sich den Weg am Flussufer entlang, während die letzte warme Brise des Herbstes die Blätter der Bäume rascheln ließ. Er hatte den ganzen Tag in hektischen Meetings mit anonymen Männern verbracht, deren Taten nun Schlagzeilen machten, und er war hundemüde. Er war es alles leid. Die Ausflüchte, die Verleugnungen, die beinahe greifbare Panik, die in der Luft lag. Einer derben amerikanischen Redensart zufolge hatte die Scheiße nun den Ventilator getroffen – und das mit einer unglaublichen Wucht, wie diesen Morgen sogar ein Nachrichtensprecher festgestellt hatte.

Deswegen wurde er jetzt wie ein ungezogener Schuljunge von einem Meeting ins nächste bestellt, wo ihm ein mächtiger Mann nach dem anderen die Leviten las. Was in den meisten Fällen üble Drohungen beinhaltete. Holt ließ das alles stoisch über sich ergehen, wie es nun mal seine Art war, und versicherte seinen Gesprächspartnern, dass die Schadensbegrenzung bereits in vollem Gange war und sie es alle überleben würden, genau wie man schon in der Vergangenheit diverse Skandale überstanden hatte. Dass Holt auf einmal das Schoßhündchen für einige der einflussreichsten Persönlichkeiten der Welt spielen musste, überraschte ihn gar nicht – im Lichte einer drohenden Verurteilung waren diese größenwahnsinnigen Machtmenschen auf einmal der Meinung, ein kleines Licht wie er könne sie irgendwie beschützen.

Sein Blick folgte anerkennend einer jungen Frau, die sich ihm joggend näherte und sogar in einem weiten Kapuzenpullover athletisch aussah. Holt war vielleicht schon kurz vorm Rentenalter, aber er wusste die Reize eines wohlgeformten Frauenkörpers immer noch zu schätzen. In seinen Gedanken wünschte er ihr nur das Beste, stellte sich vor, wie auch sie älter wurde, Kinder bekam, unter dem gnadenlos nagenden Zahn der Zeit faltig und krumm wurde und schließlich zu Staub zerfiel.

Das Ploppen ihrer schallgedämpften Pistole hätte man für die Fehlzündung eines weit entfernten Motors halten können. Holt starrte sie durch seine stumpf werdenden Augen an – ihr Gesichtsausdruck änderte sich kein bisschen, als sie drei weitere Kugeln in seinen Schädel jagte. Schon die zweite reichte, um sein Leben auszulöschen, die anderen dienten nur dazu, eine deutliche Botschaft zu senden.

Es war einfach nur ein weiterer eskalierter Raubüberfall in einer Gegend, in der es viele Verbrechen gab. Die langen Beine der Frau schwebten weiter über das Pflaster und sie ließ Holts leblose Hülle am Wasser liegen, wo sein toter Blick ins Nichts starrte.

Eine Woche später verfolgte Daniels auf CNN die Berichterstattung über die immer schlimmer werdenden Entgleisungen in Washington. Ein mitleidiges Lächeln umspielte seine Lippen, während fröhliche, karibische Klänge aus Richtung des Strandes auf seine Veranda drangen, getragen von der leichten Meeresbrise unter dem Sternenhimmel. Der Kellner kam vorbei und deutete auf Daniels' Drink – einen knallroten Cocktail, der genug Rum enthielt, um ein ganzes Infanterieregiment auszuschalten.

»Noch einen, der Herr?«, fragte er in seinem melodisch klingenden Inselakzent.

»Nein, Cliff, ich habe genug für heute. Bis morgen!«

»Sehr wohl, der Herr! Haben Sie eine gute Nacht!«

»Die Nächte hier sind doch immer gut«, lallte Daniels. Es war ihm egal, dass man seine Trunkenheit deutlich hörte. Sein Leben war in tausend Scherben zerfallen, doch er war wie der Phönix aus der Asche gestiegen. Seine Position hatte es für ihn zum Kinderspiel gemacht, unbemerkt Geld auf ausländischen Konten verschwinden zu lassen – es wurde so viel Schwarzgeld im Geheimdienst gezahlt, dass man schon ein Narr sein musste, um diese Möglichkeiten nicht für sich selbst zu nutzen. Der Trick war nur, dass man nicht zu gierig werden durfte. Solange man nur hier und da ein paar Dollar abzweigte, war davon nichts zu bemerken.

Er hatte seine Spuren immer gut verwischt und genoss jetzt bereits die vierte Nacht auf Ambergris Caye, einem der bestgehüteten Geheimnisse von Belize. Es war ein Land, das mehr Gesuchte von der Fahndungsliste des FBI beherbergte, als alle anderen. Dabei halfen sicherlich die laxen Grenzen und die Amtssprache Englisch, sowie der Ruf einer höchst verschwiegenen Bevölkerung.

Er machte sich zu Fuß auf den Weg zu seinem Hotel, am Strand entlang. Mit dem Blick auf das Korallenriff, das durch leuchtendes Plankton ein faszinierendes Schauspiel bot, bemerkte er die beiden Einheimischen, die ihm entgegenkamen, erst viel zu spät.

Keiner der Männer sagte etwas, stattdessen ließen sie die Klingen in ihren Händen zu Wort kommen. Als sie dreißig Sekunden später ihren Weg fortsetzten, hatte Daniels achtzehn Stichwunden. Der letzte Stoß war durch sein Auge direkt in den Schädel gegangen. Der größere der beiden Männer hatte daraufhin einen Stapel Hundert-Dollar-Scheine aus Daniels' Brieftasche gezogen und die leere Geldbörse dann achtlos in den Sand fallen lassen. Keiner der Männer würdigte den Toten, dessen Körper sanft von den Wellenausläufern umspielt wurde, eines zweiten Blickes, als sein Blut im Mondlicht glänzte. Gewalt gegen Touristen wurde in dieser Gegend immer mehr zum Problem, da das Land eine Drogeninvasion aus Honduras und Mexiko erlebte. Nachrichten über einen weiteren Raubmord würden höchstens zu einem Kopfschütteln beim Frühstück führen, während sich die Insel auf einen weiteren grandiosen Tag unter tropischer Sonne bereitmachte.

KAPITEL 58

Malibu, Kalifornien

Drake lehnte sich in seinem Herman-Miller-Stuhl zurück und ließ seinen Blick über den blauen Pazifik streifen, der den gesamten Horizont ausfüllte. Spencer wand sich auf dem Sofa und stieß einen herzzerreißenden Seufzer aus.

»Bist du sicher?«, fragte er.

Allies Stimme aus dem Telefonlautsprecher klang ebenso ungeduldig. »Absolut. Es gibt kein archäologisches Komitee in Myanmar, und die Regierung blockt uns komplett ab. Es gibt keine Presseerklärung zu dem Fund und sie rufen nicht zurück. So geht das jetzt schon drei Wochen!«

»Mein Kontaktmann bei der Landesbehörde hat mir gesagt, dass wir über offizielle Kanäle nichts ausrichten können«, sagte Spencer. »Was den General angeht, ist die Diktatur in Myanmar anscheinend nicht gewillt, Namen ihrer Truppenangehörigen herauszugeben. Oder irgendwelche anderen Informationen. So kommen wir da nicht weiter.«

»Es muss noch irgendetwas geben, das wir tun können! Was die machen, ist doch kriminell«, fluchte Drake.

»Die gute Nachricht ist, dass wir eine weitere Ladung von Statuen und Münzen aufkaufen konnten – diesmal über einen Händler in Hong Kong«, sagte Allie. »Das ist bisher der dritte Posten, den wir aufgespürt haben. Die verschwenden echt keine Zeit, den Fund zu versilbern.«

»Ich kann einfach nicht glauben, dass wir das nicht unterbinden können. Die haben kein Recht, diese Kunstschätze einfach so zu verhökern!«, sagte Spencer.

»Nun ja, das Recht haben sie zu neunzig Prozent, der Rest wäre unser Finderlohn«, stellte Drake fest. »Die Regierung Kambodschas hat eine formelle Beschwerde eingelegt, aber das interessiert natürlich niemanden. Aber immerhin haben sie sich bei uns für unsere Großzügigkeit bedankt.« Drake und Allie hatten sich damit abgewechselt, die Schätze aus dem Tempel aufzukaufen, sobald sie bei privaten Auktionen auftauchten, und hatten sie dem kambodschanischen Volk gespendet. Bisher hatte sie das ein paar Millionen Dollar gekostet und sie hatten sich vorgenommen, bis zu zehn Millionen auszugeben, um die Schätze den rechtmäßigen Erben des Khmer-Imperiums zukommen zu lassen. Mit dieser Summe würden sie nicht weit kommen, doch sie hofften, dass es der kambodschanischen Bürokratie irgendwann peinlich werden würde, sodass sie selbst Mittel zur Verfügung stellen würden, um den Job zu Ende zu bringen.

»Gibt es immer noch keine Neuigkeiten von dem Buddha?«, fragte Allie.

»Absolut nichts.«

»Ein Kunstschatz von dieser Bedeutung kann nicht ewig verschwunden bleiben. Wenn der Buddha auf dem Schwarzmarkt auftaucht, werden wir davon erfahren. Wir haben alle üblichen Quellen von unserem Interesse in Kenntnis gesetzt.«

Der Ausflug in die Welt der illegalen Antiquitäten war sehr aufschlussreich gewesen. Es gab einen florierenden Markt an gestohlenen Statuen, Manuskripten und Artefakten aller Formen und Größen, von aztekisch über sumerisch bis hin zu griechisch und römisch – alles, womit man Geld machen, Villen schmücken oder reiche Freunde beeindrucken konnte, stand zum Verkauf. Es herrschte große Nachfrage nach den seltensten unter den seltenen Sammlerobjekten. Die kostbarsten Einzelstücke wurden in Privatauktionen versteigert, die nur auf Einladung besucht werden konnten. Andere, besonders heikle Stücke, wurden auch direkt verkauft, wenn sich eine Übereinkunft zwischen Verkäufer und Käufer herstellen ließ.

Allie und Drake hatten über legale Kunst- und Antiquitätenhändler Kontakte zum Schwarzmarkt hergestellt und keinen Zweifel daran gelassen, dass sie für die Khmer-Stücke den Höchstpreis zahlen würden. Sie hatten geschätzt, dass sich die Grabräuber mindestens ein Jahr Zeit lassen würden und waren überrascht gewesen, wie schnell der General – oder die Regierung – den Inhalt des Tempels zu Geld machen wollten.

»Das Problem ist nur, meinen Finderlohn werde ich garantiert nicht kriegen«, knurrte Spencer.

»Ja, das stimmt. So läuft es im Leben. Aber mit dem nächsten Schatz machen wir es wieder gut«, verkündete Drake und ignorierte dabei, wie Spencer die Augen verdrehte.

»Wie läuft es denn mit deinem Investitionsdesaster, Spencer? Blickst du langsam durch?«, fragte Allie.

»Dieser Hedgefonds behauptet, dass sie für jeden Cent garantieren können, aber bis jetzt habe ich nichts schriftlich«, sagte Spencer betroffen.

»Und sie haben nichts zurückgezahlt?«, fragte Allie.

»Absolut nichts.«

»Das ist ätzend.«

»Das brauchst du mir nicht zu sagen! Ich nehme auch Spenden an. Oder ich renoviere dein Haus, was immer du willst!«

Drake lachte. »Er hat sogar ein Pappschild, auf dem steht: Ich arbeite für ein paar Milliönchen.«

»Vielleicht solltest du TV-Prediger werden, Spencer. Ich glaube, darin wärst du gut!«, sagte Allie.

»Genau, besorge dir ein Zelt und mache eine Tour«, stimmte Drake zu. Spencer hielt ihm den Mittelfinger hin und Drake setzte sich den Kopfhörer auf, um ohne den Lautsprecher weiter telefonieren zu können. Er lief hinaus auf die Veranda und schattete seine Augen mit der freien Hand ab. »Wie lange bleibst du noch in Texas?«

»Ich müsste hier in etwa einer Woche mit allem durch sein.«

Sie hatten drei Tage in Bangkok verbracht, wo sie auf neue Ausweise warten mussten, die ihnen von der Botschaft ausgestellt wurden. In dieser Zeit war Allie bereits von ihren Anwälten drangsaliert worden, die dringend mit den Klagefällen weitermachen wollten. Ihre Rückkehr in die Zivilisation war dadurch äußerst anstrengend gewesen, und unter dem Stress hatte sie sich direkt wieder von Drake distanziert, da ihre gesamte Energie für stundenlange Konferenzschaltungen draufging.

Joe kehrte als Millionär in sein Dorf zurück, da er das Angebot einer siebenstelligen Summe angenommen hatte, um auf weitere Beteiligungen an dem Schatz zu verzichten. Er kannte die Region gut genug, um zu wissen, dass ein Finderlohn höchst fragwürdig war, und hatte sich deswegen mit dem Spatz in der Hand zufriedengegeben. Seine Abschiedsworte waren wie immer gut gelaunt gewesen: »Kumpel, wenn du jemals wieder einen Partner bei so einer Unternehmung brauchst, sag Bescheid! Meine Hütte ist immer offen für Geschäfte. Bleib entspannt!«

»Ich bin mir nicht sicher, ob wir uns noch mehr von deinen Weisheiten leisten können, Joe!«

»Manche Dinge sind eben unbezahlbar!«

Drake erblickte Kyra durch ihr Wohnzimmerfenster und winkte. Sie erwiderte den Gruß mit dem typischen *Hang-loose*-Handzeichen der Surfer. »Was hast du gesagt?«, fragte er in sein Headset, da er durch diese Ablenkung Allies letzten Satz gar nicht mitbekommen hatte.

»Ich habe gesagt, dass ich hoffentlich bei den Gerichtsverfahren nicht anwesend sein muss. Meine Anwälte sind sowieso der Meinung, dass ich mich außergerichtlich einigen soll, weil diese Parasiten nur hinter dem schnellen Geld her sind. Deren Anwälte zählen darauf, dass ich einknicke, um sie endlich loszuwerden.«

»Vielleicht solltest du das auch einfach tun«, meinte Drake.

»Nur über meine Leiche! Da gebe ich lieber meinen letzten Cent für Anwaltskosten aus. Ich belohne doch Leute nicht noch, die mich abzocken wollen!«

»Klingt so, als hätten deine Anwälte damit ausgesorgt.«

»Vielleicht gibt die Gegenseite aber auch auf, wenn sie merken, dass das alles nicht so leicht wird.«

»Hoffnung ist eine schöne Sache«, sagte Drake und machte eine kurze Pause. »Hast du mal überlegt, was wir besprochen hatten?

Dass du für eine Weile hierherziehst, um zu schauen, wie es dir gefällt?«

»Klar. Ich denke oft darüber nach.«

»Spencer hat jetzt eine Hütte in Malibu. Dann könnten wir alle Nachbarn sein.«

»Was ist denn mit seinem Haus passiert?«

»Handwerker. Da fällt alles auseinander. Das ganze Fundament muss neu gemacht werden. Er ist echt reingelegt worden und sagt, dass er es dort nicht mehr aushält.«

»Der arme Spencer.«

»Du hast ja jetzt wohl kein Mitleid mit einem Kerl, der einen Lambo und einen Privatjet besitzt!«

»Die Jacht nicht zu vergessen!«

»Stimmt.« Drake musste lachen. »Also, kommst du uns besuchen?«

Allie seufzte. »Ja.«

»Wann denn?«

»In weniger als zwei Wochen.«

»Das ist super«, sagte Drake, wobei er versuchte, sich seine Begeisterung nicht allzu sehr anmerken zu lassen. »Soll ich schon mal nach einem Haus Ausschau halten?«

»Ich würde es mir lieber selbst aussuchen. Kann ich vielleicht solange bei dir auf dem Sofa übernachten oder so?«

»Klar.«

Ein paar Minuten später legte Allie auf und Drake ging wieder hinein. Spencer grinste ihm vom Sofa aus entgegen.

»Was war jetzt los?«

»Sie kommt in ein paar Wochen her, um Kalifornien mal auszuprobieren.«

»Super. Darfst du Kyra trotzdem behalten?«

»Was soll der Quatsch?«

»Ich frage doch nur.«

»Wann räumst du endlich dein Auto aus meiner Garage?«

»Ich warte immer noch auf Ersatzteile. Die Kiste springt jetzt nicht mal mehr an!«

»Handgefertigt«, erinnerte Drake ihn.

»Italienisch. Wie man hört, sind die temperamentvoll.«

»Und teuer.«

Spencer schnappte sich seine Coladose und zuckte mit den Schultern: »Was du nicht sagst.«

»Ich weiß, wie wir dich aufheitern können. Mit einer Bootsfahrt!«

»Das liegt gerade auf dem Trockendock.«

»Dann machen wir eine kleine Spritztour mit dem Flugzeug?«

»Das habe ich diese Woche verchartert.«

Drake überlegte kurz und lächelte. »Okay, dann ist nur noch eine Sache übrig!«

Die beiden grinsten sich an und riefen gleichzeitig: »Pizza!«

EPILOG

Dubai, Vereinigte Arabische Emirate

Zwei junge Damen in heiratsfähigem Alter, deren Körper knapp bekleidet und mit glitzerndem Öl eingerieben waren, tanzten zu einem trägen Techno-Beat, der aus unsichtbaren Lautsprechern am Rande des riesigen Pools schallte. Mehrere junge Männer trieben auf Luftmatratzen über das Wasser, das in der Abendsonne glitzerte und so den Rand des Schwimmbeckens mit dem Horizont verschmelzen ließ. Ein Barkeeper stand im Smoking hinter einem Tresen aus Granit, den Blick in die Unendlichkeit gerichtet, als würde ihm die Hitze nicht das Geringste ausmachen.

Die Männer lachten über einen unflätigen Witz auf Kosten der beiden Frauen, die trotz allem selig lächelten. Sie kamen aus der Tschechei und unterhielten sich mit den Männern auf Englisch, allerdings waren sie nicht aufgrund ihrer Sprachkenntnisse eingeladen worden. Sie gehörten zu einer Reihe von jungen Damen, die jeweils einen Monat in Dubai verbrachten, bevor sie abgelöst wurden und eine sechsstellige Summe ausbezahlt bekamen. Ihre Agentur hatte sich darauf spezialisiert, Unterhaltung in jedweder Form zu bieten, die ihren Kunden in den Sinn kam. Das konnten Models aus Paris sein, Dominas aus Russland, vietnamesische Zwillinge oder venezolanische Schönheitsköniginnen. In einer Welt, in der Geld keine Rolle spielte, war alles möglich.

Die Männer im Wasser waren Sprösslinge des saudischen Königshauses und ihr Öl machte sie unfassbar reich, sodass sie daran gewöhnt waren, alle ihre Wünsche sofort erfüllt zu bekommen. Wochenendtrips in die Casinos von Monte Carlo, Einkaufsmarathons in London oder Mailand, Helikopter-Skiausflüge in Alaska oder Safaris mit Jagd auf vom Aussterben bedrohte Arten in Afrika – nichts war unmöglich, und dadurch plagte sie eine Form von Langeweile, die nur Superreichen bekannt war. Eine andauernde Ödnis, dadurch erschaffen, dass nichts einen Wert hatte, eben genau deswegen, weil Geld keine Rolle spielte. Zwei der drei Männer hatten bereits öfter einen Entzug in schweizerischen Privatkliniken durchgemacht als die meisten Rockstars. Andere hatten ernste Gerichtsverfahren am Hals gehabt, bis sie sich durch Schmiergeldzahlungen davon freikaufen konnten. Ihre Studiengänge in Europa hatten gerade Semesterferien und so erholten sie sich auf Einladung ihres Vaters im Anwesen eines der reichsten Männer von Dubai.

Scheich Ahmed Suliman war bekannt für seine genusssüchtigen Ausschreitungen, über seinen Hedonismus tuschelte man in den Palästen nur hinter vorgehaltener Hand. Eine Einladung in seine Villa mit zehntausend Quadratmetern Grundfläche war eine besondere Ehre, und dementsprechend hatten die Männer die letzten Tage genossen. Die Morgen verbrachten sie mit Jetski-Fahrten im persischen Golf, die Nachmittage mit Tontaubenschießen, und abends labten sie sich an den Kreationen von Sterneköchen und tranken Champagner, als wäre es Leitungswasser.

Suliman lag im Inneren der Villa auf dem Massagetisch eines besonders hergerichteten Raumes, dessen Temperatur und Luftfeuchtigkeit bis auf ein Zehntelgrad genau eingestellt werden konnte. Das Licht war auf ein leichtes Glimmen heruntergedimmt und der Raum lag in kompletter Stille. Er liebte es, ein paar Stunden in seiner Isolationskammer zu verbringen, in der er wie schwerelos schwebte, während er sich seiner Mediation hingab.

Seine korpulente Körperfülle quoll über die Kanten der Liege. Ein Handtuch mit eingestickten Initialen und dem Familienwappen hing über seinen unteren Rücken und seinen gebirgigen Hintern. Die Tür öffnete sich und eine athletische, hoch gewachsene Blondine in weißem Seidenkimono trat ein. Sie trug diverse Behälter mit warmen Ölen, die sie neben ihm auf den Tisch stellte. Er öffnete ein Auge und grunzte.

»Mein Rücken macht mich fertig!«, sagte er auf Französisch.

Die Blondine nickte: »Ich weiß genau, wie wir das in den Griff bekommen!«

Seine schweinchenroten Bäckchen zitterten, als er antwortete. »Du bist ein Geschenk Gottes, Yvette.«

Sie lächelte gütig, wenn auch gespielt, und er schloss die Augen – doch nicht, ohne noch einmal einen Blick auf die grüne Statue geworfen zu haben, die in einer der erleuchteten Nischen an der gegenüberliegenden Wand platziert war. Er grunzte zufrieden, denn es war seine neueste Anschaffung, die auf der ganzen Welt nur eine einzige andere, viel kleinere Entsprechung besaß: In Thailand, wo sie von der Königsfamilie als Nationalerbe betrachtet wurde.

Das Antlitz des Smaragd-Buddhas schaute regungslos zu, wie die schweizerische Masseurin ihre Arbeit aufnahm. Die zeitlosen Augen funkelten, als sie ihre Kleidung fallenließ und nach dem Öl griff. Die blauen Flecken an ihren Schenkeln und auf dem Bauch waren ein kleiner Preis für die Reichtümer, die ihr Gönner ihr regelmäßig zukommen ließ.

– E N D E –